Hendrik Frerking

Krachende Kufen

Kleider machen Leute

Hendrik Frerking

Krachende Kufen

Kleider machen Leute

Ein UmfangReich-Roman

Bibliografische Information der Deutschen Nationalbibliothek:
Die Deutsche Nationalbibliothek verzeichnet diese Publikation in
der Deutschen Nationalbibliografie; detaillierte bibliografische Da-
ten sind im Internet über dnb.dnb.de abrufbar.

Dieses Buch ist auch als E-Book erhältlich.

1. Auflage
Copyright © 2024 Hendrik Frerking
Verlag: BoD · Books on Demand GmbH, In de Tarpen 42,
22848 Norderstedt, bod@bod.de
Druck: Libri Plureos GmbH, Friedensallee 273, 22763 Hamburg
Umschlaggestaltung: Duy Phan
Lektorat: Patricia Grahn
Korrektorat: Arne Brummerloh
Illustrationen: Hendrik Frerking
ISBN: 978-3-7693-2110-4

Für Johannes, Joschua, Valentin,
Fabian, Joshua, Maria, Maurizio und Arne.
Danke, dass ihr mich so akzeptiert, wie ich bin.

Die Sonne stach durch die Wolken und ließ die Dächer der Stadt Schwalbenkack weiß erstrahlen. »Außergewöhnlich weiß«, wie Reisende oft zu betonen pflegten, um subtil und anständig darauf aufmerksam zu machen, dass dieser Glanz nichts mit dem Kalkstein zu tun hatte, aus dem die Häuser erbaut waren, sondern eher auf die ungewöhnlich hohe Dichte ornithologischer Bewohner zurückging, deren Hauptvertretern die Stadt ihren Namen verdankte.

Doch *weiß* war nur ein nettes Detail, das Verleger in Reiseführer drucken konnten, nachdem sie sich von ihrer Sprachlosigkeit über die tatsächlich herausragenden Eigenschaften dieser Stadt erholt hatten. Vorzugsweise direkt neben andere langweilige Fakten wie zum Beispiel, dass Schwalbenkack der erste canalische Außenposten auf dem Zwergkontinent Eichenwald war, bevor die anstehende Eroberung fehlgeschlagen war. Nein, was Schwalbenkack wirklich herausragend machte, war sein irrwitziges und in UmfangReich einzigartiges Volksfest: Das Schwalbenkacksche Schlittenrennen.

Eben jenes fand vor wenigen Minuten ein recht unerwartetes Ende, denn normalerweise geht aus dem unordentlichen Getümmel ein Gewinner hervor. Die Tatsache, dass das beliebte Spektakel dieses Jahr ein anderes Ergebnis lieferte, sorgte für allgemeine Verwirrung innerhalb der Bevölkerung. Besonders bei den Zuschauern, die entweder das Glück, das Geld oder die Geduld hatten, einen Platz mit Blick auf die Ziellinie zu ergattern. Denn ebendiese hatten mit eigenen Augen gesehen, wie der Rennfahrer mit dem Nicknamen »Der Maskierte« auf beiden Kufen – und nur diese waren von seinem Rennschlitten übriggeblieben – als Erster in der dritten und letzten Runde über die Ziellinie gefahren und dort triumphierend zusammengebrochen war. Schon immer – bis auf einige zu vernachlässigbare Ausnahmen – galt dies als Siegbedingung. Bis auf den Teil mit dem Zusammenbrechen; der war rein optional.

Trotzdem behauptete der Kommentator Gunther Grölstark nun vehement, dass Der Maskierte nicht gewonnen hatte. Seiner Erklärung lauschte unter anderem der Zwergenlord Darak-Udûr. Und wie viele andere auch, konnte er mit dieser nur wenig anfangen.

»Disqualifiziert?«, wiederholte Darak-Udûr das fremde Menschenwort. »Was bedeutet das?« Er wandte sich an seinen Gastgeber Gaius Augustus Zirkus, dem derzeitigen Regenten Schwalbenkacks und dem Mann, dem Darak-Udûr seine Anwesenheit in der Stadt verdankte. Zirkus hatte ihn als Abgesandten der Zwerge vom Geröllbrock zu diesem besonderen Rennen – denn es war das Rennen im letzten Jahr des Jahrhunderts der Eberesche – eingeladen. Gemeinsam beobachteten sie das Spektakel aus dem Alten Prinzessinnenturm, dem höchsten Gebäude der Stadt.

Regent Zirkus ließ das Fernglas sinken und sah zu Darak-Udûr empor. Wer daraus schloss, dass es sich bei Zirkus um einen Mann von geringer Körpergröße handelte, der vermutete richtig; wenn auch nur durch Glück, denn jeder der Anwesenden hätte zu Darak-Udûr aufsehen müssen. Der Grund dafür war, dass der Zwerg seine mechanischen Beine »trug«, eine gemütliche kleine Schüssel auf Stelzen, in der er zwei Meter über dem Boden sitzen und sich mithilfe einer Vielzahl an Hebeln und Pedalen durch Aufbringung enormer Muskelkraft fortbewegen konnte.

Eigentlich trug Darak-Udûr seine Beine nur, um den Abgesandten der Elben zu ärgern. Ein Spaß, der ein jähes Ende gefunden hatte, als Lord Vaunír Erendar von irgendetwas auf der Rennpiste abgelenkt worden und daraufhin verschwunden war. Seitdem ließ Darak-Udûr die Stelzenschüssel in der Hocke ruhen. Der Regent musste dafür zwar immer noch den Kopf in den Nacken legen, aber das musste er auch, wenn er mit anderen Menschen sprach.

»Es bedeutet«, sagte Regent Zirkus, »dass Der Maskierte die Rennregeln gebrochletzt hat und sein Ergebnis somit nicht gewersichtigt wird.«

»Oh«, machte der Zwerg, als er den Zusammenhang erkannte. Die eigenartige Sprechweise des Regenten erschwerte ihm das Verständnis. »Und ... welche Regel wurde verletzt?« Zum ersten Mal seit Beginn des Rennens bereute Darak-Udûr, das Regelwerk nicht gelesen zu haben. Die Einzelheiten aus einem genervten Lord Erendar zu triezen mochte lustig sein – den Regenten dieser Stadt zu fragen, grenzte allerdings an Unhöflichkeit. Schließlich brachte es zum Ausdruck, dass der Zwerg sich im Vorfeld nicht ausgiebig mit der Kultur dieser Stadt auseinandergesetzt hatte.

Regent Zirkus schien ihm diesen Fauxpas allerdings nicht krumm zu nehmen. »Offenscheinlich hat Der Maskierte die Strecke verlassen und sich so einen unwettmäßigen Auftrumpf zugeschafft.« Skeptisch drückte er seine Oberlippe nach oben. Genauso musste eine Schildkröte aussehen, der man auf den Schwanz getreten war. Er schien alles andere als zufrieden zu sein, dass man seinem Favoriten den Sieg nicht zugestehen wollte. »Sagen Sie, mein lieber Herr Habkies, ist Ihnen eine solche Regelung vertraut? Meines Wissens nach hat ein Fahrer, der eine Schnellkürzung in unserer raffiklügelten Strecke findet, den Auftrumpf redlich verdient.« Gemeinsam wandten sie sich dem Mann zu ihrer Rechten zu.

Erst jetzt bemerkte Darak-Udûr unter welcher Anspannung der Sponsor des Rennens stand. Schweißtropfen benetzten seine Stirn und sein Gesicht zeigte eine bleiche Färbung. Auch er musste mit seinem Favoriten mitgefiebert haben. Darak-Udûr nahm sich vor, den Händler bei passender Gelegenheit danach zu fragen.

»Äh, nein«, stammelte Arwenius Habkies und tupfte sich die Tropfen hastig mit einem Seidentuch ab. »Aber unser verlässlicher Kommentator Herr Grölstark kennt die Regeln von allen am besten. Wenn er sagt, Der Maskierte dürfe nicht über Häuserdächer fahren, weil sie nicht zur offiziellen Strecke gehören, dann wird das so sein.«

Regent Zirkus schien nicht besänftigt. Missmutig bedachte er den Mann mit einem unzufriedenen Blick. Dann hellte sich seine Miene jedoch wieder auf. »Nun, wozu bin ich denn Regent dieser schönselligen Stadt? Ich erlaube es einfach. Bringt mir eine der Brieftauben.«

»Eure Exzellenz, davon würde ich abraten«, warf Habkies vehement ein. »Die Regeln während eines Wettkampfes zu ändern, hat noch nie für Freude unter den Teilnehmern gesorgt. Erinnert Ihr Euch, was passierte, als Regent Zensar nach einem Rennen plötzlich festlegen wollte, dass der letzte Fahrer zum Sieger ernannt wird, weil ihm der damalige Champion zu oft gewann? Die Fahrer versammelten sich in der dritten Runde des Rennens an der Startlinie und versuchten nur noch, einander über die Ziellinie zu stoßen!«

»Oh ja, das war lustig!« Regent Zirkus schmunzelte amüsiert, als würde er eine schöne Erinnerung noch einmal durchleben. Dann verhärteten sich seine Gesichtszüge aufs Neue. »Aber seinem Sohn Arius passte diese Idee ganz und gar nicht, weswegen er daraufhin ein Mordkomplott planschmiedete und die alten Regeln im Folgejahr wiederherstellte.«

»Ganz genau«, sagte Habkies erleichtert. »Die Regeln während des Rennens zu ändern, brachte schon immer Unglück. Und wir wollen doch nicht, dass Euch etwas zustößt.«

Bei diesen Worten traten Zirkus' Leibwächter näher an ihren Schützling heran. Ein eindrucksvolles Stampfen ertönte, als sie die Schäfte ihrer Speere auf den Boden stießen.

»Der Maskierte wird als Gewinner geehrkürt und in meinen Palast eingeladen werden«, sprach Zirkus. »Er kam auf zwei Kufen gezogen von seinen Hunden durchs Ziel.«

»Mein Regent, bei allem gebührenden Respekt, davon würde ich abraten.«

Die versammelten Männer drehten den Kopf, um sich dem neuen Sprecher zuzuwenden, der sich ihnen genähert hatte. Der Mann trug eine goldbestickte Weste, die von einem schwarzen Mantel mit glänzenden Zierknöpfen modisch eingerahmt wurde. Sein dünnes Haar lag glatt und streng zurückgekämmt auf seinem Schädel.

Darak-Udûr erkannte ihn als Lord Lorenz Rettlinger. Sie waren einander bereits bei seiner Ankunft in der Stadt vorgestellt worden. Dem Weinfürsten, wie er auch genannt wurde, gehörten einige Ländereien und ein Großteil der Weingüter im Umkreis der Stadt. Marken wie »Schloss Kreidegarten« und »Schwalbenflug halbtrocken« gehörten zu den gefragtesten Exportgütern in ganz Eichenwald sowie auch Übersee.

»Lord Rettlinger«, entfuhr es Zirkus überrascht. »Was wollen Sie damit andeuten?«

Der Weinfürst nahm sich die Zeit, seine Schultern zu straffen und gewichtig die Brust rauszudrücken. »Herr Grölstark hat der Bevölkerung bereits das Ergebnis mitgeteilt. Seine Entscheidung aufzuheben würde Unsicherheit und Fehlorganisation zum Ausdruck bringen und Euch schwach wirken lassen.«

»Aber es gab noch nie ein Rennen ohne Gewinner«, murrte Zirkus und rieb sich das Kinn. »Ich verwettbürge mich, dass ein solches

Resulgebnis für Frust in der Bevölkerung sorgen wird. Das ist nicht der Sinn dieser Festivität.«

»Ihr beweist große Weitsicht und Weisheit, Regent Zirkus. Natürlich braucht das Schlittenrennen einen Gewinner.«

»Dann hat Veit Donnerkufe gewonnen. Sein Schlitten kam nach Dem Maskierten am nächsten ans Ziel heran. So war es auch 59 und 64 als Publius Optimismus und Perdok Trüffelgut durch Vollzerstörung den Titel holtwannen.«

»Ihr habt natürlich recht, Regent Zirkus, aber das Problem ist, dass Herr Grölstark bereits verkündet hat, dass es keinen Gewinner gibt.«

Zirkus kräuselte die Stirn. »Was schlagen Sie vor?«

Ein Lächeln umspielte Lord Rettlingers Lippen. »Wir veranstalten eine Wiederholung des Rennens: eine noch nie dagewesene Überraschung anlässlich der anstehenden Jahrhundertwende. So haben die Fahrer ein weiteres Mal die Gelegenheit, den Wettkampf zu gewinnen. Das wird alle Beteiligten zufriedenstellen! «

»Das ist eine hervortastische Idee, mein lieber Rettlinger!«, rief Zirkus begeistert. »Ich wusste, auf Sie ist wie immer Verlass.«

Darak-Udûr hob überrascht die Augenbrauen. Sie wollten diesen Wahnsinn ein weiteres Mal veranstalten? So sehr ihn dieser einzigartige Wettkampf auch fasziniert hatte – abermals warf er einen Blick auf die Rennstrecke –, die Ausbesserung der Schäden könnte einige Wochen dauern. Wollten sie denn die ganze Stadt niederreißen?

»Ein zweites Rennen?«, warf Arwenius Habkies ein und reckte den fleischigen Hals nach vorne. »Die Menschen werden sich betrogen vorkommen! Wir sollten den Irrtum zugeben und Donnerkufe zum Sieger …«

»Betrogen?« Lord Rettlinger hob die Brauen. »Wir *schenken* ihnen ein weiteres Rennen, Herr Habkies. Wen interessiert schon, was 59 und 64 geschah. Das ist vierzig Jahre her. Wir schreiben demnächst das Jahrhundert des Buchsbaumes und damit ein neues Zeitalter des Schlittenrennens.«

Verärgert straffte Arwenius Habkies seinen Frack. »Wie auch immer, Euer Vorschlag ist schlicht und ergreifend realitätsfern. Ich möchte Euch nicht mit den organisatorischen Details langweilen, aber es dauert Monate, um ein Rennen vorzubereiten. Zumal ein zweites Rennen nur eine billige Wiederholung ...«

»Ich unterstütze die Stadt gerne bei der Finanzierung«, unterbrach Lord Rettlinger den Händler. »Was die Organisation betrifft, so verfüge ich über Experten, die, das Rennen in zwei Wochen organi...«

»Das wird nicht nötig sein«, fiel nun seinerseits Habkies Lord Rettlinger ins Wort. »Ich sponsere und organisiere ein zweites Rennen binnen einer Woche!«

Lord Rettlinger stockte. Für einen Moment schien es Darak-Udûr, als ob Habkies ihn verärgert hätte, doch dann lächelte der Lord und nickte.

»Großtastisch!«, jubelte Zirkus und machte einen Luftsprung. »Einfach exellragend.« Zufrieden klopfte der Regent dem Händler mehrmals auf den Rücken – die Schulter erreichte er nicht. »Ich dachte schon, Sie alter Geizknauser wollten nur Ihre fünftausend Guani Preisgeld behalten.« Seine Hand stockte in der Bewegung, als Lord Rettlinger sich vernehmlich räusperte.

»Wenn wir schon beim Thema Geld sind, Regent Zirkus«, sagte er. »Wenn ich mir die diesjährigen Schäden so ansehe, fürchte ich, dass die Belastung für unsere schöne Stadtkasse zu groß wird. Laut meinen Informationen haben so gut wie alle Fahrer eine Versicherung bei Herrn Habkies erworben ...«

»Oh, das ist kein Problem«, sagte der Händler hastig und neue Schweißtropfen erschienen auf seiner Stirn. »Ich übernehme die vollen Kosten für die Instandhaltung der Stadt für das zweite Rennen.«

»Potzlittchen!«, sagte der Regent erfreut und abermals klatschte seine Hand mit voller Wucht auf den Rücken des Sponsors. »Wie außerrechtwöhnlich großdabelig von Ihnen! Sie sind allewahrlich ein Freund des Rennens! Kommen Sie, wir machen eine Brieftaube für den guten Grölstark fertig, damit er dem Volk die gute Botricht verkündigen kann!«

Er wollte sich bereits abwenden, als dem Regenten auffiel, dass der Zwerg auch noch da war. »Sie werden doch ebenfalls dem zweiten Rennen beiwohnen wollen, nicht wahr Lord Darak-Udûr?«

»Aber natürlich«, erwiderte der Zwerg diplomatisch. Es sprach tatsächlich nichts dagegen, dass er seinen Aufenthalt ein wenig verlängerte. Seinen Studien sollte dies nur förderlich sein.

»Wunderragend, wunderragend«, freute sich der Regent. »Dann sehen wir uns heute Abend zum Schlittenball auf Herrn Habkies' Anwesen wieder.« Fragend drehte er den Kopf. »Er findet doch wie geplant statt, oder?«

»Aber natürlich«, beruhigte ihn der Händler. »Ich kann ein so exquisites Fest doch nicht auf die letzte Minute absagen. Es ist bereits alles vorbereitet worden.«

»Großtastisch!«, freute sich der Regent und klatschte in die Hände. »Dann sehen wir uns heute Abend. Und bringen Sie Lord Erendar mit!«

Darak-Udûr lächelte zufrieden. »Gern werde ich Kontakt zu ihm aufnehmen und ihm die frohe Kunde überbringen.« Wie es aussah, stand ihm ein spaßiger Abend bevor. Denn er war sich sicher, dass der Elb vorhin nur einen Vorwand gesucht hatte, um die Veranstaltung verlassen zu können.

»Großtastisch«, wiederholte der Regent. »Wenn Ihr mich jetzt entschuldigen würdet, ich muss eine Taube vorbereiten.« Es war keine Frage.

Darak-Udûr nickte. Er wollte sich bereits abwenden, als ihm Arwenius Habkies und Lorenz Rettlinger ins Auge fielen. Der Händler hatte sich dem Lord genähert und sich zu seiner vollen Größe aufgeplustert.

»Ich weiß, Ihr wollt mich ruinieren«, flüsterte er, »aber daraus wird nichts. Ich habe genug Geld zur Verfügung, um noch fünf – ach, was sag ich –, zehn weitere Rennwiederholungen zu finanzieren.«

Lord Rettlinger verzog keine Miene. »Wie Sie meinen, mein lieber Herr Habkies. Aber denken Sie daran, wer Ihnen überhaupt die Verantwortung für die Rennorganisation übertragen hat ...«

Habkies blinzelte nicht. »Das war immer noch Regent Zirkus. Ihr habt nur eine Empfehlung ausgesprochen.«

Hastig wandte Lord Darak-Udûr sich ab, um den Rest des Gespräches nicht mitzuhören. In innerpolitische Streitereien wollte er sich nicht einmischen. Das brachte nur Ärger.

Von dem unerwarteten Ergebnis sowie der Entscheidung des Regenten bekam Felia nichts mit. Ihr Fokus lag darauf, ihren Begleiter Livian zurück zum Internat zu bringen.

Das große Gebäude lag außerhalb des Stadtkerns in einem ruhigen Viertel in Richtung des Landinneren wie viele andere Villen auch. Obwohl Fräulein Manierlichs Name über dem Eingang prangte, gehörte ihr das Gebäude nicht, sondern war ihr von Lord Rettlinger mit einem Lehrauftrag für die gehobene Klasse überantwortet worden. Das war ein offenes Geheimnis. Dieser Umstand hielt Fräulein Manierlich allerdings nicht davon ab, mit allem zu prahlen, was sich in dem Anwesen befand und eine adelige und edle Herkunft trug. Ob es sich dabei um ihre Vorzeigeschülerin Akazia von Hällenkiesel, das Gemälde in der Bibliothek vom fleißigen Studenten oder einfach nur um die rostige Bettpfanne eines längst verstorbenen Königs handelte, spielte hierbei keine Rolle.

Der Gedanke verflog, als sie durch die gusseiserne Pforte auf das Schulgelände traten. Jetzt galt es, Livian in sein Bett zu verfrachten und sich um das Fieber zu kümmern. Eigentlich hätte es ein schöner Tag für sie werden sollen. Gemeinsam hatten sie in den Straßen nach Souvenirs gestöbert, sich Zuckerstangen gekauft und schließlich das Rennen von einem flachen Hausdach aus beobachtet. Bis ihr Fernglas von einem diebischen Falken gestohlen worden war. Livian hatte den Falken verfolgt und war halbtot mit Würgemalen um den Hals wieder zurückgekommen. Die Knochenflicker hatten zwar gesagt, ihm fehlte nichts, aber Felia sah das anders.

Auf dem Weg durch die Straßen hatte sich der Zustand des Jungen nicht verbessert –im Gegenteil. Zunächst hatte er noch selbstständig laufen können. Als er immer mehr ins Taumeln geraten war, hatte Felia ihn an die Hand genommen. Auf den letzten Kilometer war er zusammengebrochen, weswegen Felia sich seinen Arm um die Schulter geworfen und ihn gestützt hatte. »Komm schon, Livi, wir sind da«, sagte sie und versuchte an seine Kraftreserven zu appellieren. »Gleich kannst du dich hinlegen und ausruhen. Nur noch ein kleines Stück, ja?«

Der Junge gab einen brummenden Laut von sich, der wohl eine Zustimmung sein sollte. Zu mehr war er nicht imstande.

Einmal mehr wallte Panik in Felia auf. Eigentlich hatte sie gehofft, dass die Knochenflickerin Livian heilen würde. Sie hatte ihm doch hoffentlich die richtige Salbe gegeben und nicht etwas anderes, was diese Reaktion hervorrufen konnte? In ihrem Heimatdorf war es einmal vorgekommen, dass ein Reisender den Bewohnern sogenannte Wundertinkturen verkauft hatte. Später fand man heraus, dass es sich dabei um einen Quacksalber handelte, denn seine Medizin hatte nicht eine einzige Krankheit kurieren können. Im Falle der Witwe Trude war ihr Leiden sogar verschlimmert worden.

Felia atmete einmal tief ein und wieder aus. *Keine Panik,* ermahnte sie sich. *Panik hilft dir nicht weiter. Das kann ganz normales Fieber sein, nichts weiter.*

All ihre Kraft zusammennehmend, steuerte sie auf den Garten zu, der sich hinter der Reihe aus Zierbäumen rechts vom Eingang befand. Livian war zwar um einiges leichter als die Kornsäcke, die sie auf dem Hof ihrer Eltern tragen geholfen hatte, aber allmählich kam sie an die Grenze ihrer Ausdauer.

»Herr Gärtner«, rief sie, als sie sich dem kleinen Häuschen am Rand näherte. »Herr Gärtner, sind Sie da?«

Irgendwo in dem Urwald, der jenseits der Zierbäume wucherte, raschelte es im Gestrüpp, bevor das Grün den urigen Alten ausspuckte, den Felia öfter in den Pausen sah. Bisher hatte sie kein Wort mit ihm gewechselt. Es war ihnen von den Lehrern eingeschärft worden, den Bediensteten keine Aufmerksamkeit zu schenken. Einfacher Plausch mit dem Fußvolk gehöre sich nicht. Eine Regel, die von manchen Schülern mehr und von manchen weniger ernst genommen wurde. Nicht alle kamen aus Familien wie Akazia. Es gab wesentlich mehr Kinder aus Händlerfamilien, zu deren Alltag es gehörte, mit Menschen aus verschiedenen Klassen Geschäfte zu machen.

Der Gärtner erkannte die Situation sofort. »Komm, ich helfe dir«, sagte er und nahm ihr Livian ab. »Öffne mir die Tür.«

Dankbar übergab Felia den Jungen an den Alten und eilte zu der kleinen Blockhütte. Sie hielt die Tür auf, bis der Gärtner zusammen mit Livian an ihr vorbei trat. Sie beobachtete, wie der Alte den Jungen zu einem kleinen Bett an der rechten Wand führte und ihm dann half, sich hinzulegen. Unsicher blieb Felia auf der Schwelle stehen. Sollte sie jetzt gehen? Schließlich war Livian in guten Händen und konnte sich ausruhen. Andererseits wollte sie bei ihm bleiben, sich aber nicht einfach so in das Heim des Alten einladen.

»Na komm schon rein«, erleichterte der Gärtner ihr die Entscheidung.

Felia zögerte einen Moment, dann trat sie in den Raum und schloss die Tür hinter sich. Die Hütte bestand aus einem einzigen großen Zimmer in dem alles vorhanden war, was man zum Leben brauchte. Zu ihrer Linken befand sich eine kleine Kochnische, bestehend aus einem Herd und einem schmalen Tisch. Töpfe und Pfannen hingen darüber. Den Rest der Wand nahmen aus einzelnen Brettern bestehende Wandregale ein, auf denen verschiedene Behälter, Kräuter und Werkzeuge in Reih und Glied standen.

Unschlüssig blieb sie inmitten des Raumes stehen, den Beutel mit Livians Geschenk vor sich in den Händen haltend. In der Ecke hinter dem Herd befand sich ein Fass, in das der Alte ein Leinentuch eintauchte.

»Da hat sich mein Lehrling ja ein ordentliches Fieber eingefangen«, gluckste er und reichte das nasse Tuch an Felia weiter.

Sie verstand sofort und legte ihren Beutel auf einem Schemel ab, bevor sie den feuchten Lappen nahm und auf Livians Stirn platzierte.

»Keine Sorge, das wird schon wieder«, fuhr der Gärtner fort, während er weitere Leinentücher von seiner bis zur Decke reichenden

Regalwand holte. »Ein paar kalte Wadenwickel wirken Wunder.« Er sah kurz über die Schulter und zwinkerte ihr zu, worauf Felia etwas von ihrer Unsicherheit verlor. Erinnerungen an eigene Fieberkrankheiten blitzen kurz in ihrem Geist auf. Ihre Mutter hatte auch auf Wadenwickel zurückgegriffen.

»Danke, dass Sie sich um Livian kümmern, Herr Gärtner«, sagte Felia, weil ihr nichts Besseres einfiel.

Der Alte winkte ab. »Schenk dir das ›Herr‹. Nenn mich Grünspan. Einfach nur Grünspan. Wie alle anderen auch.« Er wrang das Tuch aus und Wasser tropfte geräuschvoll zurück in die Tonne. »Außerdem bin ich derjenige, der dir danken muss, dass du dich um meinen Lehrling kümmerst.« Einmal mehr grinste er, als er sich an ihr vorbeidrängte, um zu Livians Schlafstätte zu gelangen. »Die meisten Schüler würden sich nicht mit dem Gärtnerlehrling verabreden.«

»Ich bin halt nicht wie die meisten Schüler.«

»Natürlich nicht«, lachte Grünspan. »Du bist ja auch Fräulein Manierlichs Bauernopfer.«

Ein kalter Schock durchfuhr sie bei diesen Worten. »Bitte was?«, fragte sie verwirrt.

»Ach, entschuldigen Sie meine Wortwahl, Gnä' Frau«, frotzelte Grünspan, während er die Decke zurückzog und sich daranmachte, Livians Hosenbund zu lockern.

Schnell drehte Felia ihm den Rücken zu. Zwar musste der Gärtner den Jungen für die Wickel nicht vollends entkleiden, aber im Unterricht war ihr eingeschärft worden, dass sich Nacktheit nicht ziemte.

»Natürlich wirst du die Schule mit Bravour abschließen und anschließend einen Jüngling aus gutem Hause ehelichen.«

Felia schnaubte. »Wohl kaum.«

»Ha! Immerhin gibst du dich keinen Illusionen hin. Das ist gut.«

Abermals spürte sie einen Stich in ihrem Inneren. Die Situation war ihr plötzlich unangenehm. *Klar, aus seiner Sicht muss ich wie ein junges Gör wirken, das versucht, einen auf Privilegierte zu machen.* »I-ich ... ich werde jetzt besser gehen«, sagte Felia und griff nach dem Türknauf.

»Wie du meinst. Ich will dich nicht von deiner rosigen Zukunft abhalten.«

Felia stockte und wirbelte herum. Seine Worte taten unerwartet weh. »Was wollen Sie von mir? Sollten Sie sich nicht besser um Ihren Lehrling kümmern?«

Grünspan deckte Livian zu, dann sah er zu ihr herüber. »Das mache ich doch gerade.«

»Das meinte ich nicht!«, rief Felia aufgeregt und ballte die Hände zu Fäusten. »Ich meinte, was interessiert Sie meine *rosige Zukunft?* Ich weiß, dass ich keinen Jüngling aus gutem Hause heiraten werde. Das sagt man mir jeden verfluchten Tag! Ich dachte, ich lerne hier etwas anderes, als Felder zu bestellen, zu kochen, oder Kleidung zu flicken. Aber diese ganzen hochtrabenden Wissenschaften lehrt man uns nur zum Schein. Uns Mädchen zumindest. Die Schule dient nur dazu, dass sich die Sprösslinge der Reichen kennenlernen. Und ich passe da nicht rein, also hackt jeder auf mir herum. Das muss ich mir nicht auch noch vom *Gärtner* anhören!« Erschrocken hielt Felia sich die Hände vor den Mund. Die Worte waren einfach aus ihr herausgesprudelt. Worte, die sich schon seit Monaten Bahn brechen wollten, bisher aber immer zurückgehalten worden waren. »Es tut mir leid, ich hätte nicht ...«, setzte sie an, doch Grünspan fiel ihr bereits ins Wort.

»Du hast vollkommen recht.«

»Das kommt nie wieder vor, das ver... Ähm, bitte was?«

»Du hast recht«, wiederholte Grünspan und erhob sich vom Boden. »Du solltest dich mehr wertschätzen und für dich einstehen. Das ist eine sehr nützliche Eigenschaft, die dir guttut.«

Überrascht starrte das Mädchen den alten Gärtner an, dessen Lächeln sich nur weiter in die Breite zog und eine Reihe schiefer Zähne offenbarte.

»Äh, also, Sie bestrafen mich nicht?«

Zu allem Überfluss brach Grünspan nun in schallendes Gelächter aus. »Bestrafen? *Ich dich?* Dafür, dass du die Wahrheit gesprochen hast?« Immer noch lachend wischte er sich eine Träne aus dem Augenwinkel. »Nein, Mädchen. Das überlasse ich den gebildeten Menschen in der Schule, die etwas von schulischer Erziehung verstehen und genau wissen, wann man jemanden bestraft. Ich bin nur der Gärtner und habe von all dem keine Ahnung.« Er zwinkerte und patschte dann zweimal auf den Schemel, der neben dem Tisch stand, bevor er sich wieder in die Ecke mit der Kochnische begab und ein Feuer unter dem Herd entzündete. »Magst du Kräutertee?«, fragte er beiläufig, während er eine kupferne Teekanne von einem Regalbrett nahm. Er schien keine Antwort zu erwarten, sondern wühlte bereits zwischen mehreren Holzschachteln herum.

Überrumpelt ließ Felia sich auf dem Holzschemel am Tisch nieder. Sie blickte zu Livian. Seine Brust hob und senkte sich gleichmäßig. Er schien bereits zu schlafen. Dann wandte sie den Kopf zurück zu Grünspan, der die Kanne mit Wasser füllte und anschließend auf dem Herd abstellte.

Was für ein komischer Kauz, dachte sie. Irgendwie passten seine Worte nicht zu der Intonation, die er für sie wählte. Felia erkannte eine Lektion, wenn sie eine erteilt bekam. Doch dieses Mal fehlten die üblichen Phrasen wie »Nein, so geht das nicht«, oder »Wenn aus dir etwas werden soll, dann ...« Außerdem ließ Grünspan den wütenden Gesichtsausdruck und die Erniedrigungen weg. Felia überlegte kurz. Er schien wirklich nichts über schulische Erziehung zu wissen. Dafür allerdings umso mehr darüber, wie die Dinge in Wirklichkeit liefen.

Ein Pfiff durchschnitt die Luft, als das Wasser in der Teekanne zu kochen begann. Gemächlich nahm der Gärtner sie vom Feuer und füllte zwei Keramikbecher, welche er dann auf dem Tisch abstellte.

»Was meinten Sie damit, ich sei Fräulein Manierlichs Bauernopfer?«, fragte Felia.

Grünspan zog sich einen Schemel heran und setzte sich zu ihr. »Lass mich dir zuvor eine andere Frage stellen: Wieso bist du hier?«

Missmutig schielte Felia zur Wand. »Das weiß ich manchmal selbst nicht so genau ...«

»Dann frage ich eben so: Was hat dich an diese Schule geführt?«

»Meine Eltern haben mich hierher geschickt.«

»Haben Sie dir erklärt, wieso?«

»Nun ...« Felias Hand verkrampfte sich und ihre Nägel bohrten sich in das Holz des Tisches. »Weil ich eine wandelnde Katastrophe bin.«

»Und jetzt die Antwort, die du nicht direkt mit Trübsal zugekleistert hast.«

Felias Kopf schnellte herum. Verärgert starrte sie den Gärtner an, der seine Tasse in beiden Händen hielt und sachte auf die Flüssigkeit pustete. »Trübsal, ja!?«, erwiderte sie laut. »Ich bin tollpatschig und ungeschickt, ein Fluch auf zwei Beinen. Nichts mache ich richtig. Wenn ich im Haushalt helfen will, stoße ich Möbel und Gegenstände um. In der Küche versalze ich das Essen oder schlimmer noch, schmelze aus Versehen die Töpfe. Textilien werden von mir nicht geflickt, sondern zerschlissen. Dinge, die ich tragen soll, lasse ich fallen. Dinge, die ich reparieren soll, mache ich kaputt. Meist verletze ich mich dabei – wenn nicht sogar andere.«

Grünspan legte die Stirn in Falten und musterte sie mit einem prüfenden Blick, sagte aber nichts.

Erschöpft von dem kurzen Ausbruch, ließ Felia die angehalte Luft aus ihren Lungen entweichen. »Ich war unglücklich damit, dass ich zuhause nicht so gut mithelfen konnte wie mein Bruder, oder wie andere Kinder. Ich meine, selbst die kleine Rebecca aus der Nachbarschaft kann bereits Kleidung nähen und für die Familie kochen. Und die ist noch nicht einmal zwölf!« Traurig ließ Felia die Schultern hängen. »Meine Eltern haben das natürlich bemerkt. Sie meinten, das Leben auf einer Farm sei nichts für mich. Ich sollte eine weiterführende Schule besuchen. Das ist eine große Sache, müssen Sie wissen. Die Grundbildung in Karlheim ist kostenfrei, aber das wirklich schwierige Zeug lernt man nur an einer weiterführenden Schule und die sind teuer. Zu teuer für einfache Farmer wie uns. Meine Eltern schrieben jede Menge Briefe an verschiedene Schulen. Eigentlich sollte ich eine Schule in Horstenshorst besuchen, aber dann kam die Zusage von Fräulein Manierlich. Dieses Internat hat einen ausgezeichneten Ruf und anscheinend war es sogar preiswerter. Meine Eltern waren vollkommen aus dem Häuschen. Natürlich schickten sie mich sofort hierher.«

Grünspan stellte den Tonbecher vor sich auf den Tisch. »Wolltest du das denn?«

»Darum ging es bei der Entscheidung nicht.«

»Es geht nicht darum, worum es ging, sondern darum, ob du das wolltest oder nicht.«

Felia stockte kurz, um diese unnötig kompliziert formulierte Frage Grünspans zu entwirren. »Jain«, erwiderte sie schließlich. »Natürlich habe ich mich gefreut. Ich möchte etwas aus meinem Leben machen, herausfinden, worin ich wirklich gut bin. Die weiterführende

Schule ist eine wunderbare Chance, das zu tun …« Ihr Blick wanderte an dem Gärtner vorbei ins Leere.

Grünspan legte die Ellenbogen auf den Tisch und beugte sich nach vorne. »Aber?«

Felias Blick fand den seinen. »Aber ich wäre lieber nach Horstenshorst gegangen. Das wäre dichter an Zuhause gewesen. Ich hätte über die Wochenenden meine Familie und Freunde besuchen können. Aber Schwalbenkack ist so weit weg.« Sie seufzte. »Alles ist so anders hier. Das Wetter, die Menschen, der Unterricht … besonders der Unterricht. Fräulein Manierlichs Unterricht ist nicht einmal im Entferntesten wie der von Pater Litanei. Bei ihm lernten wir Lesen und Rechnen oder welche Beeren wir im Wald essen dürfen und welche nicht, aber hier soll ich komische Wappen irgendwelchen Familien zuordnen, von denen ich noch nie etwas gehört habe. Wenn ich nur eines nicht weiß, sehen mich alle voller Verachtung und Häme an. Und dann lachen sie. Ich hatte gehofft, ich lerne hier etwas über die Naturwissenschaften, über Medizin meinetwegen auch etwas über Recht, irgendetwas Nützliches halt. Aber hier ist es so, als ob alles nur ein großer Test ist, für den alle außer mir den Stoff bereits lernen konnten. Ich passe hier nicht rein …«

Ihre Sicht verschwamm, und hastig wischte sie sich mit dem Ärmel über die Augen. Musste sie schon wieder anfangen zu weinen? Wieso erzählte sie all dies überhaupt? Die Worte auszusprechen tat weh.

Ein Taschentuch geriet in ihr Blickfeld. Es war fleckig und teilweise mit Erde verschmiert, trotzdem griff sie dankend danach und schnäuzte sich die Nase.

»Wieso kehrst du nicht zu deiner Familie zurück?«

Felia schniefte. »Damit sie das Geld für die Schule umsonst bezahlt haben und ich zuhause nur wieder eine Last bin? Nein, danke!«

»Was ist mit der Schule in Horstenshorst? Du könntest deinen Eltern sagen, dass du hier nicht das lernst, was du dir erhofft hast. Aus deiner Erzählung scheinen sie vernünftige Menschen zu sein, die sich um dich sorgen.«

Missmutig streckte Felia die Hand nach ihrem eigenen Tee aus. »Ist ja nicht so, als ob ich ihnen das nicht längst geschrieben hätte. Sie antworteten, dass es keine bessere Schule als diese gibt und ich mich nur eingewöhnen müsse. Es sei das Beste für mich.«

Grünspans Miene erhellte sich. »Ah, da deine Eltern selbst hier zur Schule gegangen sind und das deswegen so gut beurteilen können, nehme ich an?«

Felia runzelte die Stirn. »Nein«, sagte sie als hätte der Gärtner behauptet, dass Käse an Bäumen wachsen würde. Hatte er nicht zugehört? Ihre Familie war arm. Wie deutlich sollte sie ihm das noch sagen? Vorsichtig nahm sie einen Schluck von ihrem Tee und ihre Mundwinkel zogen sich zusammen. Das Zeug war verflucht bitter.

Felia erhob sich von ihrem Schemel. »Hören Sie, diese Diskussion führt zu nichts und ich habe keine Ahnung, wieso wir überhaupt darüber reden. Ich wurde an dieser Schule angenommen, also muss Fräulein Manierlich zumindest denken, dass ich es zu etwas bringen kann, sonst hätte sie mich längst rausgeworfen. Ich muss mich einfach mehr anstrengen.«

Geräuschvoll schlürfte Grünspan an seinem Tee. »Das ist das komplette Gegenteil von dem, was du gerade mit mir geteilt hast. Also frage ich mich: Ist das jetzt wirklich deine Überzeugung, oder die deiner Eltern, die du dir gerade schön einzureden versuchst?«

Felia knirschte mit den Zähnen. »Was geht Sie …«

»Was hat dich für die Aufnahme hier qualifiziert? Musstest du einen Test ablegen? Denkst du, du bist so besonders, dass du es als einzige vom Land verdienst, hier zu sein?«

Felia stockte. Nein, sie hatte keinen speziellen Test ausgefüllt. Ihr Vater hatte bloß Briefe geschrieben. Einige Schulen hatten direkt abgesagt. Deswegen hatten sie sich auch so gefreut, als die Zusage kam. Langsam setzte sie sich wieder zurück an den Tisch und biss sich unruhig auf die Unterlippe. »Sie meinen, ich bin eine Ausnahme? Sagten Sie deshalb, ich sei ein Bauernopfer? Aber wieso ...?«

Grünspan seufzte und zog ein schmales Stück Papier aus seiner Manteltasche hervor. Aus einer weiteren Tasche holte er ein braunes Kraut hervor und wickelte es routiniert in das Papier ein, bevor er mit der Zunge am Rand des Papiers entlangfuhr und es dann mit einer zwirbelnden Bewegung seiner Finger verschloss.

»Mein Vater war Förster«, setzte Grünspan an. »Jedes Jahr fällte er in seinem Wald einen Baum. Das Harz des gefällten Baumes lockte Borkenkäfer an, die sich von dem gefällten Baum ernährten. So stellte mein Vater sicher, dass die anderen Bäume frei von diesen Schädlingen wachsen konnten. Genauso läuft das hier auch. Fräulein Manierlich ist der Förster und du bist der eine Baum, der zum Wohle der anderen gefällt wird.«

Felia legte den Kopf schief. »Und wer sind die Schädlinge? Irgendwie fallen hier alle über mich her ...«

»Hrm, nunja, also ...« Grünspan räusperte sich, um die Unstimmigkeit in seiner Analogie zu überspielen. »Es geht allein um den Ruf der Schule. Um das *Immätsch*, wie sie drüben in Tietaun so schön sagen. Die reichen Kinder haben ein ganz anderes Vorwissen als du. Die haben die Namen der wichtigsten Adelsfamilien der Stadt und deren Wappen schon mit ihrer Muttermilch aufgenommen. Diesen Nachteil kannst und sollst du gar nicht ausgleichen. Du bekommst die gleiche Bildung, wie alle anderen auch. Keine extra Lektionen. Sonst wäre es doch ungerecht, nicht wahr? Du sollst gar nicht gut im Unterricht sein. Denn dadurch fühlen die anderen Schüler sich überlegen. Es stärkt ihr Selbstbewusstsein, ihre Überzeugung, dass sie allein durch ihr Blut schon bessere und klügere Menschen sind. Gleichzeitig setzt es sie unter Erfolgsdruck. Denn niemand möchte auf derselben Stufe stehen wie du. Denn dann bekämen sie plötzlich auch die Zielscheibe aufgemalt. Verstehst du? Ein Bauer wird in den Staub geschmissen, damit der Adel auf seinem Rücken steht, um über alle anderen hinwegblicken zu können. Ganz schön gewieft, nicht wahr?«

Felia fehlten die Worte. Was sollte sie auf eine solche Eröffnung erwidern? Dass es Betrug sei? Nein, Fräulein Manierlich hielt, womit ihre Schule warb. Nämlich, dass Felia die gleiche Bildung zuteilwurde, wie allen anderen auch.

»Ich dachte, Sie verstehen nichts von Erziehung.«

Grünspan zuckte mit den Schultern. »Verstehe ich auch nicht. Aber ich erkenne, wenn man einen Baum für die Käfer fällt.«

»Aber der Unterricht wird mir doch trotzdem helfen, in dieser Stadt eine Anstellung zu finden, bei der ich nicht nutzlos sein werde, oder?« Erwartungsvoll sah sie den Gärtner an, der nun eine Feuerbuchse hervorholte und versuchte, das Kraut in seinem Papier in Brand zu setzen. Dabei kniff er bei jedem Versuch sein rechtes Auge zu, als befürchte er, der Funke würde ihm direkt ins Gesicht springen.

»Oder?«, winselte Felia wehleidig.

»Ich sagte doch schon, ich verstehe nichts von Bildung«, brummte der Gärtner nun missmutig. »Bildung ist etwas für Leute, die nicht arbeiten müssen. Genauso wie Kunst. Beides kannst du nämlich nicht essen. Ich habe nie eine Schule besucht und weiß deshalb nicht, ob das *besser* ist. Ich kann dir aber sagen, was aus den anderen wurde, die vor dir in der Position waren.« Abermals schlug Grünspan die Feuersteine seines Feuermachers zusammen, aber das Feuer blieb aus.

»Und was wurde aus ihnen?«, hakte Felia nach, als der Alte nicht fortfuhr.

»Hmm?« Er richtete seinen ernsten Blick auf sie. »Das kannst du sie selber fragen, die meisten von ihnen arbeiten hier. Die junge Camelia ist in der Küche tätig. August kümmert sich um die Wäsche und die Sauberkeit in den Räumlichkeiten, Simona unterstützt in der Verwaltung und Wolfgang wartet die Heizanlage und führt nötige Reparaturen durch. Sie finden schon einen Platz, nur nicht den, den sie sich erhofften. Du hast es doch selbst gesagt: die Schule ist eigentlich nur ein ausgedehnter Heiratsmarkt für die schwalbenkacksche Oberschicht. Und die Oberschicht heiratet nicht unter ihrer Klasse. Außer in der ... wie heißt das doch gleich?« Grünspan runzelte die Stirn und kaute auf seiner Unterlippe »Temperatur! Genau das war's. Die Oberschicht heiratet nur in der Temperatur unter ihrer Klasse.«

»Literatur«, verbesserte Felia automatisch.

»Na siehst du, du weißt doch bereits alles.«

»Nein, nichts weiß ich!«, rief Felia aus. »Was soll ich denn jetzt tun? Wieso erzählen Sie mir das alles?«

In Grünspans Augen blitzte es. »Spielst du gerne Karten? Jetzt liegen alle auf dem Tisch. Das ist nur gerecht. Was du damit anfängst, ist allein deine Sache.«

»Haben Sie das auch den anderen vor mir erzählt?«

»Denen, die sich nicht zu fein waren, um mit dem Gärtner zu sprechen, ja. Viele dachten nämlich, sie sind jetzt Könige und Königinnen und bauen sich ihr eigenes Reich. So wie die Köchin zum Beispiel. Ich weiß noch, als sie als kleines Mädchen herkam. In ihren Augen leuchteten die Träume wie Seifenblasen im Sonnenschein. Heute sind diese Seifenblasen alle zerplatzt. Der Winter hat sich in ihrem Blick eingenistet und ihn nie wieder verlassen.«

Felia überhörte diese Information über Frau Garzarts Vergangenheit. »Aber was soll ich denn jetzt tun?«, jammerte sie. »Zuhause habe ich keine Zukunft und Sie sagen mir, dass ich hier auch keine habe.«

»Das stimmt nicht«, sagte Grünspan und hob mahnend den Zeigefinger. »Du hast hier eine Zukunft. Nur nicht die, die sich du und deine Familie vorgestellt haben.«

»Und was soll ich jetzt tun?«

Grünspan zuckte mit den Schultern. »Woher soll ich das wissen? Ich wollte dir nur einen Gefallen erweisen, da du auf meinen Lehrling aufpasst, und nicht dein Leben neu für dich planen. Du hast jetzt die Information. Was du daraus machst, ist deine Sache. Nur du kannst wissen, wohin dein Lebensweg dich führt.«

Felia sprang auf. »Das ist nicht hilfreich!«, rief sie aufgebracht. Dann wirbelte sie herum und verließ die Hütte, nicht ohne die Tür regelrecht hinter sich zuzuschmettern.

Grünspan blieb mit Livian zurück und endlich gelang es ihm, seinen Tabak in Brand zu stecken. Genüsslich nahm er einen tiefen Zug.

»Jede Misere ist eine Chance auf Wachstum, Mädchen«, flüsterte er leise. »Du bist nur noch zu jung, um das zu erkennen.«

Felia ahnte nicht, dass nur wenige Augenblicke später, nachdem sie Livian in Grünspans Obhut gegeben hatte, zwei weitere Gestalten das Internatsgelänner betraten.

Bei den Neuankömmlingen handelte es sich um den Elben Vaunír Erendar und seine adelige Begleitung, die Baroness von Hällenkiesel. Ebenfalls konnte Felia nicht wissen, dass Vaunír zum Teil für den Zustand verantwortlich war, in dem sich der junge Livian befand. Schließlich war es Vaunír gewesen, der die Attentäter auf Livian angesetzt hatte, um den Jungen zu liquidieren und ihm seinen Besitz auszuhändigen. Wobei für Vaunír nur das kerdanische Pergament von Wichtigkeit war.

Der Plan hatte ein ungenügendes Ergebnis geliefert. Zum Glück hatte die Baroness das Gesehen beobachtet und Vaunír verraten, dass der Junge, den er suchte, hier in diesem Internat arbeitete.

Mit kribbelnden Fingern verstärkte Vaunír den Griff um den Knauf seines Gehstocks. Nur noch wenige Augenblicke und er würde dem Jungen das Pergament entwenden. Dieser kleine Bengel ahnte ja nicht, was ihm gleich bevorstand!

»Da wären wir«, sagte der Elb, als sie das Gelände betraten. »Nun, da Sie in Sicherheit sind, ist meine Pflicht erfüllt.«

Das Mädchen wirkte geknickt. »Bitte ... kommt mit hinein. Wir müssen Fräulein Manierlich überzeugen, dass der Gärtnerlehrling sofort gefeuert wird! Er hat diese Männer ohne zu zögern umgebracht. Ich fühle mich ohne Euch nicht sicher.«

Vaunír wandte das Gesicht ab und verdrehte die Augen. Das ging schon die ganze Zeit so: *Werter Lord, nehmt meine Hand, werter Lord, bitte begleitet mich, werter Lord, hört Euch mein armseliges Gejammer an.* Herrje, sie hatte nur gesehen, wie ein Mensch zwei anderen die Köpfe mit einer Eisenstange eingeschlagen hatte. Sie sollte sich möglichst bald an solch primitives Konfliktbewältigungsverhalten gewöhnen. Schließlich war sie ebenfalls ein Mensch.

Seinen akuten Ärger vorerst unterdrückt, drehte er sich wieder um und lächelte sie an. »Ich sagte doch, seien Sie unbesorgt. Ich werde mich darum kümmern. Kamen wir eben nicht überein, dieser Person und auch der Wache nichts von alledem zu erzählen?«

Unruhig drehte das Mädchen ihren Schuh auf der Spitze umher und hinterließ so ein unansehnliches Loch im ordentlich geharkten Kies des Eingangsbereiches. Vaunírs Hand verkrampfte sich um den Knauf seines Gehstocks und ein Knacken ertönte in seinem Schädel, als er seinen Kiefer zum Mahlen beanspruchte.

»Das ist richtig, ja ...«, sagte sie langsam.

»Aber ...?«, bohrte Vaunír nach, dessen ohnehin geringe Geduld wie der feine Inhalt in der oberen Hälfte einer Sanduhr aus seinem inneren Thronsaal herausrieselte.

»Es ist so.« Endlich überwand sie ihre nervtötende Unsicherheit und sah ihm direkt ins Gesicht. »Fräulein Manierlich ist die Leiterin dieses Internats. Hier geschieht nichts, ohne dass sie nicht darüber informiert ist. Wenn Ihr den Jungen sucht, fragt Ihr am besten sie.«

Vaunír hob eine Braue. Entgegen seiner Erwartung hatte dieses Mädchen etwas Sinnvolles von sich gegeben. Sein Plan hatte vorgesehen, sich am Eingang auf die Lauer zu legen, um auf den Jungen zu warten. Allerdings bestand die Chance, dass er bereits zurück und irgendwo in diesem Gebäude war.

»Führen Sie mich zu ihr«, verlangte er und Akazias Gesicht hellte sich auf.

»Ich zeige Euch, wo ihr Büro ist. Um diese Zeit sollte sie dort sein.« Sie griff erneut nach seiner Hand und Vaunír ließ sie gewähren.

Sie näherten sich der großen Villa. Über dem Eingang hing ein Schild mit dem in freundlichen Großbuchstaben gestalteten Schriftzug »*FRÄULEIN DORETHEA MANIERLICHS ARRIVIERTES UND DER BILDUNG DEDIZIERTES ELITE-INTERNAT FÜR ELOQUENTE UND DISTINGUIERTE HERANWACHSENDE AUS RENOMMIERTEN FAMILIEN MIT ADÄQUATEM ODER*

KULTURTRÄCHTIGEM HINTERGRUND«. Auch wenn es sich um einen breiten Eingang handelte – der Schriftzug passte nicht in eine einzelne Zeile.

Was man hätte vorher erahnen können, dachte Vaunír, dem nicht entgangen war, dass es sich bei dem Schild eigentlich um zwei Schilder handelte. Die entstandene Lücke war mit viel weißer Farbe zugepinselt worden. Typisch schlampige Menschenarbeit.

Zum Glück lieferte das Innere des Gebäudes einen angenehmeren Anblick. Der blanke in Stein gehauene Flur ohne unnötige Dekoration war schon eher nach Vaunírs Geschmack. Keine tausend Details, die den Blick vom Wesentlichen ablenkten. Und was gab es in einem Flur Wesentlicheres als den Gang, den er repräsentierte? Zu mehr existierten solche Räume nicht. Doch manche Menschen kamen auf die Idee, darin Kunstgegenstände, oder Pflanzen aufzustellen. Als sei ihr Flur irgendeine missratene Kreuzung aus einem Atelier und einem Arboretum.

Sie folgten dem Gang über eine breite Treppe nach oben, dann blieb Akazia an einer Tür stehen und klopfte vorsichtig.

»Herein«, erklang es von drinnen.

Sie öffnete die Tür und gab somit den Blick auf einen breiten Schreibtisch frei, hinter dem die Internatsleiterin saß und einen Brief schrieb. Die Vorhänge hinter ihr waren zurückgezogen, um das letzte bisschen Tageslicht durch die breite Fensterfront hinter ihr einzulassen.

Fräulein Manierlich beendete die Zeile und stellte die Feder in ihren Federhalter. »Oh, Akazia, Liebes«, säuselte sie erfreut und winkte sie herein. Ihr Kopf wanderte zu Vaunír und Überraschung mischte sich zur Freude in ihrer Mimik. »Wer ist denn dein Begleiter?«

Vaunír schob Akazia sanft beiseite und trat vor. »Mein Name ist Vaunír Erendar. Ich ...«

»Er ist ein echter Elbenlord!«, flüsterte Akazia leise.

»Ooh«, entfuhr es der Internatsleiterin und hastig erhob sie sich von ihrem Sitz. Sie umrundete den Schreibtisch und kam davor in einer knicksenden Bewegung wieder zum Stillstand. »Ein echter Elbenlord! Was für eine Ehre! Ich bin Fräulein Dorothea Manierlich, die Leiterin dieser bescheidenen Lehreinrichtung. Wie kann ich Euch weiterhelfen?«

»Folgendes.« Vaunír griff in die Innentasche seiner grünen Robe und holte die Zeichnung hervor, die er vor wenigen Tagen von seinem Ziel angefertigt hatte. Er entrollte das Pergament und reichte es Fräulein Manierlich. »Ich bin auf der Suche nach diesem Jungen.«

Die Lehrerin nahm die Zeichnung entgegen und zog die Stirn kraus. »Hmm«, machte sie. »Das Gesicht kommt mir nicht bekannt vor. Ich denke nicht, dass er hier zur Schule geht. Wie lautet sein Name?«

Sie reichte ihm das Papier zurück und Vaunír warf einen flackernden Blick in Richtung des Mädchens, das hastig den Kopf abwandte.

»Ich kenne seinen Namen nicht«, sagte er frostig und wandte sich wieder der Frau zu, »aber mir wurde zugetragen, dass er hier als Gärtnerlehrling tätig ist.«

Endlich zeigten sich die Spuren der Erkenntnis in ihrem Gesicht, nur um zu Abscheu zu verlaufen. »Aah, Herr Grünspans Lehrling«, sagte sie reserviert. »Ich muss Euch leider enttäuschen, Lord Erendar, dieser Junge arbeitet nicht mehr für unsere Schule.«

»Wie bitte?«

»Er hat unsere Köchin Frau Garzart angegriffen«, setzte sie obgleich seines Tonfalls zu einer Rechtfertigung an. »Eine Lehrerin fand sie vor einigen Stunden gefesselt und geknebelt im Vorratsraum. Er kann von Glück sagen, dass Herr Grünspan es augenscheinlich früher herausgefunden hat als ich. Er hat den Jungen entlassen und sofort von meinem Grund und Boden gejagt. Eine viel zu milde Strafe. Ich hätte ihn der Wache übergeben.«

Vaunír fluchte im Stillen. Nein, die Person, die sich glücklich schätzen konnte, war definitiv die Köchin. Schließlich lebte sie noch. »Wo finde ich diesen Herrn Grünspan?«, fragte er stattdessen.

»Womöglich draußen im Garten. Versucht es bei seiner Blockhütte hinter den Bäumen auf der linken Seite, vom Eingang aus gesehen.«

»Danke für Ihre Hilfe.« Abrupt wandte er sich ab und rauschte aus dem Zimmer. Zeit, die Spur zu verfolgen, bevor sie sich erneut wie ein flüchtiger Duft im Wind verlor.

Inzwischen hatte sich die allgemeine Aufregung innerhalb der Bevölkerung Schwalbenkacks weitestgehend gelegt. War man zunächst noch über die Disqualifikation Des Maskierten enttäuscht gewesen, so freute man sich nun darauf, das großartige Spektakel nächste Woche nochmal genießen zu können.

Also ... ein Großteil der Bevölkerung freute sich. Nicht so der disqualifizierte Sieger. Wieder zuhause in der Villa seines Vaters ließ Lyell wütend die Faust auf seinen Schreibtisch niedergehen. Die Strecke verlassen! Was hatten sich die Schiedsrichter, oder die Veranstalter, oder wer auch sonst diese Entscheidung getroffen hatte, nur dabei gedacht? Es gab keine verflixte Regel, die besagte, dass man keine alternativen Wege zur Strecke nutzen durfte. Wer so kreativ war, eine Abkürzung in den zuschauerüberfüllten und mit hölzernen Palisaden abgeriegelten Straßen zu finden, der hatte den Vorsprung verdient!

»Gah! Wäre ich doch ganz normal hinter dem blöden Schmied hinterhergefahren!« Erschöpft ließ er sich auf den gepolsterten Stuhl vor seinem Schreibtisch sinken. Nein, das hätte vermutlich auch nicht geholfen. Veit Donnerkufe war nur in den Alten Esel geprallt, weil Lyells Fahrmanöver über die Dächer ihn in Panik versetzt hatte. Ohne diesen unerwarteten Überholversuch, hätte der Schmied vermutlich nie seine Ruhe verloren und den entscheidenden Fehler gemacht. So gesehen hätte er niemals gewinnen können ...

Lyells Blick fiel auf die Maske, die vor ihm auf dem Schreibtisch lag. Vorsichtig nahm er sie in die Hand. Mit einem Taschentuch und etwas Spucke rieb er die weißen Spritzer vom Holz ab. Seine Wut würde ihn nicht weiterbringen. Der Maskierte jedoch schon. Sollten sie ihn ruhig disqualifizieren, er würde wieder und wieder gewinnen. So oft, wie es nur nötig war, um das Preisgeld einzuheimsen. Der genaue Termin seiner Hochzeit musste noch verhandelt werden. Gut möglich, dass ihm ein ganzer Monat Zeit blieb. Er musste ruhig bleiben und ein Problem nach dem anderen angehen. Ganz sachlich. Stets beharrlich. Aufs Ziel fokussiert.

Ein dumpfer Schmerz pochte nach wie vor in seiner rechten Schulter, die inzwischen eine bläuliche Färbung angenommen hatte. Nichts Ernstes. Laut den beiden Knochenflickern war er mit einer Prellung davongekommen. Nichts, was ihn von der erneuten Teilnahme und seinem Sieg abhalten konnte.

Donnerkufe hatte weniger Glück gehabt. Lyell hatte von der Startlinie aus beobachten können, wie die Knochenflicker sein Bein richten mussten. Vermutlich war es gebrochen. Ein Konkurrent weniger, um den er sich zu sorgen hatte.

Lyell atmete einmal tief durch. Nein, Sorgen machte er sich tatsächlich um ein anderes Thema, welches sein Kopf bisher in die hinterste Besenkammer seines Gehirns verbannt hatte.

Grübelnd wiegte der junge Lord Krust die Fuchsmaske in seinen Händen hin und her. Das Leben von mehr als zwei Personen zu führen, gestaltete sich als zunehmend schwieriger. Tagsüber Lyell der Schrotthändler zu sein und abends als Ly Elliot Krust nach Hause zurückzukehren und sich mit seinem Vater zu streiten, hatte nie für Probleme gesorgt. Doch Der Maskierte brachte alles durcheinander. Dazu kamen diese dämlichen Hochzeitsvorbereitungen.

Lord Krust hatte entschieden, dass es an der Zeit war, dass Lyell seine zukünftige Gattin kennenlernte – ein Vorhaben, dass den jungen Mann nicht weniger interessieren könnte. Die Hochzeit musste als Kennenlernveranstaltung doch gut genug sein. Aber so weit wollte er es nicht kommen lassen. Demnach war jedweder Kontakt mit seiner Verlobten reine Zeitverschwendung.

Unter normalen Umständen wäre dieses Treffen bloß nervtötend. Problematisch wurde es dadurch, dass zum selben Zeitpunkt – heute Abend – auch der Schlittenball bei Arwenius Habkies stattfand – ein Ereignis, zu dem Der Maskierte unbedingt erscheinen musste.

Lyell seufzte und strich sich durch das zerzauste Haar. Er fröstelte. Das lag allem voran daran, dass er nur mit Unterwäsche bekleidet auf dem Stuhl hockte. Zum einen aus dem naheliegenden Grund, dass Clemens seine Kleidung direkt einer gründlichen Reinigung unterziehen wollte, zum anderen aber auch, weil er hoffte, auf diese Weise eher zu einer Lösung für sein derzeitiges Problem zu kommen. Die schmal geschnittenen Hosen und Seidenhemden engten ihn ein, definierten, was er zu tun hatte und wie er sich verhalten musste. Nur die Unterwäsche blieb immer gleich. Dann war er zugleich alle und niemand.

Murrend starrte er auf den vor sich ausgebreiteten Stadtplan. Habkies' Anwesen lag im selben Viertel wie das Restaurant, in dem er seine Verlobte treffen sollte. Zwar konnte er seinen Körper nicht teilen, aber vielleicht seine Anwesenheit bei beiden Veranstaltungen. Keine optimale Lösung. Vielleicht sollte er sich einen mechanischen Doppelgänger zusammenbasteln.

Lyell stockte in seinen Gedanken. Das wäre sicher ein interessantes Projekt. Hastig schüttelte er den Kopf. Vielleicht ein anderes Mal, wenn diese Sache durchgestanden war.

Ein Klopfen an seiner Tür riss ihn aus seinen Gedanken.

»Herein«, sagte er, ohne von der Karte und der Fuchsmaske aufzusehen. Er hörte das Geräusch der sich öffnenden und wieder schließenden Tür, bevor die Stimme seines persönlichen Butlers Clemens sich anschloss. Wenn der Diener sich an Lyells spärlicher Bekleidung störte, so zeigte er es nicht.

»Mylord, ich ...«

»Wenn es keine Lösung für mein Verabredungsdilemma ist, dann würde ich es vorziehen, nicht gestört zu werden«, fiel Lyell ihm ins Wort. »Also?«

»Es ist in der Tat eine Lösung, Sir.«

Interessiert sah Lyell von seinem Schreibtisch auf und wandte sich dem Diener zu, der sich unruhig die Hände knetete.

»Das ... Problem, wie Ihr es nennt, hat sich von selbst gelöst. Eure Verlobte musste das Treffen heute leider absagen. Sie bedauert dies zutiefst und versichert Euch, das Essen so bald wie mö...«

»Fabelhaft!«, rief Lyell aus und stand so ruckartig auf, dass er dabei seinen Stuhl umstieß. Erfreut stürmte er auf den Diener zu und griff ihn an den Händen, um beschwingt mit ihm durch den Raum zu wirbeln. »Kommen Sie Clemens, nicht so reserviert«, lachte Lyell. »Das ist ein Anlass zur Freude. Tanzen Sie. Tanzen Sie! Tanzen Sie schneller!«

Clemens versuchte zu widersprechen, hatte aber genug damit zu tun, nicht das Gleichgewicht und seine Contenance zu verlieren.

Lyell bekam es gar nicht mit, zu sehr vereinnahmte ihn die Freude, eine Last und ein Problem weniger auf Schultern und Seele tragen zu müssen.

Abrupt hielt er inne, als ihn ein anderer Gedanke streifte. »Mein Vater«, sagte er mit einem Tonfall, als wäre er gerade in einen schwalbenkackschen Regenschauer geraten. »Er wird mir nicht erlauben, das Haus zu verlassen.«

»Wenn ...«, begann Clemens, musste sich aber zunächst auf der Kommode abstützen, um nicht den bärenköpfigen Bettvorleger des Herrn des Hauses nachzuahmen. »Wenn Euer hoher Vater wüsste, dass es keine Verabredung gibt, mit Sicherheit.«

Der aufkommende Regenschauer in Lyells Miene verflüchtigte sich sofort. »Das heißt ... du hast es meinem Vater gar nicht mitgeteilt?«

Clemens fasste sich und brachte seinen Körper wieder in eine angemessene Butlerhaltung. »In der Tat, Mylord. Ich hatte das Glück, dem Boten Ihrer zukünftigen Gattin die Türe öffnen zu dürfen. Sonst hat ihn niemand gesehen.« Er verlor die Haltung erneut, als Lyell ihm stürmisch um den Hals fiel. »Mylord, bitte ...«, sagte Clemens und versuchte Abstand zu gewinnen. »Das ziemt sich nicht.«

Der junge Lord Krust ließ den Butler los und betrachtete ihn mit gemischten Gefühlen. »Clemens ... ich weiß das sehr zu schätzen. Wenn mein Vater das herausfindet, dann ... du bringst dich meinetwegen in ziemliche Schwierigkeiten ...«

Die Mundwinkel des Dieners zuckten leicht. »Woher die plötzliche Sorge, Mylord? Ich habe mich Eurer hohen Mutter mit meinem Leben verpflichtet und sie trug mir auf ...« Er sprach nicht weiter, als

Lyell sich abwandte. Sein Gesichtsausdruck musste alles verraten haben. Der Gedanke an seine Mutter schmerzte. Und Lyell bereitete es Unbehagen, wenn andere Leute von seinem Äußeren auf sein Inneres schließen konnten. So wohl er sich auch ohne die einengende Kleidung fühlte, so nützlich war doch der Schutz, den sie ihm in solchen Situationen gewährten.

»Woher die Sorge?«, fragte Lyell, das Gesicht dem Fenster zugewandt. »Clemens, du bist der Einzige, der so etwas wie ein Freund für mich ist.« Langsam glitt sein Blick über die Dächer Schwalbenkacks, bis er in Richtung seiner alten Schule verharrte. Vereinzelt flackerten Lichter hinter Fenstern; schwache Krieger gegen die Dunkelheit der Nacht. »Du, Clemens ... und Felia.«

»Das Mädchen, das Ihr neulich besucht habt? Wieso habt Ihr ihr dann so übel mitgespielt, Mylord? Sie hat sicher Ärger bekommen.«

»Wieso ...?« Lyell presste die Lippen zusammen. *Wieso?*

»Tut mir leid«, entschuldigte sich Clemens hastig. »Diese Worte standen mir nicht zu. Ich bitte um Verzeihung.«

Lyell antwortete nicht.

»Ihr solltet Euch frisch machen und neu ankleiden«, ertönte die Stimme des Dieners in seinem Rücken. »Die Feier im Hause Habkies beginnt in einer Stunde.« Mit diesen Worten verließ Clemens den Raum und schloss die Tür hinter sich.

Lyell blieb alleine zurück. »Wieso?«, fragte er in die Stille hinein.

Ganz andere Gefühle über den Ausgang des Rennens durchströmten den Kapitän der Breiten Bertha. Unruhig schritt Rostbart auf dem Deck seines Schiffes auf und ab und schmiedete neue Pläne.

Neben dem Eingang zu seiner Kajüte lag der riesige Ponwon namens Wuschel, die vier stummeligen Pfötchen vom Körper gestreckt. Langsam hob und senkte sich das Fell. Er genoss den Schlaf der Fleißigen. Neben ihm türmten sich die Trümmer ihres ehemaligen Rennschlittens.

Rostbart knirschte mit den Zähnen. Sie waren so dicht dran gewesen. So dicht dran, das Rennen zu gewinnen und den Schatz von fünftausend Guani zu erbeuten, wäre da nicht dieser Zusammenstoß mit diesem Jaguar gewesen, der ihren Schlitten in ein modernes 3D-Puzzle verwandelt hatte. Es wäre schon schlimm genug, wenn sich die Schäden alleine auf ihr Gefährt bezogen hätten. Rostbarts Blick fiel auf seinen ersten Maat Argei, der auf der anderen Seite der Tür an der Wand lehnte. Sein rechter Arm hing in einer Schlinge um seinen Hals, hatte ihm der harte Aufschlag doch sowohl Ober- als auch Unterarmknochen zerschmettert. Er erfreute sich bester Laune. Das war daran zu erkennen, dass er sich schon seit einer Viertelstunde darüber beschwerte, wie Jim es hatte schaffen können, nur mit einem verstauchten Handgelenk davonzukommen, obwohl er es selbst nach mehrmaliger Aufforderung nicht geschafft hatte, den Sicherheitsgurt anzulegen.

Pikiert reckte Jim die Nase in die Luft und maß den weiter oben in der Schiffshierarchie stehenden Seemann mit einem abfälligen Blick durch sein Monokel. »Das nennt sich Fliehkraft, Sir.«

»Quatsch nicht!«, fauchte Argei ganz in seinem Element. »Die mag dich an die Wände drücken, aber nicht vor so einem Aufprall schützen.«

Jim hüstelte vornehm. »Ich sagte doch, Fliehkraft. Ich bin ja auch rechtzeitig aus der Kabine herausgesprungen.«

Argeis Gesichtsfarbe verdunkelte sich zusehends. »Du Trottel! Fliehkraft hat nichts damit zu tun, Kraft für eine Flucht aufzuwenden!«

So ging das Gezanke weiter. Normalerweise wäre Rostbart längst dazwischen gegangen und hätte sie nach allen Regeln der Seemannskunst zurechtgestutzt. Doch diesmal störte es ihn nicht. Im Gegenteil. Es bedeutete, dass deine Mannschaft wohlauf war.

Ärgerlich schlug er sich die Handflächen gegen die kratzigen Wangen. Wurde er auf seine alten Tage etwa sentimental? Es war der Schatz, den er durch seine Finger hatte rinnen sehen. Der Schatz, und nichts anderes! Und jetzt gab es eine neue Chance, diesen Schatz in seinen Besitz zu bringen. Dieses Entscheidungsrennen war ein Geschenk der Meeresgöttin persönlich. Sie gab ihm eine weitere Gelegenheit und die durfte er um keinen Preis verspielen!

Er hielt inne und sah zu den beiden Matrosen hinüber. Nur ... Wer sollte dieses Rennen fahren? Unmöglich, dass Argeis Knochen in nur einer Woche wieder zusammenwuchsen. Und Jim alleine auf einen Rennschlitten zu setzen wäre mehr als unverantwortlich. Es musste nur einmal dieser Trunkenbold eines zweiten Maats an die Reihe kommen und der Seemann würde die ganze Aufregung entweder verschlafen, oder hackedicht aus der Kabine fallen und disqualifiziert werden.

»Sollten Sie sich nicht langsam für die Schlittenfeier zurecht machen?«

Er drehte den Kopf und erblickte Fräulein Handlung. Mit verschränkten Armen stand seine Ingenieurin da und bedachte ihn mit einem Blick, der pure Feindseligkeit zum Ausdruck brachte.

»Der Schlittenball ist Ihre Gelegenheit, sich nochmal einen Überblick über Ihre Gegner zu verschaffen. Wer beim zweiten Rennen dabei sein und vor allem in welchem Zustand er antreten wird. Also schnappen Sie sich Ihre Begleitung und ziehen Sie sich um. Ich hoffe, Sie und Ihre Crew haben ein paar gute Klamotten im Kleiderschrank.«

Anstatt sich von der Provokation aufwiegeln zu lassen, schenkte Rostbart ihr ein freches Grinsen. »Aye«, sagte er. »Ich hoffe, das gilt auch für Sie. In Hosen können Sie da bestimmt nicht auftauchen.«

Der Schuss traf direkt ins Schwarze.

»Sie wollen *mich* mitnehmen?« Irritiert sah die Fräulein Handlung ihn an. »Diese Ehre steht nach dem Rennen Argei oder Jim als den eigentlichen Fahrern zu ...«

»Ich soll sie unterbrechen, wo die beiden doch gerade so viel Spaß haben?«

Gemeinsam sahen sie zu Argei hinüber, der einen barschbauchrot angelaufenen Jim unter seinem linken Arm im Schwitzkasten hielt.

»Ja, das sollten Sie«, sagte Fräulein Handlung trocken.

»Gar-har-har, Sie kennen die beiden eben noch nicht so gut wie ich.« Rostbart räusperte sich. »Nein, der Kapitän muss in Begleitung einer schönen Frau wie Sie auftreten, um in all seiner Pracht strahlen zu können.«

Fräulein Handlungs Miene fand augenblicklich in ihren gegorenen Zustand zurück. »Wenn Sie denken, dass Sie mich als Ihre *Vorzeigetrophäe* präsentieren können, dann ...«

»Jetzt lassen Sie mal nicht so den Klüver hängen, das war ein Witz. An Ihrem Humor müssen wir noch feilen. Sie sollen sich dort nicht amüsieren, sondern sich nützlich machen. Argei und Jim sind das Rennen gefahren. Jetzt sind Sie an der Reihe.«

Müsste ein Künstler lodernden Zorn in einem Bild zum Ausdruck bringen, er hätte Fräulein Handlung mit Begeisterung gemalt. Mit verschränkten Armen stand sie vor ihm, die vollen Lippen zu einer schiefen Grimasse verzogen.

Rostbart hielt ihrem vernichtenden Blick stand. Ja, sie war definitiv davon überzeugt, die einzige Person in dieser Gruppe zu sein, die etwas leistete.

»Wir treffen uns in einer Stunde vor Habkies' Anwesen. Wehe Ihnen, Sie sind zu spät!« Energischen Schrittes rauschte sie an ihm vorbei. Holz jammerte quietschend, als sie die Planke zum Festland überquerte.

Nachdenklich sah Rostbart ihr hinterher. Da hatte er sie endlich aus der Reserve locken können. Langsam fand er ihre Druckpunkte, einen nach dem anderen. Was immer die Ingenieurin plante, er kam schon noch dahinter. Dieser Schlittenball war die perfekte Gelegenheit dafür. Er würde ihr schon zeigen, dass er seine Spielfiguren auf dem Brett besser kannte, als sie sich selbst! Nicht umsonst trug *er* den Titel des Kapitäns.

Vaunír verharrte auf der Schwelle des Internats und blickte sich um. Trotz seiner übermenschlichen Sehschärfe bemerkte Vaunír die kleine Holzhütte hinter den Bäumen nicht sofort. Zum einen, weil er dazu in die Richtung von Bäumen schauen musste, zum anderen, weil seine Aufmerksamkeit zunächst auf das blonde Mädchen fiel, das beinahe fluchtartig über den Rasen lief. Sie bemerkte ihn nicht. Wenig überraschend, wenn man bedachte, dass sie sich den Arm vor die Augen hielt. Vaunír entging die einzelne Träne nicht, die dem Stoff ihres Ärmels gerade noch rechtzeitig entkam und nun schimmernd über ihr Kinn und dann an ihrem Hals hinunterlief.

Das Mädchen trug etwas zu weite Stoffhosen und ein gewöhnliches Leinenhemd. Eine Küchenhilfe? Statt sich jedoch an ihm vorbei in die Schule zu drängen, eilte sie auf die Ecke des Gebäudes zu und verschwand aus seinem Blickfeld.

Vaunír blinzelte. Mühelos projizierte er ihre Laufbahn zurück zu den Bäumen, die in Co-Arbeit mit dem Zaun die Wiese einrahmten, und erblickte besagte Holzhütte. Sofort begannen seine Elbensinne Fakten und Theorien durcheinander zu spinnen: *Ein Mädchen. Beim Gärtner. Oder auf dem Weg zum Gärtnerlehrling? Weint. Hat ebenfalls erfahren, dass der Junge fort ist?*

Skeptisch verengte er die Augen zu Schlitzen und fixierte die Ecke, hinter der sie verschwunden war. Die Wahrscheinlichkeit stand sehr hoch, dass es sich bei ihr um die von Akazia erwähnte Felia handeln musste. Wenn das stimmte, war sie die Eine. Und da sie weinte, musste die Lage äußerst ernst sein.

Seine Hand fand den Knauf des Gehstocks und mit einer geübten Bewegung löste er sich. Das helle Schleifen von Metall ertönte, als die Klinge innerhalb des Stocks sichtbar wurde. Er musste handeln. Sofort.

Schritte ertönten hinter ihm aus dem Eingangsflur.

»Lord Erendar!«

Mit einem *Tschick* drückte Vaunír den Knauf des Gehstocks wieder zurück.

»Ja?«, sagte er genervt und drehte sich zu Akazia herum, die hinter ihm im Eingangsbereich der Schule zum Stehen kam.

»Lord Erendar«, wiederholte sie. So distinguiert wie möglich, nahm sie einen tiefen Atemzug, um über den Umstand hinwegzutäuschen, dass sie gerannt war. »Wollt Ihr wirklich schon gehen?«

»Ja«, erwiderte Vaunír arktisch. »Sie haben es gehört. Der Junge hat die Köchin angegriffen. Er muss aufgehalten werden.«

»Das kann doch die Wache erledigen.«

Vaunír atmete einmal tief ein. Nein, das konnte nicht die Wache erledigen! Die wussten gar nicht, womit sie es zu tun hatten. Ja, eventuell würde sie den Jungen einfangen, vielleicht sogar töten können – ihr Volk hatte in der Vergangenheit schließlich schon mehrfach gezeigt, dass auch blinde Hühner ab und zu ein Korn fanden –, aber in diesem Fall fänden sie das kerdanisches Pergament und dieses musste unbedingt in seinen Besitz übergehen! »Die Angelegenheit erlaubt keinerlei Aufschub«, sagte er. »Bitte gehen Sie wieder hinein und ruhen Sie sich aus. Es war ein anstrengender Tag.«

»In Ordnung ...«, antwortete sie. »Aber ...«

»Aber?«, hakte Vaunír nach, der auch in den letzten zwanzig Minuten keinen Gefallen an diesem Spiel entwickeln konnte.

»Ich wollte noch ... ich meine ...« Ihre Stimme begann zu zittern. »Darf ich Euch wiedersehen?«, platzte es schließlich aus ihr heraus.

Auch das noch ...

Vaunír war natürlich bekannt, welche Wirkung sein Volk auf Menschen ausüben konnte. Nicht umsonst erzählte man sich seit Jahrhunderten Legenden und Geschichten vom erhabenen und schönen Volke der Elben. Märchengleiche Gestalten mit funkelnder Eleganz und überlegener Geschicklichkeit, durch ihr langes Leben mit unerschöpflicher Weisheit gesegnet und dennoch von jeglichen Gebrechen und Krankheiten verschont. Und was sie sonst noch für Gesülze zu den Fakten hinzudichten mochten.

Obgleich Vaunír seine eigene Perfektion genoss, fand er die Affektion, die dies in jungen menschlichen Frauen und auch Männern auslösen konnte, zutiefst lästig. Dennoch ... das junge Mädchen war immer noch eine Baroness und Erbin der Ländereien von Hällenkiesel.

Langsam beugte er sich hinunter. Seine bereits überstrapazierten Muskeln gaben noch einmal alles, um das freundlichste Lächeln zu formen, welches ihm möglich war. »Aber natürlich. Ich werde wieder in die Schule kommen und Sie besuchen.«

»Wirklich!?«, rief Akazia aus. »Das ... das ist ja großartig. Ich ... ich weiß gar nicht, was ich sagen soll.«

»Wie wäre es mit *auf Wiedersehen?*«, empfahl Vaunír trocken.

Akazia überhörte den Sarkasmus. »Ihr glaubt gar nicht, wie sehr ich mich gerade freue. Wann werdet Ihr vorbeikommen? Morgen?«

Vaunír konnte ein Zähneknirschen nicht unterdrücken. »Sobald es sich einrichten lässt.«

Das schien ihr endlich zu genügen. Erfreut knickste sie noch einmal, dann trat sie einen Schritt zurück und lächelte. »Ich werde geduldig auf Euch warten, Lord Erendar.«

»Warten Sie nicht zu lange.«

»Ihr bitte auch nicht.« Akazia lächelte. »Ich wünsche Euch noch einen wunderschönen Abend, Lord Erendar. Ich freue mich auf unser Wiedersehen.«

»Ich mich auch ...« Endlich wandte sie sich ab und lief in einem merkwürdigen Gehopse die Treppe hinauf. »... nicht«, beendete Vaunír seinen angefangenen Satz, als er sie außer Hörweite wusste.

Mit dem festen Vorsatz, dieses Gebäude in seinem Leben kein weiteres Mal zu betreten, schritt er die Stufen zur Grünfläche hinunter.

Erneut blickte er nach links, dorthin, wo das Mädchen – dessen Name mit hoher Wahrscheinlichkeit Felia lautete – verschwunden war. Seine Hand schloss sich fester um den Knauf seines Gehstocks. Zeit, ein weiteres Übel zu beseitigen.

»Ich werde geduldig auf Sie warten, Lord Erendar.«

Vaunír stockte. Wieso wiederholten seine Gedanken einen Satz, den er gerade eben erst gehört hatte? Solche Rückblenden hatten doch nur Schreiberlinge nötig, die nach Worten und nicht nach Qualität bezahlt wurden.

»Aber natürlich. Ich werde wieder in die Schule kommen und Sie besuchen.«

Es kam nicht häufig vor, dass Vaunír über seine eigenen Worte nachdachte. Wozu auch? Seine Worte waren stets perfekt gewählt und bedurften keinerlei destruktiver Postgrübelei. Allerdings brachten sie ihn auf eine Idee.

Seine Muskeln entspannten sich wieder und ein gewitztes Lächeln belastete abermals seine Facialmuskulatur. Auf sein aufmerksames Elbenunterbewusstsein war doch immer Verlass!

Er setzte sich in Bewegung – geradewegs auf die kleine Blockhütte zu. Das Mädchen zu töten, würde ihm nichts bringen, außer etwas mehr Zeit. Und der Nutzen von Zeit war in diesem Fall eine höchst fragwürdige Variable. Der Junge würde sich einfach ein anderes Mädchen suchen und wenn Vaunír ihn bis dahin nicht fand, konnte er das Pergament vergessen. Zu wissen, wer sein Mädchen war und wo er es finden konnte, war wesentlich nützlicher! Jedweder Zusatzaufwand wurde unnötig, wenn er den Jungen und sein Pergament *jetzt* finden konnte.

Vaunír erreichte die Hütte. Er hob den Gehstock und wollte mit dem Knauf an die Tür pochen, doch eine Bewegung am Rande seines Blickfeldes ließ ihn innehalten.

»Wollen Sie zu mir?«

Der Elb drehte den Kopf und betrachte den Mann, der just hinter der Hütte hervorgetreten war. Augenblicklich bereute er es, seine Augentropfen nicht eingesteckt zu haben. Vaunír verspürte das dringende Bedürfnis, sich von diesem verwilderten Anblick reinzuwaschen. Die langsam ergrauenden Haare des Fremden lagen strähnig und ungekämmt unter einem verfilzten Strohhut auf seinem Kopf. Erde haftete sowohl in Höhe der Knie an seiner Hose, als auch an seinen Händen. Wenn der Mann überrascht war, einen Elbenlord vor seiner Hütte stehen zu sehen, so zeigte er es nicht.

»Sind Sie Herr Grünspan, der Gärtner?«, stellte Vaunír die Gegenfrage.

Der Alte gab ein vergnügtes Glucksen von sich. »Ja, ja, in der Tat, der bin ich. Wie kann ich einem Elben behilflich sein? Ich befürchte, es gibt nichts über Bäume, Gräser, Pilze und Früchte, das ein bescheidener Mann wie ich *jemandem wie Euch* beibringen könnte.«

Vaunír spürte, wie seine Sicht kurz flackerte. Wie konnte er es wagen, anzunehmen, dass er hier war, um etwas über *Bäume* zu lernen!?

»Genau genommen wollte ich zu Ihrem Lehrling. Sie wissen nicht zufällig, wo er sich gerade aufhält?«

Die Züge des Gärtners verhärteten sich. »Da muss ich Euch leider enttäuschen«, sagte er. »Ich habe meinen Lehrling heute aufgrund seines Verhaltens entlassen müssen. Aber selbst, wenn er da gewesen wäre«, kleine Falten traten an den Rändern seiner Augen hervor, »glaube ich, dass auch *er* Euch nichts Neues zum Thema Baumschnitt hätte zeigen können.«

Vaunírs Finger verkrampften sich, aber er riss sich zusammen. Eine erkaltete Spur war immer noch besser als gar keine Spur. »Wissen Sie, wo er gewohnt hat? Wo er für die Nacht untergekommen ist?«

»Ich habe ihm einen Platz in meiner Hütte gegeben. Aber da ich ihn rausgeschmissen habe, wird er sich wohl eine neue Unterkunft suchen müssen. Er hatte erwähnt, dass er vorher in einem Gasthaus untergekommen war. Möglich, dass er dort wieder Unterschlupf suchen wird.«

»Wo?«, fragte Vaunír aufgeregt und machte einen Schritt auf den Gärtner zu. »Wie heißt dieses Gasthaus?«

Grünspan legte den Kopf schief und kratzte an seinem Kinn. »Gute Frage ... wie war der Name doch gleich? Lasst mich kurz überlegen. Ich komme noch drauf.« Angestrengt verzog er das Gesicht und brummte dabei.

Währenddessen kämpfte Vaunír die heldenhafte Schlacht gegen seine aufkommende Ungeduld, die ihn den Einsatz seines kompletten Waffenarsenals an Beherrschung und Disziplin abverlangte.

»Ah, jetzt fällt es mir wieder ein«, rief Grünspan aus. »Der Rasthof heißt *Zur Mühle*. Ihr findet ihn am Rande der Stadt zum Neuen Eichenwald hin.«

Vaunír wollte sich eilig abwenden, doch der Alte schien noch mehr Informationen für ihn zu haben.

»Allerdings«, sagte Grünspan gedehnt, »bezweifle ich auch, dass die Inhaber Euch in Sachen Bäume weiterhelfen können. Möglich, dass das Ehepaar allerdings etwas über Korn weiß. Sie waren schließlich mal Müller.«

Vaunírs Ungeduld erhob sich mit einem letzten verzweifelten Angriff gegen seine Beherrschung. »Sie kennen mein Anliegen überhaupt nicht, alter Mann! Wieso gehen Sie die ganze Zeit davon aus, dass ich etwas über *Bäume* erfahren will?« Wütend baute er sich vor dem Gärtner auf, der ihn vollkommen unbeeindruckt musterte.

»Dafür gibt es mehrere Gründe«, antwortete er ruhig. »Zum einen sehe ich deutlich die Anspannung in Eurem Körper. Außerdem fiel mir auf, dass Ihr – anstatt auf geradem Wege wie jeder andere auch – einen merkwürdigen Schlenker zu meiner Hütte gelaufen seid. Es hat mich gewundert, bis ich bemerkte, dass dieser Weg Euch den maximal möglichen Abstand zwischen den hier wachsenden Kugelkirschen bot, die Ihr – nebenbei bemerkt – unter keinen Umständen anzusehen versucht. Dabei habe ich mir wirklich Mühe mit den Formen gegeben. Ich schließe daraus, dass Ihr unter einer Dendrophobie leidet.«

Irgendetwas knackte im Innern von Vaunírs Schädel. »Den-den-dendro...«

»Den-dro-pho-bie«, wiederholte Grünspan langsam und gluckste. »Die Angst vor Bäumen. Das vermutlich einzige ich-tu-mal-als-wäre-ich-klug-Wort, das ich kenne. Ängste entstehen meist aus Unwissenheit, deswegen dachte ich, Ihr wollt etwas über Bäume lernen. Ergibt für mich zumindest am meisten Sinn.«

Vaunírs Sicht färbte sich schwarz.

Die Knie an den Körper gezogen und das Gesicht in den Armen vergraben, saß Felia im Gras und weinte. Kalt fühlte sie die Hauswand des Internats durch ihre Kleidung bis auf ihre Haut. Ein größeres Unwohlsein bereiteten ihr die Gefühle, die aus ihrem Inneren emporstiegen. Schon ironisch, wenn sie daran dachte, dass sie sich bereits seit Wochen auf diesen Tag gefreut hatte. Nur die Aussicht, dem Schlittenrennen beizuwohnen, hatte ihr die Kraft gegeben, ihren

Schulalltag zu überstehen. Und nun stellte sich dieser Tag als absoluter Albtraum heraus.

Bisher hatte sie immer geglaubt, Fräulein Manierlich wäre nur so streng zu ihr, weil sie sich nicht genügend anstrengte. Dass das Verhalten der Internatsleiterin allerdings gar nichts mit der Absicht verband, sie zu besseren Leistungen zu motivieren, sondern nur auf die Entwicklung der anderen Schüler abzielte, traf Felia hart. Auch wenn es nicht immer leicht hier war, hatte sie doch angenommen, dass man ihr helfen wollte, eine schöne Zukunft für sich aufzubauen, dass man ihr Wissen vermittelte, damit sie eine andere Berufung als die einer Bäuerin fand; vielleicht auf dem Weg dahin noch einen guten Partner fürs Leben kennenlernte. Ein Teil von ihr wollte an diesem Glauben festhalten, aber innerlich wusste sie, dass der Gärtner recht behalten würde. Die Worte des Alten hatten nur an die Oberfläche geholt, was sie eigentlich schon längst wusste.

Sie schniefte und weitere Tränen lösten sich aus ihren Augenwinkeln, um direkt vom Stoff ihrer Ärmel aufgesogen zu werden. Ewig konnte sie hier nicht sitzen, das wusste sie. Besonders, da die Sonne langsam unterging und ein frischer Wind aufkam, der sie erzittern ließ. Andererseits sträubte sich alles in ihr dagegen, zurück ins Internat zu gehen.

Vielleicht sollte ich einfach weglaufen ... Dieser Wunsch verlangte nicht zum ersten Mal nach Aufmerksamkeit. Drängend drückte er gegen eine Tür in ihrem Inneren, die ihr Kopf verzweifelt geschlossen zu halten versuchte. Es reichte dafür ein Gedanke: *Wo soll ich denn sonst hin ...?*

Sie schluchzte und weitere Tränen quollen hervor.

»Aber aber, Signora! Wer wird denn an dieser wunderschönen Abend traurig sein?«

Erschrocken hob sie den Kopf und sah eine Gestalt, die anmutig zwischen den Spitzen des schmiedeeisernen Zaunes balancierte. In ihrem Rücken versank das letzte Licht des Tages hinter den weißen Dächern der Stadt und ein Windstoß ließ den Saum ihrer Jacke elegant umherflattern.

»Geh weg und lass mich in Ruhe!« Verärgert wandte sie den Blick wieder ab. Der fehlte ihr gerade noch!

Das Flattern von Stoff drang an ihr Ohr und kurz darauf hörte sie Lyell auf dem Boden landen.

»Ich verstehe Signoras Ärger.« Er sprach sanft und mit diesem canalischen Akzent, der so gar nicht zu ihm passte. »Ich habe mich neulich wie ein unehrenhafter Rüpel aufgeführte. Das war unangemessen und Eurer nichtse würdig. Ich hoffe, Ihr könnte mir verzeihen.«

Überrascht über diese Worte hob Felia den Kopf. Lyell kniete mit einem Bein auf dem Boden, den Kopf gesenkt und die Hand in ihre Richtung ausgestreckt. Zwischen den Fingern hielt er eine einzelne Rose. Verwirrung bemächtigte sich ihrer. Er hatte sich noch nie bei ihr entschuldigt. Wenn sie es genau nahm ... eigentlich hatte sich bisher *niemand* bei ihr entschuldigt. Normalerweise war schließlich sie es, die irgendwas zerbrochen oder fallen gelassen hatte.

»Wieso?«, rief sie aufgebracht. »Wieso hast du das getan? Du hast versprochen, mich vor Fräulein Manierlich in Schutz zu nehmen, wenn ich dir helfe. Stattdessen bist du einfach gegangen und hast mich ins offene Messer laufen lassen! Ich musste fast eine Woche in der Küche schuften und hätte beinahe das Rennen verpasst, weil Fräulein Manierlich dachte, ich hätte mich in Anwesenheit eines Lords danebenbenommen! Was sollte das? Ich dachte, wir wären Freunde!«

Lyell antwortete nicht. Regungslos verharrte er in seiner Verbeugung.

»Wieso?«, wiederholte sie ihre Frage eindringlich.

Vorsichtig hob Lyell den Kopf, senkte ihn aber sofort wieder. »Es ...«, sagte er diesmal ohne den canalischen Akzent, »... hätte nicht der Rolle entsprochen.«

»*Der Rolle entsprochen!?*«, echote sie. »Was ist das für dich? Eine Theateraufführung? Nur, weil du dir ein paar feine Klamotten angezogen hast?«

Erneut blieb die Antwort aus.

Wütend kam Felia auf die Beine und baute sich vor ihm auf. »Fräulein Manierlich war total anders bei dir. So, wie sie auch immer Akazia umkreiselt. Du hättest ihr erzählen können, dass Pferde blau sind und ihre Äpfel goldene Kerne enthalten – sie hätte nie widersprochen, da bin ich mir sicher. Und jetzt nimm endlich die blöde Maske ab, wenn ich mit dir rede!«

»Bin ich nichtse genauso, wie Signora mich haben will? Schließlich haben Signora Den Maskierten in die Welt gerufen.«

»Das war ein Witz!«, rief sie aufgebracht. »Ich will keinen dummen canalischen Schönling! Ich will nur einen Freund. Ich dachte, du bist mein Freund ...« Traurig ließ sie die Schultern hängen. »Ich dachte, du verstehst mich ...«

»Möchten Signora mich als meine Partnerin zum Schlittenball begleiten?«

Einmal mehr schlugen ihr seine Worte wie der Stiel einer achtlos liegen gelassenen Harke vor den Kopf.

»Wie bitte?«, fragte sie.

»Zum Schlittenball, die Feier der Rennfahrer.« Endlich erhob er sich aus seiner Verbeugung, hielt die Hand allerdings weiter ausgestreckt in ihre Richtung. »Es iste ein exklusives Fest zu Ehren der mutigen Teilnehmer. Es gibte *musica* und *danza* und so viele Köstlichkeiten zu essen, dass selbste der Regent bei der Auswahl vor Neid erblassen wird. Ihr könnte es hautnah erleben, all Eure Helden sehen und das Haus mit Eurer Schönheit erhellen.«

»Schö-schönheit?«, stotterte Felia irritiert. »Lyell hör auf, du machst dich lächerlich. Das ist ein ... sehr exquisites Fest. Und ich«, sie zupfte an den Ärmeln ihres verklecksten Oberteils, »sehe wohl kaum aus, als würde ich auf ein solches Fest gehören. Nicht als Manierlichs *Bauernopfer* ...« Betreten sah sie zu Boden. »Ich habe noch nicht einmal ein Kleid.«

»Liegte alles in meiner Kutsche bereit.«

»*Deiner* Kutsche?« Irritiert nahm sie die Rose, die er ihr immer noch entgegenhielt. »Ich dachte du bist ein Schrotthändler! Wie kannst du dir eine Kutsche leisten?«

»Ich bin Der Maskierte. Und Der Maskierte legt Wert auf Stil. Da darf die Kutsche nicht fehlen!«

»Aber ...«

»Psst, sie iste geliehen, aber sagt es nichtse weiter.«

»Aber selbst dann kostet ...«

»Kein Aber.« Ein schelmisches Grinsen breitete sich unter der Maske aus. »Lasst es mich wieder gute machen und Euch einen unvergesslichen Abend schenken, um den Euch selbst diese Akazia beneiden wird. Heute seid Ihr die *Numero Uno!* Lasst zu, dass Euch heute das Glück anlächelt, Signora!«

Erstarrt stand sie vor ihm. Nur ihre Augen huschten nach Aufrichtigkeit suchend über sein maskiertes Gesicht, Seine Worte waren fest und voller Ernst. Er meinte, was er sagte, das spürte sie.

Zögernd ergriff sie seine Hand.

Anders als die meisten Anwesen der oberen Schicht Schwalbenkacks, lag die Residenz von Arwenius Habkies direkt im Stadtkern.
Früher einmal war es der Sitz der Händlergilde gewesen, ein präch-
tiges Gebäude, das den Wohlstand der Stadt allen Bürgern vor Augen
halten und in die Netzhaut einbrennen sollte. Es war ein Zeichen für
den florierenden Handel und die guten geschäftlichen Beziehungen,
die Schwalbenkack sowohl mit seinen Nachbarn als auch Übersee
mit mächtigen Nationen wie Djarne pflegte.

Viele Leute erinnerten sich kaum daran. Denn all dies war gewesen,
bevor Arwenius Habkies *selbst* zur Händlergilde wurde. Die Alten
behaupteten, er habe mit einem kleinen Straßenstand angefangen.
Sein Handelsgeschick zog schon bald die Aufmerksamkeit mächti-
gerer Männer auf sich und Arwenius wurde ein geschäftiges Mitglied der Gilde. Doch dabei blieb es nicht. Wie eine Spinne knüpfte
er ein umfangreiches Netz an Handelsbeziehungen, sodass er bald
jegliche »Partner« in der Gilde ausgestochen hatte. Ähnlich wie
beim alten Krust munkelte man, er habe einen Pakt mit Dämonen
geschlossen. Es hieß, er habe sein Herz verkauft und es durch eine
goldene Taschenuhr ersetzen lassen, die nun den Takt seines Lebens
vorgäbe. Eine Uhr, die nur noch Zeit und Geld kannte, aber weder
Freude noch Liebe in seinem Leben zuließ.

»Das ist das billigste Seemannsgarn, das mir je angedreht wurde«,
schnauzte Rostbart, als Fräulein Handlung die Geschichte zu dem
Gebäude beendet hatte, vor dessen breiten Stufen sie beide standen.

»Eine Taschenuhr, die den Takt seines Lebens vorgibt? Ha! Natürlich hat er anstelle seines Herzens einen Kompass, der nicht nach Norden zeigt, sondern auf die nächstgelegenen Juwelen und Edelsteine. Ist doch ganz klar!«

Seine Begleitung verdrehte die Augen. »Tut mir leid. Sie kennen diese urbane Legende natürlich besser, genauso wie den alten Perdok Trüffelgut. Ein Wunder, dass selbst Menschen wie mein Vater Ihnen diese Geschichte bei dem Karlheimer Akzent abgekauft haben.«

»Man muss eben nur wissen, wie man es angehen muss, Teuerste.« Rostbart grinste, was in etwa so aussah, als würde sich ein überwinterndes Nagetier in seinem Bart regen.

»Wollen wir dann?«, fragte Tia und hielt dem selbsternannten Kapitän ihren Arm hin.

»Aber mit Vergnügen«, erwiderte Rostbart und hakte sich bei ihr ein.

Für einen Augenblick kämpfte Tia noch mit ihrem Abscheu, schluckte das Gefühl aber hastig herunter. Sie gingen auf eine Veranstaltung, die zwar nicht den gleichen erlesenen Ruf wie die Privatfeier eines adeligen Hauses genoss, aber dennoch zu den begehrtesten der Stadt zählte. Welches junge Mädchen, das sie kannte, hatte sich nicht einmal gewünscht, das Interesse eines Rennfahrers zu wecken und mit ihm gemeinsam zum Schlittenball zu gehen? Tia würde es niemals zugeben, aber auch sie hatte in ihrer Jugend heimlich für einen Rennfahrer geschwärmt. Und auch wenn sie Festlichkeiten dieser Art verabscheute – über eine Einladung zum Schlittenball hätte sie sich damals sehr gefreut. Es war schon bittere Ironie, dass sich dieser Wunsch, der längst im Regal der peinlichen Jugenderinnerungen im hintersten Saal ihres Gedächtnisses verwahrt worden war, nun erfüllte. Allerdings war Rostbart der vorletzte Mann in ganz UmfangReich, den Tia sich als Begleitung ausgesucht hätte. Träume konnten zwar wahr werden, aber in der Realität wurde all das gold-glitzernde Konfetti schnell durch Grau und Sägespäne ersetzt. Das Leben musste ein gieriger Knauser sein.

Immerhin hatte er ihr ein Kompliment zu ihrem smaragdfarbenen Kleid gemacht. Auch wenn sie sich noch nicht sicher war, ob sie »Bei Okeanas unverhüllten Brüsten, Sie haben sich ja mehr aufgetakelt als die Takelage meiner Bertha!«, als Kompliment werten sollte.

Rostbart selbst trug einen weißen Mantel über den Schultern, der mit Sicherheit aus dem Kleiderschrank eines dekorierten Admirals stammte und ohne dessen Erlaubnis von dort entfernt worden war. Diese Ansicht vertrat zumindest Tia, egal wie fest der Kapitän be-hauptete, die Präsidentin von Djarne hätte ihm die Orden für beson-dere Dienste verliehen, die in ihren privaten Gemächern stattgefun-den hatten.

Gemeinsam schritten sie die Stufen zum Anwesen hinauf.

Im Eingangsbereich stand ein in Frack gekleideter Bediensteter mit vor Haargel glänzendem Seitenscheitel, der ihre Karten entgegen-nahm. »Guten Abend werte Dame, werter Herr. Willkommen zum Schlittenball. Bevor ich Sie in die Villa Habkies einlasse, muss ich Sie bitten, sich einer Leibesvisitation zu unterziehen. Regent Zirkus ist heute zu Gast, da schreiben wir Sicherheit besonders groß.« Er deutete auf einen Mann und eine Frau in goldglänzender Rüstung mit rotem Cape. Ihre Gesichter waren nur durch einen T-Schlitz in ihrem Helm zu erkennen: Zirkus' persönliche Leibwache.

»Aye, wenn's denn sein muss.« Mit erhobenen Armen wankte Rost-bart zu dem Wächter hinüber.

Tia zögerte. Dann holte sie zwei Dolche aus einer Innentasche in ihrem Kleid hervor und drückte sie der Leibwächterin in die Hand. »Ich gebe die dann besser sofort ab.«

Die Frau warf ihr einen strengen Blick zu, erwiderte jedoch nichts. Gründlich überprüfte sie Tia, bevor sie dem Bediensteten kaum merklich zunickte.

Der andere Wächter hatte Rostbart inzwischen seinen Säbel abgenommen und wollte ihn auch nicht zurückgeben, als dieser behauptete, es würde sich lediglich um Dekoration handeln. Schließlich gab Rostbart nach und der Wächter trat zurück.

Zufrieden rückte der Bedienstete seine Brille mit dem Handballen zurecht. »Vielen Dank für Ihre Kooperation«, sagte er vornehm, während er die Karten leicht einriss und sie ihnen zurückreichte. »Wen darf ich melden?«

»KAPITÄN ROSTBART UND SEINE BEGLEITUNG FRÄULEIN HANDLUNG!«, krähte der Kapitän in den Saal hinein. Köpfe drehten sich und der Bedienstete rümpfte empört die Nase, sah ansonsten aber über den Fauxpas hinweg. Bestimmt wusste er, dass der Großteil der Rennfahrer aus einfacheren Kreisen stammte.

Tia spürte, wie sie errötete. Zumindest hatte er ihrem Namen die richtige Anrede hinzugefügt. Obwohl sie sich sicher war, dass es nicht aus Rücksicht geschehen war, sondern weil er es als Schwalbenkackler mit karlheimscher Abstammung nicht anders kannte. Im Gegensatz zu Jim.

Einen Moment lang verspürte sie ein schlechtes Gewissen, dass Rostbart und sie dieser Feier beiwohnen durften, obwohl Jim und Argei eigentlich die ganze Arbeit erledigt hatten. Schnell schob sie den Gedanken wieder beiseite. Sie war nicht hier, um Piraten zu bemitleiden, sondern ...

»Also, Sie wissen, was Sie gleich zu tun haben«, flüsterte Rostbart ihr zu – oder versuchte es zumindest. Seine geringe Größe verhinderte, dass er ihr Ohr unauffällig erreichte. »Sie blenden alle mit ihrem bezaubernden Anstrich, schmieren etwas Honig um das eine oder andere Maul und reden mit unseren Konkurrenten, klar soweit? Besonders den Jaguar und Den Maskierten werden Sie dabei genauer unter die Lupe nehmen!«

»Ich habe es nicht vergessen«, knirschte Tia zwischen ihren Zähnen hervor. »Was gedenken Sie derweil zu unternehmen, Kapitän?«

»Oh, das ist ganz einfach«, sagte Rostbart stolz und stibitze sich ein Glas Sekt, das gerade auf einem Tablett von einem Kellner vorbei getragen wurde. »Ich falle nicht auf, verbessere unseren Ruf und«, er schielte zu dem üppigen Bankett, das sich am Rande des Saals ausbreitete, »werde Proviant für die Mannschaft besorgen. Für das wichtige Drittel zumindest.« Er grinste sein dreckiges Piratengrinsen und Tia fragte sich, ob dieses genauso falsch wie seine Absichten war.

»Ich habe einen anderen Vorschlag«, erwiderte sie kühl. »Ich nehme mir diesen Maskenfritzen vor und Sie sich den Jaguar.« Und mit einem schmeichelnden Unterton in der Stimme fügte sie hinzu: »Als furchtloser Seefahrer sollten Sie dieser Herausforderung doch gewachsen sein, oder täusche ich mich da in Ihnen?«

»Ha! Geben Sie sich keine Mühe. Ich sagte doch, Sie sollen den anderen Honig ums Maul schmieren und nicht mir. Sehen Sie diesen Bart?« Er deutete auf seine unübersehbare Gesichtsbehaarung. »Das bleibt alles dort hängen, kapiert? Und jetzt lächeln Sie mal ein wenig. Wann dürfen Sie schließlich schon mal einen echten Kapitän auf eine Feier begleiten?«

Tia zwang ihre Mundwinkel nach oben.

Abschätzend verzog Rostbart das Gesicht. »Fürs Erste muss das wohl reichen, aber das üben Sie heute Abend noch. Sie wissen wohl einfach nicht, wie man entspannt. Schauen Sie sich um und lernen Sie.«

Sie verließen den Eingangsbereich und erstmals nahm Tia sich die Zeit, um ihre Umgebung genauer in Augenschein zu nehmen. Der Ballsaal fasste derzeit mindestens siebzig Personen, die in kleineren Gruppen standen und sich rege unterhielten. Ob sie alle zu den Rennfahrern gehörten, wusste Tia allerdings nicht. Zwar hatte sie die Vorstellung der Fahrer verfolgt, aber die meisten hatten es mit ihren öden Worten nicht geschafft, sich einen Platz in Tias Gedächtnis zu verdienen.

In einer der Gruppen konnte sie den Schmied ausmachen, den man unter dem Namen Veit Donnerkufe kannte. Er stütze sich auf eine Krücke und sein Bein war bandagiert. Auch wenn er bisher nie als Sieger aus einem Rennen hervorgegangen war, so galt er doch als bekannter und geschätzter Fahrer. Wer jedes Jahr mitmachte und trotzdem noch alle Gliedmaßen sowie den Irrsinn besaß, weiterhin teilzunehmen, musste respektiert werden. Neben ihm stand eine kräftige Frau mit tomatenroten Wangen in einem genauso roten Kleid, die Haare zu einem imposanten Dutt aufgetürmt. Sie lachte laut und hielt sich dabei an Donnerkufes Arm fest. Ein Ring blitze an ihrem Finger auf. Augenscheinlich war sie seine Frau. Ob es sich positiv auf eine Ehe auswirkte, wenn der Mann einem so gefährlichen Hobby nachging?

Tia wandte den Blick ab und begutachtete die Inneneinrichtung. Die Wände zierten dunkelblaue Wandvorhänge. Eine gute Wahl, wenn man die versilberten Ornamente in den tragenden Säulen bedachte. Zwischen den Fenstern standen kleine Podeste, auf denen wertvolle Kunstgegenstände aus allen Winkeln UmfangReichs gut sichtbar platziert worden waren. Unter all den Antiquitäten konnte sie eine Kling-Vase aus dem fernen Jaspisreich ausmachen. Ihr Vater hatte ihr erzählt, dass der Name darauf zurückzuführen war, dass diese Vasen wunderschöne Töne von sich gaben, wenn man mit einem Finger dagegen schnippte. Auf einem anderen Podest erspähte sie eine Marmorskulptur, mit wehendem Gewand. Dem Faltenwurf nach zu urteilen, entstammte sie aus einer der früheren skepthomosischen Kunstepochen. Wen die Skulptur darstellen sollte, blieb ein Geheimnis, denn der Figur fehlten Kopf und Hände. Vermutlich hatte der Künstler diese total verhauen ... Sie schmunzelte über den Wortwitz ihrer Gedanken.

»Oh, sehen Sie mal, Herr Habkies besitzt sogar die Fernenwacht von Vico van Grog!«, entfuhr es ihr, als sie das entsprechende Gemälde an der Wand hängen sah.

»Was?«, rief Rostbart und folgte ihrem Blick. »Grog? Wo?«

Tia verdrehte die Augen. »Die Fernenwacht«, verdeutlichte sie. »Das Werk eines berühmten Malers des letzten Jahrhunderts. Es gilt als eines der bedeutendsten Kunstwerke in der Kunstgeschichte.«

Die Furchen auf Rostbarts Stirn verrieten seine Verwirrung. »Ich sehe nur eine hässlich gemalte Ruine und eine gelbe Kugel.« Er warf ihr einen forschen Blick zu. »Seit wann kennen sich Ingenieure mit diesem Kunstkram aus? Für sowas hat doch nur das reiche Pack Zeit.«

»Jeder hat seine Hobbies«, erwiderte Tia kalt. »Viele Erfindungen wurden von der Natur beeinflusst. Zeichnen und Kunst liegen einem Ingenieur deshalb nicht fern.« Sie dachte an die krummen Hände ihrer gezeichneten Figuren, die sie am liebsten genau wie der skepthomosische Bildhauer kurzerhand abgehackt hätte.

»Ich sehe, wir haben heute eine wirkliche Kennerin auf meiner kleinen Feier«, erklang eine Stimme direkt hinter ihnen. Die beiden drehten sich um und bemerkten den im schwarzen Anzug gekleideten Mann mit dem Zylinder, der sie freundlich anlächelte. »Oh, Verzeihung, ich wollte mich nicht so anschleichen«, sagte er. »Gestatten

Sie, Arwenius Habkies mein Name. Willkommen auf dem Schlitten-ball!«

»Sehr erfreut«, überspielte Tia ihre Überraschung und knickste, wobei sie ihrem Gastgeber elegant die Hand reichte. Habkies zögerte nicht, sondern ergriff ihre Hand und küsste sie flüchtig.

»Und mit wem habe ich die Ehre?«

»Kapitän Rostbart, beim Rennen auch bekannt als die Rumkanone«, schaltete sich der Kapitän ein und klopfte ihrem Gastgeber kumpel-haft auf die Schulter. »Das ist meine Begleitung Fräulein Handlung. Man, das ist ja eine echt stolze Kajüte, die du da hast, Respekt.«

»Nichts im Vergleich zu Ihrer Begleiterin«, erwiderte Habkies das Kompliment. »*Fräulein* Handlung, so, so. Sie sind viel zu bezau-bernd, um noch ungebunden zu sein.« Er lächelte gewinnend und Tia konnte ein leichtes Zucken ihrer Mundwinkel nicht verhindern. Die-ser Mann mochte den urbanen Legenden zufolge vielleicht kein Herz besitzen, aber sein Charme glänzte dafür genauso golden wie die Uhr, die man ihm anstelle jenem nachsagte.

Sie erwiderte das Lächeln. »Vielleicht, weil die Männer vor lauter Bezauberung stehenbleiben, anstatt wenigstens zu versuchen, mit mir schrittzuhalten.«

Ihr Gastgeber hob die Augenbrauen. »Touché.« Dann legte er die Stirn in Falten. »Sagen Sie, kennen wir uns irgendwo her? Sie kom-men mir bekannt vor.«

Er kann sich unmöglich daran erinnern, schoss es Tia durch den Kopf und Panik keimte in ihr auf. *Der Familienname. Natürlich.*

»Sie haben mich bestimmt bei der Rede der Rennfahrer gesehen. Schließlich war ich mit dem Kapitän zusammen dort.« Sie meinte Rostbarts wissenden Seitenblick förmlich spüren zu können. Glück-licherweise enthielt er sich jeglichen Kommentars. Zwar würde er später eine Erklärung einfordern, aber bis dahin hatte sie genügend Zeit, sich eine durchdachtere Lüge zurechtzulegen.

»Ah ja, die Rumkanone«, fiel Habkies' Aufmerksamkeit von ihr ab. »Ich muss schon sagen, Ihre beiden Lehrlinge haben eine beachtliche Darbietung auf der Strecke hingelegt. Dieses Jahr zeigen sich einige neue Sterne am schwalbenkackschen Firmament. Die Bürger sind ganz aus dem Häuschen, wenn ich das sagen darf.«

»Du wirst noch mehr aus dem Häuschen sein, wenn ich das zweite Rennen gewinne und damit dein Preisgeld erbeute.« Rostbart zeigte ein schmieriges Grinsen. »Ich hoffe, das stört dich nicht, da du ja sowieso vorhast, dich von diesem Schatz zu trennen.«

»Ganz und gar nicht«, erwiderte Habkies mit ebenso gespielter Freundlichkeit. »Ehre, wem Ehre gebührt. Und Reichtum dem, der sich dieser Ehre würdig erweist. Wenn wir gerade beim Thema Ehre sind ...« Galant legte er jeweils eine Hand auf Rostbarts und Tias Schulter, bevor er sie sanft aber bestimmt herumschwang. »... kennen Sie schon Den von der Tarantel gestochenen Jaguar?«

Der Mann, der gerade einen Käse-Fleisch-Gemüsespieß von dem Tablett eines vorbeilaufenden Kellners entführte, drehte sich bei der Erwähnung seines Namens zu ihnen um. Tia erschauderte, als sein Blick auf sie fiel. Natürlich war es nicht das erste Mal, dass sie den Jaguar sah. Schließlich war sie bei der Vorstellung der Rennfahrer gewesen. Doch dieser Person direkt gegenüberzustehen, war etwas völlig anderes.

Kurze dunkelbraune Haare sprossen aus seinem Kopf, auf dem schon in jungen Jahren ein Geheimrat seine Ecken eingerichtet hatte. Sein Gesicht war schmal, bartlos und kantig, als wäre es aus Stein gehauen. Genauso reglos zeigte sich seine Mimik, in der keine Freude über diese Begegnung lag. Niemand kannte den Jaguar als einen liebenswerten Menschen. Mehr noch, Tia schien es, als wollte er die Gäste auf diesem Ball absichtlich beleidigen, indem er sich noch nicht einmal die Mühe gemacht hatte, seine Renntracht gegen angemessenere Kleidung auszuwechseln. An der ledernen Jacke mit den eisenbeschlagenen Schulterpolstern klebte noch weißer Kot von der Fahrbahn. Ebenso an den klobigen Stiefeln.

Einen starken Kontrast bildete sein Begleiter: ein regelrechter Hüne, über dessen breite Brust sich ein blütenweißes Hemd spannte. Zwei Knöpfe hielten seine schwarze Anzugjacke tapfer zusammen, sah es doch aus, als könnte seine Kleidung sofort in zwei Hälften reißen, wenn dieser Mann auch nur einmal zu tief Luft holte. Eine im Vergleich winzige schwarze Fliege zierte den fleischigen Hals. Die schwarzen Haare lagen ordentlich in einem Mittelscheitel zu den Seiten gekämmt. Auch in seinem Blick lag wenig Freundlichkeit.

»Wenn Sie mich entschuldigen würden«, warf Habkies ein, der die Elektrizität in der Luft bereits zu fühlen schien, »ich muss noch ein paar weitere Gäste begrüßen. Amüsieren Sie sich gut.« Damit verschwand er erstaunlich schnell in der Menge.

Unangenehmes Schweigen breitete sich aus.

»Ah ja, die Rumkanone«, übernahm der Jaguar den ersten Zug und streckte zu Tias Verwunderung die freie Hand aus. »Der Bezwinger der todbringenden Kälte Nieselheims. Der Mann, der den legendären Messwa nicht nur gesehen, sondern auch noch mit seiner Geschwindigkeit an der Nase herumgeführt hat …, wenn diese Kreatur denn über eine Nase verfügte?«

Rostbart ergriff die angebotene Hand und drückte zu. »Ein Prachtexemplar von einem Zinken. In jedes Loch hätte eine Kanonenkugel hineingepasst.«

»Oh, wirklich wahr? Das ist ja überaus faszinierend.«

Einen Moment lang starrten sich die beiden Männer herausfordernd an, bevor sie den Handschlag wieder lösten. Tia entgingen nicht die roten Abdrücke auf der Haut, die die Finger des anderen jeweils zurückgelassen hatten.

»Darf ich Ihnen meinen Begleiter und persönlichen Adjutanten vorstellen?«, sagte der Jaguar. »Eigentlich heißt er Herbert, aber alle nennen ihn Klotz.«

»Angenehm«, grollte der Hüne, verzichtete aber auf einen Handschlag. Für Rostbart vermutlich die verpasste Gelegenheit auf eine imposante Hakenhand.

»Und wer ist Ihre Begleiterin?« Des Jaguars steinerner Blick bohrte sich direkt in Tias Augen. »Zu schön, um mit Ihnen verwandt oder Ihre Geliebte zu sein. Ich nehme mal an, Sie ist Ihre ... *Ingenieurin?*«

Tia spürte einen Stich in ihrer Brust. *Woher weiß er das?*

»Aye«, bestätigte Rostbart knapp. »Das ist korrekt. Und viel zu talentiert, um deine zu sein.«

Tias Augen verengten sich zu Schlitzen. *Wenn du wüsstest, wieso ich dir überhaupt helfe ...*

»Ist das so?« Er wandte sich wieder Tia zu und musterte sie einmal von Kopf bis Fuß wie ein Raubtier, das eine schmackhafte Gazelle ins Visier nahm.

Tia lächelte sanft. »Ingenieurin, ja, aber keine Magierin. Ihre beiden Egos kann selbst ich nicht reparieren.«

Der Jaguar verzog keine Miene. Dafür brach Rostbart in schallendes Gelächter aus. »Gar-har-har. Da hast du's. Sie ist nicht auf den Kopf gefallen.«

»Als ob diese Aussage ihr Talent belegen würde.« Der Jaguar maß sie mit einem verachtenden Blick. »Es zeigt nur, dass sie frech und ungehobelt ist.«

Tia verengte die Augen zu Schlitzen. »Immerhin weiß ich mich angemessen für ein Fest zurechtzumachen. Im Gegensatz zu ... anderen Anwesenden.«

Wieder einmal ertönte Rostbarts grölendes Gelächter, während Tia dem Jaguar weiterhin fest in die Augen starrte. Genau diese Überheblichkeit war es, die sie an Menschen nicht leiden konnte; diese Überzeugung, etwas Besseres zu sein, aufgrund von Geschlecht, Geburt oder Talent. Der Jaguar mochte sich durch seine unangebrachte, gar beleidigende Garderobe von den Adeligen abheben wollen, aber sein Verhalten war nicht besser als das ihre.

Tia wollte gerade zu einem Themenwechsel ansetzen, als ihr Blick auf zwei Gestalten fiel, die sich erhobenen Hauptes durch die Menschen bewegten: Lord Lorenz Rettlinger begleitet von seiner Frau Amelia. Rostbarts Gelächter musste ihnen aufgefallen sein, da sie irritiert in ihre Richtung sahen.

Ein Stich fuhr durch Tias Brust. Wenn Lord und Lady Rettlinger anwesend waren, dann war ihr Sohn August bestimmt nicht weit. Habkies erinnerte sich vielleicht vage an sie, aber Augusts Erinnerung an Tia saß wortwörtlich tief. Die Narbe im Gesicht würde er sein Leben lang tragen. Tia hatte sie ihm verpasst, um ihn die Bedeutung des Wortes »Nein« zu verdeutlichen. Bei der Erinnerung erschienen Schlieren vor ihrem Blickfeld und ihr Gleichgewichtssinn gönnte sich eine unplanmäßige Auszeit.

»Wenn die Herren mich kurz entschuldigen würden«, leitete Tia ihren Rückzug ein, »ich werde uns etwas zu trinken organisieren.« Ohne eine Bestätigung abzuwarten, drehte sie sich auf dem Absatz um und bahnte sich einen Weg durch die Menge. Erst als sie das Gefühl loswurde, dass eine Pfeilspitze auf ihren Nacken zielte, blieb sie stehen und nahm einen tiefen Atemzug. Das war gerade noch einmal gut gegangen. Mit ihrer Entschuldigung war sie nicht nur Rostbart, sondern auch diesen unangenehmen Jaguartypen los. Jetzt musste sie nur noch August ausfindig machen, um ihm für den Rest des Abends aus dem Weg zu gehen.

Eingeschüchtert blickte Felia sich in dem großen Ballsaal um. Zwar sah alles genauso aus, wie sie es aus ihren Lehrbüchern kannte, aber leibhaftig an einem solchen Ort zu sein, fühlte sich ... unangenehm an. Wo auch immer ihr Blick hinfiel, alles strahlte Reichtum und Macht aus. Sie bemerkte allerlei seltene Kunstgegenstände. Darunter die Westernfracht von Vico van Grog und die Diana – eine lebensgroße Statue, gehauen aus einem einzelnen Marmorblock –, die zu Zeiten des großen Canalischen Reiches entstanden war. Diese beiden Werke konnte Felia zumindest benennen, doch war sie überzeugt, dass auch die übrigen Gegenstände ihren Wert in Gold aufwiegen konnten.

Sie ließ ihren Blick über die Gäste schweifen. Die meisten wirkten, als könnte man sie ebenfalls mit den Kunstwerken in eine Reihe auf ein Podest stellen. Es wimmelte von bunten Kleidern und feinen Anzügen. Die halbe Oberschicht der Stadt musste anwesend sein.

Zweifelnd sah sie an sich herunter. Noch immer fragte sie sich, wo Lyell das Kleid aufgetrieben haben mochte, das sie nun am Leibe trug. In der Kutsche hatte er gemeint, sie dürfte es sich für diesen Abend leihen; bevor er zu dem Kutscher nach draußen geklettert war. Sogar ein Puderkästchen und Lippenstift hatte er für sie bereitgelegt. Da Felia allerdings nicht wusste, wie man mit diesen Dingen umging, hatte sie lieber die Finger davon gelassen. Bei ihrem Geschick sähe sie am Ende aus wie ein wandelnder Mehlsack und diese Peinlichkeit wollte sie sich um jeden Preis ersparen. Es war schon schwer genug gewesen, dieses Kleid anzuziehen.

Unter den Gästen befanden sich auch einige Wächter, die deutlich an ihrer Uniform zu erkennen waren. Wachsam und reglos hielten sie sich im Hintergrund. Wären sie einfarbig, hätte man sie leicht mit einer der Statuen verwechseln können. Einige Wächter hatten sich unter die Leute gemischt. Felia erhaschte einen kurzen Blick auf einen Mann in strahlend goldener Rüstung mit feuerrotem Umhang, der sich mit anderen Herren und Damen unterhielt. Sie blickte ihm kurz hinterher, bevor er aus ihrem Sichtfeld verschwand, als sie weiter in den Raum hinein schritten. Vermutlich war dies der Hauptmann der Stadtwache. Natürlich, auch er galt als eine wichtige Person.

Aber wenn sich auch Wächter auf dieser Feier befanden, dann vielleicht auch …

Sie zuckte zusammen als sie Oberwachtmeister Piepenköhl in der Menge bemerkte. Mit falkenhaftem Blick schlenderte er durch den Wald von Leibern, die Hände hinter dem Rücken versteckt. Reflexartig zog Felia die Schultern hoch und wandte sich hastig ab. Was, wenn er sie erkannte?

Lyell schien ihre Reaktion missszuverstehen. Sanft drückte er ihre Hand und sagte: »Aber, aber, nichtse so schüchtern. Ihr brauchte Euch nichtse zu verstecken. Heute Abend seid Ihr *La Regina,* meine Königin! Tragt Euer Haupte erhoben und voll Zuversicht. Das stehte Euch zu.«

»Aber ich bin keine Königin«, flüsterte sie. »Ich bin nur …«

»*La Regina!*«, betonte Lyell voller Inbrunst in der Stimme. »Gebt Euch einfach hin und lasste Euch von dem Feuer in Euren Adern treiben. Das Leben iste eine Bühne! Ihr lernte doch Canalisch in die Schule.«

»Nein. Ich meine, ja, wir lernen Canalisch, aber ich kann nicht mal eben wie du den Leuten vorspielen, jemand anderes zu sein. Ich bin keine Königin, sondern nur eine ...«

»Oh wie erfreulich! Wenn das nicht Der Maskierte ist!« Felia wandte sich um und erkannte einen älteren Mann mit einem lustig gezwurbelten Schnauzer und ähnlich krausen Haaren. Flankiert wurde er von zwei protzig anmutenden Wachmännern in goldglänzenden Rüstungen. Ihre Gesichter konnte Felia nicht erkennen; ein Helm, auf dem so etwas wie ein Besenkopf befestigt war, verdeckte den größten Teil ihrer Mimik.

»Darauf habe ich mich schon den ganzen Abend gefreut.« Mit einem Funkeln in den Augen trat der Mann vor und schüttelte Lyells Hand mit beiden Händen. »Ich darf mich kurz vorstellen: Ich bin Gaius Augustus Zirkus und es ist mir wirklich eine übergargroße Freude, Sie in unserer schillerschönen Stadt Schwalbenkack begrüßen zu dürfen.«

»Die Freude iste ganz meinerseits«, erwiderte Lyell vornehm. Jedenfalls so vornehm wie es ging, während die eigene Hand wie ein Schüttelbecher behandelt wurde.

»Ich hatte ja keine Ahnung, dass man sich auch in Gran Canalia so für unseren außerrechtwöhnlichen Rennsport interessiert. Sie haben großes Talent, mein Freund.«

Gegen ihren Willen musste Felia schmunzeln. Dieser Mann wirkte weniger einschüchternd auf sie als manch anderer Gast – trotz der beiden Wächter, die jede ihrer Bewegungen genau beäugten. Auch bei dem Namen regte sich etwas in ihrer Erinnerung. Sie meinte, ihn irgendwann im Unterricht aufgeschnappt zu haben – zusammen mit vielen anderen Namen und Titeln wichtiger Persönlichkeiten.

»Und wer ist Ihre erquickreizende Begleitung?«, fragte Zirkus und wandte sich ihr zu.

Felia öffnete den Mund, aber Lyell war schneller.

»Darf ich vorstellen, La Regina. Die Prinzessin von Gran Canalia.«

»Oh, wirklich?« Die Brauen des Mannes vollführten einen überraschten Hopser. »Das letzte Mal, als ich Sie gesehen habe, waren Sie noch ein klitzeniedleines Mädchen. Seit damals hat Ihre Familie meinen Palast leider kein weiteres Mal besucht. Und jetzt sind Sie bereits eine wunderauswachsene Frau! Hach, wie schnell doch die Zeit vergeht!«

Die Erkenntnis traf Felia wie ein Donnerschlag. *Er ist der Regent!*, meldete sich ihr Langzeitgedächtnis. *Der Herrscher von Schwalbenkack!*

»Hätten Sie mich doch über diesen spontaraschenden Besuch inforrichtet! Sie sind in meinem Palast jederzeit willkommen! Wo ist denn Ihre liebe Frau Mutter?«

Aus vor Schreck geweiteten Augen starrte Felia zurück. *Bei Teldun, was sag ich denn jetzt?* Eine unangenehme Hitze verbreitete sich ausgehend von der Magengegend in ihrem Körper und sie bemerkte, wie ihre Hände schwitzig wurden. *Hat Lyell mich wirklich als die Prinzessin von Gran Canalia vorgestellt? Das ist doch alles nur ein böser Traum!*

Zirkus legte die Stirn in Falten. »Geht es Ihnen gut, Donna?«

»Sie spricht nur Canalisch«, räusperte sich Lyell und ein Ausdruck des Verstehens überrollte die Gesichtslandschaft des Regenten.

»Ah, scusi«, entschuldigte er sich immer noch lächelnd. Es folgte eine canalische Frage, die viel zu flüssig und schnell von seiner Zunge geformt wurde, als dass Felia die einzelnen Worte verstanden hätte.

Ihr Hirn setzte aus. »Sì«, war alles, was Felia über die Lippen bekam. Aber anscheinend war ihre Antwort völlig ausreichend, denn der Schnauzer des Mannes hüpfte erfreut und kleine Lachfalten traten an den Rändern seiner Augen hervor. Dann wandte er sich wieder Lyell zu.

»Sagen Sie, mich beschäftigt heute schon den ganzen Tag die quälringende Frage, wie sie dem Kothaufen auf der Strecke ausweichen konnten. Auf der geradeligen Straße geben die Fahrer normalermäßig alles! Aber nicht Sie! Sie sind vorsamer geworden und konnten so den Unfall vermeidern. Woher haben Sie das gewusst?«

»Ah.« Lyells Grinsen wuchs in die Breite. »Es war eine *Presagire*. Ein Bauchgefühl. Ich wusste, dass etwas nichtse stimmte.«

»Ja, aber woher?«, fragte Zirkus aufgeregt. »Das muss doch einen Grund gehabt haben.«

Nachdenklich rieb sich Lyell das Kinn. *»Gli Spettatori.* Es waren die Zuschauer«, sagte er schließlich.

»Die Zuschauer?«

»Sì«, bestätigte er. »Wenn ich so darüber nachdenke ... Normalerweise blicken die *Spettatori* mich erwartungsvoll an, wenn ich auf der langen Strecke auf sie zufahre. Sie jubeln. Sie winken. Sie applaudieren. Aber Ihre Köpfe waren alle abgewandte, weil ihre Aufmerksamkeite von dem beansprucht wurde, was hinter der Kurve lag. Das hat nichtse gestimmt.«

»Äußererstaunierend!«, rief der Regent verblüfft und fuhr sich mit der Hand durch die grauen Locken. »Das ist eine wahre Meisterleistung! Sie müssen sehr viel Rennerfahrung haben, um solch ein wichwinziges Detail in der Hitzglut des Wettkampfes zu bemerken.«

Dem musste Felia insgeheim zustimmen. Jetzt, wo Zirkus es erwähnte, fragte sie sich, wo Lyell diese Erfahrung gesammelt hatte. Sowieso ... in dem Moment, als sie ihm die Maske aufgesetzt hatte, war er wie ausgewechselt gewesen. Er sprach und gestikulierte, als sei er ein komplett anderer Mensch. Zuerst hatte sie nur geglaubt, dass er sich einen Scherz mit ihr erlaubte. Inzwischen dachte sie, er sei vielleicht unter Schaustellern aufgewachsen und könnte deshalb so gut die Rolle verkörpern, die sie sich spontan ausgedacht hatte, aber das erklärte nicht, wieso er plötzlich *echte* Fertigkeiten erlangt hatte. Wenn er schon früher Rennen gefahren war, wieso hatte er sie dann extra in der Schule aufgesucht und sie gebeten, für ihn den Schlitten zu fahren? Das ergab doch keinen Sinn!

Es sei denn, durchzuckte es sie, er wusste von vornherein, dass es auf der Strecke gefährlich zugehen würde und wollte dieses Risiko nicht selbst eingehen.

Langsam löste sie ihre Hand von der seinen, die sie bisher fest umklammert gehalten hatte. Das Gefühl, völlig fehl am Platze zu sein, verstärkte sich mehr und mehr. Denn nun drängte sich ihr zusätzlich die Frage auf, wie aufrichtig sich Lyell ihr gegenüber wirklich verhielt. Felia wusste – oder glaubte zu wissen – dass diese Einladung seine Form einer Entschuldigung sein sollte. Aber trotzdem keimten Zweifel in ihr. Was, wenn das nur ein Spiel und eine Rolle von ihm waren?

Sie sah zu ihrem Freund, der gar nicht mehr wie der grimmige Bastler wirkte, den sie in ihr Herz geschlossen hatte. *Am Ende dieses Abends, werden wir beide ernsthaft miteinander reden müssen ...*

Ihre Mundwinkel zuckten leicht und sie merkte, wie sie dieser Entschluss etwas positiver stimmte.

Ihr Blick schweifte zurück zu dem Regenten, der allerdings weiterhin nur Augen für Lyell hatte. Aufgeregt stellte er ihm eine Frage nach der anderen. Wie seine Schlittenhunde hießen, wie er von dem Schlittenrennen erfahren hatte, welches seine Lieblingsfarbe war ... Er wirkte genauso wie die Jungen in ihrer Klasse, die sie neulich dabei beobachtet hatte, wie sie über die Rasende Renate gesprochen hatten. Voller Bewunderung und Anerkennung. So interessiert an der Person, die auf der Strecke alles gab, um den Sieg nach Hause zu tragen. Der Regent war – sie prustete noch bevor ihr Gehirn den Satz vollenden konnten – ein richtiger *Fanboy!*

Kurz darauf stieg ein Anflug von Trauer in ihr empor. Es musste schön sein, die Erwartungen anderer Menschen erfüllen zu können ...

Lyell schien bemerkt zu haben, dass sich in ihrer Haltung etwas geändert hatte. »Entschuldigen Sie, Signore Zirkus, aber ich befürchte, wir langweilen La Regina. Ich wette, sie kann es kaum erwarten, einige der schwalbenkackschen Delikatessen vom Buffet zu probieren. Sie hat ein großes Interesse an den hiesigen Speisen bekundet.« Er wandte sich Felia zu und fügte irgendwas in perfektem Canalisch hinzu. Einen Moment lang sah Felia ihn nur verwirrt an, dann nickte sie jedoch hastig, knickste einmal vor dem Regenten und wandte sich dann von den beiden ab.

So sehr sie Lyell dafür verflucht hatte, sie vor dem Regenten als die canalische Prinzessin vorgestellt zu haben, so dankbar war sie ihm nun, sie aus dieser Situation wieder befreit zu haben. *Wenn Gaius Zirkus mir etwas mehr Aufmerksamkeit gewidmet hätte, hätte diese Situation wesentlich unangenehmer werden können.*

Wirklich unangenehm wurde eine Situation nur wenige Meter von Felia entfernt. Zumindest für die Gäste, die das Pech hatten, in der unmittelbaren Nähe von Rostbart und dem Jaguar zu stehen.

»Eine bemerkenswerte Frau, das muss ich zugeben«, sagte der Jaguar während er der in der Menge untertauchenden Fräulein Handlung hinterherstarrte. »Es ist überaus selten geworden, dass

Rennschlitten so individuell auf die Zugtiere abgestimmt werden. Sie versteht etwas von ihrem Handwerk.« Er wandte das Gesicht Rostbart zu. »Im Gegensatz zu Ihnen. Sie spucken große Töne und schicken dann Ihre Lehrlinge vor. Sie sind nicht besser als ein Heerführer, der seine Truppen aufs Schlachtfeld zum Sterben schickt, während er in seinem Zelt den vier Uhr Tee genießt.« Er bedachte Rostbart mit einem bohrenden Blick.

Der Kapitän ließ sich davon nicht aus der Ruhe bringen. »Gar-harhar, jetzt sei doch nicht so ein Sauertopf. Nach zwei Jahrzehnten mit dem Donnernden Blitz haben sich die Menschen ein spannendes Rennen verdient, da kann *ich* doch nicht mitfahren. Außerdem sollen auch die jungen Leute zeigen können, was in ihnen steckt. Und unter uns gesagt«, er lehnte sich näher an den Jaguar heran und senkte die Stimme, »meine Lehrlinge haben einem Meister wie dir ganz schön in den Allerwertesten getreten.« Grinsend wich er wieder zurück.

Die Provokation traf ins Schwarze. Der Jaguar versuchte es nicht zu zeigen, aber Rostbart bemerkte, wie sich seine Finger um das Glas in seiner Hand verkrampften.

»Ein schöner Goldmantel für dreckige Worte, den Sie da spinnen«, erwiderte er gefasst. »Sie geben vor, Ihren Lehrlingen die Chance zu geben, ihre Fähigkeiten zu zeigen. Nur leider befinden wir uns in Schwalbenkack. Einer Stadt, die in verkalkten canalischen Traditionen hängengeblieben ist. Einer Stadt, in der die Leistung eines Lehrlings immer nur als die Leistung des Meisters angesehen wird. Alle reden nur über Sie, dabei haben Sie nichts getan!«

Rostbart erwiderte den Blick. Es schien ganz schön an dem Stolz dieses Mannes zu nagen, dass er von zwei Neulingen aus dem Wettkampf gekickt worden war. »Wenn man alles alleine machen muss, bleibt keine Zeit für die wichtigen Dinge. Ich nehme an, das weißt du, sonst hättest du keinen persönlichen Adjutanten, sondern einen

Partner.« Er sah zu dem breitschultrigen Mann im Anzug, der nach wie vor hinter dem Jaguar stand und bisher nichts gesagt hatte. »Herbert, richtig? Was adjutantest du denn so für den Jaguar?«

Herbert alias Klotz blinzelte. »Angenehm«, grollte er.

»Er behält meine Termine im Auge«, erwiderte der Jaguar. »Ich würde mich ja gerne noch weiter angeregt mit Ihnen unterhalten, aber ich habe noch ein Treffen mit einem besonderen Fan. Wenn Sie uns dann entschuldigen würden.« Ohne eine Antwort abzuwarten, wandte er sich ab und schritt durch die Menschengruppen hindurch, die sich während ihres Gesprächs um einige Meter entfernt hatten. Klotz folgte ihm auf dem Fuße.

Rostbart sah den beiden hinterher und seine Mundwinkel erschlafften. Nun, das war ja ein aufschlussreiches Gespräch gewesen. Denn Rostbart wusste nun: Der Jaguar war kein einfacher Konkurrent. Nein, der Jaguar war sein Feind.

Zufrieden klopfte Rostbart sich auf seinen Bauch. Das machte die ganze Sache einfacher. Denn Feinde agierten vorhersehbar.

»Erzagen Sie mir, wo haben Sie sich das Schlittenfahren beigeeignet? Hatten Sie einen Lehrmeister? Und was ist überlich Ihre Lieblingsspeise? Ich kann mir denkstellen, dass sich unsere ehesprüngliche canalische Küche durch den karlheimschen Einfluss sehr verändert hat. Mögen Sie karlheimsches Essen? Oder karlheimsche Musik? Wir werden gleich sicher einige karlheimsche Walzer hören.

Soll ich dem Herrn des Hauses auftragen, später eine Tarantella für Sie spielen zu lassen?«

Der Maskierte lenkte den Fokus von den Gästen zurück auf seinen Gesprächspartner und lächelte milde. »Regente Zirkus. Egal wie ich antworte, es wäre höchste unhöflich, da ich beim Auswählen einer Frage all Eure anderen Fragen übergehen würde.«

Die ergrauten Brauen des Krausköpfigen schossen in die Höhe. »Potzlittchen, Sie haben recht! Verzeihdigen Sie meine stürdringliche Intergierde. Ich werde mich auf eine Frage beschränken. Also, wie sind Sie auf die Idee gekommen, eine Maske zu tragen?«

Die Frage überraschte Lyell. Waren sie nicht eben noch bei canalischen Tänzen gewesen? »Es war La Reginas Idee, nichtse meine.«

»Die Prinzessin? Also tragen Sie sie, weil sie es wünscht?«

»Sì.« Lyell zögerte. »Und no.«

Der Regent legte die Stirn in Falten. »Oh, es gibt noch einen anderen Grund? Sagen Sie mir nicht, ein so junger und sympaktiver Mann wie Sie, hat es nötig, sein Gesicht zu verstecken. Also, wieso tragen Sie die Maske?«

Damit du nicht siehst, wer ich bin.

»Nun, mein Nickname würde sonste keinen Sinn ergeben, no?«

Zirkus schlug mit der Faust in seine offene Hand. »Ooh. Ja, das ist einleuchtend!« Kurz darauf zogen sich seine Brauen wieder zusammen. »Aber Sie hätten doch auf die Maske verzichten und sich einen anderen Namen zulegen können. Wieso also diese Scharade?«

Damit ich nicht Ly sein muss.

»Es iste canalische Traditione. Ich vertrete auf diese Weise mein Heimatland.«

»Ah, stimmt. Der Maskenball.« Zirkus schmunzelte und sein Blick glitt für einen Moment in die Ferne. »Ich durfte dieses Fest in den ersten Jahren meiner Regentschaft einmal bewundern. Es ist wirklich sensatiotastisch.« Sein Fokus kehrte zu Dem Maskierten zurück. »Ich bin sicher, zuhause ist ihre Familie stolz auf Sie!«

Die Worte schlugen ein wie ein Armbrustbolzen. »Ja«, sagte Ly und vergaß dabei seinen gemimten Akzent. »Bestimmt …«

»Zweifelut!« Munter klopfte Zirkus ihm auf den Rücken. »Ich habe mir immer einen Sohn wie Sie gewünscht. Ein Vater könnte nicht stolzer auf Sie sein!« Er hielt in seiner Bewegung inne. »Bevor Sie fragen … Ich habe keine Kinder. Meine letzten beiden Gemahlinnen starben bei einer Totgeburt …« Sein Tonfall wurde wieder fröhlicher. »Aber genug davon. Erzagen Sie mir lieber, wie Sie auf die Idee kamen, sich für das Rennen anzumelden.«

Benommen sah Ly in das Gesicht des Regenten, welches ihn aus tausend Falten anlächelte. »Ich …«, sagte er zögernd. »Also es ist so …« Die Worte blieben aus.

»Ja?«

Ly blinzelte. *Sag etwas. Na los, sag etwas! Du bist Der Maskierte. Der beste Schlittenfahrer UmfangReichs!*

Er öffnete den Mund, doch Zirkus kam ihm zuvor. »Oh, warten Sie noch einen Augenment. Ich sehe gerade; Lord Darak-Udûr ist eingetroffen. Ich will ihn eben begrüßheißen. Keine Sorge, ich komme wieder und mache Sie miteinander bekannt. Erfreunießen Sie sich in der Zwischenzeit an Tanz und Buffet.« Zirkus zwinkerte noch einmal, bevor er von seinen Leibwächtern flankiert, eine Schneise durch die Gäste zog.

Erleichtert ließ Ly seine angespannten Schultern fallen. Das war knapp gewesen. Um ein Haar hätte er sich verplappert. *Fokus, Ly, Fokus!*

Er bemerkte zwei Damen in goldenen und silbernen Ballkleidern, die wenige Meter entfernt beieinanderstanden und immer wieder zu ihm hinübersahen. Als sie seinen Blick bemerkten, begannen sie zu kichern.

Ly wandte sich ab. Er sollte tanzen. Er konnte auch tanzen. Aber er hasste tanzen.

Reiß dich zusammen! Vorsichtig strich er über den Stoff seiner Jacke, fühlte den weichen Samt unter seinen Fingern.

Ein Mann löste sich aus einer Gruppe. Ly erkannte ihn als Lord Rettlinger, einen der einflussreichsten Adeligen Schwalbenkacks. Ihm gehörten die Weingüter im Tal und somit das wichtigste Exportgut der Stadt. Er hielt genau auf ihn zu.

Hastig wirbelte Ly herum und hielt die Hand vors Gesicht. Zirkus mochte ihn nicht erkennen, aber Lord Rettlinger würde es bestimmt. Das musste er um jeden Preis verhindern.

Er sah zurück zu den beiden Damen, die ihm nach wie vor heimliche Blicke zuwarfen. *Ein Ausweg!*

Er wollte zu ihnen hinübergehen, wollte sie zum Tanz auffordern, doch die Nervosität ließ ihn an Ort und Stelle verharren. *Nein, das geht nicht. Ich kann nicht auf zwei Frauen gleichzeitig zugehen und sie ansprechen. Was soll ich denn bloß sagen? Aber wenn der alte Rettlinger mich erkennt, wird mein Vater wissen, dass ich am Rennen teilgenommen habe. Das darf nicht geschehen!* Hektisch sah er sich um. Ein Mann war Lord Rettlinger in den Weg getreten, um diesen in ein Gespräch zu verwickeln. Doch der Weinfürst wollte sich bereits entschuldigen.

Lys Blick fiel auf eine vereinzelte Frau. Sie trug ein smaragdfarbenes Kleid und schien ihn nicht bemerkt zu haben. Kritisch prüfte sie ihr Make-Up in dem kleinen Kompaktspiegel einer Puderdose in ihrer Hand. *Vielleicht ist es einfacher, nur mit einer fremden Person ein Gespräch zu führen. Na los, Ly, geh endlich hinüber. Geh jetzt!*

Seine Füße gehorchten nicht.

Dann erst realisierte Ly, dass seine Finger nach wie vor auf seinem Gesicht lagen. Er spürte das schützende Holz, fühlte die raue Goldfarbe unter seinen Fingern.

Du bist nicht Ly. Du bist Der Maskierte. Selbstsicher streckte er den Rücken durch und schob die Schultern zurück. *Und außerdem der begehrteste Liebhaber Gran Canalias!*

Mit einem breiten Lächeln schritt er auf die Dame zu.

Felia blieb erst stehen, nachdem sie mehrere Gruppen passiert hatte. Gehetzt sah sie sich um und stellte fest, dass genügend Menschen zwischen ihr und dem Regenten standen und die Sicht auf sie versperrten. Die kurze Erleichterung, die sie darüber verspürte, flaute sofort ab, als sie bemerkte, dass sie dadurch auch von Lyell abgeschnitten war.

Unsicher ließ sie den Blick schweifen. Sie sah Männer in schwarzen Anzügen an der Seite farbenprächtiger Damen. In kleinen Gruppen standen sie zusammen, hielten Gläser oder Käsespieße in den Händen und unterhielten sich ausgelassen. *Was soll ich tun? Ich kenne hier niemanden. Wenn ich hier weiter alleine herumstehe, spricht mich sicher noch jemand an ...*

Ihr Magen knurrte und erinnerte Felia daran, dass sie seit heute Morgen nichts Ordentliches mehr gegessen hatte – die Zuckerstangen, die sie Livian und sich besorgt hatte, zählten nicht. Felia beschloss deshalb, sich an Lyells Ausrede zu halten und das Buffet zu überprüfen. Damit sollte sie ihre Aufregung mindern können.

Unbeholfen stellte sie sich auf die Zehenspitzen und versuchte sich so einen Überblick zu verschaffen. Unnötig, denn die lange Tischreihe, an der sich einige Gäste mit Tellern herumtummelten, war nicht zu übersehen.

Zielstrebig bahnte sie sich einen Weg durch die Massen, bis sie das Buffet erreichte. Was sie erblickte, übertraf ihre Erwartungen bei Weitem. Es gab Schalen, prall gefüllt mit verschiedenen Obstsorten. Nicht nur mit Äpfeln, Birnen oder Weintrauben, die sie vom heimischen Hof kannte, sondern auch seltene Früchte aus Übersee; so unterschiedlich in Form und Farbe, wie die Länder, aus denen sie stammten. Manche klein, rund und violett, andere länglich gekrümmt und wieder andere braun und pelzig. Bevor Felia sich entscheiden konnte, welche sie zuerst probieren wollte, fiel ihr Blick auf die Platte daneben. Zwischen Würfeln aus Eis posierten allerlei seltene Meeresfrüchte, von Muscheln über Krabben bis hin zu Garnelen. In der Mitte thronte ein großes Schalentier, bei dem sich ihr sofort die Frage aufdrängte, wie man das überhaupt essen sollte.

Einfacher gestaltete sich der Teller daneben, auf dem duftende Hähnchenkeulen im Kreis angeordnet lagen. Fleisch war ein seltener Luxus bei ihren Eltern auf dem Land gewesen. Sie selbst hielten keine Tiere und Fleisch gab es nur zu speziellen Anlässen, wie zum Beispiel der Hochzeit ihres großen Bruders oder an dem Tag, als ihr Vater dem Nachbar Bolle geholfen hatte, seine entlaufenen Schafe wieder einzufangen und er sich mit einem Stück Schweinebauch revanchiert hatte.

Ohne zu zögern, griff Felia nach einer Hähnchenkeule und biss herzhaft hinein. Das Fleisch war so zart, dass es beinahe ohne zu kauen auf ihrer Zunge zerging. Es war jener Moment, in dem Felia ganz genau wusste, wie sie den Rest dieses Abends verbringen wollte. Innerhalb der nächsten Sekunden hatte sie die Keule bis auf den Knochen abgenagt.

»Probieren Sie das hier.« Eine Hand schob sich in ihr Blickfeld. Zwischen den dicken Fingern fand sie einen Zahnstocher, auf dem ein Teigbällchen aufgespießt war.

Alle Höflichkeit vergessend griff sie danach und beförderte das Bällchen in ihren Mund. Es war noch warm und schmeckte leicht süßlich. Ein etwas zäheres Stück befand sich als Füllung im Inneren. Die Geschmäcker, die hier zusammenspielten, waren derart vielfältig, dass es ihre Nerven komplett überforderte. Aßen die Reichen so etwas jeden Tag?

»Bei Teldun, ist das lecker!«, rief sie aus. »Was ist das?«

»Oktopus«, antwortete die Stimme neben ihr und Felia verschluckte sich, als ihr das glibberige Bild besagten Tieres in den Kopf tentakelte.

Sie spürte eine kräftige Hand auf ihren Rücken klopfen, als sie zu husten begann.

»Gar-har-har«, hörte sie ihren Gönner lachen. »Eben schmeckte es Ihnen doch noch. Nicht immer spiegelt der Anstrich die Qualität eines Schiffes wider. Das gilt auch fürs Essen.«

Felia beruhigte sich wieder und erstmals drehte sie sich zu dem Sprecher mit der kratzigen Stimme um. Der Mann war ein Stückchen kleiner als sie und trug eine beeindruckende Seemannsuniform. Eine ganze Reihe silberner Orden strahlte ihr protzend entgegen. Vermutlich war er ein Kapitän, wenn nicht sogar ein Flottenadmiral. In der linken Hand hielt er einen Teller, auf dem sich etwas befand, das als architektonisch-kulinarische Meisterleistung betitelt werden musste. Felia würde sich niemals trauen, so viele Speisen gleichzeitig in dieser Art und Weise aufzutürmen. Am Ende landete doch alles auf dem

Boden. Aber der Fremde balancierte den Turm, als wäre es ein Kinderspiel.

»Gestatten, Kapitän Rostbart der Name. Im Rennen auch bekannt als Rostbart die Rumkanone.« Er legte eine Hand auf die Brust und vollführte eine komplizierte Verbeugung, die mit Sicherheit in keinem Verhaltenslexikon stand. Zu Felias Erstaunen kam er wieder in eine aufrechte Position, ohne dass der Wolkenkratzer auf seinem Teller auch nur ins Zittern geriet. »Vielleicht ist dann die Sahnetorte eher nach Ihrem Geschmack.« Er deutete auf ein beeindruckendes Backwerk, das trotz der großen Kerbe, die von seiner Beliebtheit zeugte, jeden Konditorwettbewerb gewonnen hätte.

Felia kam der Empfehlung nach und nahm ein Stück mit der bloßen Hand heraus. »Sie sind der mit dem Ponwon-Schlitten!«

»Aye!«, bestätigte Rostbart und ein Grinsen zeichnete sich unter seinem üppigen Gesichtshaar ab. »Und Sie sind mit Sicherheit keines dieser feinen Etepetete-Fräuleins, die sich gekünstelt das Heck pudern.« Er griff nach einem der leeren Teller auf dem Tisch und reichte ihn ihr samt Serviette. »Das hier haben Sie nämlich vergessen.«

Felia spürte, wie ihr die Röte heiß ins Gesicht schoss. Tischetikette gehörte zu einem der ersten Themen, die ihr im Internat gelehrt worden waren, aber bereits der Anblick all dieser Köstlichkeiten hatte sie alles Gelernte wieder vergessen lassen.

»Danke«, sagte sie verlegen und nahm den Teller entgegen. Sie putzte sich die fettigen Hände mit der Serviette, während Rostbart ihr eine Kuchengabel reichte. »Brauchen Sie keine?«, fragte sie verwirrt, als Rostbart anschließend ebenfalls nach der Sahnetorte griff.

»Kein Bedarf.« Mit einem Happs verschwand das ganze Stück in seinem Magen und ließ nur einige weiße Spuren in seinem Bart zurück. »Ich halte nicht viel von diesem ganzen Gehabe hier. Wenn ein

Seemann hungrig ist, dann soll er essen und sich nicht von irgendwelchen Regeln davon abhalten lassen. Finden Sie nicht auch?«

»Klingt ... äh, logisch.«

»Und trotzdem haben Sie sich gerade wieder die feine Maske aufgesetzt, nur weil ich sie Ihnen angereicht habe. Vorher waren Sie authentischer.« Rostbart grinste wieder. »Aber keine Sorge, Ihr kleines Geheimnis ist beim alten Rostbart gut aufgehoben, Kapitäns-Ehrenwort.« Kameradschaftlich stupste er ihr mit dem Ellenbogen in die Seite. Felia zuckte zusammen und schaffte es gerade noch, ihren Teller am Fallen zu hindern. Erleichtert atmete sie auf. Es fehlte ihr noch, das Geschirr ihres Gastgebers zu zertrümmern.

»Sagen Sie«, druckste Felia, als in ihr die Erkenntnis reifte, dass sie gerade mit dem Fahrer sprach, den sie vor einigen Stunden noch aufgeregt vom Haus eines Daches aus beobachtet hatte, »ich habe noch nie einen so großen Ponwon gesehen. Wo haben Sie den gefunden?«

»Aaah«, sagte Rostbart und nutzte seinen dadurch weit geöffneten Mund, um ihn direkt mit der Spitze seines Essensturmes zu füllen. »Iff, bin foh, daff Fie fiefe Fage ftellen.« Er kaute zweimal und schluckte. »Den Ponwon habe ich auf einer abgelegenen Insel in der Südsee aufgelesen. Sie müssen wissen, diese Insel ist etwas ganz Besonderes. Für die dortigen Begebenheiten war der Ponwon wirklich normal.«

»Normal?«, fragte Felia und begann damit, den Kuchen auf ihrem Teller Gabel für Gabel abzuarbeiten. »Was war noch auf dieser Insel? Und wie kamen Sie dorthin?«

»Das ist eine lange Geschichte.«

»Erzählen Sie sie mir?«

Rostbarts Augenbrauen hoben sich und zunächst dachte sie, er würde ablehnen. Langsam wandte er sich vom Buffet ab und maß sie mit einem prüfenden Blick. Dann raschelte es in seinem Bart, als sich seine Mundwinkel in die Breite zogen.

»Aye, die ganze Geschichte.« Er räusperte sich lautstark, was Felia an die Geräusche erinnerte, die zuhause bei ihren Eltern von der Nachbarsweide herüberschallten. Dann fing er an zu erzählen: »Alles begann damit, dass ich und meine Mannschaft vor der djarnesischen Küste vor Anker lagen. Wir sollten für einen Händler eine ganz spezielle Fracht hinunter in die neuen Kolonien schiffen. Kein ungefährlicher Auftrag, wie Sie wissen sollten, Fräulein, denn die Südsee gehört neben den arktischen Gewässern des Nordens zu den gefährlichsten Flecken dieser Welt. Riesenkraken, unkartografierte Riffe und gesetzlose Freibeuter sind das Netteste, was Ihnen da draußen widerfahren kann.« Er machte eine kurze Pause, um das nächste Stockwerk seines Turmes abzureißen, dann fuhr er fort: »Wir hatten die heimischen Gewässer kaum hinter uns gelassen, als wir plötzlich in einen schweren Tropensturm gerieten. Wissen Sie, was ein Tropensturm ist, Fräulein?«

Felia schüttelte den Kopf und schaufelte eine Gabel voll Kuchen in ihren Mund. Irgendwie musste sich ein weiteres Stück davon auf ihren Teller verirrt haben.

»Ein Tropensturm«, erklärte Rostbart und hob bedeutsam den Zeigefinger, »ist kein gewöhnlicher Sturm, so wie ihr Landratten den gewohnt seid. Nein, er heißt Tropensturm, weil er halbe Urwälder durch die Luft wirbelt. Versuchen Sie mal, den Kurs zu halten, während Ihnen eine Bananenpalme den Hauptmast zertrümmert. Keine leichte Aufgabe, kann ich Ihnen sagen.«

»Wie sind Sie da durchgekommen?«, fragte Felia. Beinahe bekam sie das Gefühl, sie wäre wieder fünf Jahre alt und säße bei ihrem Großvater vor dem Kamin auf dem Schoß. Opa Berthold hatte auch immer eine gute Geschichte zum Erzählen gehabt. Rostbarts

Sprachstil erinnerte sie an diese Tage, hatte er doch auch diese Magie in der Stimme, die fantastische Bilder auf die innere Leinwand malte und einen gebannt zuhören ließ.

»Aaah.« Rostbart schmunzelte schelmisch. »Mit einer guten Mischung aus Erfahrung, Können und Okeanas Gunst. Ich habe das Segel selbst am Platz gehalten.«

Felia verzog das Gesicht und Rostbart lachte auf.

»Das gehört zum harten Leben eines Seemanns eben dazu.«

»Was geschah dann?«, fragte sie stattdessen, ohne sich darüber zu wundern, wieso das Kuchenstück auf ihrem Teller augenscheinlich wieder ganz war.

»Tja, als wir am nächsten Morgen wieder zur Besinnung kamen, fanden wir uns weit weg vom Kurs irgendwo im Nirgendwo wieder. Unsere Fracht war leider verloren und auch ein Großteil unserer Ausrüstung fehlte. Wir konnten von Glück sagen, dass der Tropensturm einige Früchte zurückgelassen hatte. Wir brauchten die Bananen und Mandarinen nur vom Deck aufsammeln. Allerdings fehlte uns Trinkwasser. Und ohne dieses erwartet einen nach nur wenigen Tagen auf hoher See der Tod.«

»Konnten Sie nicht einfach ... aus dem Meer trinken?«

»Ha!« Rostbarts Ausruf ließ sie zusammenzucken. »Aus dem Meer trinken! Sind Sie irgendwo in den Bergen groß geworden?«

»Nein ...«, druckste Felia leise. »Auf dem Land ...«

»Dann merken Sie sich: Meerwasser ist das pure Gift! Okeanas Urin, der Urin des Riesenkranken, der Urin des Daklautdermann ... wobei, der pinkelt mit Sicherheit nicht mehr ...« Rostbart überlegte kurz, dann schüttelte er den Kopf. »Letztendlich läuft es darauf hinaus: Das Meer ist eine riesengroße Lache Pisse! Der gesammelte Urin aller Meeresgottheiten und -kreaturen kommt darin zusammen und bildet eine ungenießbare Plörre! Davon zu trinken verschlimmert Ihren Durst, anstatt ihn zu löschen. Merken Sie sich das und Sie haben die erste wichtige Seemannsweisheit bereits gelernt.«

Langsam schob Felia die Kuchenmasse in ihrem Mund hin und her. Irgendwie hatte die Süßspeise vor wenigen Sekunden noch besser geschmeckt. »Hab's verstanden«, sagte sie gedehnt. »Erzählen Sie mir lieber, wie Sie überlebt haben. Ich möchte jetzt einfach dieses Bild aus meinem Kopf loswerden.«

»Gar-har-har-har-har!«, lachte Rostbart und die Speisen auf seinem Teller wankten bedrohlich. »Sollten Sie so etwas vom Land nicht gewohnt sein? Ich hörte, wenn eine Kuh krank wird, dann zieht sich der Bauer einen Handschuh über und ...«

»Wir haben keine Tiere!«, unterbrach Felia ihn schnell. »Also nicht mehr. Als ich noch ein Kleinkind war, wurde der größte Teil unseres Bestandes von Wölfen gerissen. Es war ein hartes Jahr für unseren Hof.« Sie wandte den Kopf ab, als sie merkte, wie sich eine erste Träne anbahnte. *Und nun bin ich das Risiko für die Familie geworden ...*

»Aber jetzt sind Sie hier, auf der besten Feier dieser Stadt und essen Speisen, die ein einfacher Mann in seinem gesamten Leben nie auf seinem Teller sehen wird.« Schwungvoll klopfte der Kapitän ihr abermals auf die Schulter und Felia war froh, ihren Teller gerade auf dem Buffettisch abgestellt zu haben. »Hören Sie lieber zu, die Geschichte geht noch weiter.« Abermals gab Rostbart ein Geräusch von sich, als versuchte er gerade mit Hobelspänen zu gurgeln, dann fuhr er fort. »Als wir also nach dem Sturm mitten im Nirgendwo auf der Südsee trieben, sah es düster für uns aus. Der Hauptmast war zerbrochen und das Schiff hatte schwere Schäden davongetragen. Eine Reparatur war unmöglich. Wir hatten die Hoffnung schon aufgegeben, als mein erster Maat am zweiten Tag nach dem Unwetter die besagte Insel vom Krähennest aus erspähte.«

»Aber ... Ich dachte, der Hauptmast war zerbrochen ...?«

»Ein unwichtiges Detail, halten Sie sich nicht daran auf!« Unwirsch wedelte Rostbart mit der Hand. »Wir machten also unser Beiboot klar und ruderten, was das Zeug hielt. Wir ruderten und ruderten und so merkten wir gar nicht, dass das Sonnenlicht, plötzlich verschwunden war.« Er machte eine dramatische Pause, in der er einen Käsespieß vom Buffet nahm und ihn mit einer geübten Bewegung zwischen seinen Zähnen von allem Ballast befreite. Auch Felia merkte, wie sie erneut zu kauen begonnen hatte. Ein Blick verriet ihr, dass es ein riesiger Schokokeks war, der sich nun in ihren Händen befand. Sie suchte auf dem Buffettisch nach der Quelle, doch bevor sie fündig wurde, fuhr Rostbart in seiner Erzählung fort.

»Es war keine Wolke, die sich plötzlich vor die Sonne geschoben hatte – es herrschte nach wie vor tropisch sommerlicher Sonnenschein. Nein, es war der Schatten der Bäume, der drohend auf das Meer und über unser Ruderboot hinausragte. Und was für Bäume das gewesen sind. So hoch wie die Marmorklippen Schwalbenkacks – wenn nicht sogar höher.« Rostbart stellte sich auf die Stiefelspitzen und streckte die Hand in die Höhe, um seine Geschichte zu untermauern. Dass es aufgrund seiner kleinen Statur ein wenig lächerlich wirkte, tat dem Ganzen allerdings keinen Abbruch. »Und genauso verhielt es sich mit den Früchten. Ha! Dagegen sind diese wie Miniaturen fürs Puppenhaus!« Er nahm einen Apfel aus einer der Obstschalen und warf ihn spielerisch in die Luft. »Stellen Sie sich vor«, sagte er und hielt Felia die Frucht direkt vor die Nase. »Dieser Apfel, so groß wie Sie selbst. Meine Mannschaft und ich fühlten uns wahrlich wie Würmer, die sich gierig einen Weg mitten durchs Fallobst der Insel fraßen.« Er drehte seine Hand und Felia fing den Apfel auf. Wann war sie eigentlich mit diesem riesigen Keks fertig geworden?

»Wie Sie vielleicht wissen, besteht Obst zum größten Teil aus Wasser. Die Lösung unseres Trinkwasserproblems war also zum Greifen nah.«

Felia runzelte die Stirn. »Aber hatten Sie nicht bereits Obst durch den Tropensturm auf Ihrem Schiff.«

»Aye, einen kleinen Vorrat, durch den wir etwas zu Beißen hatten. Nicht genug, um bis zum nächsten Hafen durchzuhalten. Dieses Riesenobst jedoch sollte unsere Rettung sein. Das Problem war nur: Obst schimmelt ziemlich schnell – besonders wenn man es anschneidet. Und es im Ganzen in unserem Ruderboot zum Schiff zu befördern ... Ha! Wir sind vielleicht starke Seemänner, aber keine Zauberer! Zum Glück hatte ich eine zündende Idee!« Er gackerte vergnügt. »Wissen Sie, was wir gemacht haben? Wir begannen, eine riesengroße Saftpresse zu bauen! Tag und Nacht schufteten wir, fällten Bäume und bauten den größten Fruchtpresser, den die Welt je gesehen hat. Ich schwöre beim Daklautdermann, der steht noch immer auf dieser Insel mitten im Nirgendwo. Allerdings ...«, Rostbart hob die Stimme an, »... sollte sich unser Plan nicht so leicht umsetzen lassen, wie wir uns das vorstellten. Durch den Lärm, den wir verursachten, zogen wir nämlich die Aufmerksamkeit der einheimischen Tiere auf uns. Und meine Fresse, die waren riesig wie die Bäume. Haben Sie mal Katzen gesehen, so groß wie ein Dreimaster? Da sagen Sie nicht mehr ›niedlich‹ zu. Schlimmer waren nur noch die Affen, die mit riesigen Kokosnüssen nach uns warfen. Mein Smutje hat heute noch Albträume davon.«

Er reckte sich und erbeutete ein Glas mit einer sprudelnden Flüssigkeit, das von einem Kellner innerhalb seiner Reichweite auf einem Tablett vorbei getragen wurde. Wie die Speisen landete auch die

Flüssigkeit in einem Guss in Rostbarts Magen. »Bah«, rief er aus und verzog das Gesicht. »So was trinkt man hier also? Das ist ja Schlimmer als gepanschter Fusel!«

»Ja, ja«, sagte Felia ungeduldig. »Erzählen Sie weiter! Wie sind Sie entkommen?«

»Entkommen, aye.« Rostbart sah ihr direkt in die Augen. »Als wir von diesen gigantischen Monstern immer tiefer in den Dschungel gejagt wurden, trafen wir auf Wuschel.«

»Ihr Zugtier heißt Wuschel!?«, platzte es aus Felia heraus. »Was für ein super süßer Name für einen Ponwon!«

»Aye«, bestätigte Rostbart und klopfte sich imaginären Staub vom Revers seines Mantels. »Wuschel war tatsächlich der kleinste Ponwon in seinem Rudel und als solcher wurde er von seinen Artgenossen getriezt und herumgestoßen. Sie müssen wissen, mein erster Maat ist der größte Tierfreund der Welt. Als er sah, wie Wuschel behandelt wurde, wurde er so wütend, dass er mehrmals mit seiner Pistole in die Luft schoss und die anderen Ponwons verjagte. Von da an folgte uns Wuschel und hielt uns die Katzen vom Leib. Sie haben sicher mal gesehen, wie sich Katzen und Ponwons in den Gassen Schwalbenkacks fetzen. Stellen Sie es sich in hundertfacher Größe vor und Sie bekommen einen ungefähren Eindruck davon, wie ein solcher Kampf auf uns wirkte. Jedenfalls war Wuschels Hilfe von unschätzbarem Wert, da er mit seinem Gewicht auch unsere Fruchtpresse antreiben konnte und uns so zu einem Wochenvorrat an exotischen Fruchtsäften verhalf. Seitdem ist Wuschel Teil und Maskottchen unserer lustigen Crew. Denn wer sonst keinen Platz findet, der wird von Rostbart immer mit offenen Armen empfangen, gar-har-har. Und die Moral von der Geschicht«, verschwörerisch beugte er sich zu Felia vor, »Wenn Sie sich in Ihrem Binnengewässer unwohl und verstoßen fühlen, dann setzen Sie die Segel und fahren Sie einfach woanders hin. Nur eine Stadt weiter können Sie von allen geliebt und bewundert werden – genau wie Wuschel!«

Gutmütig lächelnd zog er sich wieder zurück und Felia merkte, wie seine Worte ein warmes Gefühl in ihrer Brust hinterließen. »Es muss schön sein, zur See zu fahren«, sagte sie.

»Aye!«, bestätigte Rostbart. »Es gibt nichts Schöneres. Der weite Ozean – das ist die wahre Freiheit.«

»Die wahre Freiheit ...«, wiederholte Felia langsam. Was war Freiheit überhaupt? Felia stutze über diese unerwartet aufkommende Frage. Überrascht stellte sie fest, dass sie sich das spontan nicht beantworten konnte. Aber eines fühlte sie ganz deutlich. Dass sie frei sein wollte! Frei von der Tyrannei ihrer Schulleiterin, frei von den Erwartungen ihrer Eltern, in ein besseres Leben einzuheiraten, frei von all diesen Fesseln und Stricken, die sie an Ort und Stelle hielten.

Sie sah zu Rostbart, der seine Aufmerksamkeit zurück auf das Buffet gelenkt hatte und die während seiner Erzählung entstandenen Schäden an seinem Essensturm mit reichlich Torte ausbesserte. »Erzählen Sie mir eine weitere Geschichte?«

Rostbart hielt inne und sein Mund verzog sich wieder zu diesem verschlagenen Grinsen. »Aye. Was wollen Sie hören? Wie ich die Präsidentin von Djarne einst aus den Fängen der arhagatschen Armee rettete? Die Geschichte von unserer Odyssee durch die Untiefen des verlorenen Kontinents? Oder doch lieber unsere Begegnung mit dem zur ewigen Schatzjagd verfluchten Geisterschiff und seiner Crew voller wandelnder Leichen?«

»Erzählen Sie mir, wie Sie Kapitän geworden sind!«

Rostbarts Gesichtszüge erstarrten. »Das ist keine Geschichte für eine liebreizende Dame wie Sie es sind«, sagte er ernst.

»Und die vom verfluchten Geisterschiff ist es?«, konterte sie keck.

»Bitte, erzählen Sie! *La Regina* wünscht es so!«

Der Kapitän presste die Lippen aufeinander und seine Augenbrauen zogen sich drohend wie die Wolken eines sich anbahnenden Unwetters zusammen.

Felias kurzer Anflug von Mut erkaltete augenblicklich. *Ich und mein vorlautes Mundwerk,* fluchte sie im Stillen. *Wieso merke ich immer erst viel zu spät, dass ich zu weit gegangen bin? Neulich erst bei Wachtmeister Piepenköhl und Fräulein Manierlich und jetzt hier!*

Stillschweigend stellte Rostbart seinen Teller auf dem Tisch ab. »Aye«, sagte er und seine Mundwinkel spannten erneut sein arglistiges Grinsen auf. »Ich erzähle es Ihnen. Die Geschichte eines jungen Matrosen, den Sie heute als stolzen Kapitän und Schlittenrennfahrer vor sich sehen. Eine Geschichte über gemeine Betrüger und treue Freunde. Eine Geschichte über den Ruf der See, geladen mit einem Pulverfass voll Spannung und knisternder Leidenschaft, einer Messerspitze Gewieftheit und einer Schatztruhe voller Wunder. Halten Sie Ihren Teller fest und hören Sie gut zu.« Rostbart blinzelte und seine Miene verfinsterte sich. »Und sagen Sie nachher nicht, ich hätte Sie nicht gewarnt.«

Felia stockte der Atem. Nicht etwa aus Angst, sondern aus Vorfreude! Diesen Tonfall kannte sie von ihrem Großvater Berthold. So begannen immer die besten Geschichten. Die, über die man noch lange nachdachte, nachdem man längst im Bett lag und Stille im gesamten Haus eingekehrt war. Die einen noch tage-, manchmal sogar jahrelang begleiteten und inspirierten.

Rostbart holte tief Luft, aber Felia sollte nicht erfahren, mit welchen Worten er beginnen wollte, da sich just in diesem Augenblick eine Hand auf ihre Schulter legte.

»Gestattet, dass iesch Eusch errette aus der Gesellschaft dieser Person, Madame.«

Verwirrt drehte sie den Kopf und sah einen jungen Mann mit langen, blond gelockten Haaren, der mutig nach ihrer Hand griff. »Aber ich muss nicht ...«, versuchte sie zu protestieren, doch der Fremde zog sie bereits von Rostbart fort.

»Dieser *Kretin* iest kein Umgang für eine so reine und zarte Frau wie Ihr es seid. Tanzt lieber mit mir. Bewegung iest der Ursprung aller Lebensfreude!«

Umsichtig bahnte er ihnen einen Weg durch die Gästeschar und ehe sie auch nur zweimal blinzeln konnte, fand Felia sich inmitten des Saals zwischen weiteren Paaren wieder. Endlich ließ der Mann ihre Hand los und deutete eine höfliche Verbeugung an. »Gestattet, dass iesch miesch vorstelle: Meine Name iest Jaques Le Saque. Ihr 'abt gese'en miesch bestimmt 'eute auf der Piste als *Le Chevalier blanc* oder *Der weiße Ritter* wie es 'eißt 'ierzulande.«

»Äh ...« erwiderte Felia überfordert. Sie konnte sich nicht erinnern, jemals von einem Rennfahrer wie ihm gehört zu haben.

»Und mit wem 'abe iesch das Vergnügen?«

Paralysiert starrte Felia in seine azurblau glitzernden Augen. Abermals kam ihr die ganze Situation bizarr vor und das Gefühl völlig verkehrt am Platz zu sein, verstärkte sich mehr und mehr. Bilder schossen ihr in Sekundenschnelle ins Gedächtnis. Ihre Mutter, wie sie ihr voller Freude von dem Internat in Schwalbenkack erzählte. Grünspan, wie er ihr ihre wahre Rolle eröffnete. Lyell, der wie ein Fisch im heimischen Gewässer durch diesen Ozean an Menschen schwamm und dabei mit dem Regenten plauderte, als wären sie alte Freunde. »*Gebt Euch einfach hin und lasste Euch von dem Feuer in Euren Adern treiben. Das Leben iste eine Bühne!*«

»La Regina«, sagte sie und knickste auf die Art und Weise, die sie im Unterricht immer und immer wieder geprobt hatten. »Die Prinzessin von Gran Canalia!«

»Ouh, welch angenehme Überraschung«, sagte Jaques übertrieben mitgerissen von ihren Worten. »Isch 'abe vermutet fast dergleichen, als iesch Eusch sah eintreten zusammen mit Dem Maskierten.«

In diesem Moment stimmte das Kammerensemble ein Musikstück an. Felia kannte es nicht, aber die Reaktion der Menschen um sie herum ließ sie ahnen, dass es sich um ein beliebtes Stück handeln musste. Eine ähnliche Reaktion zeigten nämlich die Farmer auf dem Land, wenn im Herbst das große Erntefest gefeiert wurde und Susie aus der Schenke am Köllerkopp das *Lied vom Steppenden Schaf* anstimmte.

Noch bevor sie die Erinnerung richtig genießen konnte, hatte Jaques ihre Hand ergriffen, während seine andere eine Position an ihrem Rücken fand. Ihre Verwirrung hielt noch an, als er sich in Bewegung setzte und sie unbeholfen zurückstolperte.

Nun seinerseits irritiert, hielt Jaques inne und legte den Kopf schief. »Ihr könnt doch tanzen Walzer, non?«

Walzer, erkannte sie und das Wort holte weitere Erinnerungen aus dem Unterricht bei Fräulein Manierlich hervor.

»Aber natürlich!«, sagte Felia und versuchte dabei diesen näselnden Tonfall von Akazia zu treffen, wann immer ihr etwas nicht auf Anhieb gelang. »Ich war nur nicht auf den Einsatz vorbereitet.« Gleichzeitig überlegte sie panisch, was sie tun musste. Zwar gehörte Walzertanzen zum Unterricht, aber da keiner der Jungen mit ihr tanzen wollte, hatte sie keine Erfahrung sammeln können.

»Ouh, also dann«, sagte Jaques und reckte den Oberkörper. »Ich zähle vor. Un, deux, trois.« Er setzte sich in Bewegung und Felia konzentrierte sich gänzlich darauf, alles richtig zu machen. Im Gegensatz zu Lyells Maske, machte weder ihr neuer Name noch das Kleid eine Walzerkönigin aus ihr. Sie bemühte sich, doch fand nicht so recht in den Rhythmus hinein. *Wenn sie doch nur das Lied vom Steppenden Schaf spielen würden ... ich wüsste genau, was zu tun ist.*

Sie schaffte einige Runden, bevor sie Jaques auf die Füße trat. Abermals zog sich Felia das Herz zusammen. Wieso hatte er sich plötzlich andersherum gedreht? *Teldun, hilf mir. Was würde Akazia jetzt tun?*

»Passt doch besser auf!«, hörte sie die Worte aus ihrem Mund kommen.

Jaques errötete leicht. »Excusemois, da 'abe mitreißen lassen iesch miesch von der Musik. Gebt mir noch eine Chance.«

Felia straffte ihren Rücken und reichte ihm die Hand. *Das hat funktioniert.* Sie staunte über die Reaktion des jungen Edelmannes. *Er hat sich bei mir entschuldigt, obwohl ich den Patzer gemacht habe ... Das ist alles so falsch ...*

Sie setzten sich wieder in Bewegung. Auch wenn Jaques das Tempo nicht einfach drosseln konnte, merkte sie doch, wie er nun bedeutend vorsichtiger vorging und zunächst beim Grundschritt blieb. So blieb ihr genügend Zeit, sich an die Bewegungen zu gewöhnen.

Wie aufmerksam!

»Ihr seid also beim Rennen gefahren«, sagte Felia, als sie meinte, sich nicht mehr mit aller Kraft auf die Schritte konzentrieren zu müssen. »Als wievielter seid Ihr denn ins Ziel gekommen?«

Jaques schmunzelte amüsiert. »La Regina testen miesch. Iesch kann verstehen, vermutliesch 'abt getroffen Ihr schon einige *Kretins,* die nur vorgaben zu sein echte Rennfahrer. Natürliesch iest gefahren 'eute niemand durchs Ziel.«

Was?

Felia versuchte die Kontrolle über ihre Mimik zurückzuerlangen. Stimmt, sie hatte vergessen, Lyell nach dem Ausgang des Rennens zu fragen. Zu beschäftigt war sie mit ihren eigenen Gedanken und dem Problem gewesen, sich auf der Rückbank der Kutsche in dieses Kleid zu zwängen.

»Iesch bin leider geworden Opfer von diese *Carambolage.* Das 'atte iesch niescht kommen sehen.«

Felia erschrak und geriet ins Stolpern, fing sich aber schnell wieder. »Bei Tel ... ich meine, bei ... bei Kallisto, geht es Euch gut?«

Selbstgefällig warf Jaques das Haupt zurück, wodurch seine Locken elegant herumschwangen. »Meine Rüstung wird bereits repariert von dem besten Schmied der Stadt.«

»Nein, das meinte ich nicht«, warf Felia besorgt ein. »Ich fragte, geht es *Euch* gut?«

Diesmal war es ihr Tanzpartner, der kurzzeitig aus dem Takt geriet. »Iesch ...«, sagte er gedehnt und kratzte sich verlegen am Hinterkopf, den Blick schräg nach unten gerichtet, »iesch kam mit die Schrecken davon. Allerdings, meine Pferde wurden verletzt. Der Knochenflicker sagte jedoch, dass sie werden genesen vollkommen. Iesch aber niescht werde teilnehmen können an die zweite Rennen ...«

Ein zweites Rennen? Und Lyell kommt nicht auf die Idee mir das zu sagen? Kurz fühlte sie Ärger. Dieser verschwand jedoch, als sie sich daran erinnerte, dass er gar nicht wusste, dass sie die zweite Hälfte des Rennens verpasst hatte.

»Das ist unwichtig, solange es Euch und Euren Pferden gut geht. Hauptsache, alle werden wieder gesund.«

Jaques hob überrascht den Kopf. Einen Moment sah er ihr sprachlos in die Augen, bevor sich seine Mundwinkel in die Breite zogen und das Licht an seinen makellos weißen Zähnen reflektierte. »Madame sind eine sehr gütige Frau.«

»Und Ihr seid ein miserabler Tänzer«, lachte Felia. »Wir stehen den anderen Paaren nur im Weg.« Sie zwinkerte und Jaques' Miene hellte sich auf.

»Oui, wie recht Ihr 'abt.« Er zählte vor und sie nahmen den Rhythmus des Walzers wieder auf.

Felia merkte, wie sie sich zunehmend leichter und unbeschwerter zu fühlen begann. Die Nervosität verflog, als ob sie durch die Walzerdrehungen von ihrem Körper abfiel und anschließend zwischen den Füßen am Boden zertrampelt wurde.

Vielleicht, dachte sie, *ja vielleicht bin ich doch gar nicht so verkehrt am Platz. Jaques wirkte eben genauso unsicher wie ich. Ob er von den Erwartungen anderer erdrückt wird? Ob es auch niemanden interessiert, wie es in seinem Innern aussieht? Wie er sich fühlt?*

Ganz automatisch zogen sich ihre Mundwinkel nach oben und Jaques erwiderte das Lächeln. Das Walzermuster fiel ihr zunehmend leichter und so begann Jaques verschiedene Variationen zu führen. Ihre Blicke verbanden sich, hielten einander fest. Die tanzenden Paare und der Ballsaal verschwammen in ihrer Wahrnehmung. Nur seine Augen, die so tiefblau schimmerten wie das Meer an einem strahlenden Sommertag, blieben ein fester Fixpunkt für sie.

»Madame«, durchbrach Jaques schließlich den Moment. »Miesch quälen bereits die ganze Abend ein dringende Frage ...«

Felia legte den Kopf schief. Ein Zeichen, dass er fortfahren sollte.

»Iesch frage miesch ...« Jaques' zögerte. »In welcher Beziehung steht Ihr genau zu Der Maskierte?«

Die Magie um sie herum verflog, als Felia von ihrer kleinen rosa Wolke fiel. Schon das zweite Mal an diesem Abend merkte sie, dass sie eine Frage, auf die die Antwort in keinem Lehrbuch verborgen lag, sondern in ihr selbst, nicht spontan beantworten konnte. Wie stand sie eigentlich zu Lyell? Sie hatte sie immer als Freunde gesehen. Na ja, vielleicht nicht so direkt Freunde. Wenn sie es sich ehrlich eingestand, schwärmte sie ein wenig für ihn. Sie mochte diese Art, mit der er einfach sein Ding durchzog, ganz egal, was andere von ihm halten mochten. Eine Qualität, die Felia ihm neidete. Und jetzt, da er beim Rennen mitfuhr, ihr Blumen schenkte und sie zur beliebtesten Feier in ganz Schwalbenkack einlud ... Ehrlich gesagt verwirrte er sie.

»Also ...«, sagte sie langsam, um die bereits viel zu lange andauernde Stille zu füllen, in der sie über Jaques' Frage nachdachte. »Der Maskierte ist ... also er ist ...«

»Oui?« Jaques' Stimme zitterte.

»Also er ist ...« Felia stockte. Was sollte sie sagen? Und wieso interessierte das Jaques überhaupt? Sie spürte, wie ihre Wangen zu brennen begannen. War dies etwa das, wovon die Mädchen sprachen, wenn sie sich über ihre Romane unterhielten? Der Moment in dem sich zwei Personen ... ineinander *verliebten?*

Sie drehten sich und aus den Augenwinkeln erhaschte Felia einen Blick auf das Paar, welches für den Moment an ihnen vorbeizog. Die beiden wären ihr vermutlich gar nicht aufgefallen, wäre da nicht die Fuchsmaske gewesen, die den Tänzer so sehr von allen anderen abhob. Sie bemerkte das selbstsichere Lächeln in seinem Gesicht, mit dem er seine Partnerin musterte; eine Frau fast so groß wie er selbst, welche ein schlichtes, aber elegantes Kleid trug und – ihr stockte kurz der Atem – einen ziemlich gewagten Schnitt im oberen Bereich präsentierte.

Sie drehten sich erneut und die beiden verschwanden aus Felias Sicht. Lyell hatte sie überhaupt nicht bemerkt ...

»Oui?«, fragte Jaques' und lenkte ihre Aufmerksamkeit zurück auf sich. »Bitte, sprecht.«

»Er ...« Felia schluckte. »Er ist der Sohn eines Freundes der Familie«, fuhr sie mit fester Stimme fort. »Ich kenne ihn seit meiner Kindheit und bin ihm dankbar, dass er mir ermöglicht hat, das Schwalbenkacksche Schlittenrennen zu sehen. Er ist für mich wie ein

Bruder.« Sie holte tief Luft. Fehlten ihr eben noch die Worte, so konnte Felia sie nun klar vor sich sehen, als hätte man sie ihr mit Tinte auf Papier vorgelegt. »Schließlich ist er meiner Schwester versprochen und gehört bald zur Familie.«

»Ouh!« Jaques' wirkte sichtlich erleichtert. »Und Ihr? Seid Ihr bereits versprochen jemand?«

Felias Atem beschleunigte sich. Sie musste aus Versehen in die Reste ihrer Nervosität auf der Tanzfläche hineingelaufen sein. »Nein«, sagte sie wahrheitsgemäß. »Das bin ich nicht.«

»Dann ...« Jaques wirkte, als sei Nervosität hochgradig ansteckend. »Darf iesch wiedersehen Eusch nach die 'eutige Abend? Zum Essen vielleischt?«

Felias Herz setzte für einen Schlag aus. Einen Moment zögerte sie noch, bevor sie merkte, dass sie auf diese Frage antworten sollte. Sie wollte sprechen, aber ihr Mund fühlte sich so trocken an wie ein Scheunenboden voller Heu. Neue Hoffnung keimte in ihr auf und trieb ihren Puls in die Höhe. *Vielleicht kann ich doch noch all den Erwartungen gerecht werden.* Hastig nickte sie und bemerkte, wie sich die Sonne hinter Jaques' Augen erhob und ihr das gesamtes Lichtspektrum an Freude entgegen strahlte.

»Trés Magnifique!«, entfuhr es ihm. »A-Also, das 'eißt niescht, dass iesch jetzt schon sagen wollte *au revoir,* sondern ...«

Felia lachte. »Lasst uns einfach weiter tanzen, ja?«

Jaques strahlte. »Mit Vergnügen, Prinzessin!«

Tia atmete auf, als sie sich außer Reichweite des Jaguars wusste. Sie würde es weder vor Rostbart noch einem anderen Menschen zugeben, aber sie hoffte, dass sie diesem Mann nie wieder über den Weg laufen musste. Besonders nicht unbewaffnet – so wie jetzt. »Was für eine unangenehme Person«, wisperte sie leise und zog einen Taschenspiegel hervor. Gut, ihr Make-up war noch intakt.

»Signora brauchen keine Spiegel, der ihr sagt, wie bezaubernd sie aussieht. Das kann ich wesentlich besser.«

Tia wandte sich in die Richtung, aus der sie die Stimme vernommen hatte und blickte in zwei haselnussbraune Augen. Der Rest der oberen Hälfte des Gesichts ihres Gegenübers blieb jedoch unter einer goldverzierten Fuchsmaske vor ihr verborgen.

Ihre Mundwinkel zuckten zufrieden. Sie hatte schon erwartet, dass von allen Gästen er derjenige sein würde, den sie nicht aktiv zu suchen brauchte. Erneut brandete erster Abscheu in ihr empor, wie sie ihn in letzter Zeit häufiger spürte. Eine harsche Bemerkung lag ihr auf der Zunge, doch die Bewusstmachung ihres Ziels, half ihr, sich zurückzuhalten. Sie setzte ein keckes Grinsen auf und verschränkte die Arme vor der Brust. »Na, dann. Beweisen Sie es!«

Der Maskierte kräuselte belustigt die Lippen. »Signora, Euer Anblick iste das wundervollste Geschenk, das meinen Augen heute gemacht wurde. Nur Euer Lächeln könnte die Freude in meiner Seele überlaufen lassen. Würdet Ihr mir diese Ehre erweisen?« Einladend streckte er seine Hand aus.

Starr hielt Tia ihre Mimik in Position. Ein Frauenheld durch und durch. Seine Worte mochten sanft wie Seide sein, doch zweifelte sie stark an seiner Aufrichtigkeit.

»Ich weiß ja nicht ...« Tia legte den Zeigefinger in die Mulde unter ihre Unterlippe, »Ich kenne Sie ja nicht einmal. Wie war doch gleich ihr Name?«

»Oh, scusi.« Schwungvoll zog er seinen gefederten Hut und verbeugte sich stilvoll. »Gestatten, Der Maskierte, weltbester Schlittenfahrer und der begehrteste Liebhaber in ganz Grand Canalia. Erweisen Sie mir die Ehre eines Tanzes, Miss ...?«

»*Fräulein* Handlung«, betonte sie und deutete einen Knicks an. »Und was Ihre Frage angeht ....« Abschätzig betrachtete sie den jungen Mann in seiner enganliegenden, nachtschwarzen Hose mit den seidig weißen Kniestrümpfen, dem hellen Seidenhemd und dem purpurnen Frack darüber. Er sah aus wie ein Edelmann, aber auf sie wirkte er so falsch wie ihr Auftraggeber Rostbart. Dieser Mann war ein Schürzenjäger durch und durch und nur auf seine nächste Eroberung aus.

Aber Fakt blieb, dass sie mehr über ihn wissen musste. Schließlich hatte er beim Rennen bewiesen, dass er ein ernst zu nehmender Gegner war. Als solcher musste er unschädlich gemacht werden! Niemand anderes als Rostbart durfte dieses Rennen gewinnen. Koste es, was es wolle!

Galant streckt sie ihre Hand aus. »... sehr gerne.« Ihre Stimme klang erfreut, doch innerlich kämpfte sie darum, ihren Brechreiz im Zaum zu halten. *Wer spielt hier jetzt wem etwas vor? Ich habe diese Zarte-süße-Fräulein-Masche schon immer gehasst!*

Sanft aber bestimmt nahm Der Maskierte die dargebotene Hand. »Nicht nur mit Schönheit, sondern auch Güte gesegnet.«

Bah! Tia konnte ein Augendrehen gerade noch verhindern. Ernsthaft, wer fiel auf so einen Mist rein? Noch dicker aufgetragen und er würde anfangen, nach Rosen duftende Wölkchen zu furzen. Man hatte sie noch nie als *schön* oder *gütig* bezeichnet. Na gut, *schön* war vielleicht dabei, aber normalerweise fanden die Menschen andere Adjektive. Wörter wie *standhaft,* oder *ehrgeizig.* Und wenn die Leute ehrlich waren auch *impulsiv und selbstbestimmt!*

Eine Bewegung aus den Augenwinkeln ließ Tia ihren Kopf drehen. Sie erkannte Lord Rettlinger, wie er sich von einem Gesprächspartner loseiste und entschieden auf sie zuschritt. Für den Augenblick rutschte ihr das Herz in die Hose. Verfolgte er sie etwa? Was wollte dieser mit einem aggressiven Lustmolch als Sohn bestrafte Mann von ihr?

Zum Glück zog der Maskierte sanft an ihrer Hand und geleitete sie so zur Tanzfläche. Lord Rettlinger blieb am Rand stehen. Sein Gesicht zeigte einen ähnlich vergorenen Ausdruck, als ob sein bester Wein zu Essig geworden wäre. Was immer er wollte, es brachte ihn nicht dazu, die Fläche ohne Partnerin zu betreten und so zwischen all den Paaren unangenehm und störend aufzufallen.

Tia atmete auf.

Der Maskierte bemerkte es, während er sie umsichtig zu einem freien Platz zwischen den Tanzenden geleitete. »Stimmte etwas nichtse?«

Tia fasste sich wieder. Sie hatte jetzt Besseres zu tun, als über die Rettlingers nachzugrübeln. »Nein, alles bestens.« Sie legte die Hand auf seine Schulter und er seine an ihre Taille. »Nur eigentlich haben Sie sich diesen Tanz gar nicht verdient. Schließlich haben sie mir nicht wirklich Ihren Namen, sondern bisher nur Ihren Nick und Ihre selbst verliehenen Titel genannt.«

»Meine Titel habe ich tatsächlich von einer charmanten jungen Signora verliehen bekommen – das schwöre ich bei meiner Ehre.« Wieder dieses süffisante Grinsen. »Was meinen Namen angehte ... Namen sind austauschbar. Wie eine Weinflasche im Regal, der man ein anderes Etikett gegeben hat. Sie mögen uns eine Zuordnunge geben, aber sie haben keinerlei Einfluss auf unseren Charakter. Letztendlich bleibte in der Flasche Wein. Egal ob nun Wasser oder Rum daran geschrieben stehte.« Mit einem leichten Druck auf ihre Hand gab er ihr zu verstehen, dass er beim nächsten Takt der Musik zu führen begänne.

»Und eine Flasche bleibt eine Flasche, egal welche Maske ... Pardon, welches *Etikett* sie trägt.«

Ein kleines Ensemble spielte just die Introduktion des berühmten Walzers *An der schönen rosa Mastsau*; ein Meisterwerk des Karlheimer Komponisten Leopold Blumenvase, welches auf einem Anlass wie diesem nicht fehlen durfte.

Gekonnt nahm Der Maskierte den Takt auf und gemeinsam setzten sie sich in Bewegung. »Sie wollen also andeuten, ich spiele Ihnen etwas vor?«

»Ganz genau! Sonst würden Sie kein solches Geheimnis um Ihren Namen machen. Vermutlich sind Sie tagsüber ein gewöhnlicher Tischler.« Bedeutsam drückte sie seine Hand, um ihm zu verstehen zu geben, dass sie die Schwielen daran sehr wohl bemerkt hatte.

»Ein Tischler, der so gut Walzer tanzen kann?« Unscheinbar tunkte er seine Stimme in Unschuld, doch Tia ließ sich nicht beirren.

»Wahrscheinlicher als ein Adeliger, der sich die Finger schmutzig macht. Ihrer jugendlichen Stimme nach zu urteilen, sind Sie womöglich noch ein Geselle.«

Sie nahm sich Zeit, um seine Reaktion einzuschätzen. Obwohl ein Großteil seines Gesichts unter der Maske verborgen lag, blieben ihr noch genügend Anhaltspunkte, wie ein Zucken seiner Lippen. Doch ihr Tanzpartner blieb gelassen und führte sie taktsicher durch den Raum.

Misstrauisch kniff Tia die Augen zusammen. Irgendetwas an diesem Mann kam ihr vertraut vor, nur konnte sie nicht benennen, was. Sie verspürte den Impuls, ihm einfach die Maske vom Kopf zu reißen und dieses lächerliche Spielchen zu beenden. Sie spannte die Muskeln in ihrem Arm an.

Und wenn es August Rettlinger ist? Tia hatte den Sohn des Weinlords auf der Feier bisher nicht entdecken können. *Auch er ist ein Schürzenjäger und die Maske verdeckt die Narbe, die ich ihm verpasst habe. Nein, August hätte keine Schwielen an den Händen ... oder doch?* Ihr Blick fiel zurück zu Lorenz Rettlinger, der nach wie vor am Rand der Tanzfläche wartete und sie mit Argusaugen beobachtete. Je nachdem, wer unter dieser Maske steckte, konnte es sehr unklug sein, ihn hier in aller Öffentlichkeit zu enttarnen. Besonders, da sie die Aufmerksamkeit auf sich lenkte. Solange Rostbart nüchtern und anwesend war, wollte sie das unbedingt vermeiden. Sie entspannte sich wieder. *Ich muss dieses Spiel wohl oder über weiterspielen.*

»Fahren Sie bitte forte. Ich bin ganz bei Ihnen und Ihrer seidigen Stimme.«

Tia erwies ihm diesen Gefallen. »Ich könnte mir sogar vorstellen, dass Ihr Lehrmeister ein Tyrann ist, der sie beschimpft und kleinhält. Um diesem Alltag zu entfliehen, suchen Sie sich eine wesentlich aufregendere Rolle, um Druck abzulassen. Das alles kann natürlich nicht funktionieren, wenn Sie sich weiterhin Horst Hobel oder so nennen, denn dann bestünde die Gefahr, dass Sie jemand erkennen könnte und der ganze Zauber wäre dahin. «

Im Tanz Des Maskierten war keine Unsicherheit festzustellen. Galant drehten sie sich durch den Raum, während das Ensemble zum nächsten Part der Walzerkette überging.

»Signora haben eine malerische Fantasie.«

»Danke, das höre ich öfter. Es ändert jedoch nichts daran, dass Sie ein Hochstapler sind.«

»Ihre Worte bringen mein Herz zum Bluten, Signora.« Seine Stimme brachte Verletzung zum Ausdruck, aber das Lächeln in seinem Gesicht widersprach.

In einem Wirbel aus Farben zogen andere Paare an ihnen vorbei. Tia folgte ihm durch den Saal, den Blick nach wie vor auf seine Lippen fixiert.

»Haben Sie genügend Ehre, um mir zu schwören, dass Sie heute Abend nur die Wahrheit sprechen?«

»Aber selbstverständlich, Signora. Eine reizende Frau wie Sie würde ich nie belügen.« Wieder dieses gewiefte Lächeln. *Es wirkt schon ziemlich charmant ...*

Tia ärgerte sich über den Gedanken. *Das ist überhaupt nicht charmant!*, ermahnte sie sich. *Dieses gottverdammte Grinsen lässt ihn nur noch unaufrichtiger wirken! Man weiß ja gar nicht, was er ernst meint und was nicht!*

Der Maskierte musste in ihrem Gesicht gelesen haben wie sie in seinem, denn sein Lächeln wuchs weiter in die Breite. Er war sich wohl darüber im Klaren, dass die Rolle des mysteriösen Gentlemans unweigerlich anziehend wirken musste. Er war wie das Feuer, lockte mit seiner wärmenden Ausstrahlung und seinem funkelnden Tanz, doch kam man ihm zu nah, verbrannte man sich. Dann blieben nur der Schmerz und der Blick auf eine Spur aus Asche zurück.

»Spielen wir doch ein kleines Spiel, *Fräulein* Handlung«, wagte er sich vor. »Signora stellen mir drei Fragen, die ich wahrheitsgemäß beantworten werde. Anschließend stelle ich Euch *eine einzige* Frage, die Ihr *mir* wiederum wahrheitsgemäß beantworten müsst. Die einzige Regel lautet, dass Ihr michse nach keinem Namen fragt. Nichtse den meinen, den meiner Eltern, den meines Haustieres, meiner Heimatstadt oder meines Wohnortes. Natürlich dürfen Signora diese Fragen auch nichtse so verdrehen, dass am Ende eine Entscheidungsfrage dabei herauskommt. Also kein ›Ist Ihr Name Horst Hobel?‹. Was sagte Ihr dazu? Spielt Ihr mit?«

Es ist eine Falle!, schoss es ihr durch den Kopf. *Lass dich nicht darauf ein! Je mehr du dich auf ihn einlässt, desto mehr hat er dich in der Hand!*

»Das erscheint mir unfair«, erwiderte sie zögerlich. »Schließlich sind Sie im Vorteil. Sie kennen meinen Namen bereits.«

»Deswegen erhaltet Ihr drei Fragen.«

Tia spürte, wie sie seine Hand fester drückte. Sie hasste es, wenn Männer dies taten. Wenn sie sich überheblich gaben und meinten, das *schwache* Geschlecht aus Mitleid aufgrund ihrer *Unterlegenheit* übervorteilen zu müssen! *Na warte, deine Arroganz treibe ich dir aus!*

Sie gerieten aus dem Rhythmus, als Tia die Führung übernahm. Für den Bruchteil einer Sekunde spiegelte sich Überraschung in den Augen Des Maskierten, doch dann fügte er sich und folgte bereitwillig ihren Schritten.

Gut so!

»Sie sind definitiv nicht aus Gran Canalia. Ich habe gehört, die Menschen dort haben eine etwas dunklere Haut.«

»Meine Mutter war Karlheimerin.«

»Aber Sie sprechen nicht wirklich Canalisch. Sie mimen nur einen Akzent – den Sie überdies ab und zu vergessen – und lassen ein paar gängige Worte einfließen.«

Der Maskierte schnalzte mit der Zunge. »Questa accusa mi ha colpito profondamente, Signora!«

Tia spürte, wie das Fundament ihrer Gewissheit langsam zu bröckeln begann. Ihr Canalisch war zu eingerostet, um zu verstehen, was genau er zu ihr sagte. Entweder sprach der Mann tatsächlich die Wahrheit, oder er war ein Meister der Improvisation, der sich nicht in eigenen Lügengeflechten erhing wie so manch anderer Schwindler.

»Also dann, wollen Sie jetzt Ihre erste Frage stellen?«

Tia vergaß für einen Moment, dass sie jetzt den Walzer führen musste. *Er hat bemerkt, dass das nur Aussagen waren und hat trotzdem bereitwillig geantwortet ...*

Einen Moment hielten sie inne, dann griff Tia den Rhythmus wieder auf, als das Ensemble zur finalen Wiederholung des Walzers ansetzte. Langsam begann sie, Gefallen an dieser Unterhaltung zu finden. Ihr Gegenüber besaß einen scharfen Verstand, eingewickelt in ein Tuch aus Anstand und Bildung. Eine angenehme Abwechslung von ihrer eigentlichen Partybegleitung.

Wart's nur ab. Ich werde dich noch heute Abend demaskieren!

»Mit welcher Tätigkeit oder welchen Tätigkeiten verdienen Sie Ihr Geld?«

Sein Lächeln blieb unverändert. »Ich *verdiene* kein Geld.«

Tia legte die Stirn in Falten. Ihr war die besondere Betonung nicht entgangen. »Also sind Sie entweder ein sehr fauler Adeliger oder ein Dieb.«

»Läufte das nichtse auf dasselbe hinaus?«

Der Witz zündete nicht. Im Geiste durchsuchte Tia bereits ihre Akte bekannter Adelssprösse und Händlersöhne –verheiratet wie unverheiratet. Das Gefühl, diesem Mann bereits begegnet zu sein, verstärkte sich mehr und mehr. Gleichzeitig wusste Sie, dass es schwer werden würde, nur mit zwei verbleibenden Fragen auf seine Identität zu schließen. *Ich werde meine Fragen also unter einigen Annahmen stellen müssen ...*

»Was haben Sie mit dem Preisgeld vor?«

Der Maskierte zögerte. »Wer sagt, dass es mir um das Preisgeld geht?«

»Ich. Also beantworten Sie die Frage.« Tia lächelte süffisant. Seine persönliche Motivation lieferte ihr nicht nur einen Hinweis auf seine Identität, sondern gleichzeitig auch einen Schwachpunkt, bei dem sie ansetzen konnte. *Erfolg beginnt im Kopf. Wenn ich deinen Antrieb aushebele, können dir auch deine Fahrkünste nicht mehr zum Sieg verhelfen.*

»Ich will mich freikaufen«, gestand er schließlich. »Ich brauche das Preisgeld, um aus diesem Kerker zu entfliehen, den ich mal mein Zuhause nannte.« Das Lächeln verschwand und Trauer schwang in seiner Stimme mit.

Einen Moment fühlte Tia so was wie Mitgefühl in sich aufkeimen, doch sie entwurzelte diese Emotion auf der Stelle. Es gab keinen Platz für Mitleid mit einem Feind!

Trotzdem ergab sich hier das nächste Problem. Der Drang nach Freiheit war ein Antrieb, der mit Wuschels Zugkraft gleichgesetzt werden konnte. Inzwischen war sie sich sicher, vor einem schwalbenkackschen Adeligen zu stehen, der sich von seiner Erbschuld freikaufen wollte. In Schwalbenkack musste ein Adeliger seiner Familie einen männlichen Erben zeugen, oder sich für satte fünftausend Guani von dieser Pflicht freikaufen. Tia hatte nie davon gehört, dass dies einmal geschehen sei, denn soweit sie wusste, kamen die Adeligen dieser *Pflicht* nur zu gerne nach.

Verdammter Mist! Die meisten Geldwünsche wären sicher irgendwie zu erfüllen gewesen, aber fünftausend Guani für die Erbschuld?

Diese Mittel besitze ich nicht! Bestechen fällt raus. Dann muss ich wohl auf Sabotage zurückgreifen.

»Wo genau ...« Sie unterbrach sich. Sie hatte nach dem Standort seines Schlittens fragen wollen. Eine blöde Frage, da sie dem Maskierten unweigerlich merkwürdig vorkommen würde und er entweder seinen Schlitten nach dem Ball an einen anderen Ort verlegen oder ihn vor dem Rennen genauestens untersuchen würde.

»Wo genau was?« Wiederholte der Maskierte, während sie ihn nachdenklich über die Tanzfläche an den anderen Paaren vorbeiführte. »Lasste Euch nichtse zu lange Zeit. Wenn die Coda einsetzt, darf ich meine Frage stellen. Sonst iste der Tanz zu Ende, bis ich dazu komme.«

»Jetzt auch noch Zusatzregeln nachschieben, was?« Tia überlegte, ihm verärgert auf die Füße zu treten, beschloss dann aber, ihm diese Genugtuung nicht zu gönnen. »Schön, ich habe meine Frage. Wo haben Sie gestern genächtigt?«

Der Maskierte drückte die Unterlippe vor. »Bitte, bitte, Signora. Vergesst nicht die Regeln. Keine Fragen zu meinem Wohnort.«

»Ich habe nicht nach Ihrem Wohnort gefragt, sondern nur, wo Sie genächtigt haben. Wenn Sie Canalier sind, wird dies kaum Ihr Wohnort sein. Die Frage ist gültig« Ihr Gesicht verzog sich zu etwas, das ihr Vater gerne als *die raubtierhafte Fratze ihrer Mutter* bezeichnete. Ein wahres Geschenk, hatte sie damit doch bisher jeden einschüchtern können!

Der Maskierte schien ihren Trumpf allerdings gar nicht zu bemerken.

»Also Wo haben Sie gestern genächtigt?«, hakte sie nach, als er ihr nicht antwortete.

Die Lippen des Maskierten verzogen sich zu einem verspielten Lächeln. »Zuhause in meinem Bett.«

Empört riss Tia den Mund auf, aber der Maskierte kam ihr zuvor. »Ich weiß, das ist sehr enttäuschend für Sie, Signora. Wenn ich zuhause war, dann kann ich kein Canalier sein … oder womöglich bin ich es doch, wohne aber derzeit in Schwalbenkack? Sie werden mit mir ausgehen müssen, um das herauszufinden.«

Sie bekam keine Gelegenheit, den aufbrausenden Protest in ihrer Kehle freizulassen, da sich der Walzer durch Anklang der Coda dem Ende neigte.

Wie aufs Stichwort übernahm ihr Tanzpartner die Führung. »Also dann, Signora. Kommen wir nun zu meiner Frage.« Schwungvoll wirbelte er sie herum. Licht spiegelte sich auf den goldenen Verzierungen, die dem Fuchs sein canalisches Muster ins Fell malten. Behutsam neigte er sich näher zu ihr, bis sie seinen Atem knapp unter ihrem Ohr im Nacken fühlen konnte. »Sagt mir«, flüsterte er nun so leise, dass nur noch sie ihn verstehen konnte, »aus welchem Holz ist der Schlitten, den Sie für diesen alten Lügenkapitän kreiert haben?«

Erschrocken zuckte sie zusammen. Tia hatte mit vielem gerechnet, aber nicht damit. »Das darf ich Ihnen nicht sagen.«

Ihr Tanzpartner zog einen Schmollmund. »Wer spielte nun gegen die Regeln, Signora?«

»Das hat nichts mehr mit Regeln und einem witzigen kleinen Spiel zu tun. Es tut mir leid, das geht nicht! Dafür steht zu viel auf dem Spiel.«

»Was können Sie verlieren?«

Tias Miene verfinsterte sich. »Alles.«

Darauf grinste Der Maskierte wieder. »Das glaube ich Ihnen nicht. Eure Ehre und Euren reinen Charakter könntet Ihr nämlich jetzte behalten, anstatt zu entscheiden, beides in die Gosse zu werfen.«

Abermals kochte Wut in ihr empor und sie fühlte, wie sich ihre Nägel in den Stoff seiner Jacke gruben. Es stimmte, bisher hatte sie auf ihre Fähigkeiten gesetzt, um Rostbart zum Gewinner des Schlitten-rennens zu machen. Doch jetzt, nachdem sie gesehen hatte, wie mächtig die Konkurrenz dieses Jahr zuschlug, hatte sie sich schon mehrfach beim Schmieden nicht ganz legaler Pläne erwischt. »Können Sie bei Ihrer Ehre schwören, dass Sie nicht weitersagen werden, was ich Ihnen gleich erzähle?«

»Wenn Ihr es wünscht. Ich schwöre es bei meiner Ehre!«

»Also schön.« Obwohl sich alles in ihr dagegen sträubte und sie das Gefühl nicht abschütteln konnte, den schlimmsten Fehler ihres Lebens zu begehen, begann sie zu erzählen. »Das Holz stammt aus Hunkatunka. Den Namen des Baumes kenne ich nicht.«

Der Ausdruck im Gesicht des Maskierten zeigte nun ungewohnten Ernst. »Hunkatunka«, murmelte er mehr zu sich selbst. »Das Land, von dem niemand weiß, wo es liegt. Wie sind Sie an das Holz eines Baumes von dort gekommen?«

»Sie haben nur eine Frage, schon vergessen?«, erwiderte Tia kühl. »Vergessen Sie über Ihre Neugierde bloß nicht Ihr Versprechen an mich. Sie behalten diese Information für sich.«

Die Musik verstummte und beendete den Tanz. Verhalten erklang vereinzelter Applaus aus der Menschenmenge, der zum größten Teil von den Tänzern stammte. Der Maskierte nutzte diesen Augenblick, um sich von ihr zu lösen und sich ein weiteres Mal elegant zu verbeugen.

»Ich danke Euch für diese außergewöhnliche Tanz, Signora«, sagte er, als er in die Aufrechte zurückgefunden hatte. »Ich habe ihn wirklich innigst genossen. Erfreute Euch bitte am restlichen Verlaufe der Feier. Auf michse warten noch weitere Damen, die durch meine Anwesenheite beglückt werden wollen. Ci rivediamo!«

»Moment, warten Sie! Ich ...«, doch Der Maskierte hatte sich bereits umgedreht und war am Rande der Tanzfläche zwischen den

Menschen verschwunden. »In Ordnung, dann eben nicht«, sagte Tia und verschränkte die Arme vor ihrer Brust. »Andere Damen sind sicher ganz wild darauf, von Ihnen beglückt zu werden ...«

Es kommt die Zeit, in der man anfängt, auf sein Leben zurückzublicken. Man schaut sich an, was man geleistet hat, welche Herausforderungen man bezwang und in welch wirren, aber doch sinnigen Pfaden der eigene Weg verlief. Tief im Wald mag man sich über die ganzen unnötigen Schlenker und verzweigten Wirrungen geärgert oder gewundert haben, aber wenn man später auf dem Berg steht und auf die Bäume hinabsieht, merkt man erst, dass manch vermeintlicher Umweg einen vor einem tiefen Abgrund bewahrte oder ein hungriges Wolfsrudel vermeiden ließ.

Und auch wenn einen diese Erkenntnis froh stimmen mag, so wird man eventuell die ein oder andere Lichtung erblicken, auf der eine ungeöffnete Schatztruhe zurückgelassen wurde. Verpasste Chancen, die man nicht genutzt hat und nicht mehr nutzen kann, weil beim Design des Lebens Backtracking deaktiviert worden war.

Letztlich sind es immer die Wege, die wir *nicht* eingeschlagen haben, die wir hinterher am meisten bereuen. Denn selbst wenn wir in das hungrige Wolfsrudel gerannt wären, könnten wir anschließend sagen: »Aber diese Erfahrung hat mich stark gemacht.« Sofern wir dann noch am Leben sind. Aber wenn nicht stört es uns auch nicht mehr.

Nein, Taten in ferner Vergangenheit bereut man selten. Kleinere Vergehen vor wenigen Minuten allerdings meist umso mehr.

Allen voran bereute Felia just in diesem Moment, am Buffet nicht darauf geachtet zu haben, was und wie viel sie jeweils gegessen hatte. Sie bereute auch, den prickelnden Inhalt des Glases getrunken zu haben, das Jaques ihr zur Feier des Tages in die Hand gedrückt hatte. Erstens schmeckte die Flüssigkeit bitter und zweitens sorgte sie dafür, dass Felias Gleichgewichtssinn nun ebenfalls mit dem Walzertanzen begonnen hatte. Als wäre all dies nicht schon schlimm genug, vertrug sich das Getränk mit den Speisen in ihrem Magen wie Ponwon und Katz. Ein zweites Glas hatte sie überdies auch noch angenommen, um nicht unhöflich zu sein.

Verflucht noch eins! Wo ist das verdammte Klosett? Das war der Gedanke, der sie beherrschte, während sie energisch versuchte, sich an den anderen Gästen vorbei zu drängen, ohne dabei jemanden umzustoßen. Noch immer hielt sie das schlanke Glas in der Hand. Es war noch fast voll und deswegen ein Ärgernis. Sie hätte es Jaques in die Hand drücken sollen, aber daran hatte sie nicht gedacht. Gleichzeitig musste sie sich beeilen, denn sie durfte sich auf keinen Fall vor all diesen Menschen übergeben. Vor allem nicht vor Jaques! Denn das konnte das Ende ihrer neuen funkelnden Zukunft sein, die sie sich während des Tanzes in immer prächtigeren und schillernderen Farben ausgemalt hatte.

Ihrem Bruder war dies einmal passiert, als er beim Erntefest mit einem Mädchen verabredet war. Er gestand Felia später, dass er zu viel von Bauer Gerdfrieds selbstgebranntem Schnaps getrunken und sich am Ende dann ... etwas danebenbenommen hatte. Das Mädchen hatte nicht noch einmal mit ihm ausgehen wollen.

Ich werde nicht den gleichen Fehler machen, schwor sie sich. *Auf keinen Fall! Aber dazu muss ich dieses verdammte Klosett finden ...*

Sie erreichte einen Durchgang im hinteren Teil des Saals. Davor stand ein hünenhafter Mann in aufrechter Position.

Teldun sei Dank, ein Butler!

»Entschuldigen Sie«, begann Felia schwach. »Wo finde ich das Klosett? Ich muss dringend ko... ich meinte, mich frisch machen.«

Die Augen des Mannes bewegten sich skeptisch in ihre Richtung.

»Angenehm«, grollte er.

»Danke«, erwiderte Felia und hastete an ihm vorbei. Die Übelkeit war kaum noch auszuhalten. Sie schwankte und musste sich an der Wand abstützen, um nicht hinzufallen. Dabei schwappte der Sekt in ihrem Glas über und klatschte spritzend auf den Boden.

Taubendreck!, fluchte Felia innerlich. Zum Glück lag in diesem Flur kein Teppich aus. Das hätte einen unschönen Fleck gegeben. Sowieso sah dieser Gang nicht aus, als würde er zu den Klosetts führen, sondern eher in den Bereich, der für das Personal gedacht war. Jeglicher Prunk fehlte hier.

Irritiert sah sie sich um. Hatte der Butler nicht irgendwas von »An den Seen«, gesagt? Sie befanden sich mitten in einer Villa, wo sollte hier bitteschön ein See sein? Oder meinte er eines der Bilder, die sich an der Flurwand befanden?

Felia wollte umdrehen und nochmal nachfragen. Ihr Magen hatte andere Pläne.

Ohne darüber nachzudenken, was sie tat, drückte sie die Klinke zur erstbesten Tür hinunter und stolperte in den angrenzenden Raum. Augenscheinlich eine Art Abstellkammer. Am Rande bemerkte sie Besen, Wischmopps, verschiedene Kisten; doch ihr Hauptaugenmerk fiel auf den kleinen, rostigen Metalleimer, der einladend vor ihr auf dem Boden stand.

In letzter Sekunde überbrückte sie die Distanz, stellte das Glas auf den Boden, nahm den Kübel in beide Hände und ließ raus, was raus musste.

Erschöpft stellte sie den Eimer zur Seite und setzte sich auf eine der Kisten. Erleichtert atmete sie auf und sah sich nach etwas um, mit dem sie sich den Mund abwischen konnte. Sie merkte, wie sie sich bereits besser fühlte. Das Schwindelgefühl ging zurück und auch die Übelkeit war wie weggeblasen. Ihre Großmutter hatte ihr mal erklärt, dass Übelkeit von kleinen Futterdämonen verursacht wurde, die sich im Essen versteckten. Wenn man aus Versehen welche von ihnen aß, begannen sie so lange im Magen auf und ab zu toben, bis man sie wieder ausspuckte. Ihr Bruder hatte sie ausgelacht, als sie die Geschichte an ihn weitergab. Sie sollte ihm einen solchen Dämon zeigen und es beweisen. Felia hatte nie einen finden können.

Ihr suchendes Auge entdeckte schließlich einen alten Putzlappen. Felia verzog das Gesicht und wischte sich schließlich den Mund mit dem Handrücken ab, um diesen wiederum an dem schmutzigen Stück Stoff behelfsmäßig zu säubern.

Sie stand auf und merkte, dass sie sich wieder einigermaßen sicher auf ihren Beinen fühlte. Gut. Die Gefahr war überstanden. Vorerst. Auch wenn sie es bedauerte, so nahm sie sich vor, den Rest des Abends weder Essen noch Getränke anzurühren und auch aufs Tanzen zu verzichten. Wer wusste schon, ob sie wirklich alle Futterdämonen losgeworden war. Besser, sie nicht durch unnötigen Aufruhr zu provozieren.

Ein weiteres Mal atmete Felia tief ein, dann griff sie nach dem halbvollen Sektglas, dass ihre Hektik wie durch ein Wunder überlebt hatte und verließ den Raum.

Unsicher sah sie sich auf dem menschenleeren Flur um. Von links erklang allgemeiner Gesprächslärm vermischt mit leiser

Kammermusik. Ob Jaques ihr gefolgt war? Hoffentlich nicht! Er hatte ziemlich dumm aus der Wäsche geguckt, als sie sich fluchtartig entschuldigt hatte. Jetzt musste sie ihn dringend wiederfinden. Inzwischen war sie sich sicher, dass dieser Flur nicht zum Klosett führte. Jaques würde bestimmt woanders warten. Aber so schwer sollte er nicht zu finden sein. In seinem weißen Rüschenhemd und mit den goldenen Locken fiel er unter den sonst eher dunkelhaarigen Gästen auf wie eine weiße Taube zwischen den Stadtschwalben.

Sie wollte gerade den Saum ihres Kleides aufraffen und sich selbst zu dem Rückweg in den großen Saal, als eine erregte Stimme aus einem der Nachbarräume zu ihr durchdrang.

Felia spitzte die Ohren. Fremde Gespräche zu belauschen, gehörte sich nicht. Das hatte Fräulein Manierlich in ihrem Unterricht mehr als einmal betont. Eventuell hätte sie auch auf diesen tugendhaften Ratschlag gehört, doch das Wort »Maskierter« gab ihrer Neugierde den Schub, den sie brauchte, um sich gegen die Weisung durchzusetzen,

Auf Zehenspitzen tapste sie weiter in den Gang hinein, bis sie die angelehnte Tür erreichte. Nun konnte sie mehr als bloße Wortfetzen verstehen.

»... kann sich als echtes Problem herausstellen«, hörte sie die Stimme des Sprechers sich gereizt durch den Türspalt zwängen. Eindeutig ein Mann. »Auch diese Rumkanone ist ein unerwartetes Ärgernis. Aber diese beiden Neulinge werden sich noch wundern. Sie können nicht gewinnen. Schließlich bin *ich* der Held, der die Stadt retten wird. Dafür überwinde ich jedes noch so große Hindernis! Noch habe ich nicht verloren.«

»Noch hat *niemand* verloren!«, betonte eine zweite Stimme ernst. Ebenfalls ein Mann. »Ich hoffe, Ihr habt einen Plan, *Eure Hoheit* ...«

»Nennt mich nicht so!«, unterbrach der erste Sprecher ihn barsch.

»Ich bin ein Held und kein Despot!«

»Und der rechtmäßige König Schwalbenkacks.«

»*Rechtmäßiger König*«, echote der erste Sprecher verächtlich.

»Diese Stadt braucht keinen König.«

»Aber wolltet ihr nicht …?«

»Natürlich will ich Zirkus stürzen und seine Terrorherrschaft beenden, aber ich will nicht seinen Platz einnehmen. Mag sein, dass ich ein guter König wäre, aber das würde das Problem nicht lösen. Es gibt immer einen machtbesessenen Idioten, der sich diese Position krallen möchte. Wer sagt, dass mein Nachfolger genauso gütig werden wird wie ich? Falls ich nicht sogar vorher gestürzt werde ich? Das hat bei Königen schließlich Tradition! Dann geht das ganze Spiel wieder von vorne los und es braucht wieder einen neuen Helden. Nein, die Stadt braucht keinen neuen König. Die Stadt braucht selbstbestimmte Bürger, die sich selbst regieren! Wir brauchen eine Demokratie und gleiche Rechte für Alle.«

Einen Moment herrschte Schweigen zwischen den beiden, bevor Sprecher zwei zu einer Antwort ansetzte.

»Das ist eine sehr … innovative Idee. Ich glaube nicht, dass die Menschen dieser Stadt bereit dafür sind. Wenn sie nicht regiert werden, müssten sie nachdenken. Ohne entsprechende Bildung käme da nur Mist raus. Und wenn sie dieselben Rechte hätten, könnten sie ihr Versagen nicht aufs System schieben und müssten Verantwortung übernehmen. Die Menschen sollen arbeiten. Sie brauchen nicht noch mehr Schwierigkeiten. Eine Demokratie kann nicht funktionieren.«

»Die Demokratie wird in Skepthomos erfolgreich praktiziert.«

»Skepthomos ist nicht Schwalbenkack.«

Das Geräusch einer flachen Hand, die auf die Holzfläche eines Tisches schlug, drang durch die Tür.

»*Ich* bin der Held, der den Usurpator stürzt, und *ich* sage, wir bekommen eine Demokratie!«

»Ich vertraue Eurem Urteil, *Eure Hoheit.*« Für einen Moment entstand eine Pause, in der niemand etwas sagte. Dann fuhr der erste Sprecher fort. »Wie sieht es mit den Palastwachen aus?«

»Hauptmann Aktionarius sowie einige seiner loyalsten Unteroffiziere unterstützen die Wiederkehr des rechtmäßigen Königs. Sie sollten in der Lage sein, Zirkus' persönliche Leibwache auszuschalten oder zumindest ausreichend abzulenken. Außerdem haben wir Hauptmann Knolle von der Stadtwache auf unserer Seite. Die Unterstützung dieser einflussreichen Männer kostet natürlich. Nur wenige Familien sind Eurem Haus treu geblieben, aber mit diesen Schlüsselfiguren sollte Euer Plan gelingen. Und wenn wir gerade bei Kosten sind ...« Ein Zungenschnalzen ertönte. »Dieses finanzielle Risiko, trage *ich* alleine. Wie gedenkt Ihr also, jetzt vorzugehen? Welche Sicherheiten könnt Ihr mir geben, damit ich Euch guten Gewissens unterstützen kann?«

»Mein Wort, dass Ihr leben dürft, sollte Sicherheit genug sein. Helden halten immer ihr Wort. Allein, dass ich hier mit Euch zusammensitze ...«

»Ich bin in erster Linie Geschäftsmann. Mit ›Sicherheit‹ meinte ich Euren Plan, in den ich investiere.«

Als Antwort ließ der erste Sprecher ein leises Lachen erklingen. Ein Geräusch, bei dem sich Felia die Nackenhaare aufstellten. Es lag nichts Freudiges darin. »Nun ... Die Rumkanone kann nur ein lächerliches *Piff* von sich geben, wenn ihr das Zugtier fehlt. Und was Den Maskierten angeht ... Sobald ich herausgefunden habe, wer sich hinter dieser Maske verbirgt, wird derjenige einen kleinen Unfall erleben – genauso wie der Donnernde Blitz.«

Das Klirren von zersplittertem Glas unterbrach seine weitere Ausführung.

Felias Blick glitt langsam nach unten. *Oh nein ...*

»Wer ist da?«, tönte es aus dem Raum. »Klotz, bist du das?«

Das Rücken eines Stuhls erklang, gefolgt von Schritten.

Felia wusste, dass sie schleunigst die Flucht antreten sollte. Doch so sehr ihr Kopf sie auch drängte – ihre Beine gehorchten nicht. Zitternd wie die geleeartige Süßspeise auf dem Buffettisch waren sie mehr damit beschäftigt, in ihrer Form zu bleiben und nicht dem Gewicht der eisenschweren Angst in ihrem Oberkörper nachzugeben.

Die Tür schlug auf und ein drahtiger Mann in besprenkelter Allwetterkleidung trat nach draußen. Ihre Blicke trafen sich und Felia erzitterte. Kein Licht leuchtete hinter seinen Augen.

»Wer bist du und was machst du hier?«

Endlich befreite Felia sich aus der Starre ihres Körpers. Hektisch wandte sie sich um und rannte in Richtung des Ballsaals.

»Klotz!«, schallte die Stimme des Mannes ihr hinterher. Felia scherte sich nicht darum. Nur weg von hier. Sie musste zurück in den Saal und Lyell warnen. Das war alles, was zählte.

Ihre Flucht kam zu einem schnellen Ende, als der riesige Butler vor ihr in den Flur trat. Sofort bremste sie ab, um ihm nicht direkt in die Arme zu krachen. Gehetzt blickte sie hin und her, aber es gab keinen Ausweg. Sie saß in der Falle.

»Klotz!«, rief der Mann hinter ihr und näherte sich moderaten Schrittes. »Du Idiot! Was habe ich dir vorhin gesagt? Du solltest doch niemanden vorbeilassen!«

»Du hast nur gesagt, ich solle hier warten«, grollte Klotz. »Und dass ich alle Gespräche dir überlassen und nur mit ›angenehm‹ antworten soll, wenn irgendjemand was zu mir sagt.«

»Du Hornochse! Ich habe gesagt, dass du aufpassen und Schmiere stehen sollst. Das ist etwas komplett anderes als warten!«

Ohne nachzudenken, griff Felia nach dem Saum ihres Kleides und sprintete auf den Hünen namens Klotz zu.

»Halt sie auf!«

Sie wich zur Seite und spürte, wie die Pranken des Mannes sie nur um Haaresbreite verfehlten. Das Geräusch reißenden Stoffs erklang, dann war sie an ihm vorbei. Ihr Glück kaum fassen könnend, bog sie durch den Eingang und die Weite des Ballsaals breitete sich vor ihr aus. Immer noch gehetzt stolperte sie nach vorne, bis sie die ersten Gästegruppen passierte. Felia hielt inne und riskierte einen Blick über die Schulter. Sie sah den riesigen Butler, der sich gerade aus einem zerrissenen Sakko befreite. Der Drahtige stand direkt neben ihm und ihre Blicke trafen sich. Er schien es nicht eilig mit einer Verfolgung zu haben.

Die Menschen schützen mich, dachte sie. *Natürlich, er kann nichts tun, ohne einen Aufruhr zu verursachen.*

Sie wandte sich um und schritt langsamer, aber immer noch gehetzt weiter in den Raum hinein. Sie traute dem Frieden nicht. All Ihre Sinne schlugen Alarm, die Bedrohung bestand nach wie vor. Sie wusste es.

Ich muss Lyell finden, ermahnte sie sich und schritt aufmerksamen Blickes an einer Gruppe junger Damen vorbei, die ausgelassen über den Witz eines ihrer Begleiter lachten. *Und Gaius Augustus Zirkus ebenso!* Vielleicht mochte er nicht der rechtmäßige Regent Schwalbenkacks sein, aber er war Felia um einiges sympathischer als der echte.

Den Blick auf die Menge gerichtet, verlor sie aus dem Fokus, was sich in nächster Nähe befand. So überraschte sie es kaum, dass sie nach wenigen Schritten einen älteren Herrn anrempelte.

»Ich muss doch sehr bitten!«, empörte er sich und maß sie mit verzerrtem Blick durch sein Monokel.

Felia beachtete ihn nicht, sondern setzte eilig ihren Weg fort. Sie hatte Lyell mit dieser Frau tanzen sehen. Mit ein wenig Glück befand er sich noch immer dort.

Schließlich ist er der begehrteste Liebhaber von Gran Canalia, schossen ihr ihre eigenen Worte durch den Sinn. *Da wird es nicht bei dem einen Tanz bleiben.*

Sie schüttelte den Kopf. Jetzt gab es keinen Platz für Eifersucht.

Felia betrat die Tanzfläche. Bunte Paare drehten sich wie Kreisel übers Parkett, formten verschlungene Linien auf dem Boden. Hier und da stieß sie mit Tänzern zusammen, und mehr als einmal hörte sie ein empörtes Brummen oder einen überraschten Aufschrei. Sie scherte sich nicht darum. Die Zeit, Menschen mit aufgesetzter Etikette beeindrucken zu wollen, war vorbei.

Wo steckte Lyell nur?

»Haben Sie nicht etwas vergessen?« Ehe Felia sich versah, griff eine starke Hand nach ihr und drehte sie herum. »Zum Tanzen braucht man einen Partner!«

Sie erschrak, als sie abermals dem arktischen Blick ihres Verfolgers begegnete.

»Nicht so zurückhaltend«, wisperte er. »Schließlich darf nicht jede Frau sich der Ehre rühmen, mit Dem von der Tarantel gestochenen Jaguar getanzt zu haben.«

Erinnerungen an das heutige Rennen blubberten in ihr empor. An den gewaltigen Schlitten, gezogen von einem gehörnten Ungetüm, der direkt nach dem Start an die Spitze geschossen war. *Er ist der Jaguar?*

Er drängte ihr den Takt auf, bis sie sich zwischen den anderen Paaren im Tanz einfügten.

»Ich sag Ihnen, wie das jetzt ablaufen wird.« Grob zog er sie näher an sich heran, sodass ihre Oberkörper sich berührten. Der herbe Geruch nach Schweiß und einem billigen Rasierwasser stieg ihr in die Nase und Felia wandte angewidert das Gesicht ab. »Wir führen diesen Tanz zu Ende und dann begleiten Sie mich ganz ruhig nach draußen. Haben Sie verstanden?«

»Das werde ich nicht tun«, entgegnete Felia mit aller Entschlossenheit, die sie aufbringen konnte. Es klang jämmerlich.

»Doch, das werden Sie.« Die Stimme des Jaguars gefror zum Eisblock. »Sie haben gehört, was mein Partner gesagt hat. Die Palast- und die Stadtwache sind auf meiner Seite. Niemand wird Sie unterstützen. Also schließen Sie sich meiner heldenhaften Mission an. Es ist für eine gerechte Sache!«

»Ich werde schreien«, wimmerte sie am Rande der Verzweiflung. »Ich schwöre, ich werde schreien.«

Wieder diese freudlose Lache. »Na los, schreien Sie doch.«

»Der Regent wird es hören. Er hat seine persönliche Wache dabei. Ich schwöre, ich werde schreien, wenn Sie mich nicht sofort loslassen.«

Daraufhin schwieg der Jaguar.

Felia schluckte und fragte sich, ob ihr Vorhaben eine gute Idee war. Im Unterricht wurden verschiedene Aufstände in der Stadtgeschichte behandelt. Eine solche Situation konnte die Feier von einem Moment zum anderen in ein blutiges Schlachtfeld verwandeln.

Der Jaguar schien zu dem gleichen Schluss zu kommen. »Dann mache ich Ihnen das Angebot eben hier und jetzt. Ich weiß nicht, aus welcher Familie Sie stammen. Aber sie kann mit Sicherheit nicht die wohlhabendste sein.« Sie spürte, wie sein Daumen über den Schnitt auf ihrer Hand strich, den sie sich gestern beim Karottenschnippeln zugezogen hatte. »Ich möchte, dass Sie sich jetzt einmal in diesem

Saal umsehen. Sehen Sie genau hin und sagen Sie mir, was Sie sehen.«

Felia antwortete nicht. Fieberhaft überlegte sie, wie sie sich aus dieser Situation befreien konnte.

»Gut, dann sage ich Ihnen, was *ich* sehe«, fuhr der Jaguar für sie fort. »Ich sehe Dekadenz. Arroganz. Tyrannei! Diese Stadt ist ein verfaulendes Dreckloch! Ein paar adelige Familien leben in Saus und Braus, während der Rest sich zu Tode schuftet. Sie sehen auf den einfachen Bürger herab, behandeln ihn wie Spielzeug. Wie Vieh! Dieses primitive Rennen ist das beste Beispiel dafür. Die Menschen kämpfen auf der Rennstrecke um ihr Leben und die Adeligen machen sich einen Spaß daraus. Ein Regent nach dem anderen hält die Masse auf diese Weise im Griff. Ein großes Spektakel zur allgemeinen Belustigung. Wissen Sie, wie viele gute Bürger heute auf der Rennstrecke gestorben sind? Ich sage es Ihnen: zu viele!«

Sie schluckte, als sie an den Unfall auf der Strecke dachte. An ihre Angst um Lyell, als sie sich gewahr wurde, wie gefährlich dieses Rennen für ihn war.

»Das muss aufhören!«, fuhr der Jaguar fort, während er sie durch den Raum dirigierte. »Deswegen muss ich Zirkus auszuschalten. Dann wird endlich wieder Gerechtigkeit in diese Stadt einkehren. Ich werde die durch Korruption und Machtgier verdorbene Oberschicht auslöschen und diese Klassentyrannei beenden! Keine Adeligen mehr, die sich für etwas Besseres halten. Nur noch freie und gleichberechtigte Bürger. Wäre das nicht auch in Ihrem Interesse? Was diese Stadt braucht, ist ein Held, der sie rettet. Und dieser Held werde ich sein! Der verschollene rechtmäßige König dieser Stadt!«

Felia zitterte. Ja, sie fühlte die Wut in sich. Wut gegen Akazia, die sie genauso behandelte, wie der Jaguar es beschrieben hatte, Wut auf Fräulein Manierlich, die dies auch noch unterstützte. »Sie spielen nicht fair.« Wagemutig sah sie ihm in die Augen. »Sie wollen Den Maskierten töten, weil Sie seine Konkurrenz fürchten.«

»Weil er nur ein weiterer Adelsarsch ist und jedes weitere Jahr ein verschwendetes Jahr ist. Dieser Umsturz muss *jetzt* stattfinden. Wir brauchen *jetzt* eine Veränderung! Ich erwarte nichts weiter von Ihnen, als dass Sie das Gehörte für sich behalten und mir nicht in die Quere kommen. Vielleicht können Sie zum Regenten gehen und mich verraten. Vielleicht hört Zirkus Ihnen sogar zu. Vielleicht belohnt er Sie sogar dafür. Vielleicht gibt er Ihnen sogar einen Adelstitel. Aber ich sage Ihnen eins: Sie werden nicht dazugehören. Verräter gehören *nie* dazu! Also, was sagen Sie? Unterstützen Sie meine Sache? Unterstützen Sie den rechtmäßigen König Schwalbenkacks?«

Felia schluckte. Noch immer spürte sie ihr Blut wie einen steilen Gebirgsbach durch ihren Körper rauschen. Das war doch alles verrückt! Was geschah an diesem Abend nur? Heute Morgen wurde sie noch von Frau Garzart angeschrien und jetzt wurde sie in einen Komplott für einen Machtwechsel mit hineingezogen. Sie. Felia.

»Sind Könige nicht auch adelig?«, fragte sie um Zeit zu schinden.

»Nein, Könige sind Vertreter des Volkes. Und verschollene Könige sind heldenhaft. Das weiß doch jedes Kind. Jetzt antworten Sie endlich!«

Sie kniff die Augen zusammen, um die Tränen zurückzuhalten. Es war zu viel. Einfach zu viel.

»Dem Maskierten darf nichts geschehen«, flüsterte sie. »Er ist kein Adeliger, er spielt diese Rolle nur. Also darf ihm nichts geschehen. Mehr will ich nicht. Tun Sie ihm einfach nichts!«

Sie drehten sich und Felia sah ein junges Pärchen an ihnen vorbeiziehen. Sie bemerkte nur das Gesicht der jungen Frau. Sie lächelte verträumt. Es wirkte vollkommen surreal.

»Dann sorgen Sie dafür, dass Der Maskierte nicht am zweiten Rennen teilnimmt. Überzeugen Sie ihn. Aber wehe«, die Stimme das Jaguars fuhr scharfe Krallen aus, »wehe Sie erzählen irgendjemanden von dem, was Sie heute von mir gehört haben. Dann kann ich für nichts garantieren. Meine Mission ist zu wichtig dafür! Haben wir eine Abmachung?«

Felia antwortete nicht. Die Gefahr blieb nach wie vor präsent. Wie ein dichter Nebelschleier schien sie den ganzen Raum zu erfüllen und durch jede ihrer Poren zu dringen. Konnte sie seinem Wort trauen? Was sollte ihn davon abhalten, auch für sie einen *kleinen Unfall* zu inszenieren? Schließlich plante dieser Mann einen Mord! Das entsprach nicht ihrer Vorstellung von einem Helden. In Opa Bertholds Geschichten hatten die Helden nie jemanden getötet.

Das Leben ist nun mal keine Geschichte!

»Verzeihen Sie, es ist gerade Damenwahl!« Verwirrt von der neuen Stimme hob Felia den Kopf. Bevor sie die dazugehörige Person ausmachen konnte, knallte die geballte Wucht eines massiven Bauchspeckpolsters in den Jaguar. Felia verlor durch den Stoß das Gleichgewicht, doch jemand ergriff ihre Hand und verhinderte rechtzeitig ihren Fall.

»Kapitän Rostbart!?«, rief sie erstaunt, als sie ihren neuen Tanzpartner erkannte.

»Aye!«, rief dieser und lachte laut. »Auf die Gelegenheit, diesen Ganoven vor den Bug zu spucken, habe ich schon den ganzen Abend gewartet! Sie schienen mir keine Freude an seiner Gesellschaft zu haben, also dachte ich mir, ich erlöse Sie mal.« Er zwinkerte wissend und Felia spürte, wie etwas von ihrer Anspannung abfiel.

»Damenwahl bedeutet aber eigentlich, dass die Dame sich ihren Tanzpartner aussucht«, hörte sie sich sagen.

»Ach, wirklich?« Völlig losgelöst von jeglicher Rhythmik wirbelte Rostbart sie durch den Saal. »Ich dachte, es bedeutet, dass man seine Dame wählen darf. Wieso nennt man es dann nicht einfach *Dame wählt?* Das wäre eindeutig. Gar-har-har.«

Felia lächelte gequält. Rostbart mochte sie aus der akuten Misere gezogen haben, aber der Drang, so schnell wie möglich von hier zu verschwinden, saß weiterhin fest in ihren Knochen.

»Haben Sie Den Maskierten irgendwo gesehen? Sie haben etwas gut bei mir, wenn Sie mich zu ihm bringen.«

Ein Schatten legte sich über das Gesicht des Kapitäns. »Was wollen Sie denn von diesem aufreißerischen Clown? Bleiben Sie lieber bei mir! Wir sind mit dem Buffet noch nicht fertig!«

»Glauben Sie mir, das würde ich wirklich sehr gerne ...«

Rostbart hob eine Braue. »Aber?«

Felia zögerte. Sie spielte mit dem Gedanken, ihm einfach zu erzählen, was gerade zwischen ihr und dem Jaguar vorgefallen war – von dem Plan, den er verfolgte. Wozu auch immer er es dafür auf Lyell und Wuschel abgesehen hatte. Ein kaltes Stechen in ihrem Rücken hielt sie davon ab. Es war der Jaguar, der sie nach wie vor aus sicherer Distanz beobachtete und ihre Schritte verfolgte.

»Tun Sie es einfach«, bat Felia ihn. »Bitte! Ich muss gehen.«

Rostbarts Mimik zeigte keine Regung. »Aye«, sagte er schließlich und Felia atmete auf.

»Danke. Ich stehe in Ihrer Schuld.«

»Ha!« Rostbart manövrierte sie mit zwei amateurhaften Drehungen zwischen zwei anderen Paaren hindurch. Dabei huschten seine Augen aufmerksam von einer Seite zur anderen. »Wenn Sie das ernst meinen: Sie finden mich Am Pier 44 in der Überfluteten Zone. Bis dahin ...« Er hielt mitten in der Bewegung inne und nahm seine Hand von ihrer Hüfte, um sie auf seine Brust zu legen. Abermals deutete er eine Verbeugung an. »Ihre Gesellschaft heute Abend war mir ein Vergnügen.«

Felia blinzelte verwirrt. Lyell war nirgends zu sehen.

»Danke«, sagte sie. »Mir ging es ebenso. Ich hätte gerne noch Ihren anderen Abenteuern gelauscht. Ein anderes Mal hoffentlich.« Und weil sie es sich nicht verkneifen konnte, fügte sie hinzu: »Passen Sie bis dahin bitte gut auf Wuschel auf. Der Jaguar … ist etwas zu neidisch auf ihn.«

»Aye.« Rostbart hob den Kopf und Felia erschrak, als sie den Ausdruck in seinem Gesicht bemerkte. »Das werde ich.«

Ehe sie sich versah, hatte er ihren Arm mit beiden Händen umfasst. Dann lehnte er sich zurück und wirbelte sie kräftig herum. Überrascht schrie Felia auf und sie hörte, wie Rostbart kehlig zu lachen begann. Plötzlich ließ er sie los. Angetrieben von dem Schwung stolperte Felia unkontrolliert über den Boden, darum bemüht, sich nicht aufs Parkett zu legen. Dabei trat sie auf den Saum ihres Kleides. Gravitation und Fliehkraft lachten sie aus, als sie hilflos nach hinten kippte.

»Mamma mia!«, hörte sie einen überraschten Aufruf hinter sich. Zwei Arme griffen unter ihre Schultern und fingen sie auf. Leicht prallte sie gegen etwas Weiches und ihr Schwung wurde negiert.

Verwirrt hob sie den Kopf und begegnete Lyells Blick durch die beiden Öffnungen in seiner Maske.

Er schmunzelte amüsiert. »La Regina stürzen sich ja wie ein hungriges Raubtier auf mich. Wenn Ihr tanzen wollt, brauchte Ihr michse doch nur bitten, es ist Damenwahl.«

Sie senkte den Blick und bemerkte Rostbart einige Meter entfernt, wie er ihr mit breitem Grinsen im Gesicht zuwinkte. Dann schob ihr Unterbewusstsein alle weiteren wichtigen Informationen an sie weiter. Die Blicke der anderen Paare, die ihren Tanz unterbrochen hatten und die teilweise verdutzt, teilweise empört zu ihnen hinübersahen. Lyells Hände, die weiterhin sanft auf ihrem Bauch lagen, sein warmer Oberkörper in ihrem Rücken ...

Hastig befreite sie sich aus seiner Umarmung. »Wir müssen sofort hier weg«, zischte sie so unauffällig wie es unter den gegebenen Umständen möglich war.

»Aber, aber. So was macht eine Feier doch erst so richtig aufreg...«

»Das meine ich nicht!«, unterbrach Felia ihn lauter als geplant. »Bitte«, fügte sie leiser hinzu. »Wenn dir irgendwas an mir liegt, dann bring mich bitte *sofort* von hier weg. Wir sind in Gefahr!«

Einen Moment stand er stocksteif vor ihr und sein Blick schien hinter der Maske zu flackern. Bestimmt griff er nach ihrer Hand.

»Komm«, sagte er.

Eines der natürlichsten und doch am wenigsten erklärbaren Phänomene in dieser Welt, stellt für Menschen der Traum dar. Da der Mensch aber seit jeher alles erklären wollte, suchten viele Kulturen nach einer rational logischen oder spirituell fundierten Wahrheit über das nächtliche Erleben. Dabei kamen sie zu gänzlich unterschiedlichen Ergebnissen, weswegen mal wieder Gezanke ausbrach, wer denn nun recht hatte und wer falsch lag.

Anders verhielten sich die Gelehrten aus Skepthomos, welche die Ansichten eine nach der anderen einsammelten und untereinander jahrzehntelang diskutierten. Sie kamen zu dem Schluss, dass Träume letztlich einfach nur Träume waren und man sie erleben sollte wie das Leben selbst.

Livian hatte nie über Träume nachgedacht. Meist blieb sein Schlaf traumlos und wenn nicht, dann gab er nicht allzu viel darauf. Nichts, was er im Traum erlebte, beeinflusste in irgendeiner Weise seinen Fortschritt im Wachsein. Auch hingen sie meist nicht zusammen, anders als die Erlebnisse, die er mit offenen Augen sah. Für ihn stand deshalb fest, dass es sich nur beim Wachzustand um die wahre Realität handelte. Wie sonst wäre er wohl in diesen wundersamen Wald geraten?

Staunend blickte er sich um. Hohe Bäume ragten zu den Seiten auf. Manche von ihnen trugen Früchte, andere violette Kelchblüten, die an dünnen Ästen zu Boden hingen und sachte im Wind wiegten. Hohe Gräser und Farne stritten sich um die schönsten Plätze zwischen den Stämmen. Livian erkannte auch eine erdige Rebe, die sich zu seiner Linken in wilden Spiralen in den Himmel schraubte. Sie war bedeckt von Kartoffeln, Karotten, Pilzen, Tomatensträuchern und noch vielen Gemüsesorten mehr. Kleine leuchtende Insekten schwirrten um sie herum.

Sein Hauptaugenmerk galt allerdings dem riesigen Baum, der inmitten einer kleinen Lichtung stand und alle anderen Bäume überragte. Livian blieb der Mund offen stehen. Den Stamm hätten noch nicht einmal zehn Menschen zusammen umfassen können. Die Blätter des Baumes leuchteten silbrig grün. Obwohl hier draußen tiefe Nacht herrschte, war die Lichtung hell erleuchtet.

Staunend trat Livian näher an den Baum heran.

»Oh, du bist hier.«

Überrascht drehte er den Kopf und erkannte Grünspan, der auf der Kappe eines leuchtenden Pilzes saß. Er trug wie immer seine Gärtnerkleidung und den breiten Strohhut.

»Meister«, sagte Livian überrascht. »Was macht Ihr hier?«

Grünspan gluckste vergnügt und erhob sich von seinem Platz. »Was ich hier mache? Das ist mein Unterbewusstsein. Ich ruhe mich hier aus.« Mit einem Salto landete er vor Livian auf dem Boden. Knackend streckte er die Arme hoch in Luft. »Ein wenig den Gebrechen des Alters entfliehen, wenn du verstehst, was ich meine.«

Livian verstand nicht. Es musste ihm ins Gesicht geschrieben stehen, denn Grünspan lachte lauthals. Wissend tippte er sich gegen die Stirn. »Mein Kopf, meine Regeln«, sagte er. »Wenn ich mag, kann ich hier sogar durch die Luft fliegen.«

Livian schwieg. Er musste in dem Gedrängel in den Straßen zu viel Zigarettenqualm eingeatmet haben. Als er noch jünger war, hatte er einmal den Fehler gemacht, eine Pfeife von einem Reisenden anzunehmen. Die Träume danach hatten ähnlich bizarr ausgehen. Übelkeit und Erbrechen waren der Dank gewesen.

»Ich konnte auch schon einmal im Traum fliegen«, erwiderte Livian schließlich. Normalerweise erinnerte er sich nicht an seine Träume, aber hier wurde die Erfahrung wieder präsent. Es war ein schöner Traum gewesen.

»Das glaube ich dir aufs Wort«, erwiderte Grünspan. »Aber heute hast du sehr unruhig geträumt. Ich wollte dich eigentlich besuchen kommen, aber dein Unterbewusstsein ist gut versiegelt. Also habe ich dich hierher eingeladen. Ich hoffe, es gefällt dir bei mir.«

Livian runzelte die Stirn. »Ich wusste nicht, dass man andere Menschen in seinen Traum einladen kann.«

Grünspan gluckste wieder. Als gäbe es keine Schwerkraft, kreuzte er die Beine in den Schneidersitz und schwebte langsam in die Luft. »Mein Kopf, meine Regeln, Junge.«

Livian wollte es ihm nachtun und sich mit gekreuzten Beinen in die Luft setzen, verlor aber direkt das Gleichgewicht und fiel hin.

Verwirrt rieb er sich die schmerzende Schulter. Gab es in Träumen Schmerz?

Grünspan gluckste vergnügt. »Du glaubst nicht, dass es funktionieren kann.«

Unverletzt kam Livian zurück auf die Beine. Immer noch misstrauisch rieb er sich die Schulter »Ist das hier real?«

»Das kommt darauf an, wie du Realität definierst.« Langsam driftend drehte sich Grünspan in der Schwerelosigkeit zur Seite, sodass er fast auf dem Kopf stand. Gravitation schien nach wie vor nicht für ihn zu gelten. Genauso wenig für seine Kleider oder dem Hut auf seinem Kopf. »Also ja, es ist real. Schließlich erlebst du diesen Wirrwarr hier gerade. Und nein, es ist nicht real, denn selbst wenn du dir ein Blatt oder eine Frucht pflücken und in deine Tasche stecken würdest, könntest du sie morgen früh, wenn du aufwachst, dort nicht wiederfinden.«

Ein Schwarm bunter Schmetterlinge zog vorbei und umrundete Livian neugierig. Dann verließen sie ihn wieder und stiegen zu dem großen Baum mit den Silberblättern empor, bis sie zwischen seinen Ästen aus Livians Sicht gerieten.

Zögernd fokussierte er seinen Blick wieder auf seinen Meister. »Wo liegt dann der Sinn des Ganzen?«

Grünspan vollendete seine Drehung und kam sachte wieder auf dem Boden an. Wilder Farn spross neben ihm aus der Erde, als seine Zehen das Gras berührten.

»Erholung«, antwortete er und fokussierte ihn mit seinen alten Augen. Sie waren ebenso grün, wie der Wald um ihn herum.

Livian meinte, alle denkbaren Schattierungen der Farbe in seinen Iriden funkeln zu sehen.

»Für mich gibt es keinen schöneren Ort, als diesen Wald, um auszuspannen. Er erzählt mir Geschichten, weißt du. Schau hier.« Er deutete auf einen weißen Pilz mit schmaler Kappe zwischen den Wurzeln einer Trauerweide. »Die Riesenstinkmorchel dort hinten mag nicht so wirken ...« Verschwörerisch beugte Grünspan sich mit vorgehaltener Hand zu Livian vor, »... aber sie kennt eine ganze Reihe von Witzen. Frag sie mal nach einem.«

Livian regte sich nicht. Wenn dies nicht real war, dann kam er dem Ziel seiner Aufgabe nicht näher und brauchte folglich keine Stinkmorchel nach einem Witz fragen.

Grünspans Grinsen verschwand. »Du verpasst etwas«, sagte er nüchtern.

»Kann ich jetzt wieder aufwachen?«

»Das weiß ich nicht, ob du das kannst. Vielleicht tust du es einfach.«

Livian zwickte sich in die Wange. Nichts passierte. »Hindert Ihr mich am Gehen?«

Sein Meister zog die Brauen zusammen. »Es ist zwar mein Kopf und es sind meine Regeln, aber es steht dir immer frei, zu gehen. Daran werde ich nie etwas ändern können, denn dein Geist ist frei. Ich kann dich allerdings rauswerfen, wenn du das möchtest. Zurück in deinen eigenen, dunklen Traum, in dem du dich eben noch vor Schmerzen gewunden hast.« Wie eine überreife Frucht fiel die Unbeschwertheit von Grünspan ab. Eindringlich sah sein Meister ihn an und Livian wich einen Schritt vor dem Gärtner zurück. Dann wurde Grünspans Miene wieder sanfter. »Du hast ein paar schlimme Dinge erlebt. Und einige genauso schlimme Dinge getan. Ein Blick in deine Augen genügt, um es zu sehen. Ein versiegeltes Unterbewusstsein wird keine dauerhafte Lösung sein, Junge. Zumindest keine sehr glückliche.«

Livian wich noch einen weiteren Schritt vor ihm zurück. »Ich möchte nun wirklich gehen«, sagte er.

Grünspan lachte und die einschüchternde Aura, die ihn zuvor noch umgeben hatte, löste sich auf wie dunkle Wolken am Himmel nach einem kräftigen Schauer. »So schnell schon auf dem Rückzug? Angst ist keine Schande. Wir alle haben hin und wieder Angst.« Er zwinkerte wissend. »Der alte Grünspan neckt dich doch nur. Leg dich ins Gras und schließ die Augen. Genieße es, einfach mal nichts zu tun. Das wird sich schnell genug wieder ändern, glaub mir.«

Livian schüttelte den Kopf. »Ich will nicht nichts tun. Ich will jetzt gehen!«

Das Lächeln in Grünspans Gesicht verflog. Überrascht hob er die Brauen. »Oh? Du *willst* plötzlich? Ich habe dir gerade die Aufgabe gegeben, dich auszuruhen.«

Nervös tastete Livian in seiner Tasche nach dem Pergament. Es war nicht da. »Dies ist nicht die Realität«, sagte er. »Ich kann hier keine Aufgaben erfüllen, demnach muss ich Euch nicht gehorchen.«

»Sicher?«

Livian zögerte. Sicher war gar nichts, solange er sein Pergament nicht befragen konnte.

Wind kam auf und in der Krone des großen Baumes raschelte es. Gräser peitschten um Livians Beine und dunkle Wolken zogen sich am Himmel zusammen.

»Ich will jetzt gehen.«

»Zurück in deinen dunklen Traum?« Grünspan näherte sich ihm, wodurch Livian weiter zurückwich. »Auch wenn dies Schmerz und Leid bedeutet? Was willst du dagegen ausrichten?«

Livian blieb stehen. »Ich werde aufwachen.«

Auch Grünspan hatte die Bewegung eingestellt. »Und du denkst, du hast die Kontrolle darüber, wenn du noch nicht einmal hier den Ausgang findest?«

Die Leuchtkäfer, die zuvor die Lichtung als kleine Lichtpunkte gesprenkelt hatten, waren vor dem aufkommenden Unwetter geflohen. Die bunten Blumen hatten ihre Kelche geschlossen.

»Schickt mich zurück.«

Der Wind legte sich und der Himmel klarte auf. Im nächsten Moment war es, als hätte es den Wetterumschwung nie gegeben.

»Das werde ich«, sagte Grünspan. »Wenn es so weit ist, denk immer daran: Dein Kopf, deine Regeln.«

Der Wald löste sich auf.

Eine der größten Errungenschaften Karlheims stellte seine umfassende Sammlung der Rechts- und Ordnungswidrigkeiten dar, die in einem einzelnen Werk, das »Heimsche Strafgesetzbuch«, zusammengefasst wurden. Man bezeichnete dieses Buch auch als *kulturelles Erbe*. Diese Ehre verdankte es allerdings weniger seinem Inhalt, sondern eher dem Umstand, dass es über 8000 Seiten umfasste. Dazu kam, dass jede einzelne Seite bereits in ihrer Höhe einen Meter maß. Es war somit nicht nur das größte, sondern auch das längste Buch UmfangReichs. Versuche, es aus den heiligen Hallen der karlheimschen Judikative zu stehlen, scheiterten bisher immer daran, dass überraschte Diebe sich außerstande sahen, es überhaupt anzuheben.

Gelehrte aus Skepthomos haben in einer Studie herausgefunden, dass es durchaus möglich sei, den Inhalt des Werkes in einem durchschnittlich großen Buch zusammenzufassen. Die Länge sei vor allem der karlheimschen Überkorrektheit geschuldet, die aus »Mord stellt eine Straftat dar« Sätze wie »Das willentlich herbeigeführte Ableben eines guten karlheimschen Bürgers oder einer guten karlheimschen Bürgerin, aus welchen Beweggründen auch immer es herbeigeführt wurde, handle es sich hierbei um niedere Beweggründe, zu denen unter anderem Neid, Gier – welche bekanntlich als besonders niederträchtig gilt –, Boshaftigkeit, Triebnachgabe, oder auch Wahnsinn zählen, oder eine ehrenhafte Absicht wie – zum Beispiele angeführt – dem Wunsch, einen anderen guten karlheimschen Bürger oder eine andere gute karlheimsche Bürgerin vor einer üblen Absicht des Ermordeten schützen zu wollen, was vorkommen soll und in welchem Fall die ordnungsgemäße und richtige Handlung – nach der es immer zu streben gelte – eines guten karlheimschen Bürgers oder einer guten karlheimschen Bürgerin laute, die örtlichen Beamten, denn dafür werden sie von unserem hochgeehrten Heimkanzler – möge seine Regentschaft noch lange andauern – entlohnt, über jenes üble Vorhaben zu informieren, stellt eine Straftat der Kategorie fünf dar«, machten. Ein Durchbruch im Studium dieses Werkes brachte die Erkenntnis, dass man jeden Satz nur bis zum ersten Komma lesen brauchte und dann einfach am letzten Komma vor dem Punkt weiterlas. Skepthomos ist damit das einzige Land, das einen im karlheimschen Gerichtssaal anerkannten Anwalt hervorbrachte.

Einer der Einträge des Heimschen Strafgesetzbuches befasste sich mit der als Ordnungswidrigkeit markierten *Nachstellung*. Um den Lesenden einen Hirnknoten zu ersparen, sei an dieser Stelle nur die skepthomosische Zusammenfassung angegeben: »Als Nachstellung wird die wiederholte Verfolgung und/oder Belästigung eines guten karlheimschen Bürgers oder einer guten karlheimschen Bürgerin durch eine andere Person bezeichnet. Es drohen Geld- und im schlimmsten Falle Freiheitsstrafen.«

Zu Tias Glück bezog sich dieses Gesetz nur auf Karlheim, denn womit sie den Rest des Abends verbrachte, hätte mithilfe eines guten karlheimschen Anwalts schon als Nachstellung angesehen werden können. Anstatt die Feier zu genießen, sorgte sie dafür, immer in Sichtweise Des Maskierten zu bleiben und ihn so unauffällig wie möglich zu beschatten.

Sie hatte gewusst, dass es eine nervenaufreibende Aufgabe werden würde, aber die Wirklichkeit stellte sich dieses Mal als weitaus intensiver als die Vorstellung heraus. Zum einen schien jede Frau auf dieser Feier mit Dem Maskierten reden zu wollen, weswegen er sich meist in einem Zentrum aus bunten Kleidern und schrillem Geschnatter befand. Zum anderen musste Tia ständig irgendwelche Gentlemen abweisen, die sich ebenfalls die Gunst eines Tanzes erhofften.

Anders als der Name *Schlittenball* vermuten ließ, erhielten nicht nur die wagemutigen Kontrahenten mit ihren Begleitungen eine Einladung in das Hause Habkies, sondern auch einige Mitglieder der schwalbenkackschen Oberschicht. Ihr Vater hatte ihr erzählt, dass dies bei der ersten Veranstaltung dieser Art noch anders gewesen war. Allerdings hatte Habkies beschlossen, weitere Gäste einzuladen, als die Feier in einem gewaltigen Streit der versammelten Kontrahenten ein explosives Ende fand. Alles in allem waren die Fahrer untereinander immer noch Gegner. Also schien es eine gute Idee, etwas Raum zwischen sie zu bringen, indem man ein paar weitere Menschen hinzufügte.

Um einer dieser besonderen Gäste zu werden, musste man ein halbes Vermögen auf den Tisch legen, gab es hier doch die Chance, seine Helden persönlich in einem angemessenen Rahmen zu treffen. Schließlich war es unter der Würde eines Adeligen, zu den Docks zu stiefeln und mit einem *Fischer* zu reden. Doch heute war ein Fischer kein Fischer, sondern ein Rennfahrer. Und Rennfahrer waren in Schwalbenkack angesehene Menschen.

Ab und zu kam es vor, dass Teilnehmer des Schlittenrennens hier ihre schicksalhafte Begegnung erfuhren, mit der sie in bessere Kreise einheiraten konnten. Tia warf einen Blick zu der Rasenden Renate, die anscheinend die Aufmerksamkeit eines jungen Kaufmannssohnes erheischen konnte.

Glück für sie, dachte sich Tia, beneidete sie jedoch nicht. Meist waren diese Ehen nichts anderes als ein Statussymbol. Ein Adeliger, der einen Rennfahrer ehelichte sagte so viel wie: »Schau her, Ich habe es nicht nötig, für mehr Macht und Reichtum zu heiraten.« Die betroffenen Rennfahrer lebten dann in Saus und Braus. Jedenfalls so lange, wie sie als Statussymbol taugten. Den meisten schien dies jedoch nichts auszumachen.

Tia verstand es nicht. Sie fragte sich, was so grandios daran sein sollte, in das Eigentum eines Adeligen überzugehen. Nichts anderes spielte sich in den oberen Kreisen ab. Man kaufte und verkaufte Waren. Selbst wenn diese zur eigenen Familie gehörten ...

Sie schnaubte abfällig und sah zurück zu Dem Maskierten, der sich mit fünf Frauen gleichzeitig unterhielt. Jetzt wo sie darüber nachdachte ... Es waren erschreckend viele junge Damen im heiratsfähigen Alter anwesend. Vermutlich erhofften sie sich eine gute Partie mit Dem Maskierten. Schließlich kam er – anders als die meisten Rennfahrer – aus gutem Hause. Wer es sich leisten konnte, von Gran Canalia hierher zu reisen, um an einem Volksfest teilzunehmen, der musste zweifelsfrei über Geld verfügen. Tia verzog angewidert das Gesicht. Das war alles so widerlich! Diese Stadt, diese Gesellschaft und vor allem die, die bei allem mitspielten.

Ihr fielen die Worte Des Maskierten wieder ein. Dass er für seine eigene Freiheit an dem Rennen teilnahm. Spielte er deswegen diese

Maskerade ab? Um an eine Frau aus einer reichen Familie heranzu-
kommen? Schließlich hatte er nie gesagt, dass er das Rennen gewinnen, sondern nur Geld erwerben wollte, um aus seinem Zuhause aus-
brechen zu können.

»Verzeihen Sie, junge Dame ...«

»Nein, tut mir leid, ich tanze ni...« Verwirrt unterbrach sie ihre Ab-
fuhr, als ihr Blick zuerst ins Leere ging und dann zu dem bärtigen
Mann hinunterwanderte. »Oh, Verzeihung«, fügte sie sanfter hinzu,
als sie sich daran erinnerte, dass Zwerge nicht fürs Walzer tanzen
bekannt waren. »Ich dachte, sie wären jemand anderes, Herr ...«

»Lord Darak-Udûr«, erwiderte der Zwerg gut gelaunt. »Keine
Sorge, ich wollte Sie nicht zum Tanz auffordern. Ich suche eigentlich
nach einem Freund, einem Elben. Langes, silbernes Haar, eleganter
Gehstock, schaut immer so aus, als würde er durch ein Meer aus Kä-
fern robben müssen ... Er wird Ihnen bestimmt aufgefallen sein,
Miss ...«

»Handlung«, stammelte sie. »Tia Handlung.« Mehr brachte sie
nicht hervor, ihre Gedanken ließen ihr keinen Raum dazu. *Ein
Zwergenlord, Tia. Keiner der Gastarbeiter vom Geröllbrock, sondern ein echter Zwergenlord – und du hast ihn einfach angepampt!
Und ihm überdies auch noch deinen Namen verraten! Zwerge sind
für ihre ewig andauernden Blutfehden bekannt, die auf die ganze Familie überspringen. Außerdem sind sie den ganzen Tag besoffen und
denken an nichts Anderes als Gold und Edelsteine. Verflucht, er sieht
gar nicht wie ein Lord aus. Ich dachte, die tragen runenverzierte Ro-
ben und wesentlich längere Bärte.*

»Miss Handlung«, wiederholte der Zwerg freundlich. Dann runzelte er die Stirn. »Das klingt in ihrer Sprache sehr nachteilig, ich
werde lieber die karlheimsche Anrede benutzen. Ich habe gehört, das

ist in dieser Stadt ebenfalls üblich. Ist es nicht so, *Fräulein* Handlung?«

»Äh, ja, ja ...«, erwiderte sie verunsichert vom Verhalten des Zwerges. »Das ist sehr zuvorkommend. Die meisten bemerken es gar nicht.«

Lord Darak-Udûr lachte auf. »Das kann ich mir gut vorstellen. Als jemand, der ihre Sprache lange studiert hat und sich stets um die richtige Ausdrucksweise bemüht, liegt mein Fokus wohl sehr stark darauf, alles richtig zu machen.«

Kaum merklich atmete Tia auf und entspannte sich wieder. Da war sie gerade noch einer Blutfehde entkommen. *Ich sollte mir für die Zukunft einen falschen Namen zulegen, um solche Schwierigkeiten zu vermeiden. Das wäre von vornherein vorteilhaft gewesen.* Vor ihrem inneren Auge erschien das Bild von einem schmierig grinsenden Rostbart. Nicht auszudenken, was dieser Pirat anstellen würde, wenn er herausfände, dass ihr gemeinsames Abkommen eine Farce war.

»Wie dem auch sei«, sagte der Zwergenlord und lenkte Tias Aufmerksamkeit somit zurück ins Hier und Jetzt, »haben Sie meinen Elbenfreund gesehen?«

Nervös warf Tia einen Blick zur Seite. Der Maskierte befand sich nach wie vor in der Nähe des Buffets, von Verehrerinnen umringt.

»Nein, tut mir leid«, antwortete sie wahrheitsgemäß. »Einen Elben hätte ich sicher bemerkt ...«

Seufzend ließ der Lord die Schultern hängen. »Das ist so schade. ich hatte gehofft, eine Zwergenpolka mit ihm aufs Parkett legen zu können. Wir wären der Hit des Abends gewesen.«

»Eine ... *Zwergenpolka?*«, fragte Tia, nun vollends aus dem Konzept gebracht. Sie wusste nicht viel über zwergische Tänze, dennoch hatte sie ein solches Spektakel einmal an einem zwergischen Feiertag beobachten dürfen. Auch wenn die hiesigen Zwerge vom

Geröllbrock offiziell Bürger Schwalbenkacks waren, so bildeten sie ihr eigenes kleines Konklave und als solche achteten und respektierten sie ihre Bräuche mehr denn je. Anders als die Tänze, die sie gelernt hatte, erforderten zwergische Tänze ein hohes Maß an Körpereinsatz. Tia erinnerte sich an durch die Gegend wirbelnde Bärte – manchmal mit ganzen Zwergen dran, die an ihren Füßen herumgeschwungen wurden.

Das Bild eines Elben, der eine Zwergenpolka tanzte, drängte sich unwillentlich auf die innere Leinwand ihres Kopfes. Sie konnte ihr lautes Gelächter gerade noch in einem distinguierten Prusten ersticken.

Lord Darak-Udûr zwinkerte. »Ich weiß genau, was Sie gerade gedacht haben«, sagte er schelmisch. »Bewahren Sie dieses Bild gut auf und denken Sie daran, wann immer Sie sich traurig fühlen.«

Tia schmunzelte leicht. Sie mochte den Zwergenlord. Er war vollkommen anders als die Zwerge, die sie bisher kennengelernt hatte. Nun, wenn sie es genau nahm, kannte sie überhaupt keine Zwerge, sondern hatte nur viel über sie gehört; in der Schule, von ihren Eltern ...

»Tja, wie es aussieht, wird mein werter Freund nicht mehr zu dieser wunderschönen Feier erscheinen«, fuhr Darak-Udûr mit wehmütiger Stimme fort. »Die ersten Gäste verabschieden sich bereits. Wirklich schade, er hat bereits den besten Teil des Schlittenrennens verpasst. So pflichtvergessen kenne ich ihn eigentlich nicht.«

Erschrocken stolperten Tias abgelenkte Gedanken über die Worte des Zwerges. »Was sagten Sie? Die ersten gehen bereits?« Sie wandte sich um, nur um festzustellen, dass die Frauentraube um Den Maskierten nicht mehr existierte. Hastig ließ sie ihren Blick über die geladenen Gäste schweifen und entdeckte ihn schließlich in Begleitung einer jungen Dame nahe dem Ausgang.

Verdammt!

»Es tut mir wirklich sehr leid«, sprudelten ihre Worte dem Zwerg entgegen, »ich würde Ihnen gerne noch weiter Gesellschaft leisten, aber ich muss mich dringend ein wenig frisch machen. Ich hoffe, Sie finden Ihren Freund noch.« Ohne die Antwort des Zwergenlords abzuwarten, hob sie den Saum ihres Kleides und bewegte sich in einer Mischung aus Rennen und damenhaften Schreiten so schnell wie möglich in Richtung des Klosetts.

Sie fand die Kammer für die Frauen, an der zum Glück gerade wenig Andrang herrschte, und zog sich in die erstbeste Kabine zurück. Drinnen öffnete sie ein Fenster und spähte vorsichtig nach draußen.

»Jim«, flüsterte sie, damit eventuelle Zuhörerinnen nebenan nicht auf sie aufmerksam wurden. »Jim, bist du da?«

Nächtliche Stille antwortete ihr.

»Jim, bitte. Ich habe keine Zeit für Spielchen.«

Abermals nichts.

Dann erinnerte sie sich, an seine Worte. »Die Losung lautet *Klimperbeutel.*«

»Dann bin ich auch da«, ertönte eine Stimme direkt unter ihr.

Erschrocken über die Nähe des Sprechers senkte sie den Kopf und erblickte die in einen dunklen Mantel vermummte Gestalt des Matrosen.

»Hast du dabei, um was ich dich gebeten habe?«

Eine Hand streckte sich ihr entgegen. »Erst die Bezahlung.«

»Fein.« Sie steckte zwei Finger in ihr Dekolleté und zog eine silberne Münze hervor. Mit dem Daumen schnipste sie das Geld in Richtung des Diebes. »Hier hast du ein Zwei-Guani-Stück. Unsere andere Abmachung hast du ebenfalls nicht vergessen?«

»Dass ich meinem Kapitän nicht verrate, dass Ihr die reiche Tochter von Jobst Handlung, dem Inhaber von *Handlungs Holzhandlung,* seid?«, fragte Groschengrab-Jim. Mit leichtem Schwung warf er ihr eine Ledertasche nach oben.

Geschickt fing Tia sie auf. »Ja, genau das. Was bietet dir Rostbart für diese Information?«

»Aktuell drei Guani.«

»Ich bleibe bei zehn. Sag Bescheid, falls er sein Angebot ändert.« Sie öffnete die Tasche und stellte zufrieden fest, dass sich ihr Inhalt nicht reduziert hatte. Groschengrab-Jim mochte ein Dieb sein, aber er verfügte über so etwas wie Manieren, Ehre und Loyalität. Und letztere war käuflich.

Tia gestattete sich ein grimmiges Schmunzeln. *Pass auf, Rostbart. Du bist nicht der Einzige, der Jim manipulieren kann.*

»Warte dort«, wies sie Jim an. »Du darfst die Tasche gleich wieder zurück zur Breiten Bertha bringen. Wenn ich sie später auch dort finde, bezahle ich dir nochmal zwei Guani.« Tia zog sich in den Raum zurück und holte ihre Arbeitskleidung hervor. Eilig begann sie damit, sich aus ihrem Kleid zu schälen. Sie hatte extra für diesen Fall etwas Schlichtes gewählt, das auch ohne aufwendigen Schnickschnack wie eine djarnesische Corsage auskam, damit sie sich schnell umziehen konnte. Und schnell musste sie sein; Der Maskierte konnte das Haus bereits verlassen haben. Wenn sie sich nicht beeilte, wäre all die Vorbereitung für die Katz.

Warte nur ab, dachte sie, während sie den Gürtel ihrer Hose zuzog und in die praktischen Lederstiefel stieg. *Ich finde schon heraus, wer du bist. Ob du willst oder nicht!*

Eine knappe Minute später hatten Kleid und Arbeitsklamotten den Platz getauscht und das erste Mal freute Tia sich darüber, Übung zu haben.

»Päckchen kommt.« Sie warf die Warnung gefolgt von der Tasche aus dem Fenster. Dann kletterte sie auf den Sims und zwängte sich durch den Rahmen. Bis nach unten waren es gute zwei Meter, nichts, womit sie nicht zurechtkam. Sie sprang und ging federnd in die Hocke, als ihre Stiefel den Boden fanden.

Jim pfiff anerkennend. »Muss ich mir Gedanken machen, dass Sie mir meinen Posten in der Crew streitig machen wollen?«

Beruhigend tätschelte sie ihm die Schulter. »Keine Sorge, Jim. Ich habe nicht vor, fester Bestandteil eurer Crew zu werden. Jetzt lass uns schnell zum Eingang gehen, bevor uns noch irgendein Butler erwischt und die Wache alarmiert.«

Verwundert sah Darak-Udûr der Frau hinterher. Irgendetwas hatte sie abgelenkt, dabei hatten sie gerade ein schönes Gespräch genossen. Nachdenklich kratzte er sich am Kopf und versuchte in dem bunten Treiben die Orientierung wiederzufinden. Schwierig, wenn überall Menschenwälle aufragten. Vielleicht hätte er seine Beine anziehen sollen. Er hatte sie nur nicht mitgenommen, weil man ihm einen Tanz versprochen hatte.

»Lord Darak-Udûr«, erklang eine sanfte Stimme an seiner Seite.

Der Zwerg drehte sich um »Oh, Lord Rettlinger«, erkannte er den Adeligen, der sich heute in einem schwarzen Anzug kleidete. »Gut seht Ihr aus. Das Halstuch steht Euch hervorragend.«

»Danke«, erwiderte Lord Rettlinger und rückte den rubinroten Stoff an seinem Kragen zurecht. »Genießt Ihr die Feier, Lord Darak-Udûr?«

»In der Tat. Ich muss schon sagen, diese Festivität ist gänzlich anders, als ich es von Zuhause kenne.«

Lord Rettlinger lächelte sanft. »Das kann ich mir vorstellen. Möchtet Ihr etwas trinken?« Er reichte ihm ein Weinglas. »Von meinen eigenen Weingütern in der Senke von Schwalbenkack. Der beste, den Ihr auf diesem Kontinent finden werdet, wie ich stolz hinzufügen darf.«

Abwehrend hob der Zwerg die Hand. »Danke, sehr freundlich, aber ich trinke nicht.«

»Was Ihr nicht sagt?« Überrascht hob Lord Rettlinger die Augenbrauen, nahm das Glas aber respektvoll zurück.

»Ja, nach dem vielen Sitzen im Prinzessinnenturm, steht mir der Sinn eher nach Tanzen.«

Lord Rettlinger nickte verstehend. »Meiner Frau Amelia geht es genauso. Ich bin sicher, sie würde sich geehrt fühlen, mit Euch ein paar Runden durch den Raum zu drehen. Gerne führe ich Euch zu ihr.«

»Sehr aufmerksam, danke.«

»Lasst uns nur zuvor ein wenig Abstand zur Menge gewinnen, damit ich sie wiederfinden kann.«

Der Zwerg stimmte zu und gemeinsam bahnten sie sich einen Weg an den Gästen vorbei.

»Ihr wisst natürlich, dass Ihr nicht nur zum Vergnügen zum Rennen eingeladen wurdet.«

»Natürlich nicht«, pflichtete ihm Darak-Udûr bei. Er hatte sich schon gefragt, wann man ihm den wahren Grund dieser Einladung offenlegen wollte. Nur hatte er diesen Zug vom Regenten erwartet.

»Es ist ein offenes Geheimnis, dass die Kupfervorkommen am Geröllbrock erschöpft sind. Die Geröllzwerge kämpfen mit der Arbeitslosigkeit. Viele verlassen ihre Heimat und gründen anderswo ein neues Leben. Nur wenige fahren ganz bis nach Übersee zu ihren fernen Verwandten. Die meisten Auswanderer kommen nach Schwalbenkack.«

»Und laut den Verträgen sind sie als gleichwertige Bürger in der Stadt willkommen«, präzisierte Lord Darak-Udûr höflich.

»In der Tat, sie sind willkommen. Viele passen sich hervorragend an und bereichern unsere Kultur. Seit in Schwalbenkack die ersten Zwergenbrauereien eröffneten, mussten wir immer weniger Bier aus Karlheim importieren.« Er machte eine kurze Pause. »Das täuscht aber nur an der Oberfläche darüber hinweg, dass die Zwerge völlig entwurzelt sind und sich von ihrer Natur entfernt haben. Sie sind – wie heißt es bei Euch so schön? – *verloren wie Goldstaub im Gebirgswind*. Die meisten sehnt es nach den Bergen, nach Tunneln, nach Bodenschätzen. Viele arbeiten in den hiesigen Eisenmienen, aber es ist nicht dasselbe für sie. Das Konzept einer Anstellung stößt oft auf Unverständnis. Sie verlangen ihr eigenes Flöz. Dazu kommen zwergische Traditionen, die von unserer Bevölkerung abgelehnt werden und umgekehrt. Das sorgt für Reibereien und Streitigkeiten. Wir hatten sogar mehrfach mit kleineren Aufständen zu kämpfen.«

»Worauf wollt Ihr hinaus?«

»Wäre es für die Zwerge nicht besser, wieder ihren eigenen Berg und ihre eigene Kultur zu haben?« Aufmerksam sah er ihn an.

Darak-Udûr erwiderte den Blick. »Die Kalkfelsen um Schwalbenkack kann man kaum als ›Berg‹ geschweige denn als ›Gebirge‹ bezeichnen.«

»Das nicht. Die Speerspitzen in Karlheim schon.«

Der Zwerg runzelte die Stirn. »Ihr sprecht von Krieg. Ich dachte, Schwalbenkack besäße keine militärische Streitmacht?«

»Rein zufällig befindet sich auch General Dandelion von der teatownsche Armee unter den geladenen Gästen.«

Darak-Udûr zog die Brauen dichter zusammen. »Schmiedet der Regent konkrete Eroberungspläne?«

Lord Rettlinger seufzte. »Es wird Euch sicher schon aufgefallen sein: unser Regent ist ein Idiot.«

Darak-Udûr verzog keine Miene. »Ein gutmütiger Idiot. Und mit dem richtigen Berater durchaus in der Lage, gute Entscheidungen zu treffen.« Ihm war nicht entgangen, wie Lord Rettlinger den Regenten von seinem Vorhaben abgebracht hatte, den Maskierten zum Sieger zu erklären. »Wäre es nicht weise, einen Krieg zu verhindern und stattdessen Verhandlungen aufzunehmen?«

»Ein Krieg ist unvermeidbar«, brummte Lord Rettlinger. »Karlheim und Teatown mögen ihre Streitigkeiten für die letzten fünfzig Jahre beiseitegelegt haben, aber die Situation ist nach wie vor angespannt. Der Graf von Hinterwald hat kürzlich teatownsches Land im County Pitbottom erworben. Der Handel ist rechtskräftig, aber in meinen Augen nur ein Schachzug der Teatowner, um den alten Hass in ihren Reihen erneut zu schüren. Sobald es zum Kampf kommt, wird Schwalbenkack sich nicht raushalten können«, sein Blick flackerte, »ebenso wenig die hier lebenden Zwerge.«

Darak-Udûr biss die Zähne zusammen. »Wo können wir uns ungestört darüber unterhalten?«

Mit einem dumpfen Laut schloss sich die Kutschentür hinter ihnen und erleichtert ließ Felia sich auf das Sitzpolster plumpsen. Endlich. In Sicherheit.

Es hatte noch eine ganze Weile gedauert, bis sie die Villa Habkies endgültig verlassen konnten. Schuld daran trug eine in Ballkleider gehüllte, menschliche Barrikade, deren einzelne Pfosten nicht das Vergnügen eines Gespräches oder gar Tanzes mit Dem Maskierten gehabt hatten. Sie wollten ihn nicht gehen lassen, ohne etwas von ihm »gehabt zu haben«. Zum Glück kam Lyell auf die Idee, seinen Namen auf die Tickets der jungen Damen zu schreiben. Er musste ihnen den Weg praktisch frei kritzeln.

Einen Großteil seiner Verehrerinnen konnten sie damit zufriedenstellen, doch der Härtefall präsentierte sich ihnen in einer Frau, die einfach zu ihnen in die Kutsche steigen wollte, mit der Begründung, zu dritt wäre es doch vergnüglicher.

Allmählich bereute Felia ihre Worte, mit denen sie Lyell die Maske aufgesetzt hatte. Es war wie verhext. Als hätte sie ihn in Fräulein Manierlichs Besprechungszimmer mit einem mysteriösen Bann belegt. Alles, was sie ihm angedichtet hatte, wurde wahr!

Wenn ich dieses Kunststück nur bei mir selbst vollführen könnte ...

Vorsichtig massierte sie sich die Schläfen. Felia fühlte, wie ihr die Energie aus dem Körper sickerte, ganz als ob es nur der konstanten Anspannung ihrer Muskeln zu verdanken gewesen war, dass sie überhaupt in ihrer Form bestehen konnte. Ihre Augenlider verloren an Kraft, und der Wunsch, sich kurzerhand an Lyell anzulehnen und bis zum Ende der nächsten Woche durchzuschlafen, eroberte ihre Gedankenwelt.

Ein Ruck fuhr durch die Kutsche, dann setzte sich das Gefährt in Bewegung.

»La Regina sind doch nichtse schon müde?«, hörte sie Lyell feixen, der sich entgegen ihrer Erwartung ihr gegenüber niederließ. »Der beste Teil des Abends stehte doch noch bevor ...«

Schlafen gehen ist immer der beste Teil des Abends ... Sie wollte der Erschöpfung nachgeben, wollte die Augen schließen, aber eine Stimme in ihrem Kopf sagte etwas Anderes: *Nein, du bist noch nicht fertig!*

Energisch schüttelte sie den Kopf. Stimmt! Sie war nicht Hals über Kopf mit Lyell von der Feier geflohen, um ihm dann nicht zu sagen weshalb!

»Ich muss dir etwas Wichtiges sagen«, sagte sie eindringlich und versuchte trotz der in der Kutsche herrschenden Dunkelheit den Glanz in seinen Augen zu fokussieren. »Lyell, du darfst unter keinen Umständen wieder an diesem Rennen teilnehmen. Unter keinen Umständen hörst du!«

»*Impossibile!* Ich kann doch nichtse die wunderschönen Signore enttäuschen. Ich musse fahren!«

»Jetzt hör endlich auf mit diesem bescheuerten Akzent zu sprechen! Du brauchst mir nichts vorspielen. Wir sind Freunde und kennen einander!« Schmerzhaft bohrten sich ihre Fingernägel ins Fleisch ihrer Hände. »Die Sache ist ernst! Du bist in Gefahr!«

»Sì«, bestätigte er. »Natürlich! Die Leute wollen wissen, wer sich hinter der Maske befindet. Aber das werden sie nie herausfinden. Niemals!«

Ungläubig starrte Felia auf seine belustigt gekräuselten Lippen. Sprach sie etwa nicht deutlich genug? Oder hielt er alles, was aus ihrem Mund kam, für Unsinn?

»Lyell, bitte! Davon rede ich doch nicht, sondern ...«

»Aber, aber, liebste Regina, das wissen michse doch längst.«

»Bitte was?« Verblüfft starrte sie ihn an und Lyell kicherte vergnügt.

»Aber natürlich, das war doch offensichtlich.« Er hob die Hand und zog vorsichtig den Vorhang am Fenster zurück. Eng presste er sich an die Wand und spähte nach draußen. »Wir haben einen Verfolger.«

Jegliche Entspannung, die Felia für kurze Zeit scheinbaren Frieden gespendet hatte, verkehrte sich augenblicklich ins Gegenteil. Starr wie ein Brett hockte sie auf der Bank und starrte zu Lyell, der nach wie vor die Verkörperung der Gelassenheit mimte.

»Dio mio, es sind sogar zwei. Und der eine gibt sich sogar Mühe!« Der Spott in seiner Stimme war unüberhörbar.

Der Jaguar und Klotz!, schoss es Felia durch den Kopf. Wer auch sonst? Großer Teldun im Himmel, wie kann Lyell nur so ... sorgenfrei sein!? Er hat doch bereits seine Arbeit im Laden verloren und jetzt steht sein Leben auf dem Spiel!

»Lyell, die wollen dir an den Kragen!«

»Sì.« Noch immer keine Spur von Furcht in seiner Stimme. Spielerisch ließ er den Vorhang zurückfallen und blickte ihr strahlend ins Gesicht. »Das ist sicher die Signora, die vorhin zu uns in die Kutsche steigen wollte. Sie hat die Hoffnung wohl noch nicht aufgegeben auf *fare una cosa a tre!*«

Fassungslos starrte sie zurück. »Hoffnung auf *was?* Nein, egal. Lyell, das ist der Jaguar!«

»Der Jaguar?« Enttäuscht zog er einen Flunsch. »War ja klar, dass es einer meiner Konkurrenten sein wird, der hinter meiner Identitäte her ist. Aber der wird sich noch wundern!«

Lyell bückte sich und hob einen gekrümmten Spazierstock auf, der auf dem Boden der Kutsche lag. Rhythmisch klopfte er fünfmal gegen die Wand hinter sich. Auf Felias fragenden Blick erklärte er: »Das iste das geheime Signal für den Kutscher.« Er zeigte sein breites Grinsen. »Ich habe alles geplant. *Attenzione!*« Er stand von seinem Sitz auf und tastete mit den Fingern unter der Bank herum. Die Sitzfläche klappte nach oben und mit einem gezielten Griff förderte Lyell einen dunklen Stoffumhang zutage. Er drehte sich einmal schwungvoll um die eigene Achse, dann verhüllte das

Kleidungsstück seinen Körper. »Seht her, mia Regina!« Er zog sich die Kapuze ins Gesicht und ein Schatten verhinderte jeglichen Blickkontakt. »Sie werden michse gar nicht bemerken. Meine Identitäte iste gesichert.«

»Die interessieren sich nicht für deine Identität!«, rief Felia am Rand der Verzweiflung. »Die wollen dich umbrin...«

»Pspsps«, wisperte Lyell und drückte ihr seinen Zeigefinger auf die Lippen. »Ich musse jetzt den richtigen Moment abpassen.« Abermals hob er den Vorhang und spähte nach draußen. Einen Augenblick verharrte er in dieser Position, dann wandte er sich ein letztes Mal an sie. »Es scheint, als ob wir die Krönung dieses wundervollen Abends verschieben müssen, meine Teuerste, aber meine Identitäte musse geschützte werden. Genießte die Kutschfahrt. Der Kutscher weiß, wo er Euch abliefern soll. Wir werden uns bald wiedersehen.«

Und bevor sie etwas erwidern konnte, öffnete er die Kutschentür und sprang nach draußen. Wie versteinert blieb Felia an Ort und Stelle, während die Tür zuschlug. Dann hastete sie auf die andere Bank und hob den Vorhang, um nach draußen zu spähen.

Viel konnte sie nicht erkennen. Eine einzelne Straßenlaterne spendete ein schummriges Licht, welches nur durch den Schein aus den Fenstern einiger Häuser unterstützt wurde. Lyell war nicht mehr zu sehen. Vermutlich war er direkt hinter der Biegung verschwunden, die sie just eben passiert hatten.

Ihre Hand fand den Griff der Kutschentür. *Du musst ihm hinterher!*, schrie eine innere Stimme. *Er hat nicht begriffen, dass der Jaguar ihm nach dem Leben trachtet.*

Ja, das hatte er nicht. Aber wieso hatte er sie nicht ernst genommen? Wieso hatte er nicht zugehört?

Es ist die Maske! Er ist ein völlig anderer Mensch. Ein Draufgänger! Er kann die Situation nicht richtig einschätzen. Also geh da raus und rette ihn!

Ihr Arm zitterte.

Na los, geh jetzt raus, worauf wartest du? Hast du etwa Angst?

Kraftlos nahm sie ihre Hand zurück und lehnte sich an die gepolsterte Rückenlehne. Ja, sie hatte Angst. Wenn sie ihm hinterherrannte, würde sie nur die Aufmerksamkeit der beiden Verfolger auf sich ziehen. Und sie wollte dem Jaguar nicht alleine in einer dunklen und verlassenen Gasse gegenübertreten.

Ihr blieb nur übrig, darauf zu vertrauen, dass sie Lyell nicht erwischten. Sie schloss die Augen und kauerte sich auf der Bank zusammen. *Das ist wirklich mit Abstand der schlimmste Tag meines Lebens.*

Ein Tag lange vor gestern. Sonnenlicht. Stechend für die Augen. Fließende Wärme auf der Haut. Das Brummen von Insekten in der Luft. Vogelmelodie. Der Boden noch kalt. Feuchte Tropfen wie Tränen der Gräser. Vertraute Stimmen in der Luft. Vermitteln Sicherheit. Vermitteln Geborgenheit. Vermitteln Ordnung.

Die Augen aufgerissen, die Fülle wahrnehmend. Lachen. Meiner eigenen Stimme heller Klang. Ein freundliches Lächeln auf der Wiese. Wogend die Haare, lang und dunkel, ständig kitzelnd, wenn vom Wind erfasst. So bekannt. So fremd.

Aus den Büschen der freundliche Riese hervortritt. Immer ruhig, ohne Gesang. Und doch zu mir sprechend. Ohne Geräusch. Eine Hand, die mir durchs Haar streicht. Der Duft nach Matsch. Der Duft nach Gras. Der Duft, der hungrig macht. Die Schöngeschmäcker, die er bringt, Farbe des großen Nasses. Klein wie Kieselsteine, weich wie Schlaf.

Das Gefühl von ... was ist ein Gefühl?

Der Winter isst den Sommer. Ein Rabe, drohend hektisch. Der Klang schwarz.

Sonne versteckt sich unter der Bettdecke. Der freundliche Riese verändert sich, stellt sich vor den Raben. Vogelsang wird stumpf. Kratzt. Schmerzt.

Ich drücke die Hände auf die Ohren. Hände schützen mich. Das lange Haar mir wieder kitzelnd ins Gesicht fällt. Diesmal unangenehm.

Der Riese fällt. Er bewegt sich nicht. Schläft. Der Rabe verdunkelt den Himmel. Haare rutschen aus meinem Gesicht. Zu schnell. Alles zu schnell.

Ich öffne die Augen. Die Geräusche sind weg. Die Wärme ist weg. Sie sind noch da. Und doch sind sie es nicht. Das Gras ist nicht mehr grün.

Es ist rot.

Wie von unsichtbaren Fäden nach oben gezogen, setzte Livian sich auf und öffnete die Augen. Er brauchte einen Moment, um sich zu orientieren. Das bleiche Mondlicht, das durchs Fenster eintrat, tauchte die Umrisse seiner Umgebung in ein silbriges Licht und gab ihm so erste Anhaltspunkte, als wolle es ein Rätselspiel mit ihm spielen.

Er zog die Decke beiseite und bemerkte, dass ihm Teile seiner Kleidung fehlten. Zudem hatte jemand Tücher um seine Beine gewickelt. Wann war das passiert?

Nachdenklich durchforstete er seine Erinnerung nach einem Punkt zum Anknüpfen. Die Bilder und Eindrücke, die er gerade noch erlebt hatte, schienen ihm dafür denkbar unpassend zu sein. Vor allem die Stimme konnte er überhaupt nicht zuordnen. Dabei hatte jede Stimme ihre eigene Farbmischung voll bunter Sprinkler und Akzente, die sie für ihn unverwechselbar machten. Die letzte Stimme, an die er sich erinnern konnte, bestand aus verspielten Wirbeln warmer Orange- und Gelbtöne durchzogen von chaotischen blauen Streifen und bunter Farbtupfer.

Felia. Genau, er war mit Felia beim Rennen gewesen. Irgendwas war passiert. Irgendetwas, das sich ihm entzog wie eine Fliege, die man zu fangen versuchte. Ein unangenehmer Druck legte sich auf seine Brust und sein Atem beschleunigte sich. Was war das in seinem Körper? Es stach. Es biss. Es erdrückte ihn. Das sollte so nicht sein!

»Ah, du bist endlich wach«, drang eine Stimme zu ihm durch. »Ich habe mir schon Sorgen um dich gemacht. Dein Fieber muss ziemlich heftig gewesen sein. Wie geht es dir?«

Der Schein einer Zunderbüchse flammte auf und warf ein warmes Licht auf Grünspans zerfurchtes Gesicht. Die Flamme verschwand wieder und nur das schwache Glimmen seiner selbstgedrehten Zigarette blieb zurück.

»Ich ...«, hörte Livian die Worte aus seinem Mund purzeln. »Ich weiß es nicht.«

»Fühlst du dich stark genug für ein ernstes Gespräch?«

Versuchsweise hob Livian die Hand und ballte die Finger ein paar Mal zur Faust. Alles ganz normal. »Ja«, erwiderte er zuversichtlich. »Was ist passiert?«

»Das wollte ich eigentlich dich fragen«, antwortete Grünspan. Livian hörte die Beine eines Stuhls über die Bodendielen schaben. Kurz darauf saß der Alte neben ihm. »Diese Spuren an deinem Hals«, er hob das Kinn und strich sich veranschaulichend am unteren Rande seines Bartes entlang, »sehen nach einer gefährlichen Auseinandersetzung aus, die du gehabt haben musst.«

Livian tastete über seine Kehle und fühlte dumpf pochenden Schmerz, als er die gereizte Haut erreichte. »Ich erinnere mich nicht daran«, sagte er leise.

Er bemerkte Grünspans prüfenden Blick auf ihm. Nachdenklich biss er auf seinem Qualmstengel herum. »Das junge Mädchen, mit dem du zum Rennen gegangen bist, hat dich hierhergetragen. Du warst nur halb bei Bewusstsein und hattest hohes Fieber.« Er streckte die Hand nach ihm aus.

Reflexartig krabbelte Livian zurück, prallte aber nach einigen Zentimetern mit dem Rücken an die Außenwand.

Grünspans Hand hielt einen Moment inne. Verwirrt zog er die Augenbrauen zusammen. Dann setzte er die Bewegung fort und fühlte Livians Stirn. »Hmm«, brummte er zufrieden und zog sich wieder zurück. »Aber was immer du ausgebrütet hast, du scheinst es schnell überwunden zu haben. Einmal wieder haben Wadenwickel ein kleines Wunder vollbracht.« Er zog an der Selbstgedrehten und blies dann eine Rauchwolke in den Raum hinein. »Jedenfalls solltest du dich bei deinem Mädchen angemessen bedanken, wenn du sie das nächste Mal siehst. Das hätte ohne ihre Hilfe kritisch für dich ausgehen können.«

Livian antwortete nicht. Das war nicht richtig. So sollte es nicht sein.

Er entfernte die Tücher an seinen Beinen und sah sich nach seiner Kleidung um. Jetzt, da er die Verwirrung des Schlafes abgeschüttelt hatte, fand er sie auf einem Schemel, der neben dem Bett stand.

»Was passiert jetzt?«, fragte Livian seinen Meister. »Ich habe meine Aufgabe erfüllt und das Rennen angesehen. Das Geld habe ich ebenfalls ausgegeben.« Er überlegte kurz. »Nur einen Kuss auf die Wange von einem der Küchenmädchen konnte ich nicht bekommen.«

Grünspan lachte so laut, dass ihm die Zigarette aus dem Mund fiel. »Junge, du bist wirklich ein ganz besonderes Gewächs! Du wirst angegriffen und krank und trotzdem gilt deine erste Sorge deiner Arbeit und deinen Aufgaben.«

Livian blinzelte irritiert. »Meine Aufgaben sind wichtig. Also, was kommt als nächstes?«

Die Heiterkeit in Grünspans Gesicht verschwand augenblicklich. »Sag mir vorher: Stimmt es, dass du die Köchin Frau Garzart bewusstlos geschlagen, gefesselt und in den Vorratsschrank gesperrt hast?«

»Ja«, antwortete Livian wahrheitsgemäß. »Ist etwas damit nicht in Ordnung?«

Die Augenbrauen des Gärtners wölbten sich. Langsam nahm er den Glimmstängel aus dem Mund und blickte ihm ernst in die Augen. »Wieso hast du das gemacht?«, fragte er.

Livian verstand die Frage nicht. »Weil es nötig war, um meine Aufgabe zu erfüllen«, sagte er.

»Erläutere mir das genauer.«

»Meine Aufgabe war es, mit Felia zum Rennen zu gehen. Als ich sie abholen wollte, erklärte sie mir, sie könne nicht mitkommen, weil sie zusätzliche Aufgaben als Strafe von der Köchin bekommen hat. Sie meinte, sie bekäme nur weitere Strafen, wenn die Köchin bemerke, dass sie zum Rennen gehe. Also habe ich die Köchin in den Schrank gesperrt, damit sie Felias Abwesenheit nicht bemerkt.«

Während er erzählte, wanderten die Augenbrauen des Alten immer weiter in die Höhe, als wollten sie sich unter seinem ungezähmten Haaransatz verkriechen.

»Ist dir nicht in den Sinn gekommen, ihr bei ihrer Strafarbeit zu helfen, damit ihr gemeinsam schneller fertig werdet und zum Rennen gehen könnt?«

»Doch«, sagte Livian. »Aber Felia meinte, die Aufgaben dienen eigentlich nur dem Zweck, sie am Besuch des Rennens zu hindern.«

»Und das konntest du nicht akzeptieren?«

»Genau«, freute sich Livian, dass Grünspan langsam zu verstehen begann. »Ich musste doch meine Aufgabe erfüllen. In diesem Fall war die Bestrafung für Felia gleichzeitig eine Bestrafung für mich. Ich habe der Köchin nie etwas getan.«

»Du hast sie in den Vorratsschrank gesperrt.«

Livian bekam das ungute Gefühl, dass er einen Fehler gemacht hatte. »Werde ich dafür jetzt ... bestraft?«

Grünspan seufzte und drückte die Zigarette in seiner Handfläche aus. »Ja. Das ist eine meiner unangenehmeren Aufgaben als dein Meister.«

»Aufgaben sind wichtig«, wiederholte Livian erneut. »Also gut, was soll ich tun?«

Niedergeschlagen schüttelte der Alte den Kopf. »Ich denke, du verstehst deine Lage nicht richtig. Du kannst nicht einfach andere Menschen einsperren. Genauso wenig wie Menschen dir so etwas antun dürfen.« Abermals deutete er auf Livians Hals. »Haben deine Eltern dir das nicht beigebracht?«

Livian legte den Kopf schief. Er verstand die Frage nicht.

»In Ordnung«, sagte Grünspan. »Meine letzte Lektion an dich. Du darfst andere Menschen nicht verletzen oder töten, nicht bestehlen, nicht ihr Eigentum beschädigen und sie nicht ihrer Freiheit berauben. Auch nicht, wenn du deine Ziele erreichen willst. Das geht nicht!«

»Das macht einiges schwieriger«, erkannte Livian sofort. Diese Einschränkung hatte ihm das Pergament nie gegeben.

»Aber es ist wichtig. Ansonsten würden die Menschen nicht als Gesellschaft zusammenleben können. Stell dir mal vor, was passiert, wenn jeder diese Grenzen überschreitet. Menschen würden sich gegenseitig umbringen, um das Hab und Gut des anderen zu bekommen.«

Verwirrt runzelte Livian die Stirn. »Menschen tun genau das«, hob er den Widerspruch in Grünspans Aussage hervor.

Abermals gab der Alte ein Seufzen von sich. »Ja«, gestand er. »*Manche* Menschen tun so etwas. Aber fandest du es gut, angegriffen zu werden? Fandest du es gut, dass dich jemand erwürgen wollte?«

Der Schmerz an seinem Hals flammte auf und Livian schüttelte den Kopf.

»Gut«, sagte Grünspan und erstmals kehrte der Anflug eines Lächelns zurück in sein Gesicht. »Ich bin sicher, Frau Garzart fand es überhaupt nicht schön, in diesen Schrank eingesperrt worden zu sein. Wenn du das verstanden hast und es verinnerlichst, dann bin ich zufrieden mit dir.«

»Heißt das, ich habe meine Strafe erfüllt?«

Grünspans Lächeln verschmolz zu einer traurigen Miene. Mit einem Knarzen erhob er sich von seinem Stuhl und legte Livian beide Hände auf die Schultern. »Du bist ein guter Junge, Livian. Ich hatte nie zuvor einen so fleißigen und aufmerksamen Lehrling wie dich, auch wenn wir nur kurze Zeit miteinander arbeiten durften. Aber es scheint mir, dass du ein paar Lebenslektionen verpasst hast. Deine Naivität und dein Unwissen machen dich gesellschaftsunfähig. Ich frage mich, wie du zurechtgekommen bist, bevor wir uns trafen. Hätte ich geahnt, dass dir selbst die grundlegenden Gesetze fremd sind …« Er seufzte einmal mehr und ließ die Hände sinken. »Ich hätte dich gerne weiter unterstützt und dir geholfen das nachzuholen, was du zu lernen verpasst hast. Wenn es nach mir ginge, würde ich dir verzeihen. Ich sehe, dass du es einfach nicht besser wusstest. Aber die Köchin besteht darauf, dass du hier nicht weiter erwünscht bist. Und die Internatsleiterin stimmt ihr leider zu. Ich habe also keine andere Wahl, als dich zu entlassen und dir zu verbieten, das Schulgelände je wieder zu betreten. Das ist die mildeste Strafe, die unter diesen Umständen möglich ist.«

Livian nickte verstehend. Wenn das Grünspans Aufgabe war, dann musste er sie natürlich ausführen. Allerdings … »Das heißt«, schluss-folgerte er, »dass ich keine Aufgaben mehr von Ihnen bekomme.«

Grünspan nickte.

»Und dass ich hier nicht mehr arbeite. Das heißt also auch …«, er schluckte, »dass ich kein geregeltes Einkommen mehr habe.«

Abermals nickte Grünspan und eine unangenehme Schwere breitete sich in Livians Magen aus. Das war nicht gut. Ganz und gar nicht gut. Das geregelte Einkommen war notwendig, um die Liebe einer Frau zu erlangen. Wie sollte er das ohne schaffen?

»Ganz ruhig«, sagte der Gärtner, der seine aufkeimende Unruhe be-merken musste. »Ich bin kein Unmensch.« Er griff in eine Tasche und holte ein kleines Säckchen hervor. Es klimperte. »Es ist nicht viel, aber es wird ausreichen, um dich für die nächsten Tage zu ver-sorgen. Ich bin sicher, du findest schon bald einen anderen Lehrmeis-ter. Die Menschen wären dumm, dich nicht einzustellen.« Er drückte ihm den kleinen Beutel in die Hand. »Jetzt mach dich auf den Weg.

Je eher du von hier verschwindest, umso besser. Es gibt Leute, denen solltest du nicht über den Weg laufen. Vorhin war ein sehr unsympathischer Elb hier, der zu dir wollte. Vor dem wirst du eine Weile Ruhe haben. Es schien mir, dass seine heutige Erkenntnis ihn etwas ... aus der Spur geworfen hat. Seine Art, das Grundstück über den Zaun hopsend zu verlassen, wirkte etwas ungesund.« Einen Moment sah es für Livian so aus, als wollte Grünspan eine Frage hinterherschieben. Stattdessen seufzte der Alte. »Du wirst schon wissen, um was es geht. Ich will mich nicht weiter einmischen. Jetzt geh und lass uns diesen Abschied nicht unnötig in die Länge ziehen. Ich wünsche dir auf deinem Weg alles nur erdenklich Gute!«

Mit diesen Worten wandte er sich von Livian ab und verschwand in dem Teil des Raumes, der vom Mondlicht verschont wurde. Kurz darauf zeichnete sich seine Silhouette vor dem gegenüberliegenden Fenster der Hütte ab.

Wortlos schwang Livian die Beine aus dem Bett und griff nach seiner Kleidung, die vor ihm auf dem Schemel lag. Hose, Hemd, Robe, alles fand wie gewohnt den Weg an seinen Körper. Den Klimperbeutel verstaute er in der Innentasche, in der er auch das Pergament wie gewohnt ertasten konnte. Er verharrte, als sein Blick auf den blau gemusterten Schal fiel, den Felia ihm vor seiner Ohnmacht um den Hals gewickelt hatte. Wann und wieso hatte sie ihm den Schal gegeben? Er erinnerte sich undeutlich an eine Frau, die seinen Hals angesehen und ihnen eine Salbe gegeben hatte. Alles Weitere verschwamm bereits zu einem unkonkreten Gedankenmatsch, als läge das Ereignis bereits in weiter Vergangenheit. Nach kurzem Zögern nahm er den Schal an sich und schlang ihn behutsam um seinen immer noch schmerzenden Hals.

Dann schlüpfte er in seine Schuhe und sah noch einmal zu Grünspan hinüber, doch der Alte starrte weiterhin reglos nach draußen.

Entschieden wandte er sich dem Ausgang zu. Er öffnete die Tür und sah in den Garten. Feiner Nieselregen wirbelte durch die Luft. Livian wollte gerade den Fuß über die Schwelle setzen, als der Alte ihn ein weiteres Mal zurückrief.

»Eine allerletzte Aufgabe habe ich für dich noch, Junge.«

Livian drehte den Kopf und sah zurück in den in völliger Dunkelheit liegenden Raum.

»Mach keinen Ärger und pass auf dich und die kleine Felia auf!«

Wortlos trat Livian nach draußen und schloss die Tür hinter sich.

Tia erreichte den Eingang der Villa Habkies gerade noch rechtzeitig, um zu sehen, wie Der Maskierte in eine der dunklen Kutschen einstieg, die vor dem Anwesen an der Straße standen. Erleichtert atmete sie auf. Im Gegensatz zu Groschengrab Jim verzichtete sie auf den dunklen Mantel und das Verbergen im Schatten. Stattdessen schlenderte sie dem Fahrzeug wie ein normaler Fußgänger hinterher, in der Hoffnung, dass dies wesentlich weniger auffällig wirkte. Auf den Straßen war noch genügend los, sodass sie sich einerseits nahtlos ins normale Stadtbild einfügte, andererseits aber auch die Kutsche langsamer fahren musste. Die Menschen feierten ausgelassen den Tag des Rennens in den Tavernen der Innenstadt. Nicht selten drangen Musik und Gelächter aus den Häusern und erfüllten die Straßen mit ihren abendlichen Klängen.

Ab und zu musste Tia zur Seite weichen, wenn die Tür einer Schenke aufschlug und einen betrunkenen Gast ausspuckte, der auf dem nach wie vor rutschigem Untergrund sofort aufs Pflaster knallte. Im Volksmund sagte man dazu *den Schwalben seine Ehrerbietung erweisen*, weil der Versuch mancher Bürger, sich auf den Beinen zu halten, oftmals wie eine der komplizierten Verbeugungen anmutete, die zu Hofe als schicklich galten.

Tia schnaubte abfällig und stieg über einen bewusstlosen Mann hinweg, dessen Ehrerbietung mit einem Schlag auf den Hinterkopf ein jähes Ende gefunden hatte. Sie trug nicht umsonst feste Stiefel mit einer rauen, leicht stacheligen Sohle.

Plötzlich bog die Kutsche von der breiten Hauptstraße in eine der Nebenstraßen ab und geriet kurz außer Sicht. Tia wollte schneller werden, um aufzuholen, als sie eine weitere Person bemerkte, die sich genauso verhielt.

Scheint, als wäre ich nicht die Einzige, die hinter deiner Identität her ist, Maskenjunge.

Aufmerksam beobachtete sie die andere Gestalt. Wer immer sich dort in diesem auffällig unauffälligen Umhang zu verstecken versuchte, schien nicht oft Menschen zu beschatten. Sie selbst konnte auch keine Erfahrung darin vorweisen, aber das auf seinem Rücken gestickte Pergament mit der Aufschrift »Ich füre nix imm Schillde« hätte sie sich gespart.

Sie beschloss, dem Rechtschreibbedürftigen den Vortritt zu lassen. Eine innere Stimme warnte sie davor, dieser zwielichtigen Person aufzufallen. Stattdessen wich sie näher an den Straßenrand, um im Schatten der Gebäude unerkannt zu bleiben. Anders als ihr Konkurrent, der quer über die vom Mondlicht erhellte Straße den kürzesten Weg wählte und nun ebenfalls in die Seitengasse einbog.

Kurz darauf hörte sie, wie eine Mülltonne umgestoßen wurde und eine Männerstimme einen dumpfen Fluch zu unterdrücken versuchte.

Sie rollte mit den Augen. Dieser Stümper würde ihre ganze Aktion noch verderben. Wenn Der Maskierte bemerkte, dass er verfolgt wurde, würde sie nicht an seinen Fersen bleiben können.

Sie erreichte die Seitenstraße und sah gerade noch, wie die Kutsche abermals abbog. Auf dem Fußweg erblickte sie den Verfolger, wie er dem Gefährt auf einem Fuß hinterherhüpfte und dabei versuchte, einen verbeulten Zinkeimer von seinem anderen Fuß zu entfernen. Einige Ponwons, die gerade an dem gammelnden Inhalt der Tonne interessiert waren, stoben aufgeschreckt davon.

Tia musste den Impuls unterdrücken, sich mit der flachen Hand ins Gesicht zu schlagen. Das tat ihr schon beim Zusehen weh.

Der Mann hielt inne, griff nach dem Eimer, zog ihn sich mit einem Ruck vom Fuß und zerdrückte ihn dann zwischen seinen Händen. Anschließend rannte er der Kutsche hinterher.

Respektvoll behielt sie ihren Abstand bei. Nein, diesem Typen wollte sie auf keinen Fall auffallen. Allerdings fragte sie sich, wie sinnvoll es noch war, die Verfolgung fortzusetzen. Sie kam unmöglich nah genug an die Kutsche heran, wenn sie auf diesen Verfolger achtgeben musste.

Gerade, als sie schon mit dem Gedanken spielte, wieder umzudrehen, sah sie eine weitere Gestalt, die sich aus dem schmalen Eingangsbereich eines Hauses löste und beobachtete, wie der stämmige Verfolger der Kutsche um die Ecke hinterherlief. Dann warf die Gestalt sich ihren Umhang um die Schultern und stiefelte schnellen Schrittes in entgegengesetzter Richtung davon. Sie passierte Tia und für einen Moment blitzte es golden unter der Kapuze auf, als die Gestalt in den Lichtschein eines hell erleuchteten Fensters trat.

Tia grinste in sich hinein. Sie zählte innerlich bis vier und folgte weiterhin der Straße. Dann wandte sie sich um und lief hastig zurück, um ihrem neuen Ziel auf die Hauptstraße zu folgen. Sie sah, wie die

Gestalt eiligen Fußes zur letzten Seitenstraße zurücklief und sich noch einmal misstrauisch umwandte, bevor sie aus Tias Blickfeld verschwand.

Sie rannte hinterher. Dabei fischte sie nach dem kleinen Taschenspiegel, den sie nur aufgrund der Feier überhaupt eingesteckt hatte und spähte damit vorsichtig um die nächste Ecke. Wie erwartet, hatte der vermummte Stümper die Wachsamkeit ihres Ziels angefacht. Zum Glück aber nur kurzfristig, denn bereits zwei Gassen weiter, wandte Der Maskierte sich nicht mehr um und erleichterte Tia die Verfolgung.

Die Pfade wurden immer verschlungener. Schließlich musste der Mann sein Ziel erreicht haben. Grazil sprang er über eine niedrige Mauer in den Hinterhof eines heruntergekommenen Ladens, der aussah, als wäre er von den beiden angrenzenden Häusern stark in die Mangel genommen worden.

Tia wartete noch einen Moment, dann näherte sie sich der Mauer und kletterte hinüber. Das Quietschen eines Scharniers drang an ihr Ohr; gerade noch sah sie, wie die morsche Hintertür an der Kehrseite des Ladens zufiel. Vorsichtig schlich sie näher.

Einen Moment lang zögerte sie noch, dann legte sie eine Hand auf die Klinke und zog die Tür behutsam zu sich heran. Das Scharnier heulte leise. Sofort hielt Tia inne und lauschte. Nichts. Ihre Anwesenheit schien nicht bemerkt worden zu sein. Erleichtert atmete sie auf. Dann schob sie sich vorsichtig durch den schmalen Spalt in das Gebäude und schloss die Tür leise hinter sich. Finsternis empfing sie. Wieder zögerte Tia, bevor der Schein einer Petroleumlampe in einem Nachbarraum aufflackerte und ihr Gelegenheit gab, einige Umrisse zu erkennen. Augenscheinlich befand sie sich in einem kleinen Vorraum, aus dem ein einziger Durchgang herausführte.

Sie presste sich an die Wand und nutzte ihren Taschenspiegel, um vorsichtig einen Blick hinein zu werfen. Ihr Ziel hatte inzwischen die Kapuze vom Kopf gezogen. Das dunkle, zu einem kurzen Pferdeschwanz gebundene Haar kam zum Vorschein. Ebenso die Maske.

Hab ich dich!

Wie ein Zwerg, der gerade auf eine Goldader gestoßen war, schlug Tias Herz von innen gegen ihren Brustkorb, als wollte es ihn zerschmettern. Hastig hielt sie sich die Hand vor den Mund, weil sie meinte, dass Der Maskierte ihren immer schneller taktenden Atem hören musste. Sie riskierte einen raschen Blick um die Ecke und stellte fest, dass er ihr den Rücken zukehrte. Er näherte sich dem Fenster und stellte die Petroleumlampe auf einer Werkbank ab.

Im flackernden Schein versuchte Tia weitere Einzelheiten auszumachen. Sie erkannte einige Werkzeuge, die an der Wand hingen: Hämmer, Schraubenzieher, Zangen; sie warfen zuckende Schatten über das Holz. Weitere Gegenstände im Raum konnte sie nur schemenhaft erkennen, doch dass sie sich in einer Werkstatt befand, stand außer Frage.

Neben der Werkbank konnte sie die Reste eines Rennschlittens erkennen. Augenscheinlich behielt sie Recht mit ihrer Vermutung, dass Der Maskierte nicht nur der Fahrer, sondern auch der Konstrukteur seines Gefährts war.

Ihre Augen sprangen zurück zur Gestalt am Fenster, als diese just die Hände hob und das Band der Maske zu lösen begann. Endlich! Darauf wartete sie schon den ganzen Abend. Gleich würde sie mehr wissen. Er wandte ihr immer noch mehr Rücken als Vorderseite zu, aber genug, dass sie sein Profil im Schein der Lampe deutlich erkennen konnte. Er mochte noch so oft behaupten, aus Grand Canalia zu stammen; die Tatsache, dass er sich nun in einem kleinen Schuppen in irgendeiner Nebenstraße befand, ließ seine Geschichte immer fadenscheiniger wirken.

Er löste die Schlaufe und legte die Maske ab. Anschließend befreite er sein zusammengebundenes Haar. Als er abermals die Hand nach der Lampe ausstreckte, konnte Tia sein Gesicht erkennen.

Ihr setzte das Herz aus. »Du!«, rief sie aus und der demaskierte Maskierte wirbelte erschrocken herum.

»Wer sind Sie und was machen Sie in meiner Werkstatt?«, keifte er aufgebracht.

»Wer ich bin?«, fauchte sie ebenso ungehalten zurück. »Denk mal ganz scharf nach, dann kommst du vielleicht drauf, *Ly Elliot Krust!*«

Er runzelte die Stirn. »Sie kommen mir tatsächlich bekannt vor ... Haben Sie mal für meinen Vater gearbeitet?«

»Ha! Als ob!« Empört stampfte sie auf ihn zu und stieß ihm einen Finger vor die Brust. »Wir haben vorhin auf dem Ball miteinander getanzt. Außerdem waren wir zusammen in Fräulein Manierlichs Internat.«

Ly legte den Kopf schief. »Ach, wirklich?«

»Ja, wirklich! Wir gingen sogar in dieselbe Klasse.«

»Aha?« Unbeeindruckt musterte er sie flüchtig, »Kann mich nicht erinnern. Jetzt verschwinde aus meiner Werkstatt. Ich habe noch zu tun.« Er wollte sich von ihr abwenden, doch Tia legte ihm eine Hand auf die Schulter und hielt ihn fest. Am liebsten wollte sie ihm hier und jetzt die Faust in sein dämliches Gesicht rammen. All die Wut, all der Schmerz der vergangenen Tage schwappte wieder hoch. Dass er sich noch nicht einmal an sie erinnerte, fachte ihren Zorn nur noch weiter an.

Mühsam beherrscht gruben sich ihre Finger in den Stoff seiner Jacke.

»Das Mädchen, das du vor versammelter Schülerschar ausgelacht und gedemütigt hast?«

Immer noch keine Reaktion.

»Tia Handlung«, fauchte sie. »Klingelt's jetzt?«

Desinteressiertes Kopfschütteln.

»Deine *Braut!?*«

»Meine ... halt warte, *was!?*« Unwirsch schob Ly ihre Hand beiseite.

»Die Hochzeit, die mein Vater arrangiert hat ... Ich soll *dich* heiraten!?« Fassungslos starrte er sie an.

»Hat dir das etwa niemand gesagt?«, fragte sie nun ebenfalls entgeistert. Wie konnte er das nicht wissen? Seine eigene Hochzeit stand bevor und er wusste nicht, *wen* er heiraten sollte!

»Doch, schon, ich weiß, dass ich heirate«, giftete Ly Elliot zurück. »Aber mich hat nicht interessiert, wer es ist. Mein Vater meinte nur gehässig, dass sie nicht mehr ganz so jung sei.«

»Na vielen Dank auch! Ich bin nicht älter als du!«

»Die Worte meines Vaters, nicht meine.«

»Du bist auch nicht besser.«

»Aber du bist es, was?«, fauchte er. »Du schleichst dich in meine Werkstatt und gehst mir mit deinem Gekeife auf die Nerven. Ich habe echt keine Zeit dafür!« Abermals wollte er sich abwenden, hielt dann aber inne. »Moment ... doch, jetzt erinnere ich mich an dich. Das hast du schon damals im Internat gemacht. Du bist diese kleine vorlaute Ziege, die immer herumgeprahlt hat, dass sie sich ihr eigenes Unternehmen aufbauen wird, um dann das Geschäft meines Vaters in den Bankrott zu treiben. Pff, natürlich lacht dich für so eine Behauptung jeder aus! Aber bei all der Auswahl an Mitschülern hast du dich entschieden, immer nur *mir* auf die Nerven zu gehen.« Er lachte freudlos. »Also ich wusste ja, dass mein alter Herr mich nicht ausstehen kann, aber dass er mich derart verachtet, dass er mich mit *dir* verheiraten will, hab ich ihm nicht zugetraut.«

»Charmant wie eh und je«, brummte sie. »Glaub mir, ich würde mir auch lieber von einem inkontinenten Greis, der nach fauligem Fisch stinkt, einen Ring an den Finger stecken lassen! Den wäre ich wenigstens nach ein paar Jahren los!«

Erschöpft ließ sie den Atem entweichen und massierte sich die Schläfen. Das fing ja großartig an. Wie erwartet, hatte er sich in den Jahren nach der Schule kein Stück geändert. Sein Charakter stand einem Holzklotz in nichts nach, außer dem Umstand, dass man letzteren noch zu einem nützlichen Werkzeug oder einem Kunstgegenstand weiterverarbeiten konnte.

Und dennoch – sie betrachtete die Fuchsmaske, die er nach wie vor in der rechten Hand hielt – wie konnte es möglich sein, dass dieser Mann, der weder Benehmen noch Anstand gelernt hatte, sich in die Rolle des galanten Edelmannes begeben konnte? Sie würde es nie zugeben, aber sie hatte wirklich Gefallen an dem Tanz gefunden.

»War's das jetzt?«, brummte ihr Zukünftiger missmutig und legte die Maske auf seiner Werkbank ab. »Ich muss noch etwas fertigstellen.« Er zog seinen purpurfarbenen Frack aus und platzierte ihn direkt daneben. Anschließend fand seine Hand eine fleckige Jacke, die auf einem kleinen Holzschemel ruhte. »Die Frage ist jetzt nur, wo ich dieses Holz aus Hunkatunka herbekomme.«

Schlagartig wurde Tia aus ihren Gedanken an den Ball herausgerissen. Ihre Finger krallten sich um das erstbeste Objekt, das in Reichweite lag. Es war ein mittelgroßer Schmiedehammer. »Du hast mich schamlos ausgenutzt«, knurrte sie leise, aber mit einem schwelenden Zorn in der Stimme, der jedes ihrer Worte pechschwarz anbrannte. »Du hast genau gesehen, dass mein Schlitten Potential hat – dass er vermutlich sogar *besser* ist als deiner! – und hast diese Maskerade genutzt, um herauszufinden, *wie* ich das geschafft habe. Ich dachte, du besäßest absolut keine Menschenkenntnis, aber anscheinend lag ich da falsch. Zum Manipulieren weißt du sie sehr wohl einzusetzen.«

Abermals wandte er sich um und Tia merkte mit Genugtuung, wie seine Augen sich vor Schreck weiteten, als sie ihren Arm hob.

»Warte!«, rief er. »Leg das sofort wieder hin. Du kannst hier ni...«

Tia konnte sehr wohl. Getrieben von ihrer Wut gegen diesen Mann, die über Jahre hinweg gewachsen und gediehen war, warf sie den Hammer in seine Richtung.

Was dann folgte, passierte sehr schnell. Ly versuchte sich zu bewegen, jedoch nicht in der Art und Weise, die sie erwartete. Bevor sie es richtig realisierte, traf das Wurfobjekt sein Ziel und ein hässliches Knacken ertönte, als der Hammer seinen Unterarm zertrümmerte. Mit einem schmerzerfüllten Schrei sackte er auf die Knie.

Tias Wut verpuffte augenblicklich. »Du verdammter Idiot!«, fluchte sie und rannte zu ihm hinüber. »Wieso bist du nicht ausgewichen!?« Besorgt hockte sie sich zu ihm, um die Verletzung zu betrachten.

Hastig zog er seinen Arm zurück. »Ich würde ja fragen, ob du mich umbringen willst«, keuchte er, »aber die Frage kann ich mir in Anbetracht dieser Situation wohl schenken.«

»Ich wollte dir nur einen Schreck einjagen«, verteidigte sie sich. »Wieso hast du versucht, den Hammer zu *fangen!?* Du hättest einfach zur Seite springen können und ich wäre danach voller Genugtuung aus deiner Werkstatt stolziert.«

»Nein, das hätte ich nicht!«, fauchte er nun ungehalten. »Das war zu gefährlich!«

»*Gefährlich!?*«, echote sie fassungslos. »Du scheinst ja viel Vertrauen in deine Fangkünste zu haben. Was denkst du dir nur? Du gehst jetzt sofort zu einem Knochenflicker und ...« Sie beendete den Satz nicht, da ihr Fokus – nun befreit von den Scheuklappen der Wut – auf das von einer Plane verdeckte Objekt hinter ihm fiel.

Langsam erhob sie sich wieder, griff nach der Lampe, die immer noch auf der Werkbank ruhte und machte vorsichtig einen Schritt darauf zu.

»Hey, Pfoten weg!«, rief Ly aufgebracht und versuchte nun ebenfalls wieder in die Aufrechte zu kommen. »Da sind empfindliche Teile ver...«

Mit einem schwungvollen Handgriff entfernte sie die Plane.

»...baut«, beendete er seinen Satz resigniert. »Ich schwöre dir, wenn du es auch nur berührst ...« Ein schmerzverzerrtes Zischen, als er reflexartig die Hand nach ihr ausstrecken wollte, ließ seine Drohung wie das leise Winseln eines Schoßhündchens wirken.

»Ly«, sagte sie. »Was ist das?« Verwundert betrachtete sie das metallene Monstrum. Es erinnerte sie an einen Zwergenkessel, jedoch mit einigen Modifikationen. Anstatt eines Heizsystems fand sie am Ende eine große Kammer, mit einer einzigen Öffnung.

»Also zunächst einmal: Nenn mich Lyell. Und zum Zweiten: Ich erkläre es mal in simplen Worten – das ist ein Zwergenkessel.«

»Ja, das sehe ich auch«, sagte sie unwirsch. »Aber was *ist* das?«

»*Das*«, betonte Lyell und fiel wieder in seinen üblich genervten Tonfall, »*wäre* unsere verdammte Rettung gewesen! Mit diesem Antrieb *hätte* ich das Rennen mal eben nebenbei gewinnen und die fünftausend Guani einstecken können, *hätte* dann meine Erbschuld bei dem alten Griesgram begleichen können, ihm Lebewohl gesagt, mich aus dem Staub gemacht und wir *hätten* niemals heiraten müssen. Aber *eine gewisse* Person, musste ja einen Hammer wie eine skepthomosische Donnergöttin durch meine Werkstatt schleudern! Du hast alles kaputt gemacht! Jetzt kann ich weder diesen neuen

Antrieb für einen besseren Schlitten bauen, noch am zweiten Rennen teilnehmen! Ich bin bereits *ohne* dieses Meisterwerk auf dem ersten Platz gelandet. Das alles hätte bereits vorbei sein können, aber irgendein Vollidiot kam ja auf die Idee, mich zu disqualifizieren!«

Wie vom Donner gerührt sah Tia zu ihm herüber und versuchte zu verdauen, was ihr ehemaliger Schulkamerad gerade von sich gegeben hatte. Eine gähnende Leere riss ein Loch in ihre Brust, als ihr die Erkenntnis direkt in die Magengrube schlug.

»D-du wolltest weglaufen?«, fragte sie ernsthaft verwirrt. »Du brauchst das Preisgeld, um die Heirat mit mir zu *verhindern?*«

»Ja, genau das habe ich gesagt«, brummte Lyell missmutig. »Klopf dir selbst auf die Schulter, du hast erfolgreich zugehört. Es ändert jetzt auch nichts mehr daran, dass wir zur Heirat verdammt sind. Das hast du echt großartig hinbekommen!«

Tia reagierte nicht. Zu sehr musste sie gerade den innerlichen Kampf gegen ihren aufsteigenden Zorn ausfechten. Schließlich war sie es gewesen, die das Ergebnis des Rennens nicht hatte akzeptieren können. Die sich mithilfe ihrer weiblichen Reize und einer simplen Verkleidung Zugang zum Turm verschafft und dem Kommentator ihre beiden Dolche unter die Kehle gedrückt hatte, damit er das Ergebnis des Rennens für null und nichtig erklärte. Eine letzte Verzweiflungstat, auf deren unverhofften Erfolg sie vor wenigen Stunden noch sehr stolz gewesen war. Jetzt bereute sie ihr Handeln.

»Als ob du das für mich getan hättest«, ging sie zum Angriff über, um ihre Wut statt auf sich selbst auf ein anderes Ziel zu richten. »Du wusstest bis eben noch nicht einmal, *wen* du heiraten solltest.«

»Unwichtig, wenn ich der Hochzeit entkommen kann, oder?«

»Der Punkt geht an dich.« Sie ging zum Fenster und starrte in die Dunkelheit des Hinterhofes. Sich über die Geschehnisse zu ärgern, brachte sie nicht weiter. Sie hatte getan, was sie zu jenem Zeitpunkt mit den ihr zur Verfügung stehenden Informationen für das Beste gehalten hatte und sie würde jederzeit wieder so handeln. Sie hatte nicht wissen können, dass von allen Menschen ausgerechnet ihr verhasster Bräutigam unter dieser Maske stecken würde und dass sein Sieg die Hochzeit noch besser vereiteln konnte als der von Rostbart.

Nachdenklich rieb Tia sich das Kinn. Jetzt hatte sie aber diese neuen Informationen. Dass ihr Zukünftiger ebenfalls kein Interesse am Bund der Ehe hegte, sollte nützlich sein. Als ihr Vater ihr die Vermählung verkündete, hatte sie es zuerst für einen schlechten Scherz gehalten. Dass sie nicht gerade Lys Traumpartnerin war, hatte sie erwartet, aber dass er bereit war, von Zuhause wegzulaufen und seinen Status aufzugeben, das überraschte sie.

Ly musste ihren Ärger an ihrer Miene ablesen, denn er sagte: »Bevor du dich jetzt verdientermaßen in Selbstmitleid suhlst, kannst du mich vorher wenigstens noch zu einem Knochenfl…«

»Wir können unserem Schicksal immer noch entkommen«, sprach sie ihren Gedanken laut aus. »Wenn es lediglich Geld ist, das du brauchst, können wir uns immer noch aus dieser Sache rausziehen.« Sie wandte sich um und grinste siegessicher.

Ly runzelte die Stirn. »Aha?«

»Ja«, entgegnete Tia barsch. »Mein Vater wollte immer, dass ich in die adeligen Kreise einheirate, ›für meine kleine Prinzessin‹, wie er immer sagte. Nachdem ich die Heiratskandidaten vergrault und mir mit der Art und Weise einen gewissen Ruf aufgebaut habe, blieben die Bewerber aus und mein Vater gab seinen Traum auf. Er sagte, ich solle mir selbst den Mann aussuchen, der zu mir passe. Jedenfalls, bis er hörte, dass Lord Krust eine Braut für seinen Sohn sucht. Natürlich hat er mich sofort *angeboten* und Lord Krust hat zugestimmt. Wenn du als Heiratskandidat also wegfällst, bin ich ebenfalls befreit. Die Männer meines Standes wollen lieber ein kleines, unsicheres

Püppchen, das nach ihrer Pfeife tanzt, und keine selbstbestimmte Händlertochter, die sagt, was sie denkt und ihr eigenes Geschäft führen will. Apropos.« Sie setzte sich auf die Werkbank und griff anschließend in ihre Tasche, um die Pfeife hervorzuholen. »Nach all der Aufregung brauche ich dringend einen Zug.« Sie suchte nach dem Tabak, doch statt ihrem gewohnten von Paffgut förderte sie eine andere Packung zutage. Im Schein der Lampe entzifferte sie den Schriftzug. Es war *Djarnesische Nächte*. Sie seufzte.

»Und wie soll mir das weiterhelfen?«, warf Lyell ein. »Im Gegensatz zu deinem Vater, wird meiner mich auch nach einer geplatzten Hochzeit mit der nächstbesten Frau aus reichem Hause verheiraten wollen. Ich brauche nach wie vor fünftausend Guani, um mich nach schwalbenkackschen Recht freizukaufen. Ich glaube kaum, dass du mir die mal eben schenken kannst, geschweige denn willst.«

»Meine Freiheit ist mir eine solche Summe durchaus wert«, entgegnete sie fest, während sie ihre Pfeife notgedrungen mit Ingenieur-Jims Tabak stopfte.

»Und? Hast du eine solche Summe?«

»Wenn Rostbart gewinnt, schon.«

Sein Stirnrunzeln verriet seine Skepsis.

Sie steckte den Tabak mit ihrer Zunderbüchse in Brand und nahm einen tiefen Zug. Sofort spürte sie, wie sich ihre Muskeln entspannten. Dann holte sie Luft und setzte zu einer Erklärung an. »Mein Vater ist ein liebenswerter Mann. Allerdings hat auch er seine Schwächen. Als er hörte, dass ich von Lord Krust als Braut erwählt wurde, verfiel er in einen solchen Glücksrausch, dass er all seine Vernunft vergaß und einen viel zu hohen Betrag – und ich meine existenzgefährdend hoch – bei den Wetten auf Rostbart setzte. Auf einen unbekannten Neuling, der ihm gefiel, weil er eine schwachsinnige Story über seinen Jugendheld Perdok Trüffelgut zusammengesponnen hat.« Sie sog an der Pfeife und verzog angewidert den Mund. Dieser Tabak war abartig! Das schmeckte ja, wie an Rosenblättern zu lutschen. »Ich habe ihn davon abhalten wollen«, fuhr sie in ihrer Erzählung fort, »hab ihm gesagt, dass wir unser Kapital besser investieren können, um unser Geschäft auszuweiten. Er hat versprochen, es nicht zu tun, sich dann aber hinter meinem Rücken zum Wettbüro geschlichen. Wie Männer halt so sind. Alles, was er sagte, war ...« Sie räusperte sich, hob einen Zeigefinger und setzte einen übertrieben fröhlichen Tonfall auf, »... *keine Sorge, Schatz, du heiratest in das Krustimperium hinein. Damit haben wir auch ohne unser Geschäft für immer ausgesorgt. Aber damit das geschieht, muss ich die höchste Mitgift bieten können. Der Wettgewinn wird deine Zukunft sichern.*« Sie spuckte aus. »Ts! Seine Unabhängigkeit und sein Vermögen für den Adelstitel seiner Tochter wegzuwerfen ...« Sie wollte gerade einen weiteren Zug nehmen, um den Nachgeschmack dieser bitteren Worte loszuwerden, als sie bemerkte, dass Lyell zu kichern begonnen hatte und nun in schallendes Gelächter ausbrach. Die Erinnerungen aus ihrer Kindheit kamen wieder an die Oberfläche und boten abermals Zündstoff für ihre Wut. »Soll ich dir den anderen Arm auch noch brechen?«, fragte sie finster.

Unbeeindruckt sah er zu ihr auf. Noch immer hockte er auf dem Boden, seinen verletzten Arm auf den linken Unterschenkel abgelegt. »Ich lache nicht über dich, sondern über meinen alten Herrn!«

»Erklär mir das.«

Lyell gackerte, fand aber in einen gemäßigten Tonfall zurück. »Er versucht mit dieser Hochzeit sein Imperium zu retten. Wenn er merkt, dass der Vater seiner neuen Schwiegertochter wegen einer Wette genauso bankrott ist wie er selbst, wird er ganz schön Augen machen. Welch herrliche Ironie! Ich kann es gar nicht abwarten, seinen Gesichtsausdruck zu sehen.«

Tia hustete, als sie zu viel Rauch in die Lungen sog. »Was soll das heißen, *genauso* bankrott!? Das Krustimperium geht nicht mal eben so bankrott. Das geht nicht!«

»Geht nicht, gibt's bei mir nicht. Ich hab's innerhalb von fünf Minuten geschafft.«

Es klackerte, als ihre Pfeife neben ihr auf die Werkbank fiel. Einen Moment lang starrte sie nur auf den jungen Schnösel, der immer noch, im weißen Unterhemd und mit seiner Arbeiterjacke auf dem Schoß, vor ihr saß und unbeteiligt mit den Schultern zuckte.

»Das ist dir vollkommen gleichgültig«, erkannte sie. »Du bist der Erbe einer der reichsten Familien der Stadt und es interessiert dich nicht.« Sie hob die Pfeife wieder auf und nahm einen weiteren Zug. Das passte doch hinten und vorne nicht! Jemand, der unter ihm stehende Menschen wie Dreck behandelte, sollte alles daranlegen, auf seinem hohen Ross sitzen zu bleiben.

»Nicht mein Problem«, entschied sie laut und drückte ihre Pfeife mit dem Stopfer aus. »Ich sag dir, was wir jetzt tun: Ich werde Rostbart einen noch besseren Schlitten für die Wiederholung des Rennens bauen. Er gewinnt das Rennen und mein Vater macht durch die gewonnene Wette ein Vermögen. Und du bleibst artig und kommst mir dabei nicht in die Quere – dank deiner Verletzung solltest du sowieso nicht in der Lage sein, nächste Woche erneut als dein maskiertes Alter Ego aufzutreten, um Rostbart Konkurrenz zu machen. Wenn du das tust, verspreche ich dir die fünftausend Guani, die du brauchst, damit wir einander nicht heiraten müssen.«

Zweifelnd verdrehte Lyell die Augen. »Eine Summe, die dein Vater dir auch so einfach geben wird.«

»Du hast Glück im Unglück, mein Lieber.« Gelassen blies sie einen Rauchstrahl durch den Raum und deutete auf seinen verletzten Arm.

»Dafür können wir meinen Vater ein ziemlich hohes Schmerzensgeld aus der Tasche leiern.«

»Keine fünftausend Guani. Höchstens zweitausend, wenn wir Glück haben.«

»Dreitausend, wenn du weiter so anklagend jammerst. Den Rest erschleiche ich mir. Mein Vater wird es gar nicht bemerken, wenn die Monatsausgaben für die einzelnen Posten ein wenig ansteigen. Er hat auch nicht bemerkt, dass genügend Holz für einen Rennschlitten aus seinem Lager abhandengekommen ist. Was Finanzen angeht, hat er keinen Durchblick.« Sie verstaute die Pfeife in ihrer Tasche und rutschte von der Werkbank. »Da das also geklärt ist, bringe ich dich jetzt am besten zu einem Knochenfl...«

»Ach ja?«, fragte Lyell angriffslustig. »So einfach stellst du dir das also vor? Du magst mich ausgeschaltet haben, aber der Jaguar ist ein ernstzunehmendes Problem. Und weißt du wieso? Weil er das Modell gestohlen hat, das *ich* ursprünglich für den Donnernden Blitz angefertigt habe. Dieser Rostbart wird nie ...«

Ungehalten packte Tia ihn am Kragen seines Unterhemdes und zog ihn auf die Beine. »Was willst du mir damit sagen, hä? Dass meine Konstruktion deiner unterlegen ist, oder was? Dass ich es nicht schaffen kann, einen besseren Schlitten zu konstruieren? Dass ich ...«

»Dein Schlitten ist ein Meisterwerk.«

»Dass ich als schwache Frau nicht in der La... warte, was?« Verwundert ließ sie ihn los und blickte ihm in die haselnussbraunen Augen.

»Dein Schlitten ist ein Meisterwerk«, wiederholte Lyell ruhig. »Die meisten Fahrer benutzen stümperhafte Hobbyflickereien oder aber qualitativ hochwertige Schlitten, die dann nicht zu ihren Zugtieren passen. Dein Schlitten hingegen ist perfekt auf sein Zugtier ausgerichtet. Die wie ein übergroßes Rad geformten Kufen, um das natürliche Kullerverhalten von Ponwons in Momentum zu verwandeln, die stabile Halbmondform, die ihm die nötige Spursicherheit bei einem solch chaotischen Zugtier verleiht und die Wahl des Materials. Es spielt alles in natürlicher Perfektion miteinander zusammen. Der erfreulichste Anblick, der sich mir heute auf der Piste geboten hat.«

Akribisch suchte Tia sein Gesicht nach Indizien ab, die seinen sonstigen Spott zu verstecken versuchten. »Wer bist du und was hast du mit Ly Elliot Krust angestellt?«

»Habe ich dir nicht eben gesagt, dass du mich Lyell nennen sollst?« Da war sie wieder. Die raue Unfreundlichkeit in seiner Stimme.

»Nein, deine Arbeit ist perfekt. Es sind andere Faktoren, die deinen Plan ins Wasser fallen lassen werden.« Er gestikulierte mit den Händen, brach aber sofort ab und zog zischend die Luft ein.

»Du solltest jetzt wirklich zu einem Knoch...«

»Erstens«, unterbrach Lyell sie barsch und begann nun geschäftig im Raum auf und ab zu laufen. »Rostbart ist kein Rennfahrer. Er hat keinerlei Erfahrung auf der Piste und das spiegelt sich in all seinen Manövern wider. Zumal er sich von seinem Zugtier mehr kontrollieren lässt als umgekehrt.« Er verharrte kurz und warf ihr einen ernsten Seitenblick zu. »Zweitens«, fuhr er fort und setzte sich wieder in Bewegung, »Sein Zugtier ist schwächer. Zugegeben, ich habe nie zuvor in meinem Leben einen so großen Ponwon gesehen, aber der ist nichts im Vergleich zu der Panzerbestie, die der Jaguar ins Rennen führt. Ich habe das Biest aus der Nähe gesehen. Da läuft dir ein Schauer kalt über den Rücken, glaub mir. Es strotzt vor Macht und Ausdauer. Es hat einfach mehr Kraft. Wäre der Jaguar nicht in den Unfall verwickelt worden, hätten wir noch nicht einmal am Kot seines Hecks kratzen können.«

Er blieb stehen und wandte sich ihr zu. »Verstehst du es jetzt? Der Jaguar hat diesmal das komplette Set, um zu gewinnen. Rostbart hat es nicht! Ich hätte noch eine Chance gehabt – aber nicht damit!« Anklagend hielt er ihr seinen malträtierten rechten Arm vor die Nase, auf dem sich inzwischen ein dunkelvioletter Fleck und eine Schwellung gebildet hatten.

»Argei und Jim haben trotz Fehlstart das Rennen aufgeräumt und dich vom ersten Platz gedrängt!«, hielt sie dagegen. »Sie mögen keine erfahrenen Fahrer sein, aber sie haben eine beachtliche Leistung hingelegt.«

»Haben sie gewonnen?«

Tia schwieg.

»Na also.« Lyell seufzte und ließ die Arme sinken. »Ja, es gibt Unsicherheiten bei einem Wettkampf. Ein Sieger ist nicht vorherbestimmt und es kann einiges auf der Piste passieren – das heutige Rennen ist das beste Beispiel dafür. Aber ich will mich bei dieser Sache nicht nochmal auf die Wenns verlassen. Ich will einen bestmöglich kalkulierten Sieg, verstehst du?«

Tia verschränkte die Arme vor der Brust. »Was schlägst du vor? Alles, was du gerade tust, ist dich zu beschweren und mir zu sagen, wieso Rostbart nicht gewinnen kann. Hast du auch nur einen konstruktiven Vorschlag, wie wir an deinen ach so grandiosen kalkulierten Sieg kommen?«

Statt zu antworten, drehte er sich um und schritt auf die Konstruktion hinter ihm zu. Sorgsam, ja fast fürsorglich strich er über das Metall des Zwergenkessels und seufzte leise. »Das hier«, raunte er, »ist ein kalkulierter Sieg.« Seine linke Hand ballte sich zitternd zur Faust. »Wenn ich es doch nur hätte fertigstellen können, dann hätte ich heute kein waghalsiges Manöver fahren müssen, um Erster zu werden. Dann wäre ich auch nicht disqualifiziert worden und wir hätten uns das ganze Dilemma sparen können!«

Abermals vermied Tia es, ihm zu sagen, dass er nur aufgrund ihres Eingreifens vom Rennen ausgeschlossen worden war. »Du hast meine Frage noch nicht beantwortet. Was genau ist das?«

»Pah!«, spottete er. »Selbst wenn ich es dir erklären würde, verstündest du es doch nicht. Während wir Jungs nämlich Physik in der Schule lernten ...«

»... habe ich die Nähstunden geschwänzt und mir Mechanik selber beigebracht«, fiel Tia ihm ungeduldig ins Wort. »Gib mir einen Versuch.«

Sein Blick machte deutlich, wieso man seinen Vater in zweierlei Hinsicht den Stahlfürsten nannte. Es lag keinerlei Wärme darin, keinerlei Mitgefühl. Nur eine eiskalte Härte, die unnachgiebig alles und jeden von sich abwies. Lyell seufzte und der Augenblick verflog. »Komm mal mit dem Licht hier rüber.«

Tia nickte und griff nach der Lampe.

»Und jetzt hilf mir bitte in meine Arbeitsjacke.«

Tia stutzte. »Hast du gerade *bitte* gesagt?«

»Ich kann mich mit diesem Arm schlecht selbst umziehen«, grollte er hitzig. »Jetzt hilf mir, mir ist kalt.«

Argwöhnisch stellte sie die Lampe auf dem Zwergenkessel ab und griff dann nach der Jacke, die Lyell ihr entgegenstreckte. Ein ungeschicktes Herumzerren später, bei dem er mehrfach vor Schmerz die Lippen verzog, befand er sich in seiner Jacke.

»Besser«, sagte er zufrieden. Dann drehte er sich zu ihr um und musterte sie kritisch. »Du weißt, was ein Zwergenkessel ist?«

»Ts.« Spöttisch lächelnd verschränkte Tia die Arme vor der Brust. »Kinderkacke. Ein Zwergenkessel ist – wenn man so will – ein besserer Ofen. Der Kessel wird mit Wasser gefüllt, welches dann mit einem Feuer erhitzt wird. Der heiße Wasserdampf, der dabei entsteht, wird dann durch ein ausgeklügeltes Rohrsystem im ganzen Zwergenheim verteilt. Die Rohre verlaufen meist mehrfach an den Wänden entlang und erhitzen sich durch den heißen Dampf, der hindurchgeleitet wird. Diese Wärme geben sie dann wiederum an die Luft im Raum ab.«

Lyell nickte zufrieden. »Wie aus dem Lehrbuch. Weißt du auch, was passiert, wenn kein Heizsystem angeschlossen wird?«

Tia runzelte die Stirn. »Das halte ich für keine gute Idee. Ohne Ventil für den Druck wird der Kessel vermutlich explodieren.«

Lyell blickte nach rechts und Tia leuchtete mit der Lampe in die gewiesene Richtung. In besagter Ecke der Werkstatt flohen dunkle Spuren konzentrisch über die rissigen Wände. Ein Loch im Zentrum zeugte von dem jähen Ende, das dem bemitleidenswerten Kessel bereitet worden war.

»Du bist vollkommen irre!«

»Mag sein«, bemerkte Lyell, »aber nur durch Ausprobieren können Vermutungen in Wissen umgewandelt werden. Die Explosion zeigt, was für ein gewaltiges Energiepotential dieser Druck bietet; größer als die Kraft eines Zugtieres.« Er deutete auf die Öffnung in seinem doppelten Zwergenkessel. »Meine Idee war, diese Explosionen zur Fortbewegung zu nutzen. Ich wollte Druck in einem zweiten Kessel anstauen und diesen dann konzentriert durch eine Öffnung hinausleiten. Das sollte den Schlitten nach vorne katapultieren.« Er seufzte und machte eine Pause. »Das Problem dabei ist nur, dass so zu viel von der Energie verloren geht. Zumal das Aufbauen von neuem Druck im Kessel zu lange dauern würde.«

Tia antwortete nicht. Die Idee bot tatsächlich Potential. Schließlich benutzten auch Wind- und Wassermühlen eine Naturkraft, um die schweren Mahlsteine zu bewegen. Ihr Blick schweifte zurück über die malträtierten Wände der Werkstatt und blieb dann an dem riesigen Loch haften. Sie wusste, dass schon einige verrückte Wissenschaftler Experimente durchgeführt hatten, um die zerstörerische Energie von Blitzen nutzbar zu machen. Wieso sollte sich eine solche Kraft in Form von Dampf also nicht auch durch Menschenhand herstellen lassen? Das Potential war, wie Lyell richtig erkannt hatte, ziemlich groß. Denn Wind und Wetter blieben, wie viele Fischer wussten, eine Laune der Natur. Ein Feuer jedoch, ließ sich immer entzünden.

»Ich muss nachdenken«, sagte sie. »Du hast nicht zufällig eine Packung von Paffguts Burley Pfeifentabak aus garantiert geldbeutelschonender Produktion? Der, den ich gerade dabeihabe, ist absolut ungenießbar!«

Lyell schüttelte den Kopf.

»Zur Not tut es auch eine Tasse Tee.«

Er deutete in den angrenzenden Raum. »Hinter dem Laden befindet sich eine kleine Teeküche. Da findest du vielleicht noch einen Rest.«

»Ich bin enttäuscht von dir, wenn nicht. Hast du auch eine zweite Lampe?«

Wortlos wies Lyell auf einen Haken an der hinteren Wand. Tia folgte seinem Fingerzeig, holte die Lampe von der Wand und entzündete sie mit ihrer Zunderbüchse, bevor sie sich in den Nebenraum begab.

Sie betrat einen kleinen Laden. Im Schaufensterbereich bemerkte sie allerhand Krimskrams. Von alten Blechbuchsen, über verbeulte Rundschilde bis hin zu Bettpfannen und Werkzeugen aus zweiter Hand. Weiterer Tand sammelte sich in Regalen und an Gestellen an der Wand. Zugezogene Rollläden verhinderten den Blick auf die Straße.

Sie leuchtete hinter den Tresen und erkannte den von Lyell erwähnten Durchgang. Ohne dem Laden weitere Beachtung zu schenken, schritt sie hindurch und gelangte in einen Raum, den jeder Klaustrophober als Folterkammer der Hölle bezeichnet hätte. Eine schmale Feuerstelle nahm bereits den größten Teil des Raumes in Beschlag, sodass nur eine Person davor Platz fand. Ein paar Holzreste ruhten in einer Kiste daneben auf dem Boden – dazu ein Wassereimer. Darüber befand sich ein kleines Wandregal, auf dem verschiedene Dosen standen. Zwei schmucklose Tassen, ein kleiner Topf, ein Teesieb und Zündhölzer leisteten ihnen Gesellschaft.

Tia stellte die Lampe auf die Feuerstelle und begann den Inhalt der Dosen zu überprüfen. Die meisten waren bereits leer oder nie befüllt gewesen. Schließlich fand sie noch einen Rest aromatischer Kräuter.

Mithilfe ihrer Zunderbüchse entfachte sie ein Feuer, stellte den Topf auf die Kochnische, befüllte ihn mit Wasser aus dem Eimer und legte den Deckel oben drauf. Eine Teekanne gab es nicht.

Sie wollte gerade nach einer Tasse und dem Teesieb greifen, als Geräusche aus dem Laden sie innehalten ließen. Sie kannte dieses Kratzen. Jemand machte sich eindeutig an der Tür zu schaffen.

Hastig drehte sie an dem Regler der Lampe und löschte das Licht. Dann spähte sie um die Ecke zurück in den Laden. In jenem Moment schwang die Tür auf und die Ladenglocke kündigte den ungebetenen Besucher an. Sie hoffte, dass auch Ly es wahrnahm und sich entsprechend vorbereitete.

Nicht, dass er mit seinem verletzten Arm eine Hilfe wäre ...

Der Einbrecher trug ebenfalls eine Petroleumlampe, allerdings war die Flamme so klein, dass die Ingenieurin keine Details erkennen konnte. Die Kapuze eines langen Mantels verdeckte sein Gesicht. Er schloss die Tür, bevor er sich zielstrebig der Werkstatt zuwandte.

Tia dachte nicht weiter über die Situation nach, sondern machte ihrem Namen alle Ehre. Leise wie eine Katze schlich sie sich von hinten an und drückte dem Fremden zwei Finger in den Rücken.

Der Mann erschrak und ließ eine Tasche fallen, die er augenscheinlich unter dem Arm geklemmt hatte.

»Ja, du weißt genau, was das ist«, flüsterte sie ihm ins Ohr. »Wer bist du und was machst du hier?«

»I-ich ... M-mein N-name ...«

»Nun spuck's schon aus!«, blaffte sie und verstärkte den Druck ihrer Finger. »Wird's bald!«

»B-bitte sch-schießen Sie n-nicht«, stotterte der Einbrecher unbeholfen. »I-ich w-w-wollte nur ...«

»Kannst du mir verraten, was du mit meinem Butler vorhast?«

Ly war im Durchgang zur Werkstatt erschienen und warf ihr einen misstrauischen Blick zu.

»Dein Butler?«, fragte sie verwirrt und ließ ihre Hand sinken. Sie ging um den Einbrecher herum und zog in einer einzigen Bewegung die Kapuze von seinem Kopf.

»Ganz recht«, sagte Lyell. »Das ist Clemens, mein Butler. Er sollte meine Verfolger bei der Kutschstation in die Irre führen und anschließend Lampenöl und ein wenig Brot mitbringen. Ich bekomme beim Arbeiten immer Hunger. Clemens, diese mit der Aggressivität eines Terriers gesegnete Dame ist meine zukünftige Braut, Fräulein Tia Handlung.«

Die Augenbrauen des Mannes schossen in die Höhe. Schnell deutete er eine Verbeugung an. »Es ist mir eine Ehre, die zukünftige Lady Krust kennenzulernen. Verzeihen Sie, wenn ich Sie erschreckt haben sollte.«

»Äh ...«, erwiderte Tia verlegen, da wohl eher *sie* es gewesen war, die *ihm* einen gehörigen Schrecken eingejagt hatte.

»Schenk dir das mit der zukünftigen Lady Krust, Clemens«, murrte Lyell dazwischen. »So weit wollen wir es gar nicht erst kommen lassen.«

Clemens ging nicht darauf ein. »Beim allmächtigen Teldun, Herr, was ist mit Eurem Arm geschehen!? Das sieht übel aus. Wir müssen sofort einen Knochenflicker aufsuchen.«

»Das habe ich ihm auch schon gesagt, aber mein mit der Dickköpfigkeit eines Schafes gesegneter Bräutigam trotzt aller Vernunft.«

»Von jemanden, der mit Werkzeugen wirft, lasse ich mich nicht über Vernunft belehren.«

»Aber, aber ...«, sagte Clemens schockiert. »Sir, so könnt Ihr doch nicht mit Eurer zukünftigen ...«

»Halt du dich da raus!«, riefen beide unisono und der Butler verstummte augenblicklich. Danach erfüllte Schweigen den Raum. Grübelnd legte Tia ihre Stirn in Falten. Es stimmte, diese Streitereien brachten sie nicht weiter. *Wenn ich doch nur vernünftigen Tabak dabei hätte ...*

Ein Blubbern aus der Küche unterbrach ihren Gedankengang. Auch Clemens musste es gehört haben. Überrascht drehte er sich um und fragte: »Hat jemand Wasser aufgesetzt?«

Ohne zu fragen, riss Tia dem Butler die Lampe aus der Hand und rannte zurück in die Küche. Das Wasser im Topf kochte. Immer wieder hob sich der Deckel und spie blubbernd heißen Dampf aus.

Tia stockte in der Bewegung. Still beobachtete sie den Topf, während in ihrem Kopf das fehlende Zahnrad an seinen Platz fand und nun langsam eine Kette von Gedankengängen in Gang setzte. Sie spürte, wie Clemens hinter sie trat und die Situation analysierte.

»Lassen Sie mich das erledigen, Mylady. Eine Dame wie Sie sollte sich nicht die Finger verbrennen.«

Zu seinem Glück bekam sie den Wortlaut nicht wirklich mit. Sie machte auf dem Absatz kehrt und steuerte auf die Werkstatt zu.

»Lyell, ich habe eine Idee!«

Ein altes skepthomosisches Sprichwort sagt: »Niemand vermag dich besser zu foltern als dein eigener Kopf.« In früherer Zeit stieß diese Aussage bei anderen Zivilisationen oft auf Unverständnis. Besonders bei jenen, die sich einmal eine kriegerische Auseinandersetzung mit dem Land Arhagat lieferten.

Erst Jahrhunderte später, als viele skepthomosische Schriften die Grundlage moderner Errungenschaften wie Gesetzesentwürfe und Lehrphilosophie stellten, dämmerte mehr und mehr Menschen, was es mit diesem Sprichwort auf sich hatte.

Auch Felia, die bisher wenig Weisheit aus skepthomosischer Philosophie ziehen konnte, verstand langsam die tiefere Bedeutung hinter den im Unterricht gelehrten Worten.

Während die Kutsche durch die Straßen fuhr, kreisten ihre Gedanken um Lyell und sie fragte sich, ob er es geschafft hatte, die beiden Verfolger abzuhängen. Ob er noch immer draußen durch die Straßen lief? Ob er nicht vielleicht tot oder verwundet in einer Gasse lag und langsam verblutete? Sie traute dem Jaguar durchaus zu, Lyell ohne zu zögern umzubringen.

Energisch schüttelte sie den Kopf, als könnte sie die Vorstellung auf diese Weise vertreiben. Doch das Einzige, was sie erreichte, war, dass die Gedankenfetzen in ihrem Kopf wild umherflatterten und einen Blick auf jedes andere Thema versperrten. Das Bild des Jaguars verfestigte sich vor ihrem inneren Auge, belebte das unangenehme Gefühl, das seine Gegenwart in ihren Eingeweiden ausgelöst hatte. Die Starre, die ihre Muskeln mit Taubheit vergiftete, als er sie wie eine leblose Puppe im dirigierten Tanz durch den Saal geführt hatte. Wollte er wirklich den Regenten stürzen? Was würde passieren, wenn er dies versuchte?

Ein Bild aus ihrem Geschichtsbuch drängte sich ihr auf. Ein Bild von einer Stadt in Flammen. Von Menschen, die mit Heugabeln bewaffnet aufeinander losgingen. Es war der djarnesische Bürgerkrieg, wenn sie sich richtig erinnerte. Würde sich das Gleiche auch hier ereignen?

Gierig verschlang die Angst in ihrer Brust diesen neuen mentalen Leckerbissen und schwoll weiter an.

Felia versuchte sich abzulenken. Leider gingen ihr die Möglichkeiten aus. Sie hatte das Kleid bereits ausgezogen, das Lyell ihr geliehen hatte und trug nun wieder ihre eigenen Klamotten, die sie während der Küchenarbeit getragen hatte. Die Tätigkeit hatte ihre ganze Konzentration erfordert, aber jetzt, wo sie damit fertig war, verstärkte sich das Gefühl von Ohnmacht mehr und mehr.

Sie musste raus aus dieser Kutsche. Sollten sie das Internat nicht schon längst erreicht haben? Es kam ihr vor, als seien sie bereits doppelt so lange unterwegs wie auf der Hinfahrt.

Was, wenn der Verfolger den Kutscher angegriffen hat, um die Kutsche mit Dem Maskierten darin zu entführen?

Ihre Angst rülpste dankbar. Ein solches Festmahl hatte sie lange nicht gehabt.

Felia rutschte zum Fenster und zog den Vorhang zurück. Ihre Augen hatten sich inzwischen recht gut an die Dunkelheit gewöhnt. Umso überraschter war sie, draußen mehr und mehr Lichter von

Straßenleuchtern ausmachen zu können. Leichter Nieselregen hob sich deutlich in ihrem Schein ab. Die Häuser standen nicht mehr dicht an dicht gedrängt, sondern distanzierten sich mit hohen Zäunen und breiten Grünflächen von ihren Nachbarn.

Sie hielt nach einem Straßenschild Ausschau, als die Kutsche just in diesem Moment zum Stillstand kam. Zuerst passierte nichts, doch dann hörte sie ein nasses Klatschen, als der Kutscher vom Kutschbock stieg. Es klopfte an der Scheibe.

»Wir sind da«, hörte sie seine Stimme von draußen. »Sind Sie salonfähig, Miss?«

»Äh ...«, stammelte Felia. »Ja. Ja, das bin ich.«

Die Tür öffnete sich und präsentierte eine bullige Gestalt mit Zylinder und schwarzem Allwetterumhang, von dem das Wasser bereits heruntertropfte. Stilvoll trat der Mann zur Seite und verbeugte sich dabei leicht.

Zögernd rutschte sie von ihrem Sitz und trat nach draußen. Sie spürte kaum, wie der Regen ihre Haut benässte. Die Gedanken stoben wieder auf. Ob sie den Kutscher bitten sollte, Lyell zu warnen?

Hinter ihr schloss sich die Tür der Kutsche. Sie drehte sich um und wollte den Kutscher ansprechen, als ihr die Warnung des Jaguars wieder in den Sinn kam. Ängstlich schloss sie den halb geöffneten Mund und beobachtete stumm, wie der Mann zurück auf den Kutschbock stieg. Ohne ein Wort des Abschieds griff er nach den Zügeln und die Pferde trabten los.

Felia blieb allein im Regen zurück und starrte dem Gefährt hinterher, bis es am Ende der Kurve hinter den Häusern verschwand.

Und jetzt?, dachte sie.

Ratlos blickte sie sich um und sah das Internat vor sich aufragen. In einigen Fenstern brannte noch ein schwaches Licht. Abermals schlangen sich die kalten Finger der Angst um ihr Herz und drückten zu. Sie wollte nicht wieder dorthin. Sicher war ihre Abwesenheit beim Abendessen aufgefallen. Wie spät mochte es inzwischen sein? Ein Uhr? Zwei Uhr? Um diese Zeit durfte sie nicht mehr alleine draußen sein. Ein Wunder, dass das Tor zum Grundstück immer noch offen stand.

Sie erschrak, als sie eine Bewegung aus den Augenwinkeln bemerkte. Eine Gestalt mit einem Schwalbenschirm näherte sich ihr.

Der Verfolger!, durchzuckte es sie. Wie konnte ich den vergessen? Und ich stehe hier einfach rum! Ich sollte ins Gebäude rennen. Sofort. Hörst du Felia? Sofort!

Das Kommando erreichte ihre Füße nicht. Mehr als ein zaghaftes Nach-hinten-taumeln bekamen sie nicht auf die Reihe.

»Madame«, hörte sie eine vertraute Stimme.

Der Schirm hob sich und Felia konnte die Gesichtszüge des Mannes im Straßenlicht erkennen.

»Jaques!«, rief sie aus. »Was ... was macht Ihr denn hier?«

»Eusch bewahren davor, siesch 'ier zu 'olen die Tod« Er erreichte sie und streckte den Arm mit dem Schirm aus, um den Regen für sie abzufangen. »Ihr könnt, doch niescht ste'en im Regen. Ihr verkühlt Eusch doch.«

Perplex starrte sie ihn aus geweiteten Augen an. »Aber ... aber was macht Ihr hier?«

»Eusch wiederfinden.« Sein Gesicht zeigte leichten Tadel. »Iesch 'abe gesucht Eusch. Ihr seid verschwunden ganz plötzliesch. Dabei 'attet Ihr mir noch gar niescht gesagt, wo iesch Eusch kann wiederfinden. Iesch sah, wie Ihr verließt die Feier, also bin iesch gefolgt Eurer Kutsche. Iesch 'offe, Ihr verzei't mir diesen Akt der Belästigung. Iesch wollte Eusch wiederse'en unbedingt.« Er lächelte sanft.

Felias Mundwinkel zuckten leicht. Ihr Kopf war noch zu sehr damit beschäftigt die neuen Informationen zu verarbeiten. *Es ist nicht der Jaguar,* dachte sie. *Teldun sei Dank! Es ist nicht der Jaguar!*

Jaques runzelte die Stirn. »Stimmt etwas niescht, Madame? Da fällt mir auf ... wo 'abt Ihr gelassen Eure Kleid? Excusémoi, aber Eure Kleidung wirkt schäbig.« Prüfend musterte er sie von Kopf bis Fuß, bevor sein Blick das Schild über der Eingangspforte zum Internat fand. »Seid Ihr eine Schülerin 'ier? Der Name kommt mir bekannt vor. Es ist eine gute Schule.«

Es ist ein Albtraum.

»Iesch wusste gar niescht, dass Ihr 'ier lebt. Iesch dachte, Ihr wärt angereist nur zu die Rennen aus Gran Canalia. Die Schule muss stolz darauf sein, dass man eine Prinzessin wie Euch gab in ihre Ob'ut.«

»Nun ...« stammelte Felia verlegen. Sie wusste immer noch nicht, wie sie mit dieser Situation umgehen sollte. Im Moment war ihr alles zu viel. *Teldun steh mir bei und erlöse mich.*

Hin und wieder kam es vor, dass göttliche Entitäten die Zeit fanden, ihren Blick auf die Welt zu richten und ihren Anbetern ein Ohr zu schenken. Dies war einer jener Momente.

»Prinzessin?«, hörte sie eine jugendliche Stimme hinter sich rufen. »Sie und eine Prinzessin?«

Erschrocken drehte sie sich herum und bemerkte zwei Jungen, die sich hinter einem der Zierbüsche am Zaun erhoben. Sie trugen die Uniform der Schule. Einer von ihnen hielt einen dieser Tabakstängel zwischen den Fingern, die auch der Gärtner so gerne paffte. Rot konnte sie die Glut aufflammen sehen, als der Junge einen letzten Zug nahm und die Zigarette dann unter seinen Füßen austrat.

»Die ist doch keine Prinzessin«, sagte der andere und richtete den Zeigefinger direkt auf Felia.

»Ja«, bestätigte der Raucher unter den beiden und lachte auf. »Sie kommt noch nicht mal aus der Stadt. Ihre Eltern sind Bauern.«

»Mon dieu!« Felia sah zurück zu Jaques, dem der Schock eine Grimasse ins Gesicht krakelte. »Iest das wahr?«

Erschlagen von dem plötzlichen Wechsel der Situation starrte Felia zurück. Sie suchte nach Worten, fand aber nur Kauderwelsch.

Jaques interpretierte ihr Zögern richtig. »Also ja. *Mon dieu!* Das iest ja ...« Er zog den Arm mit den Schwalbenschirm zurück und gestikulierte krampfhaft. »Das iest ... einfach *très dégoûtant!* Miesch so zu führen 'inters Liescht ... Iesch bin schockiert!«

»Jaques« Endlich fand Felia ihre Sprache wieder. »Ich bin immer noch dieselbe Person wie auf der Feier.«

»Non!«, rief er und die Spannung zurückgehaltener Wut brachte seine Stimme zum Beben. »Iehr seid eine Lügnerin! Ihr 'abt ausgegeben Eusch als jemand, der ihr niescht seid!«

»Der Maskierte hatte mich dem Regenten so vorgestellt. Was sollte ich denn tun?« Verzweifelt sah sie ihm in die Augen, aber das freundliche Funkeln, welches sie noch beim Tanz darin erkennen konnte, war verschwunden. »An meinem Wunsch, mit Euch auszugehen, hat sich nichts geändert. Ich konnte nur ...«

»Als ob iesch mit jemandem würde ausge'en unter meine eigene Wert!«

Es war, als ob die Worte nicht durch ihre Ohren zu ihrem Gehirn fanden, sondern den Weg durch ihren Bauch nahmen und dabei ein großes Loch hineinschlugen. Mit offenem Mund starrte sie zu dem Mann, den sie für liebenswürdig und gutmütig gehalten hatte. Aber Jaques setzte noch einen drauf: »Schert Eusch zurück auf die Feld und zu Eure Schweine!« Angeekelt spuckte er ihr vor die Füße, wirbelte auf dem Absatz herum und ließ sie ohne ein weiteres Wort im Regen stehen.

Wie vom Donner gerührt, starrte Felia ihm hinterher. Nur am Rande bekam sie mit, wie die beiden Jungen in schallendes Gelächter ausbrachen. Es hörte sich an, als würde sie die Stimmen gedämpft durch eine dicke Bettdecke hören.

Erst als sie auf beiden Seiten neben ihr Stellung bezogen und einer sich mit dem Arm auf ihrer Schulter abstützte, begann ihre Wahrnehmung wieder normal zu werden.

»Oh, 'at der djarnesische Schnösel dich etwa ste'en lassen?«, ahmte der eine Jaques' Akzent nach und lachte hämisch. »Wie bist du überhaupt an so einen geraten?«

»Hast du doch gehört«, antworte sein Freund zu ihrer Rechten. »Sie hat sich irgendwie als Prinzessin ausgegeben. Auch, wenn ihr hier gute Manieren und vornehme Worte beigebracht werden, wird sie niemals mehr sein als eine Bäuerin.« Er lachte wieder. »Hörst du? Hör auf, zu versuchen, jemand Besseres zu sein!« Unsanft stieß er ihr in die Seite und Felia wäre gefallen, hätte der andere nicht neben ihr gestanden und die Bewegung mit seinem harten Ellenbogen abgefangen.

»Hey, bist du dumm oder so? Ich rede mit dir!« Fest packten sie die Hände des Jungen an beiden Schultern und der bittere Geruch des Glimmstängels drang in ihre Nase.

Felia antwortete nicht. Teilnahmslos sah sie an ihm vorbei auf die Straße, wo Jaques' Gestalt in der Dunkelheit verschwand.

»Lass sie doch«, sagte der andere gelangweilt. »Was geben wir uns eigentlich mit ihr ab?«

Der Griff an ihren Schultern lockerte sich.

»Hast du auch wieder recht. Lass uns lieber wieder reingehen, bevor jemand bemerkt, dass wir uns zum Rauchen rausgeschlichen haben.« Er wollte sich gerade abwenden, hielt jedoch inne. »Du petzt besser nicht, wenn du weißt, was gut für dich ist!« Unsanft stieß er sie zurück, um die Warnung zu unterstreichen.

Felia verlor das Gleichgewicht und kraftlos sackte sie auf dem Boden zusammen. Die beiden Jungen scherte es nicht. Teilnahmslos schritten sie durch den Regen auf das Internat zu.

Felia bekam es gar nicht richtig mit. Erschöpft ließ sie den Kopf hängen und starrte auf die Pflastersteine des Gehwegs. Dass ihre Hose das Wasser vom Boden aufnahm wie ein trockener Schwamm, fühlte sie gar nicht. Sowieso schien sie überhaupt nichts mehr zu fühlen. Sowohl ihre Haut als auch ihr Inneres nahm sie nur als eine dumpfe Taubheit wahr.

Sie spürte nur noch den Wunsch zu schlafen. Sich hinzulegen und nie wieder aufzuwachen.

»Als ob iesch mit jemandem würde ausge'en unter meine eigene Wert!«, echoten ihr die Worte durch den Kopf.

Wert?, dachte sie über das Gehörte nach. *Habe ich so was überhaupt? Hätte ich das, wäre ich in einer anderen Familie geboren?*

»La Regina!«, hörte sie Lyell voll Überzeugung sagen. *»Gebt Euch einfach hin und lasste Euch von dem Feuer in Euren Adern treiben. Das Leben iste eine Bühne!«*

Schmerzhaft biss sie sich auf die Innenseite ihrer Unterlippe. *Für dich vielleicht! Für mich ist es eine Aneinanderreihung von Fehlschlägen, unterbrochen von Erniedrigungen. Wie kannst du mich eine Königin nennen? Willst du mich auch verspotten?*

Die selige Taubheit löste sich langsam im See der Verzweiflung auf, vermischte sich und wurde zu einem Matsch aus Trauer und Seelenschmerz. Tränen liefen ihr übers ohnehin nasse Gesicht und ihre Nase begann zu schniefen.

»Hör auf, zu versuchen, jemand Besseres zu sein!«

Wieso bin ich dann hier? Wieso passiert mir das alles? Ich will das nicht mehr! Ich will dieses bescheuerte Leben nicht! Ich will nicht mehr Felia sein!

Entgegen ihrer Gefühle verzog sich ihr Mund und sie hörte, wie sie leise zu kichern begann. *Genau. Genau das ist es! Ich darf nicht versuchen, jemand anderes zu sein. Ich muss einfach nur ... einfach nur ...*

»Alles in Ordnung mit dir?«

Erschrocken zuckte sie zusammen und drehte den Kopf in die Richtung des Sprechers.

»Livian!«, erkannte sie den Jungen, der vor ihr in der Eingangspforte zum Grundstück stand. Er musste gerade nach draußen gekommen sein, denn seine Kleidung war noch trocken. Ihr blau gestreifter Schal lag nach wie vor um seinen Hals und verdeckte einen Teil des Kinns.

»Ja ... ja, natürlich ist alles in Ordnung mit mir«, sagte sie schnell.

Livian legte den Kopf schief. »Sicher? Deine Augen sind ganz rot. Kommt das auch von deinem Bluthochdruck?«

»Ja ... ich meine nein.«

Skeptisch wölbten sich seine Augenbrauen. Es dauerte einen Moment, bis auch sie realisierte, dass sie wie eine begossene Katze zusammengesackt in einer Pfütze hockte.

»Nein, gar nichts ist in Ordnung«, gestand sie leise und ließ den Kopf hängen. »Absolut überhaupt nichts.«

Eine ausgestreckte Hand bewegte sich in ihr Sichtfeld. Ihr Blick folgte dem Arm, wanderte ihn hinauf, bis er am Ende in Livians dunklen Augen verschwand.

»Wieso?«, flüsterte sie.

Livian zuckte mit den Schultern. »Du scheinst Hilfe beim Aufstehen zu brauchen.«

Mehr nicht ...?

Zögernd streckte sie ihre Hand aus. Sachte tastete sie über seine Haut. Dann kehrte die Kraft in ihre Finger zurück und verstärkte ihren Griff. Mit einem kräftigen Ruck zog Livian sie auf die Beine. Einen Moment lang starrte sie ihn an. Musterte die schwarzen Haare, die ihm unordentlich vom Kopf abstanden, bemerkte den offenen und doch leicht ahnungslosen Ausdruck in seinen dunklen Augen, der für ihn so typisch war. Sie realisierte, dass sie selbst wieder zu weinen begann und wandte hastig den Kopf ab.

»Du«, sagte sie leise. »Kennst du das Gefühl, dich wertlos zu fühlen? Dass du nicht gut genug bist? Dass alles, was du tust, falsch ist?«

Livian schien kurz darüber nachzudenken. »Nein«, antwortete er schließlich. »Das kenne ich nicht.«

Ja, natürlich. Was hatte sie auch anderes erwartet? Sie fragte sich, ob er überhaupt etwas fühlte, so neutral, wie er auf sie wirkte.

»Was ...« Livians Stimme stockte. »Was ist ... Wert?«

Wie bei einem Verbrechen ertappt, stoppten die Tränen in ihrem Gesicht. Was war das denn für eine Frage?

Energisch drehte sie sich zu ihm und packte ihn mit beiden Händen an seiner Jacke. »Na, in welcher Familie du geboren wurdest. Wie viel Geld du besitzt. Wie viel Einfluss und Macht du hast. Wie viel du kannst, wie viel du weißt. Wie schön du aussiehst. Das ist Wert! Um nichts Anderes geht es im Leben. Würdest du nicht gerne eine reiche und schöne Prinzessin heiraten – oder besser noch, selbst zum König aufsteigen? Würdest du nicht ein Leben in Luxus führen wollen; jeden Tag die leckersten Speisen essen können, ohne dafür einen Finger krumm machen zu müssen?« Ihre Stimme überschlug sich beinahe, als er sie ohne eine sichtbare Regung musterte. »Sag mir ehrlich: Würdest du das nicht wollen?« Zitternd lockerte sie den Griff. Auffordernd blickte sie ihn an.

»Nein«, antwortete Livian verwundert.

Fassungslos ließ sie die Arme sinken. »Wie nein?«

»Na ja, nein wie: Ich möchte kein König sein und keine Prinzessin heiraten und auch nicht jeden Tag die leckersten Speisen essen, ohne einen Finger krumm machen zu müssen«, wiederholte er ihre Worte. »Das ist doch egal.«

Egal?

Felia verstand die Welt nicht mehr. Wie konnte er so etwas sagen? Das war absolut nicht egal! Das war es, worum es bei ihrer Schulbildung ging! Den Einstieg in ein besseres Leben zu finden. Ein besseres Leben als auf dem Land.

»Was willst du dann?«, fragte sie ernsthaft verwirrt. »Was willst du, wenn dir all diese Dinge egal sind, hinter denen jeder verzweifelt herrennt? Hinter all diesen Dingen, die glücklich machen?«

Livian lächelte. »Das ist einfach. Ich will meine Aufgaben erfüllen.«

Energisch schüttelte sie den Kopf. »Nein, das meine ich nicht. Das sind doch Dinge, die du tun musst! Das ist nicht dasselbe!«

»Wieso nicht?«

»Weil ...« Felia rang mit den Händen. »Weil ... Weil es nicht aus dir herauskommt.«

Livian runzelte die Stirn. »Das verstehe ich nicht.«

»Das merke ich.« Sie seufzte. »Dann frage ich anders: Was erhoffst du dir, mit dem Erledigen deiner Aufgaben zu erreichen? *Wieso* tust du das?«

»Wieso ...?« Livians Mund verzog sich zu einer schiefen Linie. Plötzlich wirkte er sehr unglücklich. Noch unglücklicher, als sie sich derzeit fühlte. Sein Kopf sackte nach vorne und ein Schatten fiel über seine Augen. »Ich ... will ... Ich will diese Unsicherheit loswerden.«

»Unsicherheit?« Vorsichtig schob Felia sich eine nasse Strähne aus dem Gesicht. »Du meinst, du weißt nicht, was du tun sollst?«

»Ja.« Sein Mund verzog sich zu einer schmerzvollen Grimasse. Felia meinte, das Knirschen seiner Zähne zu hören.

»Weißt du deswegen nicht, was du willst?«

Nicken.

Sachte machte sie einen Schritt auf ihn zu und legte ihm eine Hand auf den Oberarm. »Das kann ich sehr gut nachvollziehen«, wisperte sie und die Ereignisse des Tages rauschten wie im Schnelldurchlauf auf ihrer inneren Leinwand vorbei. »Glaub mir, du bist nicht allein damit. Auch ich fühle mich unsicher. Anders als bei dir, finde ich in meinen Aufgaben aber keinen Halt.«

Überrascht hob Livian den Kopf. »Was tust du dagegen?«, fragte er.

Felia schmunzelte, froh, auch ihm helfen zu können. »Na das, was du gerade machst.«

Verständnislos sah er sie an.

»Na, Fragen stellen«, verdeutlichte Felia. »Wenn du unsicher bist, was du tun sollst, dann musst du herausfinden, was du magst und was dir gefällt. Wenn du unsicher bist, wie du Aufgaben lösen sollst, dann musst du nachfragen und dein Wissen erweitern. Oder einfach etwas Neues ausprobieren.«

»Aber das tun doch meine Aufgaben für mich.«

»Sicher?«, fragte Felia skeptisch.

»Ja«, erwiderte er fest. »Wenn ich meine Aufgaben mache, ist da kein Platz für Unsicherheit.«

»Und diese Aufgaben sind auch sinnvoll für dich?« Sie dachte an das stundenlange Auswendiglernen der mehr als hundert Familienwappen Schwalbenkacks. Selten hatte sie etwas als so ernüchternd und unnötig empfunden. »Diese Aufgaben bringen dich weiter, um zu wissen, was du willst und wie du es machst?«

»Ja, natürlich!«

»Und du hinterfragst das gar nicht?« Sie erinnerte sich an heute Vormittag. »Dein Meister sagte, du sollst einem Küchenmädchen helfen, damit sie dich auf die Wange küsst und du tust es einfach *ohne zu fragen wieso?*«

»Ja«, erwiderte Livian. »Ist etwas falsch daran?«

»Und ob das falsch ist!«, entgegnete Felia wütend. »Du kannst doch nicht einfach alles tun, was man dir sagt! Wenn dein Meister verlangt, von einer Brücke zu springen, dann würde dich das umbringen. Das würdest du doch auch nicht tun, oder?«

Langsam schüttelte Livian den Kopf.

»Siehst du! Also fang an, nach dem Sinn dahinter zu fragen. Man sagt mir, ich soll Familienwappen lernen. Aber ich sehe nicht, wie mir das zu einer besseren Zukunft verhelfen soll. Die Begründung lautet immer ›Mach's einfach‹. Letztendlich mache ich es aber nur, um den Anschiss meines Lehrers zu vermeiden. Und das fühlt sich sowas von mies an!« Erschöpft von dem kurzen Ausbruch sackten ihre Schultern nach vorne. »Das ergibt doch nur Sinn, wenn du weißt, wieso du es tust und wie es dich deinen Zielen näherbringt! Wenn man das nicht versteht ... wieso sollte man es dann tun?«

Nachdenklich kratzte Livian sich am Hinterkopf. »Ich ... Ich brauche Zeit, um darüber nachzudenken.«

»Die hast du.« Felia lächelte. »Nimm dir so viel du brauchst. Ich hoffe, das hilft dir weiter.«

Livian legte den Kopf schief. »Wieso hilfst du mir?«

Felia zuckte mit den Schultern. »Ist das nicht selbstverständlich?«

Er schüttelte nur den Kopf.

»Du schienst Hilfe bei diesem Dilemma zu brauchen«, erwiderte sie flapsig. »Aber wenn du unbedingt einen Grund brauchst ... Sieh es als Dank dafür, dass du mich mit zum Rennen genommen hast. Auch wenn dieser Tag ... eine Katastrophe war ... Heute Nachmittag konnte ich dem ganzen Dreck zumindest für ein paar Stunden entfliehen.« Gemischte Gefühle kamen in ihr hoch und erneut stiegen ihr die Tränen in die Augen. Schnell wandte sie den Blick ab, damit er es nicht sah.

Livian schien nicht darauf zu achten. Gedankenversunken zog er die Stirn kraus. »Dankbarkeit ...« Von einer plötzlichen Eingebung getroffen hob er den Kopf. »Wie bedankt man sich angemessen?«

Verwirrung verdrängte ihre aufkeimende Trauer. Skeptisch fand sie seinen Blick. »Äh ... man sagt ›Danke‹?«

»Danke.« Erwartungsvoll blickte Livian sie an. »Und das ist auch angemessen?«

Felia verstand nicht, worauf er hinauswollte. »Du ... veralberst mich nicht, oder? Du weißt das wirklich nicht?«

Livian schüttelte den Kopf.

»Also ... Es kommt drauf an, wofür man sich bedankt. Meist reichen Worte. Bei einem größeren Gefallen – wie zum Beispiel als der Nachbar seine Scheune gebaut hat und meine Familie beim Dachdecken half – halfen die Nachbarn auch uns im Gegenzug, als der Kornspeicher plötzlich leckte. Ach, und dann kommt es darauf an, *wem* man dankbar ist. Generell sollte man Gleiches mit Gleichem vergelten. Freunde und Familie nimmt man vielleicht in den Arm. Oder man macht der Person ein kleines Geschenk. Wenn mein Bruder sich bei seiner Frau für das Mittagessen bedankt, gibt er ihr einen innigen Kuss. Er sagt dann immer, sie rette ihn vor dem Verhungern.« Erinnerungen an die Zeit mit ihrer Familie kehrten zurück und sie lächelte glücklich. Viel lieber wäre sie jetzt dort als in dieser verhassten Schule ...

Livians Hand an ihrer Schulter holte sie ins Hier und Jetzt zurück. Verwirrt drehte sie den Kopf, während sein anderer Arm sich um ihre Hüfte schlang und sie dichter zu sicher heranzog.

»Was ...?«, fragte Felia verwirrt. »Was soll ...?«

Sie kam nicht dazu, den Satz zu beenden, da Livians Lippen zielsicher die ihren fanden. Im ersten Moment ergriff sie Panik. Was tat er da? Wieso tat er das? Wollte sie, dass er das tat? All die Fragen kamen gleichzeitig und führten zu einem Kurzschluss. Ihre Muskeln entspannten sich und Felia schloss die Augen. Sie fühlte, wie der Regen auf sie niederprasselte und ihre Kleidung durchweichte, fühlte Livians Arme, die sie sanft umschlossen, fühlte seinen Herzschlag durch ihren Körper schwingen, bis er mit ihrem im gleichen Rhythmus schlug. Weich wie Samt lösten sich seine Lippen wieder von ihren.

Reflexartig griff sie nach seiner Robe und zog ihn zurück, bevor dieser Moment unausgekostet vorbeiging. Erneut trafen ihre Lippen aufeinander und eine angenehme Hitze breitete sich in ihrer Brust aus, durchschwemmte ihren gesamten Körper und ließ ein angenehmes Prickeln zurück. Dass ihre Klamotten klatschnass an ihr hinunterhingen, blendete sie vollkommen aus. In diesem Augenblick gab es nur sie und ihn.

Dann lösten sie sich voneinander. Heiß fühlte sie Livians Atem auf ihrer Wange. Noch immer konnte sie ihr Herz wie einen überaus enthusiastischen Xylophonspieler gegen ihre Rippen schlagen hören.

Livian schien es ähnlich zu gehen. Rote Flecken zeigten sich auf seinen Wangen und sein Gesichtsausdruck stand zwischen Überraschung und Unsicherheit.

»Du hast ziemlich schnell darüber nachgedacht, was du willst«, fand Felia ihre Worte wieder.

Livian löste sich aus der Umarmung und trat einen Schritt zurück. »War ...«, begann er zögerlich. »War das angemessen?«

»Wenn du Fräulein Manierlich fragen würdest, auf keinen Fall«, sagte Felia in Erinnerung an ihre Lektionen in Sachen Anstand. »So etwas machen zivilisierte Menschen nicht außerhalb der Ehe und schon gar nicht in der Öffentlichkeit ...«

»Oh ...« Livian schien enttäuscht.

»Aber ich fand's gut!«, rief Felia schnell. »Also, auch wenn sich das wohl nicht gehört ...« Sie lachte freudlos. »Vielleicht hat Fräulein Manierlich ja recht. Ich bin wohl nicht mehr als eine einfache Farmerstochter ohne Manieren und Klasse. Die Erwartungen meiner Eltern, dass sich ein junger Baron oder zumindest ein reicher Händler in mich verliebt, werde ich wohl enttäuschen.«

Bei diesen Worten horchte Livian merklich auf. »Würdest du mich lieben, wenn ich ein Baron oder ein reicher Händler wäre?«

»Nein!«, rief Felia aus. »Ich meine, du hast doch gerade selbst gesagt, es kommt nicht auf diese Dinge an. Liebe erfordert keinen Status, sonst wäre mein Bruder wohl kaum so glücklich. Und ich ...« Felia stockte. In der Schule hieß es immer, Liebe sei zweitrangig. Wichtig sei, in eine bessere Familie als die eigene einzuheiraten. Wie auch immer das gehen sollte, wenn sich niemand unter seinem Wert hergeben wollte – wie Jaques es eben so treffend gesagt hatte. Trotzdem sprachen die Mädchen in ihrer Klasse immer wieder davon, ihrem Traumprinzen zu begegnen, auf erlesenen Feiern mit ihm zu tanzen und den Abend bei einem romantischen Essen im Kerzenschein ausklingen zu lassen. Aber wenn dieser Traumprinz dann erfuhr, dass man nicht die Prinzessin eines anderen Landes war ...

Es ist alles nur Schauspiel, dachte Felia. *Sie alle tragen Masken und verstecken sich. Niemand ist wirklich er selbst.*

Deshalb mochte sie Lyell auch so sehr. Seine schroffe Art, sich nicht von Regeln und Ansichten unterwerfen zu lassen, sondern das zu tun, wonach ihm der Sinn stand. Und sie hatte ihm diese Maske übergestülpt, vom jungen fremdländischen Adeligen, vom perfekten Liebhaber, weil sie dachte, ihn so haben zu wollen. Aber jetzt wünschte sie sich den alten Lyell zurück.

Und Livian ...

Sie sah in seine dunklen Augen. Im schwachen Licht der Straßenlaterne glänzten sie wie polierter Onyx. Fragend erwiderte er ihren Blick, noch immer auf den letzten Teil ihres Satzes wartend.

Felia schmunzelte. Livian war genauso. Um keinen Preis wollte sie, dass er versuchte, jemand anderes zu sein. Aus diesem Grund fühlte sie sich auch ...

Abermals stockte sie in ihren Gedanken. *Ja, was fühle ich überhaupt? Und was fühlt Livian?* Bisher wirkte er immer sehr ... zurückhaltend. Aber der Kuss und sein Erröten zeigten etwas anderes.

Felia zitterte. Was sollte sie denn jetzt sagen? Verdammt, diese Stille dauerte schon viel zu lange! Es war, als wäre ihr Gehirn ein überforderter Sachbearbeiter, der mit der Menge an Reizen, die ihm in den letzten Minuten stapelweise auf den Schreibtisch geklatscht wurden, nicht mehr hinterherkam. Nur schleppend realisierte sie, was gerade überhaupt passierte.

Mag er mich überhaupt auf diese Weise? Ich meine, ja, er hat mich geküsst. Aber davor sagte er etwas von Dankbarkeit. Als ich das Beispiel meines Bruders brachte ... er hat doch nicht nur ...?

»Wenn es nicht das ist ...«, ergriff Livian nun das Wort. »Was kann ich dann tun, um deine Liebe zu gewinnen?«

Nein, halt, er meint das wirklich ernst!

Ein weiterer Reizstapel landete auf dem Tisch ihres inneren Sachbearbeiters.

»Ich ...«, stammelte Felia und machte zögernd einen Schritt zurück. »Also ich ...«

»Ja?«

Überfordert starrte sie ihn an. Sie musste irgendetwas sagen. Irgendetwas! »Es ist schon spät, ich muss wieder ins Internat, sonst bekomme ich womöglich Ärger. Ich ...« Ein weiterer Schritt. »Ich muss nachdenken.« Noch ein Schritt. »Wir sehen uns morgen in der Pause und nach der Schule, in Ordnung?«

»Warte, das ...« Livian streckte den Arm aus und machte Anstalten ihr zu folgen.

»Bis morgen!« Eilig wandte sie sich um und rannte, so schnell sie konnte, in Richtung des großen Gebäudes. Das war definitiv zu viel für einen Tag. Definitiv!

Misstrauisch beobachtete Lyell, wie Tia an seinem Zwergenkessel herumwerkelte. Sie hatte ihm nicht sagen wollen, was genau sie vorhatte, er sollte sich einfach überraschen lassen. Unter normalen Umständen hätte er sich niemals darauf ein-, oder sie auch nur in die Nähe des Kessels gelassen, aber die Tatsache, dass sie anscheinend erkannt hatte, welches Potential in der Energie des Dampfes lag und seiner Erklärung folgen konnte, ließ ihn eine Ausnahme machen.

Lyell kam nicht oft in den Austausch mit anderen Mechanikern. Das lag zum einen daran, dass die meisten Handwerker Schwalbenkacks nur das bauten, was sie bereits kannten und keinerlei Interesse daran hegten, über ihren beschränkten Horizont hinwegzuschauen. Zum anderen konnte es auch daran liegen, dass er diesen Gedanken nicht für sich behielt, sondern offen mit demselben Wortlaut aussprach. Es gab einen Grund, wieso man ihn in diesem Viertel nur »Schrott-Lyell« nannte.

Tia hatte inzwischen das Rohr am Ende des Zwergenkessels mit einem nach oben gebogenen Stück erweitert und war nun damit beschäftigt, eine Art Klappe mit einem Scharnier über der Öffnung zu befestigen. Es schien ihm bisher das gleiche Prinzip wie seines zu sein, nur dass sie den Dampf nach oben leiten wollte, was all die Energie in seinen Augen verschwendete. Entgegen seiner Gewohnheit hielt er jedoch den Mund und ließ sie arbeiten. Wer einen solch genialen Schlitten bauen konnte, der dachte bei seinen Handgriffen nach. Es wurmte ihn nur, dass er nicht dahinterkam, *wie* genau ihr Plan aussah.

»Clemens«, rief Tia, nachdem sie die letzte Schraube festgezogen hatte, »holen Sie uns doch bitte etwas Wasser für den Kessel.«

»Sehr wohl, Mylady«, antwortete er und verschwand in Richtung des Ladens. Währenddessen stand Tia auf und sah sich in der Werkstatt um. Ihr Blick fiel auf einen schweren Schmiedehammer, der nahe der Esse auf einem Amboss lag. Sie nahm den Hammer und legte ihn auf die Klappe.

»Das ist nur provisorisch«, sagte sie, als sie seinen Blick bemerkte. »Du wirst gleich sehen, wozu es dient.«

»Ich denke, ich habe eine Ahnung«, erwiderte er nachdenklich.

In diesem Moment kehrte Clemens mit einem Wassereimer zurück. Sie befüllten den Kessel und Tia entfachte ein Feuer in der dafür vorgesehenen Öffnung. Dann schloss sie die Klappe und trat ein paar Schritte zurück, bis sie neben Lyell stand. Nun hieß es warten.

»Ich bin überrascht«, sagte er in die Stille hinein, »dass du so viel vom Handwerk verstehst. Nicht nur von Holzarbeiten, sondern auch von Schmiedearbeiten.«

Tia drehte ihm das Gesicht zu und schenkte ihm ein verschmitztes Lächeln. »Ich mag es, einen Plan aufzustellen und dann die Teile nach und nach zusammenzufügen. Ich liebe das Handwerk einfach. Aber in der Schule hieß es immer ...«

»... ›mach dir nicht die Finger schmutzig, das ist Arbeit für niedere Leute‹«, beendete Lyell den Satz mit ihr gemeinsam.

Tias Augenbrauen wölbten sich erstaunt. »Ja, das hat Fräulein Manierlich immer gesagt«, bestätigte sie. »Es wundert mich, dass du das auch zu hören bekommen hast. Und auch, dich in einer solch schmutzigen Jacke zu sehen.« Exemplarisch zog sie an seinem Ärmel, in dessen Stoff sich Ruß und Staub ein gemeinsames Heim aufgebaut hatten. »In der Schule trugst du nur die feinsten Kleider und hast auf alles und jeden hinabgesehen.«

Lyell brummte mürrisch. »Ich habe nur getan, was von mir erwartet wurde.«

»So?« Sie warf ihm einen durchdringenden Blick zu, der Lyell alles andere als behagte.

»Ja«, erwiderte er und starrte stur in Richtung des Kessels.

»Also eine weitere Rolle, genau wie Der Maskierte«, sagte sie »Wer bist du wirklich, Ly Elliot Krust?«

Er legte die Stirn in Falten. Was war das denn für eine bekloppte Frage?

»Ich habe doch gesagt, du sollst mich Lyell nennen«, schnaufte er mürrisch. »Genau der bin ich. Lyell. Verstanden?«

Darauf erwiderte sie nichts. Wortlos ging sie zur Werkbank und holte sich die Tasse Tee, die Clemens ihr vorhin aus der Küche gebracht hatte. Nur ihr Schlürfen klang rastlos durch den Raum, während sie gemeinsam den Kessel anstarrten.

Lyells Blick fiel auf Clemens, der unruhig von einem Bein auf das andere hüpfte. Vermutlich, weil sie längst wieder beim Anwesen der Krusts oder bei einem Knochenflicker sein sollten, der sich seinen Arm ansah.

Zugegeben, der Schmerz gestaltete sich als unendlich nervtötend. Er war wie eine laute Stimme, die in dem Moment dazwischen quakte, in dem er zwei Gedankenstränge zusammenschmieden wollte. Missmutig knirschte er mit den Zähnen. *All das nur wegen Tias dämlichen Wutanfall!* Der Gedanke, mit dieser Furie sein Leben verbringen zu müssen, bereitete ihm Magenschmerzen. Sie mochte einen Ausweg sehen, doch er war nicht überzeugt. Seiner Erfahrung nach gab es nur Ärger, wenn man sich auf andere Personen verließ. Sie sagten A wie Anfang, aber stattdessen kam A wie Abfall heraus. Oder gar nichts, was in den meisten Fällen immer noch besser war. Nein, wenn er wollte, dass etwas vernünftig ablief, dann machte er es lieber selbst!

Ein Klappern riss ihn aus seinen Gedanken.

»Schau, es geht los!«, rief Tia euphorisch und zog an seinem linken Ärmel. »Sieh dir das an!«

Lyell trat näher und begutachtete das verschlossene Rohr mit dem improvisierten Gewicht darauf. Die Klappe hob sich ein kleines Stück und der Hammer wackelte, bevor sie sich wieder schloss. Kurz darauf hob sie sich erneut, um sich augenblicklich zu verschließen.

»Siehst du es?«, fragte sie. »Auf diese Weise verliert man den ganzen Druck nicht in einer einzigen Explosion.«

»Dass der Dampf einen Hammer anheben kann, war mir klar. Er kann ja auch den ganzen Kessel zerfetzen«, brummte Lyell.

»Denk das weiter. Wenn der Dampf Hämmer anheben kann und sie kurz darauf wieder anhebt ...«

».. dann bekommen wir eine kontinuierliche Bewegung.« Erstaunt wirbelte er zu ihr herum und sah das breite Grinsen in ihrem Gesicht. »Ein stetiges Auf und Ab.«

Tia nickte erfreut. »Das löst dein Problem, dass die ganze Energie auf einmal verbraucht wird. Allerdings geht jetzt ein Großteil in das Anheben des Gewichts, das ungenutzt bleibt.«

»Wie wäre es, wenn wir ausnutzen, dass der Dampf den Deckel anhebt?«, rief Lyell euphorisch. »Hast du mal ein Zweirad gesehen? Statt in die Pedale zu treten, kann der Dampf die Pedale anheben!« Ein Bild entstand vor seinem inneren Auge. »Allerdings bezweifle ich, dass man als Fahrer mit diesem Kessel die Balance halten kann ...«

»Dann stell den Kessel doch auf vier Räder, wie eine Kutsche«, griff Tia den Gedanken auf.

»Du meinst, mit vier Kesseln? Das wird viel zu schwer.«

»Nein, nein, einer reicht doch vollkommen!«, rief sie nun ihrerseits von Begeisterung ergriffen und hastete zu der Schmiedeesse hinüber. Ungeduldig fischte sie in der Schlacke und holte schließlich ein Stück Kohle hervor, mit dem sie zur Werkbank lief. »Sieh her!«, sagte sie und begann eine Skizze auf dem Holz anzufertigen. »Wir stellen einen Kessel vorne auf und dieser kann simultan in zwei Pedalen *treten*. Der Rest dient nur der Balance. Die Frage ist nur, ob wir genug Dampf produzieren können, damit die Räder auch eine entsprechende Geschwindigkeit erreichen.«

»Das heißt, wir brauchen starken Brennstoff, am besten Kohlen. Je heißer der Kessel, desto mehr Dampf.«

»Ja, genau!«

Lyell spürte, wie die Vorfreude ihn ergriff. »Das ist genial«, rief er aus. »Ich will das bauen. Jetzt sofort.«

»Ich auch!«, pflichtete Tia ihm bei.

»Dann heiz die Esse an, wir müssen ein paar Teile zusammenschmieden. Clemens, ich brauche dich sprichwörtlich als meine rechte Hand.« Demonstrativ hielt er das geschwollene Etwas hoch, dass sich zwischen seiner Hand und dem Oberarm befand.

»Mylord, ich muss deutlich widersprechen!«, rief der Butler mit sichtlicher Sorge in der Stimme. »Euer Vater ...«

»... kann mich mal kreuzweise. Ich muss ein Meisterwerk erschaffen.«

»Wenn Ihr Eure Hand nicht verarzten lasst, werdet Ihr vielleicht nie wieder irgendwelche Werke erschaffen. Bitte, lasst mich Euch endlich zu einem Knochenflicker bringen.«

Aus den Augenwinkeln sah er, wie auch Tia innehielt, die bereits damit begonnen hatte, die Esse von der Schlacke zu befreien.

»Er hat recht, Lyell«, sagte sie langsam. »Wenn du das nicht heute noch geraderichten lässt, kannst du deinen Arm vielleicht nie wieder so bewegen wie früher.«

Er blickte sie an. Ihr Gesicht zeigte einen schwer zu deutenden, aber bekannten Ausdruck. Es war jener mahnende Blick, den auch Felia ihm immer zuwarf, wenn er ihre Bedenken, sich ordentlich um den Laden zu kümmern, in den Wind schlug. »Aber ich will ...«, begann er.

»Und *wie* willst du?«, fragte Tia nun wieder spöttisch. »Weder Clemens noch ich werden das Eisen halten, was du schmieden willst, wenn du dich nicht behandeln lässt. Stimmt's Clemens?« Sie sah zu dem Butler, der sich unwohl hin und her wand. »*Stimmt's Clemens?*«, wiederholte sie mit einer Stimme, die Stahl biegen konnte.

»Sehr wohl, Mylady.«

»Clemens!«, fauchte Lyell aufgebracht. Was nahm sich der Diener heraus? Er arbeitete schließlich nicht für diese Frau!

»Eure zukünftige Gattin hat recht«, sagte Clemens mit fester Stimme. »Es ist meine Pflicht, für Euer Wohlergehen zu sorgen. Deswegen werden wir jetzt einen Knochenflicker aufsuchen.«

Inzwischen brodelte es nicht nur im Zwergenkessel, sondern auch in Lyells Innerem.

»Na schön!«, fauchte er, da auch ihm der Gedanke nicht behagte, einen Teil seiner Beweglichkeit für immer einzubüßen. »Aber du«, anklagend deutete er mit dem gesunden Zeigefinger auf Tia, »wirst mir ab morgen bei dem Bau des Zwergenkessels auf Rädern helfen.«

Tia schürzte die Lippen. »Welch diabolische Bestrafung, Mylord«, spottete sie. An Clemens gewandt sagte sie: »Richten Sie bitte Lord Krust Senior aus, dass Fräulein Handlung sich morgen über die Gesellschaft des jungen Ly freuen würde, um Details zur Hochzeit zu besprechen.«

»Hey!«, rief Lyell dazwischen. »Das ist kein Kaffeekränzchen! Wir betreiben hier ernsthaftes Handwerk!«

»Das weiß ich auch, du Hohlkopf!«, fuhr sie ihn an. Milder fügte sie hinzu: »Aber unsere Väter nicht ...«

Lyell runzelte die Stirn.

Tia seufzte und ließ die Schultern hängen. »Ironie ist nicht deine Stärke, was? Wir werden natürlich den Zwergenkessel auf Rädern bauen, was denkst du denn?«

Die Uhr schlug bereits Mitternacht, als Rostbart zur Breiten Bertha zurückkehrte. Ein Rumoren in seinem Magen erhob sich, welches augenblicklich von einem streunenden Köter beantwortet wurde. Kurze Zeit später jaulten alle Hunde der Überfluteten Zone. Zufrieden klopfte Rostbart sich auf den Bauch. Das Buffet gehörte wirklich zu den üppigsten Mahlzeiten, die er in seinem bisherigen Leben genießen durfte.

Etwas unsicher auf den Beinen betrat er den Steg. Angst, ins Hafenbecken zu stürzen, kannte er nicht. Auf See hatte er heftigere Schwankungen erlebt. Bevor er über Bord ging, musste sich schon der Riesenkrake persönlich die Mühe machen, ihn mit einem seiner vielen Tentakel zu ergreifen und unter Wasser zu ziehen.

Unbeschadet betrat er sein Schiff und die Bodendielen quietschten einladend ihren holzigen Willkommensgruß. Tief sog er die frische Seeluft ein, bis seine Brust genauso prall gefüllt war wie sein Bauch.

»KAPITÄN AN DECK!«, brüllte er so laut, dass einige Möwen erschrocken in die Luft stiegen. Das Hundegeheul brandete wieder auf und irgendwo rief jemand eine wüste Beleidigung Rostbarts Mutter betreffend in die Nacht hinein.

Er grinste zufrieden.

Kurze Zeit später öffnete sich die Luke und spuckte seine Mannschaft aus.

»Willkommen zurück, Kapt'n«, sagte Jim bei dem mageren Versuch, Haltung anzunehmen. Ein eindeutiges Zeichen für Rostbart, mit welchem Jim er gerade das Vergnügen hatte.

»War das wirklich nötig, Käpt'n?«, grollte Argei und rieb sich mit der linken Hand die Augen.

»Natürlich ist das nötig. Hier wird nicht gefaulenzt. Es gilt wichtige Entscheidungen zu treffen.« Skeptisch sah er sich um. »Hat jemand unsere Ingenieurin gesehen? Es war abgesprochen, dass wir uns hier treffen, sollten wir uns aus den Augen verlieren.«

Argei und Jim wechselten einen irritierten Blick, dann schüttelten sie den Kopf.

»Ich bin längst da«, erklang eine Stimme von oberhalb.

Rostbart legte den Kopf in den Nacken und sah Fräulein Handlung auf der Kapitänskajüte hocken. Ihr langes Kleid hatte sie durch ein schlichtes Fischerhemd, eine Weste und eine enge Lederhose ausgetauscht. Eine Tasche ruhte neben ihr.

»Ha! Ich dachte schon, Sie hätten den Anker gelichtet«, frotzelte er. »Kaum waren wir zur Tür rein, waren Sie schon weg.«

»Vielleicht, weil ich ernsthaft gearbeitet habe, anstatt mir den ganzen Abend am Buffet den Wanst voll zu schlagen.«

Es war Argei, der augenblicklich seine Pistole zückte und sie auf die Ingenieurin richtete. Sie hingegen zuckte nicht einmal mit der Wimper. Langsam schritt Rostbart auf seinen ersten Maat zu und legte ihm die Hand auf den Arm, worauf er die Waffe langsam senkte.

»Vorsicht, Fräulein«, warnte er und seine Augen verengten sich zu Schlitzen. »Nur weil wir zeitweise zusammenarbeiten, heißt das nicht, dass Sie sich alles herausnehmen dürfen.«

»Ich sage nur, dass Sie sich in der kommenden Woche darauf vorbereiten sollten, ein Schlittenrennen zu fahren.« Ihre Augen wanderten zu Argei, dessen Sehnen nach wie vor angespannt an Hals und

Arm hervortraten. »Ihr erster Maat wird diesmal nicht für Sie einspringen können. Und ich glaube, wir sind uns alle einig, diese Aufgabe nicht allein in Jims Hände zu legen. Wie viele Jahre ist es her, dass Sie dem Messwa mit einem Schlitten entkommen konnten? Glauben Sie, dass Sie den Jaguar schlagen können, nachdem Sie ihm Auge in Auge gegenüberstanden?«

»Gar-har-har-har-har, worauf Sie wetten können, Teuerste.« Seine Stimme klang fest und überzeugend, doch in Wahrheit wollte Rostbart eine erneute Begegnung vermeiden. Er erkannte einen Halunken, wenn er einem begegnete. Und der Jaguar gehörte zu den Spitzenreitern unter ihnen. Das konnte er bereits an seinem Handschlag erkennen.

Rostbart bewegte seine Finger und ein Knacken ertönte. Noch immer schmerzten seine Gelenke von dem Druck, mit dem sie zusammengequetscht worden waren. Es war nicht das erste Mal, dass Rostbart sich Feinde machte – im Gegenteil. Dort draußen gab es mit Sicherheit genügend Leute, die ihm an den Kragen wollten. Der Trick bestand darin, diesen Leuten nie wieder über den Weg zu laufen.

Letzteres würde beim Jaguar nicht einfach werden. Dieser persönliche Adjutant, wie er ihn nannte, schien sein Mann fürs Grobe zu sein. Wo so einer lauerte, konnten weitere Handlanger nicht fern sein.

Nein, um diesen Mann zu schlagen, brauchte es einen raffinierten Plan und eine gehörige Portion durchtriebene Gaunerei. Und Rostbart zermarterte sich schon den gesamten Abend das Hirn, wie er ihn am besten übers Ohr hauen konnte.

»Und?«, durchbrach Tia seine Gedanken. »Konnten Sie etwas über den Jaguar in Erfahrung bringen, das uns weiterhilft?«

»Den Jaguar lassen Sie mal mein Problem sein.« Rostbart grinste wieder. »Wie schaut es mit diesem Maskierten aus? Sie schienen ja viel Spaß beim Tanz gehabt zu haben.«

Wenn diese Bemerkung seine Ingenieurin verärgerte, so zeigte sie es nicht. Wortlos griff sie in ihre Tasche. »Der Maskierte wird uns nicht mehr behelligen.« Sie holte ein flaches Objekt hervor und warf es schwungvoll in Rostbarts Richtung. Reflexartig hob er die Hände zum Fang. Es war eine weiße Maske in Form eines Fuchskopfes. Goldene Farbe verzierte sie mit verschnörkelten Mustern.

Einen Moment lang starrte er zu ihr empor, dann brach er in schallendes Gelächter aus. »Gar-har-har, das nenne ich Einsatz! Jim, Argei, nehmt euch mal ein Beispiel an unserer Ingenieurin.«

»Ahm, Kapt'n«, meldete sich Jim zögerlich. »Haben Sie nicht ausdrücklich gesagt, dass wir nicht eigenständig Leute abmurksen sollen, solange wir hier vor Anker liegen? Wegen ...«, er überlegte kurz, »Neutralität oder so?«

»Ja, du Hornochse!« pflaumte Rostbart ihn an. »Das gilt auch weiterhin.«

»Wenn das dann alles wäre«, mischte Tia sich wieder ein und schulterte ihre Tasche. »Ich muss noch einen neuen Schlitten für das Rennen bauen.« Elegant rutschte sie von der Kapitänskajüte und kam vor dem Rest der Mannschaft zum Stehen.

»Aber natürlich, lassen Sie sich nicht aufhalten.« Übertrieben freundlich verneigte Rostbart sich und wies wie ein Butler mit beiden Armen in Richtung der Planke, die die Breite Bertha mit dem Festland verband.

»Sie hören von mir.« Mit diesen Worten rauschte Fräulein Handlung an ihm vorbei und verschwand im Dunkel des Hafenviertels.

Langsam richtete Rostbart sich wieder auf und sah ihr hinterher, die Maske zwischen den Fingern hin und her wiegend.

»Dieses Weib ist gefährlich«, hörte er Argeis Stimme im Rücken.

»A-aye.« Jim war kreidebleich. »Sie schreckt noch nicht einmal vor Mord zurück!«

»Das wissen wir nicht«, rief Rostbart dazwischen. »Bisher wissen wir nur, dass sie seine Maske hat ... oder eine sehr gute Replik davon. Sie könnte sie ihm auch gestohlen haben.« Geschäftig wirbelte er herum und begann damit, auf dem Deck auf und ab zu marschieren. »Davon hätte sie nur nichts. Sie will den Maskierten genauso loswerden wie wir. Es sei denn ...« Rostbart hielt inne und wandte sich wieder seiner Mannschaft zu. »Es sei denn, sie steckt mit ihm unter einer Decke.«

Argei verschränkte die Arme vor der Brust. »Wieso sollte sie das tun? Ich sage, das war eine Warnung Käpt'n. Was unternehmen wir jetzt? Kümmern wir uns um den Jaguar? Oder um Fräulein Handlung?«

Rostbart antwortete nicht. Stattdessen setzte er sich wieder in Bewegung und lief seine Kreise, um nachzudenken. Solange er nicht wusste, was Sache ist, musste er davon ausgehen, dass Fräulein Handlung den Maskierten ermordet hatte. Diese Frau wollte gewinnen, koste es was es wolle. So viel hatte er verstanden. Die Frage blieb, wie weit er sich in die Sache mit hineinziehen lassen wollte. Der Jaguar stand nach wie vor zwischen ihm und dem Schatz, doch Rostbart zog es vor, Vorsicht walten zu lassen. Schwalbenkack war einer der letzten sicheren Häfen im Blauen Meer für ihn und seine Crew. Hier galt der Kodex, genau wie in Port Dacar: »Fehden werden zu Wasser ausgetragen.« Wenn aber durchsickerte, dass er – wenn auch nur indirekt –mit dem Verschwinden gegnerischer Rennfahrer zu tun hatte, konnte es selbst in Möwenschiss gefährlich für ihn werden. Die Halunken hier liebten das Schlittenrennen mehr als ihren Profit.

Rostbart blieb stehen und tippte die Maske gegen den Ballen seiner linken Hand. Seiner Ansicht nach ging Fräulein Handlung zu weit für eine einfache Überfahrt nach Djarne. Das bedeutete, ihr sekundäres Interesse war nicht so sekundär, wie sie vorgab.

Abrupt wirbelte er herum. »Jim, hol mir den Dieb her.«

Das Flattern eines Mantels ertönte und eine Gestalt trat aus dem Schatten. »Ich bin längst hier.«

»Gut. Schon irgendeine Ahnung, wer dieser mysteriöse Freund von unserem Fräulein ist, der angeblich so viel Geld auf uns gesetzt hat?«

»Nein«, erwiderte Groschengrab-Jim und schnippte eine Münze in die Luft. »Ich bezweifle stark, dass es ihn gibt, Chef.«

»Genauso wenig wie das Fräulein selbst, stimmt's? Tia Handlung, pah. So heißt doch niemand. Das muss ein falscher Name sein!« Argwöhnisch wandte Rostbart sich zu seinem Dieb um und sah gerade noch, wie die blitzende Münze wieder unter seinem Mantel verschwand.

»Machst du Geschäfte mit diesem Fräulein?«

Jims Miene blieb unbewegt. »Für zwanzig Guani mache ich das vielleicht.« Er streckte die Hand aus.

Rostbart gab ein Knurren von sich und winkte ab. Argei hatte erwähnt, dass Fräulein Handlung Interesse an Jim gezeigt hatte. Anscheinend war dieses nicht ganz ohne Hintergedanken geblieben. Nachdenklich schritt er zur Reling und blickte über die See. Wie ein dunkler Teppich breitete sich das Meer unter dem schwarzen Nachthimmel aus. Ein seichtes Rauschen lag in der Luft, das von den Wellen stammte, die in der Ferne gegen die kalkweißen Klippen schlugen.

Nachdenklich starrte der Kapitän in das tiefe Blau. Dieser Schnösel namens Habkies hatte Fräulein Handlung erkannt. Das bedeutete, dass sie sich in den schwalbenkackschen Geschäftskreisen herumtreiben musste. Vermutlich hatte sie Zaster. Das würde zumindest erklären, wie sie seinen Dieb bestechen und an das Material für einen Rennschlitten kommen konnte. Aber wenn sie Zaster hatte, brauchte sie weder eine Überfahrt, noch ihn als Geschäftspartner. Es sei denn, ihre Absichten waren illegal und gefährlich.

Rostbart hob die Maske und warf sie achtlos über Bord. Sollte sie dem Maskierten wirklich etwas angetan haben, wollte er damit nichts zu tun haben. Entschlossen wandte er sich wieder seiner Mannschaft zu und schritt in Richtung seiner Kajüte. »Jim, hol mir den zweiten Maat her. Füll ihn mit Kaffee ab, wenn es sein muss. Argei, in meine Kammer. Es wird Zeit für einen Ersatzplan. In diese Angelegenheit ist Geld involviert. Sehr viel Geld!«

Der Tag des Rennens galt als lokaler Feiertag. Infolgedessen dachten die wenigsten Menschen heute an ihre Arbeit, denn wie hieß es schon im alten Fundament des Teldun? »Am Feiertage sollst du nicht arbeiten. Auch sollst du nicht Geschäfte tätigen, oder der Anstrengung frönen. Nein, dem Feiertage wohnt die Essenz der Ruhe inne. Um solche zu würdigen, sollst du dich in Stille ins Gebet begeben.«

Den ersten Teil dieser Schrift nahm man in Schwalbenkack durchaus ernst. So wäre ein aufmerksamer Beobachter vielleicht skeptisch geworden, wenn er das einsame Fischerboot gesehen hätte, das sich weit nach Mitternacht leise seinen Weg durch die Überflutete Zone bahnte. Wie gesagt, *wäre*, denn jeder potentiell aufmerksame Beobachter feierte entweder den Tag des Rennens bei einer Runde Bier im *Fröhlichen Kapitän*, oder kuschelte bereits selig mit seinem Kissen, oder an seiner Geliebten – was in einigen Fällen auf dasselbe hinauslief.

Sachte bewegte die Gestalt das Ruder im Wasser und steuerte auf eine freie Anlagestelle zwischen zwei größeren Schiffen zu. Gekonnt brachte der Fahrer das kleine Gefährt in Position und vertäute es am Kai. Dann kletterte er an Land und verschwand eilig im Dunkeln. In der Hand hielt er eine Fuchsmaske, die ihm überraschenderweise in die Hände gefallen war, als er neben der Breiten Bertha in Position gegangen war. Mit einem Handgriff verschwand die Maske in der Innentasche seines Mantels.

Ein zufriedenes Lächeln breitete sich auf dem Gesicht des Jaguars aus. Es war immer wieder schön, wenn sich Kontrahenten gegenseitig aus dem Weg räumten.

Allmählich kehrte die nächtliche Ruhe in die Straßen Schwalbenkacks ein. Die Tavernen schlossen und die Feierlaune der Bürger ertrank hilflos im Alkoholgehalt ihres Blutes. Ein paar wenige Feiernde taumelten noch auf dem Weg nach Hause durch die Straßen. Andere suchten sich in Ermangelung eines funktionierenden Orientierungssinns ein trockenes Plätzchen unter einem Balkon oder einem Hauseingang.

Der Regen hatte erneut eingesetzt. Dicke Tropfen prasselten auf die Erde, vermischten sich mit dem Bodenbelag und erzeugten so ein gefährliches Pflaster, das die Bewohner liebevoll *Glattschiss* nannten.

Drei mächtige Glockenklänge schallten über die Dächer, als der große Turm des Teldun die Uhrzeit verkündete.

Livian hörte es sehr deutlich, saß er doch keine zwei Häuser weiter in einem kleinen und schäbigen Zimmer des Gasthauses *Zum Gottesruf*. Er hatte Grünspans letzten Ratschlag befolgt und einen Teil des Geldes für die Übernachtung und eine Mahlzeit, die aus einem Teller Suppe und einem halben Laib Brot bestand, ausgegeben.

Seine nasse Kleidung hing an einem Haken an der Tür. Er selbst saß bei dem Schein einer einzelnen Kerze in eine Decke eingewickelt auf dem Bett und zitterte. Trotz der Mahlzeit und der späten Stunde fand er keine Ruhe, denn seine innere Stille, wie er es gerne beschrieb, befand sich in Aufruhr.

Dieser Kuss hatte irgendetwas mit ihm gemacht. Irgendetwas, das ihm ganz und gar nicht behagte. Da war dieses merkwürdige Gefühl der Übelkeit, sein erhöhter Herzschlag, dieses Brennen im Gesicht ... Er kannte es nicht, es verunsicherte ihn. Was hatte sein Meister nur von ihm verlangt?

Ihm kamen Felias Worte wieder in den Sinn: dass er seine Aufgaben hinterfragen und selbst entscheiden sollte, wie er sich seinen Zielen näherte. Der Gedanke war beunruhigend und machte ihm Angst. Besonders, dass sie behauptete, sein Handeln würde keinen Sinn ergeben. Wenn es das nicht tat, was hatte sein Leben bis zu diesem Punkt denn für eine Bedeutung?

Livian schob sich den letzten Löffel Suppe in den Mund. Dann stellte er den Teller auf den kleinen Nachttisch neben dem Bett. In der gleichen Bewegung griff er nach dem Pergament, das er zuvor zusammengerollt dort abgelegt hatte. Trotz des Regens und seiner durchnässten Klamotten war es staubtrocken.

Immer noch angespannt entrollte er es, nur um die gleichen Buchstaben wie an den Vortagen zu lesen.

* Gewinne die Liebe einer Frau!

»Ich brauche deine Hilfe«, sagte Livian.

Die Tinte geriet in Bewegung.

* Sprich!

Livian schluckte schwer. »Wie genau, soll mir die Liebe einer Frau weiterhelfen? Ich sehe den Zusammenhang nicht!«

* Du brauchst keinen Zusammenhang.

»Doch, den brauche ich!«, hob Livian verzweifelt die Stimme. »Grünspan hat mir auch gesagt, ich soll mich bei Felia bedanken, aber das hat nichts damit zu tun gehabt, mein Einkommen zu sichern. Es hat nur dazu geführt, dass ...« Er stockte, als er die richtigen Worte zu finden versuchte. Das, was ihn gerade plagte, war ihm völlig unbekannt. »Meine innere Ruhe ist weg! Da sind Fragen, und Zweifel, und ... *Unsicherheit!* Ich will das nicht. Mach, dass es weggeht!«

Die Buchstaben lösten sich auf. Inzwischen wusste er, dass Menschen oftmals nicht antworteten, wenn sie die Antwort auf eine Frage gar nicht wussten. Traf Gleiches auch auf das Pergament zu? Nein, unmöglich! Es wusste immer, was zu tun war.

»Felia sagt, ich soll nicht blind gehorchen. Sie meint, ich muss selbst wissen, was ich will.«

* Ich weiß, was du willst.

* Wir sind eins.

»Wieso sagst du mir dann nicht *genau,* was ich tun soll?«, schrie er. »So wie früher auch!«

Das Papier verdunkelte sich und neue Buchstaben nahmen Gestalt an.

* Es gibt keinen einheitlichen Weg. Du musst es diesmal selbst herausfinden.

* *Das ist deine Reifeprüfung!*

»Und das hilft mir dann auch?«, fragte Livian verzweifelt, da es ihm immer schwerer fiel, dem Sturm in seinem Inneren Herr zu werden. »Es macht, dass es weggeht? Wie?«

* *Es macht es einfach.*

* *Hat es das jemals nicht getan?*

* *Zweifelst du etwa?*

* *Hat dir je geschadet, was ich dir geraten habe?*

Das Zittern in seinen Händen beruhigte sich ein wenig. Nein, das hatte es nicht. Ab dem Moment, in dem das Pergament in sein Leben kam, waren die Dinge einfach geworden. Es gab keine Unsicherheit, denn das Pergament wusste, was er tun musste. Es sagte ihm, wie es weiterging. Wie er überlebte. Wie er jeglichen Schmerz aus seinem Inneren verbannen konnte. Sie waren eins.

»Nein ...«, gestand er. »Aber seit ich in dieser Stadt bin, wird es immer schlimmer! Felia ... ich weiß, dass sie mir nicht schaden will. Ihre Gegenwart ist ... angenehm. Und doch unangenehm. Wieso passiert dann ... dieses ... das ...?« Er brach ab.

* *Kurzweilig kann es schlimmer werden, ja.*

* *Es ist das letzte Aufbegehren, der letzte Widerstand.*

* *Halte durch und du wirst belohnt.*

* *Du wirst dich nie wieder schlecht fühlen.*

* *Wie versprochen.*

Livian atmete einmal tief durch. Die Unruhe in seinem Körper nahm langsam ab und seine Muskeln begannen sich allmählich wieder zu entspannen. Nur ein unangenehmes Prickeln an seinem Hals blieb zurück, das von der aufgescheuerten Haut stammte.

»Ich habe noch eine Frage«, sagte er langsam.

* *Sprich!*

Livian zögerte. Er wusste, dass die Worte des Pergaments begrenzt waren. Zwar verschwanden sie immer wieder und gaben so neuen Platz frei, aber ab einem gewissen Punkt blieb es immer leer. Manchmal fragte er sich, ob es – genau wie er – schlafen musste, um neue Kraft zu tanken. Es musste unglaublich anstrengend sein, Dinge für ihn zu wissen. Er wusste ja, wie mühselig und schmerzvoll es wurde, wenn er es selbst versuchte ...

»Heute Nachmittag ...«, begann er vorsichtig. »Ich wollte Felias Fernglas wiederholen. Von diesem Mann in dem Schuppen. Und dann ... war plötzlich alles schwarz. Danach war ich wieder bei Felia. Mit dieser Wunde am Hals. Mit dem Fernglas. Aber ich erinnere mich nicht. Was ist passiert?«

Die Tinte verschwamm.

* *Ich musste eingreifen und dir das Leben retten.*
* *Das hat uns Kraft gekostet.*
* *Du hättest es selbst gekonnt, aber du warst nicht bei Bewusstsein.*

Livian nickte. Langsam hob er das Pergament näher an sein Gesicht. Einen Moment zögerte er noch, dann presste er seine Lippen auf das Papier. Es schmeckte spröde und rau, nicht so süß und salzig wie Felia. Schnell löste er sich wieder von ihm.

* *?*

»Ich habe gelernt, dass man sich so bei einem Freund bedankt, der einem das Leben rettet«, sagte Livian, erleichtert darüber, dass der Sturm in seinem Inneren nicht genauso aufwallte wie beim letzten Mal. Es musste eine Ausnahme gewesen sein.

* *Schlaf jetzt,* forderte das Pergament.
* *Wir sind nicht auf der Höhe unserer Kräfte.*

Er nickte zufrieden und rollte das Pergament zusammen, bevor er es unter seinem Kopfkissen verstaute. Noch immer fühlte er das

Pochen seines Herzschlages, aber zumindest hatte das Pergament ihm die Unsicherheit genommen. Das war alles, was zählte.

Zufrieden blies er die Kerze aus.

Der nächste Morgen kam Felias Ansicht nach viel zu schnell. Sie hatte sich kaum im Mädchenschlafsaal zu ihrem Lager zurückgezogen, sich unter der Bettdecke verkrochen und die Augen geschlossen, als bereits der Gong zum Frühstück erklang.

Verschlafen kugelte sie sich enger zusammen. Sie wollte den warmen Schutz ihres Bettes nicht verlassen. Sie fühlte sich noch nicht bereit dazu, dem Irrsinn in der Welt da draußen erneut gegenüberzutreten.

Bewegung kam in den Saal, als die anderen Mädchen die Decken zurückzogen. Manche von ihnen verließen den Raum in Richtung des Klosetts, andere zogen direkt ihre Schuluniform an. Leise Gespräche erblühten, deren Worte Felia nicht verstand.

Augenscheinlich war sie nicht die Einzige, die sich nach diesem anstrengenden Tag noch nicht fit für die Schule fühlte.

»Steh auf, Bärbel«, hörte sie eine Stimme nicht weit von ihrem Lager entfernt. »Du musst jetzt aufstehen.«

»Es ist Wechseltag«, kam die verschlafene Antwort unter einer Decke hervor.

»Nicht für uns. Wir sind noch nicht alt genug, um Wein trinken zu dürfen, also brauchen wir auch keinen Wechseltag. Das hat Fräulein Manierlich mehr als einmal betont. Jetzt komm endlich. Du weißt doch, was passiert, wenn du nicht rechtzeitig zum Unterricht erscheinst.«

Felia wusste es auch. Strafarbeiten. Nachsitzen. Küchendienst. Das Klosett putzen. Ein Besuch bei der Rektorin ...

Missmutig zog Felia die Decke zurück. Sie hatte schon genug Ärger. Extraaufgaben wollte sie nicht riskieren. Ein freier Nachmittag war das, was sie wirklich brauchte. Ihre Gedanken flogen zu Livian und Vorfreude glühte wie ein inneres Lagerfeuer auf. Ja, sie musste nur bis zum Nachmittag durchhalten. Dennoch ... Auch wenn Livian gesagt hatte, es wäre in Ordnung, dass sie ihre Küchenarbeit liegen ließ, um zum Rennen zu gehen – sie war viel zu lange außerhalb der genehmigten Zeiten aus dem Internat fort gewesen. Gerade am Tag des Rennens wurde bestimmt verstärkt darauf geachtet, wann die Schüler zurückkehrten und ob sie in Gruppen unterwegs gewesen waren. Sie konnte den neuen Ärger bereits riechen.

Vorsichtig stand sie auf und realisierte, dass sie sich nicht die Mühe gemacht hatte, von ihrer Kleidung in das Nachthemd zu wechseln. Sie musste aussehen wie eine Vogelscheuche. Gras- und Erdflecken verunzierten sowohl den Stoff ihrer Hose als auch den ihres Leinenhemds von Zuhause. Seufzend ließ sie den Kopf hängen. *Zum Glück habe ich nicht meine Schuluniform zum Rennen angehabt, so wie ich es eigentlich vorgehabt hatte.*

Hastig verschwand sie im Bad und wusch sich ausgiebig, bevor sie in die Internatskleidung wechselte.

Nach dem Frühstück machte sie sich auf den Weg zu den Unterrichtsräumen. Sie war wie immer allein. Anfangs war das noch anders gewesen. Bis Akazia alle gegen sie aufgehetzt hatte. Niemand wollte sich mit der Baroness anlegen, nur um mit dem Bauernmädchen zu reden.

Bereits in der ersten Unterrichtseinheit verfestigte sich Felias üble Vorahnung. Ihr Lehrer wies sie zu Beginn der Stunde darauf hin, dass sie sich am Ende des Schultages bei Fräulein Manierlich im Büro melden sollte. Das waren ja sonnige Aussichten.

Irgendwie überstand sie die ersten Stunden des Vormittags. Es ging um die Geschichte Schwalbenkacks. Sie hörte Lehrinhalte wie die Besatzung durch karlheimsche Truppen im vorletzten Jahrhundert, irgendein Aufstand und den Brand des Regentenpalastes, aber die Details und die Zusammenhänge konnte sie nicht mehr wiedergeben. Zu oft erwischte sie sich, wie ihre Gedanken zurück zum Vortag wanderten und das Geschehen um sie herum ausblendeten, bis eine Rüge des Lehrers ihre Aufmerksamkeit in den Klassenraum zurückholte.

Als sie endlich in die Pause entlassen wurden, war Felia die erste, die sich an allen anderen vorbei auf den Schulhof drängte.

Frische Luft schlug ihr entgegen. Der Regen hatte inzwischen nachgelassen, dennoch hing nach wie vor eine trüb-graue Wolkendecke am Himmel. Sie schaute sich nach Livian um, doch weder er noch der verschrobene Alte waren irgendwo zu sehen. Vermutlich erledigten sie gerade eine wichtige Arbeit im Garten. Ob sie einfach nachsehen sollte?

Sie schielte zu den Bäumen, hinter denen sich Grünspans kleine Blockhütte verbarg. Stimmengewirr wallte auf, als auch andere Schüler die Grünfläche betraten und Felia verwarf den Gedanken. Livian würde bestimmt gleich kommen. Schließlich hatte Grünspan auch letzte Woche seine Pausen mit denen der Schüler koordiniert.

Also suchte sie sich eine stille Ecke, in der sie unauffällig die Hütte im Blick behalten konnte. Um sie herum trafen sich Schüler in Gruppen. Begeisterung wohnte den Gesprächen bei, als die Jugendlichen über die unglaublichen Manöver der Rennfahrer sprachen, über den gewaltigen Kothaufen, der sieben Fahrer aus dem Rennen beförderte und das überraschende Unentschieden am Ende. Jeder hatte seinen Platz an einer anderen Stelle der Strecke gefunden und konnte so andere Details aus nächster Nähe zum Gespräch beisteuern.

Traurig biss Felia sich auf die Unterlippe. Gerne wollte sie in eines der Gespräche einsteigen, doch sie wusste genau, wie die anderen reagieren würden.

Ob es Livian ähnlich ging? Als Gärtnerlehrling sollte es ihm schwerfallen, mit anderen Schülern ins Gespräch zu kommen. Fühlte er sich ebenso einsam wie sie?

Sie schmunzelte als die Erinnerung an die warme Berührung seiner Lippen zurückkehrte. Vielleicht, ja, vielleicht konnte sie es hier doch aushalten.

Felia fiel aus ihrer Träumerei, als sie die plötzliche Stille bemerkte. Verwirrt sah sie sich zu den anderen Schülern um und bemerkte, dass die Aufmerksamkeit der Jugendlichen auf der Eingangspforte lag. Sie folgte ihren Blicken und erschrak, als sie den hoch gewachsenen Mann erkannte, der langsam den Kiesweg entlang auf sie zu schritt, die Hände in den Taschen eines langen Mantels vergraben. Es war der Jaguar.

Sie löste sich von der kalten Hauswand des Internats und sah sich panisch nach einem Fluchtweg um. Wo sollte sie hin? Zurück ins Schulgebäude? Die Pausenaufsicht würde sie nicht hineinlassen. In den Garten? Nein, sie durfte Livian nicht mit hineinziehen.

Stocksteif und unfähig, sich für eine Handlung zu entscheiden, blieb sie stehen, während der Jaguar immer näher kam. Sie hörte, wie sein Name geflüstert wurde. Anscheinend waren auch die anderen Jugendlichen unsicher, wie sie sich verhalten sollten. Der Jaguar war nicht dafür bekannt, dass er jubelnden Fangruppen freundlich die Hände schüttelte.

Ehe Felia sich versah, kam der Rennfahrer vor ihr zum Stehen. Mit einem selbstsicheren Lächeln sah er zu ihr hinunter.

»Hallo Felia«, sagte er.

Überraschtes Gemurmel erhob sich.

»Er kennt Felia?«

»Was hat die denn mit dem Jaguar zu schaffen?«

»Er will zu ihr?«

Zitternd erwiderte sie seinen Blick. Inzwischen hatte sich ein neugieriger Halbkreis um sie geschart. Sie stand in der Mitte aller Aufmerksamkeit.

»Ich habe gar keine Gelegenheit mehr bekommen, mich für den Tanz gestern Abend zu bedanken.«

Felia spürte, wie ihre Kleidung erneut nass zu werden begann. Diesmal nicht vom Regen, sondern von ihrem Schweiß. Die Präsenz dieses Mannes erdrückte sie förmlich und machte jeden Atemzug zu einem unerträglichen Kraftakt des Willens.

»Ich habe Ihnen deswegen ein kleines Geschenk mitgebracht.« Seine Hand wanderte zur Innentasche seines Mantels.

Ängstlich wollte sie zurückweichen, aber ihr Körper fühlte sich an, wie zu Stein erstarrt.

Ein Geschenk? Er wird mich doch nicht einfach töten? Hier vor allen anderen? Das kann er nicht tun.

»Ich soll Ihnen liebe Grüße ausrichten.« Langsam aber bestimmt griff er nach ihrem Handgelenk und zog ihren Arm zu sich heran. Sie spürte, wie er ein flaches Objekt in ihre Hand legte. Erst jetzt wagte sie es, den Blick von seinem Gesicht abzuwenden.

Abermals zuckte sie zusammen und eine eisige Kälte kroch ihre Wirbelsäule hinab. Es war die Fuchsmaske!

»Erinnern Sie sich an unsere Abmachung«, flüsterte der Jaguar und beugte sich näher zu ihr hinunter, »dann ist es mir vielleicht möglich, ein weiteres Treffen zwischen Ihnen beiden zu arrangieren. Es wäre doch zu schade, wenn Der Maskierte ohne ein weiteres Wort zurück nach Gran Canalia reist und nie wieder zurückkehrt, oder?«

Felias Finger krallten sich um das fein geschliffene Holz.

Mit einem süffisanten Lächeln auf den Lippen richtete sich der Jaguar wieder auf. »Also dann, lernen Sie noch fleißig. Lassen Sie sich *durch nichts* von ihren Studien abhalten. Ich erfahre es, wenn Sie schwänzen.«

Ohne ein weiteres Wort wandte er sich ab und schritt gemächlich auf die Straße zu. Felia und die Schülerschar sahen ihm noch hinterher, bis er das Tor passiert hatte und aus ihrer Sichtweite verschwand. Dann brach regelrechtes Chaos aus.

»Du kennst den Jaguar?«

»Wo hast du ihn kennengelernt?«

»Habt ihr wirklich miteinander getanzt?«

»Du warst doch nicht etwa seine Begleitung zum Schlittenball?«

»Was hat er dir gegeben?«

»Los, Felia, erzähl es uns!«

Von allen Seiten drängten sich Jungen sowie Mädchen auf sie zu und sahen Felia mit leuchteten Augen an. Jemand griff nach ihrem Ärmel und zog auffordernd daran wie ein Kleinkind, das um Süßigkeiten bettelte. Wie durch dichten Nebel erkannte sie die Aufregung in den Gesichtern, sah die Neugierde in ihren Blicken. Noch immer rasten zittrige Wellen durch ihre Nerven. Wie hatte sie den zweiten Verfolger vergessen können? Lyell hatte gesagt dass es zwei waren. Jaques und der Jaguar!

»Hört endlich auf damit!« Eine schrille Stimme schnitt durch die Luft. »Was ist denn in Euch gefahren? Benehmen sich so zukünftige Lords und Ladies?«

Der Sturm um Felia flaute etwas ab, als die Menge zurückwich, um Akazia von Hällenkiesel Platz zu machen. Mit in die Hüften gestemmten Händen schritt sie auf Felia zu und baute sich vor ihr auf. Wütend funkelte sie die Menge an.

»Habt ihr vergessen, wer das ist? Das ist die Bauernbrut! Und ihr umsäuselt sie wie Bittsteller auf der Suche nach Brotrinden! Das ist vollkommen inakzeptabel!«

Betretenes Schweigen setzte ein und Akazia lächelte triumphierend.

»Ich hoffe, ihr schämt euch alle entsprechend.«

»Aber sie hat mit dem Jaguar getanzt!«, setzte ein Jugendlicher an.

»Ja«, pflichtete ein Mädchen ihm bei. »Sie war auf dem Schlittenball! Ich würde alles geben, um da hin zu dürfen.«

»Unsinn!«, schrie Akazia. »Sie lügt doch, weil sie was Besseres sein will. Eine wie sie kann niemals dort gewesen sein.«

»Warst du es denn?«, hörte sie einen Jungen rufen.

»Außerdem hat das der Jaguar gesagt«, bestätigte ein anderer Junge. »Wieso sollte der Jaguar hierherkommen und lügen? Ich habe noch nie gehört, dass er Fans besucht.«

»Der Jaguar hat keine Manieren«, rief Akazia. »Er ist genauso schmutzig wie Felia.«

»Er hat das Rennen beinahe gewonnen.«

»Ja, er hat echt was drauf!«

Felia wusste nicht, wie ihr geschah. Wurde sie etwa gerade von den anderen Schülern verteidigt? Stellten sie sich alle für sie gegen Akazia? Gegen die Baroness? Fräulein Manierlichs Eliteschülerin?

Sie zwickte sich in die Wange, aber der Traum vor ihr nahm weiter seinen Lauf.

Was geschieht hier eigentlich?

Bevor die Situation aus dem Ruder laufen konnte, verkündete der Gong das Ende der Pause. Erleichtert wollte sie untertauchen, sich alleine auf den Weg zum Klassenraum begeben, aber ihre Mitschüler hatten andere Pläne. Ein Mädchen und ein Junge aus ihrer Klasse nahmen hastig einen Platz an ihrer Seite ein und begleiteten sie durch den Flur. Sie wiederholten ihre Fragen und endlich gelang Felia es, ihre Starre abzuwerfen und kurz zu antworten. Sie bejahte, dass sie auf der Feier gewesen war, schwieg aber zur Frage, wie sie den Jaguar kennengelernt hatte. Stattdessen erwähnte sie, dass sie auch Rostbart getroffen hatte.

»Du hast *Die Rumkanone* gesehen?«, rief das Mädchen neben ihr. »Sein Ponwon ist ja so unglaublich niedlich. Aber tanzen würde ich mit dem nicht.«

Felia verschwieg, dass sie genau das getan hatte. Sofern man das unrhythmische Gehopse des Kapitäns so nennen wollte. Noch immer fühlte sie sich halb gelähmt, halb wie im Traum. Der Umgang der Mitschüler mit ihr hatte sich ins komplette Gegenteil verkehrt. Und das alles nur, weil der Jaguar auf dem Schulhof erschienen war. Hätte sie das gewusst, hätte sie Lyell gebeten, einmal als Der Maskierte vorbeizuschauen.

Lyell ... Sie schluckte und die aufblühende Freude verdorrte augenblicklich. Die Drohung des Jaguars war unmissverständlich. Lyell lebte, aber vermutlich hielt der Jaguar ihn gefangen, um ihn als Druckmittel gegen sie auszuspielen. Oder behauptete er das nur? Nein, unwahrscheinlich; wie wäre er sonst an die Maske gekommen? Felia zitterte. Lyells Sicherheit lag nun in ihren Händen. Würde der Jaguar sich an die Abmachung halten, wenn sie schwieg? Er wirkte nicht wie jemand, der sein Wort hielt. Aber welche Alternative hatte sie schon?

Ich muss nachher zur Werkstatt und nachsehen!

»Was hat er dir eigentlich gegeben?«

Eilig stopfte Felia die Maske unter ihre Bluse. »Das ist privat«, erwiderte sie schnell.

»Sieh an, sieh an!« Der Junge stieß einen Pfiff aus und das Mädchen neben ihr errötete.

Währenddessen versuchte Felia, die Maske verborgen zu halten. Wenn Fräulein Manierlich sie sah, würde sie sofort wissen, dass Felia sie gestohlen hatte. »I-ich ... ich muss noch mal zum Klosett«, sagte sie und brach aus der Formation aus.

»Beeil dich«, hörte sie das Mädchen noch rufen. »Du kommst sonst zu spät.«

Felia scherte sich nicht darum. So schnell sie ihre Füße trugen, hastete sie durch die Gänge in Richtung Schlafsaal. Jetzt galt es, diese Maske zu verstecken, bevor sie Probleme bekam.

Wie jeder andere Staat, besaß auch Schwalbenkack seine eigenen Feiertage, von denen wir den bedeutendsten bereits kennenlernen durften. Was die Stadt jedoch einzigartig machte, war der Umstand, dass ihre Bürger nicht nur Feier- und Arbeitstage kannten. Nein, zusätzlich gab es die sogenannten Wechseltage. Wechseltage folgten immer auf Feiertage, an denen der Alkoholkonsum der Bevölkerung ein überdurchschnittliches Maß erreichte – also an eigentlich allen.

Demzufolge galt die allgemeine Übereinkunft, die Arbeit am Vormittag eines Wechseltages ruhen zu lassen und erst am Nachmittag allmählich wieder in seinen gewohnten Arbeitsrhythmus zu finden.

Der Wechseltag wird allgemein kritisiert – besonders im Nachbarland Karlheim sah man in ihm eine *Gefahr der Verherrlichung jenseits guter Trinkkultur liegender Exzesse.* Anstatt sich gegen die Vorwürfe zu verteidigen, bekräftigte Gaius Augustus Zirkus sie bei jedweder Gelegenheit, mit dem Zusatz, dass schwalbenkackscher Wein nur deshalb eines der gefragtesten Produkte Eichenwalds und auch in Übersee sei, weil man die Herstellung hier durch Traditionen wie den Wechseltag kultivierte. Zwanzig von Zehn in Schwalbenkack ansässigen Winzern beprosteten diese Einstellung. Schließlich trank ein schwalbenkackscher Bürger an einem nicht-religiösen Feiertag mehr, wenn er wusste, dass er den nächsten Morgen mit dem Segen des Regenten ausschlafen konnte. Dazu gehörte auch der Statistiker, der diese Umfrage ausgearbeitet hatte, während er alles doppelt sah. Dass die Mehrheit aus Zugehörigen anderer lokaler Branchen gegen den Wechseltag stimmte, da er deutlich die Arbeitsstunden im eigenen Gewerbe reduzierte, störte an dieser Stelle wenig. Wer kein Hauptexportgut produzierte, hatte eben nichts zu melden. Fertig.

Und so blieb der Wechseltag einzigartiger Bestandteil der städtischen Kultur.

Jedoch nicht für alle.

Hingegen des verkaterten Geistes des Wechseltages konnte man bereits am frühen Morgen in einem stillgelegten Schrottladen am Rande der Stadt, dem Hämmern zweier eifriger Handwerker lauschen.

Der Lärm verstummte, als Tia erschöpft das Werkzeug beiseitelegte und sich den Schweiß aus dem Gesicht wischte.

»Was ist?«, fragte Lyell, der, eingeschränkt durch seine Verletzung, nur kleinere Arbeiten übernehmen konnte. Sein rechter Arm ruhte wohlbandagiert in einer Schlinge um seinen Hals. Sie konnten von

Glück sagen, dass die karlheimschen Knochenflicker nicht an den hier geltenden Feier- und Wechseltag gebunden waren und am Tag des Rennens sogar bis spät in die Nacht arbeiteten.

»Wieso hörst du auf?«, hakte er nach, als sie nicht direkt antwortete.

»Weiter komme ich nicht«, erklärte Tia. »Es fehlen zu viele Teile. Du hast wirklich einiges an Zeug in diesem Laden, aber – und verzeih den treffenden Ausdruck – das meiste ist Schrott.« Sie seufzte vernehmlich. »Wir kommen nicht darum herum, einige Sachen bei anderen Handwerkern zu bestellen, wenn wir rechtzeitig fertig werden wollen. Der Wechseltag spuckt uns da natürlich gewaltig in die Suppe ...«

»Bei anderen Handwerkern bestellen?«, echote Lyell ungläubig. »Wir sollen uns auf die Arbeit *anderer* verlassen!?«

»Es gibt einige fähige Schmiede gleich um die Ec...«

»Nichts da!«, unterbrach er sie barsch. »Wir haben hier alles, was wir benötigen. Die Teile können wir ebenso gut selbst herstellen.«

»Aha?« Streitlustig verschränkte Tia die Arme vor ihrer Brust und baute sich vor ihm auf. »Es stimmt, du hast alles da. Material, Schmiede, Werkzeug. Aber ...«, mahnend stupste sie ihm den Zeigefinger gegen die Nase, »was uns fehlt ist Zeit! Das Rennen ist in einer Woche und neben unserem funktionierenden Dampfantrieb brauchen wir immer noch einen Schlitten. Du kennst doch das Regelwerk. *Das Fahrzeug darf nicht auf Rädern stehen, sondern muss mit Kufen ausgestattet sein und gezogen werden.* Also reicht unserer Dampfwagen nicht aus, er muss einen Schlitten ziehen und der will gebaut werden. Das werde ich erledigen, während andere die Teile für unseren Dampfwagen bauen. Nur so können wir es innerhalb der Zeit schaffen – und das ist eine *sehr* optimistische Schätzung.«

Unbeeindruckt erwiderte Lyell ihren Blick. »Ich möchte dir etwas zeigen.« Er erhob sich von der Werkbank, an der er zuvor Schrauben sortiert hatte und schritt in Richtung der Hintertür.

Tia zögerte kurz, dann folgte sie ihm.

Sie verließen die Werkstatt und traten auf das schmale Grundstück. Der Regen hatte nachgelassen, dennoch zierten unzählige Pfützen den matschigen Boden. Nebel lag in der Luft und erschwerte die Sicht.

»Findest du den Zeitpunkt für einen Spaziergang nicht etwas ungünstig gewählt?«, frotzelte sie hinter ihm.

Lyell antwortete nicht, sondern durchquerte das Pfützenfeld in gerader Linie. Die nassen Schuhe schienen ihn nicht zu stören. Doch statt die Pforte zur Straße zu nehmen, hielt er auf einen kleinen Schuppen zu, den sie in der Nebelbrühe zwischen den aufgetürmten Haufen aus rostendem Schrott nicht bemerkt hatte.

Während sie im Slalom den Weg über den Hof suchte, griff Lyell in die Tasche seines Overalls und zog einen eisernen Schlüssel hervor, um das Vorhängeschloss zu entriegeln. Tia entging nicht das zweite Schloss, welches aufgebrochen im Matsch lag.

Mit einem Klicken drehte Lyell den Schlüssel herum, bevor er die beiden Türen mit seiner linken Hand aufstieß.

Einladend streckte er den Arm aus. »Nach dir.«

Ein bedrohliches Zwielicht herrschte im Inneren.

Tia zögerte, als ihr verschiedene Warnungen ihres Vaters und ihrer Lehrer in Erinnerung kamen. Über Entführungen von den Töchtern reicher Männer, die dann irgendwo gefesselt in einen heruntergekommenen Schuppen gesperrt wurden und darauf hoffen mussten, dass Papi artig das Lösegeld bezahlte.

Furchtlos trat sie über die Schwelle. Sie hatte nicht umsonst schon in frühen Jahren darauf bestanden, in den Umgang mit verschiedenen Waffen eingeweiht zu werden. Die Rolle des hilflosen Prinzesschens hatte ihr noch nie gefallen. Erst hatte ihr Vater sich gesperrt, aber als Klein-Tia ihm gewaltig gegen sein Schienbein getreten hatte, schien ihm die Idee nicht mehr so verkehrt, auch wenn er es Gästen gegenüber immer damit begründete, dass sie ein sehr energetisches Kind sei, welches sich austoben musste. Auch diese Darstellung hatte ihm nie geholfen, verschreckte Heiratskandidaten zum Bleiben zu bewegen.

Der Schuppen entsprach ihren Vorstellungen von einem Entführerversteck. Das Gebäude war so heruntergekommen, dass es an ein Wunder grenzte, dass es nicht längst zusammengebrochen war. Zumindest schien das Dach noch dicht zu halten.

Nur vereinzelt drangen Sonnenstrahlen durch die schmalen Lücken zwischen den Brettern, mit denen die Fenster von außen zugenagelt worden waren. Dennoch erkannte sie verschiedene Schlittenmodelle, die akribisch aber liebevoll in Reih und Glied zu beiden Seiten positioniert standen. Vor der Sitzfläche hing jeweils ein Brett, auf das gut lesbar einzelne Wörter mit roter Farbe gepinselt prangten.

12 Schweine, stand auf dem ersten, das zu einem eher kleineren Schlitten gehörte, ähnlich den Modellen, die Kinder zum Rodeln benutzen. Auf der anderen Seite fand sie das Modell *4 Widder.*

Staunend schritt sie durch den Gang. *2 Ochsen, 4 Huskys, 6 Eber ...* die typischen Zugtiere der Region waren alle vertreten. Weiter hinten folgten exotischere Modelle, darunter *6 Rentiere* und *1 Bär.* Aber damit nicht genug. Auch *4 Jadefederstrauße, 2 Streifenpferde* und *9 Snorfler* präsentierten sich in ihrer ganzen Pracht. Es waren unverkennbar die Schlitten, die der Donnernde Blitz in den letzten Jahren siegreich über die Ziellinie gefahren hatte.

Der Platz mit der Beschriftung *1 Panzerbestie* hingegen war leer. Tiefe Furchen im Boden zeugten davon, dass er erst kürzlich bewegt worden war. Lyell hatte nicht gelogen, als er meinte, dass der Jaguar seinen Schlitten fuhr.

»Wieso hast du den Jaguar nicht angezeigt?« Sie wandte sich zu Lyell um, der ihr schweigend gefolgt war.

Ihr ehemaliger Klassenkamerad zuckte mit den Schultern. »Aus einer Vielzahl von Gründen. Einerseits habe ich keine Beweise, dass ich seinen Schlitten gebaut habe. Andererseits bin ich froh, dass der Schlitten präsentiert wurde. Als ich vom Tod des Donnernden Blitzes erfuhr, war ich zunächst sehr aufgebracht, dass ich so viel Arbeit in etwas investiert habe, dass nie jemand sehen würde. Außerdem wollte ich Aufmerksamkeit vermeiden. Mein Vater weiß nicht, was ich im alten Laden meines Großvaters treibe und ich will ihm nicht mit der Nase in den Taubendreck stoßen, indem ich die Wache zu uns aufs Anwesen einlade.«

Er sprach ruhig. Von seinem sonst ruppigen Spott war nichts zu hören.

»Gut«, sagte Tia bei dem Versuch, sich nicht anmerken zu lassen, wie beeindruckt sie von seiner Arbeit war. »Ich denke, wir können einen dieser Schlitten verwenden. Die sollten noch fahrtüchtig sein.«

»Unsinn«, erwiderte Lyell barsch. »Die sind bereits gefahren worden und hatten ihren großen Moment. Nein, was ich dir zeigen wollte, befindet sich hier!«

Schroff schob er sich an ihr vorbei und hielt auf die hintere Schuppenwand zu.

Tia folgte ihm. »Du wolltest mir eine Abdeckplane zeigen?«, spottete sie aufgrund seiner wieder aufkommenden Bissigkeit.

Lyell drehte den Kopf über seine Schulter und warf ihr einen beleidigten Blick zu, verkniff sich allerdings einen Kommentar.

»Sei mir nicht böse aber ... huh, wow!«

Der Mechaniker hatte die schmuddelige Decke mit einem Ruck beiseite gezogen und das darunterliegende Objekt Tias immer größer werdenden Augen preisgegeben. Nun konnte sich die vernarrte Mechanikerin in ihr nicht länger zurückhalten.

»Ist das ... ist das ...?«, fragte sie andächtig und umrundete Lyells Werk, um es aus jedem Winkel zu bestaunen.

»Ein Meisterwerk von einem Schlitten, ja.« Stolz stellte er sich neben das Gefährt und zeigte ein selbstgefälliges Grinsen.

Tia bemerkte ihren Fehler und versuchte sich wieder zu bremsen.

»Ich gebe zu er ist ... durchaus ansehnlich.«

Lyell schnaubte verächtlich. »Dies«, erhobenen Hauptes stellte er sich in den heroischen Lichtstreifen, der sich durch die von Vögeln verdreckten Dachfenstern kämpfte, »ist der Pfeil im Herz unserer Rivalen!«

»Wenn du das sagst ...«

»Der Rahmen ist aus hochwertigem Eschenholz für maximale Flexibilität ...

»Ich hoffe, das hast du bei Handlungs Holzhandlung erworben.«

»... die Kufen aus bestem Kruststahl für minimale Gleitreibung ...«

»Ja, sieht schwer aus mit dem ganzen Metall und so ...«

»... aerodynamisch geformt für mehr Geschwindigkeit, ein Rundumpanzer, so dick, dass der Schlitten selbst den härtesten Aufprall überstehen wird ...

»Wozu dann extra das Eschenholz?«

»... und das Beste:« Lyell hob bedeutend den Finger, während seine Stimme auf die Klimax seines Tonvolumens anschwoll, »Gepolstertes Leder aus Djarne!«

Liebevoll strich er über den schwarzen Sitz, der unangenehme Schmerzen in der Kehrseite aus der Erfahrungswelt jedes Fahrers streichen würde.

Tia musste keine Hellseherin sein, um zu verstehen, dass sie hier vor seinem Lebenswerk stand. Der Schlitten befand sich in einwandfreiem Zustand. Lyell übertrieb nicht, wenn er behauptete, nur die besten Materialien verwendet zu haben.

»Für welches Zugtier hast du den konstruiert?«, fragte Tia, während sie das Gefährt, bewegt von der Liebe zum Detail, musterte. »Die Idee des Dampfwagens kam uns doch erst gestern.«

Lyell ließ den Arm sinken. Die Freude bröckelte wie rissiger Putz aus seinem Gesicht und ließ die Wehmut darunter hervor scheinen.

»Für gar keines«, sagte er leise. »Dies sollte der perfekte Schlitten werden. All mein Wissen über Zugkräfte, Reibungs- und Luftwiderstände und Fahrdynamik steckt in dieser Arbeit. Es war das erste große Projekt, das ich noch während der Schulzeit begonnen hatte.« Er lächelte gequält. »Und doch habe ich den wichtigsten Faktor übersehen: Das Zugtier. Es interessierte mich damals nicht; ich hatte nur Augen für den Schlitten. Ich habe ihn für ... jemanden gebaut, der mir sehr wichtig war.« Seine Stimme zitterte. »Ein Jammer, dass er ihn nicht im Einsatz sehen wird – dass *niemand* ihn im Einsatz sehen wird ...«

In einem Anflug aus Mitgefühl trat Tia an seine Seite und legte ihm sanft die Hand auf die Schulter. Dies war ohne Zweifel sein Herzensprojekt. Ein solches teilte man nicht leichtfertig mit jemand anderem. Besonders nicht, solange es noch nicht fertig war.

»Hast du unseren Dampfwagen etwa schon aufgegeben, bevor wir ihn überhaupt zusammengebaut haben?«

Er hob den Kopf und sie lächelte aufmunternd.

»Dieser Schlitten wird fahren, schließlich wurde er für kein Zug*tier* konzipiert. Er ist perfekt!«

Lyells Mundwinkel zuckten vorsichtig. »Denkst du das wirklich?«

Aufmunternd gab sie ihm einen kräftigen Klaps auf den Rücken.
»Und wie ich das denke! Die Welt wird diesen Schlitten sehen – zusammen mit der bahnbrechendsten Erfindung unserer Zeit. Sie werden aus dem Staunen gar nicht mehr herauskommen.«

Lyells Mimik gewann erneut an Kraft.

»Also gut, was stehen wir dann hier herum? Zeit ist knapp, habe ich gehört.«

Tia grinste.

Statt sie vom Schlafsaal aus zurück zu ihrem Klassenraum zu führen, schlugen Felias Füße einen anderen Weg ein. Die Vorstellung, dass Lyell womöglich just in diesem Moment in einem heruntergekommenen Schuppen sein Dasein fristete und auf Rettung wartete, lastete schwer auf ihrer Seele. Hätte sie gewusst, wie richtig und gleichzeitig falsch ihre Annahme war, wäre diese Geschichte vermutlich einem anderen Pfad gefolgt. Wie glücklich dieser Ausgang für alle Beteiligten geendet hätte, sei reine Spekulation.

Und so fand sich Felia kurze Zeit später auf dem Schulhof wieder. Sie konnte nicht in den Unterricht gehen. Nein, sie musste irgendwie mit ihrer inneren Gefühlswelt zurechtkommen. Dafür brauchte sie jemanden zum Reden. Jemanden, der ihr zuhörte, jemanden, den es nicht interessierte, woher sie kam und von wem sie abstammte. Und dieser Jemand arbeitete glücklicherweise keine hundert Meter vom Schulgebäude entfernt.

Die möglichen Konsequenzen für ihr Fehlverhalten schlug sie in den Wind. Schließlich stand ihr heute sowieso ein unangenehmes Gespräch mit Fräulein Manierlich bevor.

Sie erreichte die kleine Blockhütte des Gärtners und klopfte an die Tür. Eine Antwort blieb aus, also versuchte sie es erneut. Auch diesmal regte sich nichts im Inneren. Die beiden mussten also im Garten sein.

Felia wandte sich um und blickte in das wuchernde Dickicht, das sich versteckt hinter den Zierkirschen wie eine grüne Monstrosität aufbäumte. Viele Gerüchte rankten sich um diesen Garten. Es hieß, Schüler, die hineingingen, sah man nie wieder. Keine Karte und kein Kompass konnten helfen, wieder aus dem Labyrinth herauszufinden. Dazu kamen die Pflanzen, die sich von kleinen Kindern ernährten und diese erbarmungslos kompostierten. Man sagte, einmal habe ein Schüler sich in den Dschungel gewagt. Monatelang hatte man nichts von ihm gehört, bis man seine Zähne eines Tages beim Mittagessen in der Tomatensuppe fand.

Felia schüttelte den Kopf und schritt mutig nach vorn. Das waren nur dumme Geschichten, um den Schülern Angst einzujagen. Schließlich kam Livian auch jeden Tag heil aus diesem Dickicht heraus. Sie schob die Blätter beiseite und drang in den Garten ein.

Wenn es einen Pfad gab, so erkannte Felia ihn nicht. Überall wuchsen die verschiedensten Pflanzen und nicht immer gab es genügend Platz, um zwischen ihnen hindurchzutreten. Während sie tiefer in das Dickicht vorstieß, rief sie abwechselnd Livians Namen oder den seines Meisters. Kletten klammerten sich an ihren Rock und Felia stolperte, als sich ihr Fuß in einer Wurzel verfing. Unbeirrt schritt sie weiter. Irgendwo mussten die beiden doch sein.

Ein tiefes Rumoren hinter einem Wall aus Himbeersträuchern ließ sie zusammenzucken. So klang der Magen ihres Bruders nach einem

Tag auf dem Feld. Die Blätter raschelten und schreckhaft wich sie zurück. *Es ist tatsächlich etwas in diesem Garten!,* dachte sie und weitere Kletten verfingen sich in ihrem Haar. *Die Gerüchte sind wahr. Ich muss ganz schnell hier raus!*

Eine Hand legte sich auf ihre Schulter und mit einem Aufschrei wirbelte sie herum. Sie entspannte sich, als sie Grünspan erkannte. Auf seiner Schulter ruhte eine breite Hacke und Erde klebte an seinen Händen.

»Herr Grünspan! Gut, dass Sie da sind. Da ist etwas zwischen Ihren Himbeeren.« Sie deutete auf die Sträucher, deren Blätter aufgehört hatten zu wackeln.

»Oh ja«, sagte er und gluckste vergnügt. »Es sind ein paar Brombeersträucher dazwischen, das hast du gut erkannt. Du hast da übrigens was im Haar.« Er streckte die Hand aus und löste vorsichtig die Klette, welche sich dort verfangen hatte.

»Äh, danke, aber das meinte ich nicht ...«

»Viel wichtiger ist«, unterbrach er sie, »solltest du um diese Zeit nicht im Unterricht sein?«

Sofort stiegen erste Schuldgefühle in ihr hoch. »Eigentlich schon, aber ...«, druckste Felia, beendete ihren Satz jedoch nicht.

Grünspan zog die Stirn kraus. »Ich verstehe schon. Meine Worte von gestern haben wohl etwas in dir ausgelöst.« Er deutete mit dem Daumen über die Schulter. »Lass uns ein paar Schritte gehen, du verirrst dich sonst.«

Felia nickte. Langsam gingen sie Seite an Seite durchs Gebüsch.

»Also, was liegt dir auf dem Herzen, dass du dafür deine Schulbildung vernachlässigst?«, fragte der Alte, als sie nicht direkt zu sprechen begann.

»Eigentlich hatte ich gehofft, Livian bei Ihnen zu finden«, wich Felia der Frage aus. »In der Hütte war niemand und da es ihm gestern

Abend wieder gut zu gehen schien, dachte ich, dass er mit Ihnen im Garten bei der Arbeit ist.«

Grünspan antwortete nicht sofort. Abermals raschelte es neben ihr im Gestrüpp und unsicher rückte Felia etwas näher an ihn heran.

»Er hat es dir also nicht gesagt ...« Der Alte schüttelte den Kopf. »Dieser Junge ...«

»Was nicht gesagt?«, fragte Felia, verunsichert durch den Tonfall des Mannes. In seine Stimme mischte sich jene Klangfarbe, die oftmals in der Stimme ihres Vaters mitschwang, wenn ihr wieder ein Kornsack aufgerissen, oder ein Teller in der Küche runtergefallen war.

Schweigend setzten sie den Weg fort und Felia staunte, als sie mehrere Tomatenpflanzen erkannte, die bestrebt an einem rebenartigen Gewächs empor krochen, das sich in wilden Spiralen durch die Luft und über den Boden wand. Saftig rote Tomaten hingen von oben herab, als sie durch eine zum Torbogen geformte Windung der Pflanze liefen.

»Livian ist nicht mehr mein Lehrling«, sagte Grünspan ernst. »Ich musste ihn leider entlassen.«

»Was!?«, rief Felia. »Entlassen? Aber ... aber wieso? Er ist doch immer ... immer so bestrebt alles richtig zu machen und seine Aufgaben so gut wie möglich zu erfüllen.«

Grünspan antwortete nicht. Stattdessen pflückte er einige Blätter von einer Pflanze am Wegesrand ab und schob sie sich in den Mund. Den Rest hielt er Felia hin. Kopfschüttelnd lehnte sie ab.

»Was für einen Eindruck hast du von Livian?«, fragte er kauend.

»Nun«, sagte Felia und die Erinnerung an den gestrigen Kuss blitzte wie eine Perle in ihrem Gedankenstrom auf. »Er ist ziemlich merkwürdig.«

Ein vergnügtes Glucksen entrann Grünspans Kehle. »Sind wir das nicht alle irgendwie?«, fragte er und entblößte seine von den Blättern grün gefärbten Zähne.

»Äh ... vielleicht«, sagte Felia diplomatisch, die sich eigentlich für vollkommen normal hielt, sah man von ihrer Tollpatschigkeit ab. »Er wirkt ein wenig ... verloren auf mich. Außerdem scheint er in seinem Leben noch nie gelacht zu haben. Aber er hat das Herz am rechten Fleck. Ich fühle mich sehr wohl in seiner Nähe. Er ... er verurteilt mich nicht.«

»Oho?« Grünspan hob die Augenbrauen. »Da scheint jemand eine gute Menschenkenntnis zu haben.«

Missmutig schob Felia die Hände in die Taschen ihrer Jacke. »Wohl kaum. Sonst wüsste ich, wieso mich meine Mitschüler wie Luft behandeln und dann von einem Tag auf den anderen mit mir befreundet sein wollen ... Menschen sind alle so falsch!«

»Inwiefern falsch?«

»Na, falsch eben«, murrte Felia laut. Sie dachte an den Moment, als Jaques hinter ihre wahre Identität gekommen war. An seinen Verhaltensumschwung, den jeder Mathelehrer als echtes Lebensbeispiel zur Veranschaulichung eines gestreckten Winkels begrüßt hätte. »Sie verstecken sich hinter Regeln oder hinter Anstand oder Traditionen. Alle tragen sie Masken und zeigen erst ihr wahres Selbst, wenn man seine eigene ablegt. Man denkt, man kennt jemanden. Aber das ist nicht wahr.«

»Du trägst also auch eine solche Maske?«

Felia stutzte. Ja, schließlich hatte sie behauptet, eine canalische Prinzessin zu sein. Allerdings hätte sie das nie, hätte ihr Lyell diesen bescheuerten Ratschlag überhaupt erst gegeben. Aber es war nicht nur dieser eine Abend gewesen, an dem sie sich zwingen musste, irgendwo hineinzupassen.

»Ja«, sagte sie schließlich. »Die Lehrer erwarten, dass ich jemand sein soll, der ich nicht bin. Gleichzeitig hassen mich meine Mitschüler dafür, dass ich diese Erwartungen erfüllen will. Außer Livian. Livian ist ... Bei ihm brauche ich mich nicht zu verstellen, wissen Sie?«

»Du brauchst dich auch bei allen anderen nicht zu verstellen«, warf Grünspan ein.

Felia ignorierte seinen Einwand. »Was ist mit Livian? Wieso wurde er entlassen und wieso hat er mir das nicht gesagt?«

Abermals ließ sich Grünspan reichlich Zeit für seine Antwort, als ob er jedes Wort genau abwägen müsste. »Über das letzte Wieso können wir beide nur spekulieren. Deswegen fragst du ihn das besser selbst. Was das erste angeht ...«

Felia zog die Luft ein, als Grünspan ihr von der Köchin erzählte; dass er sie weggesperrt hatte, um mit Felia zum Rennen gehen zu können, weil er dies für seine *Pflicht* hielt. Er fügte noch etwas hinzu, doch Felia hörte nur noch mit halbem Ohr zu. Zu sehr beschäftigte sie die Frage, inwieweit Livian aus freien Stücken Zeit mit ihr verbrachte. Wenn sie sich ihr letztes Gespräch ins Gedächtnis rief, bezweifelte sie, dass er aus eigenem Impuls mit ihr mitgekommen war.

Aber er hat dich geküsst, nachdem du ihn gefragt hast, was er wirklich will, flüsterte eine leise Hoffnung in ihr.

Auf der anderen Seite erschreckte es sie, dass Livian so unbeschwert ein Verbrechen beging. Grünspans beschwichtigende Ausführungen, dass er viel zu wenig über das Leben in einem sozialen Gefüge wusste und er jemanden brauchte, der ihn an die Hand nimmt, damit er auf dem richtigen Pfad blieb, beruhigten sie nur wenig.

»Er ist ein guter Junge, das weiß ich«, schloss Grünspan seine Erklärung, wobei er ein paar in den Weg ragende Blätter für sie nach oben hielt, die mindestens genauso groß waren wie er selbst. Dadurch bildete sich eine Öffnung im Grün und dahinter konnte

Felia die Rückseite der Blockhütte erkennen. Gemeinsam traten sie ins Freie. Noch immer trübten dunkle Wolken den Himmel. Ein frischer Wind zog durch die Baumkronen und ein leises Rascheln erfüllte die Luft.

Felia nahm einen tiefen Atemzug. Anstatt sich etwas von der Seele zu reden, hatte sie sich nur einen weiteren Sack Übel über die Schulter geworfen. Das Gefühl, innerlich zusammenzubrechen, nahm mehr und mehr zu.

»Wird er wiederkommen?«, fragte sie leise.

»Ungewiss«, sagte Grünspan und lehnte die Hacke an die Rückwand seiner Behausung. »Es scheinen einige Leute nicht gut auf ihn zu sprechen zu sein. Neben der Köchin möchte ihn auch ein sehr zwielichtiger Elb in die Finger bekommen. Ich musste ihm zu seinem Schutz verbieten, wieder herzukommen. Ob er sich darüber hinwegsetzen wird ... schwer zu sagen. Hattet ihr euch nochmal gesehen, nachdem du ihn zu mir gebracht hattest?«

Felia nickte, ohne ihn anzusehen.

»Er hat dir nicht gesagt, ob und wie ihr in Kontakt bleiben wollt?«

Sie schüttelte den Kopf.

Das Schmatzen des Alten brandete an ihr Trommelfell wie Wellen an einen Strand. »Dieser Junge ... Na, vermutlich weiß er es selbst noch nicht.« Eine Pause entstand, in der Felia zum gusseisernen Tor starrte, das den einzigen Zugang zum Schulgelände bot. Ihr blieb nichts anderes übrig, als darauf zu hoffen, dass Livian es noch einmal durchschreiten würde, um sie zu sehen.

Wütend ballte sie die Hände zu Fäusten und spürte, wie ihre Arme zu zittern begannen. Sie war es leid immer nur zu hoffen, darauf zu vertrauen, dass sich die Dinge schon auf magische Weise für sie zum guten Wenden würden, wenn sie nur weiter tat, was man von ihr verlangte.

»Du hast gestern übrigens etwas in meiner Hütte vergessen«, fuhr der Alte fort und trat in seine Behausung. Kurze Zeit später kam er mit einem Leinenbeutel wieder heraus. »Hier, bitte sehr.«

Felia nahm ihre Habe entgegen. Es war das Buch, welches Livian ihr gestern an einem der Stände gekauft hatte. Zweifel befielen sie wie die Fliegen einen frischen Kadaver. Hatte sie wirklich vorgehabt, mit Jaques le Saque auszugehen, weil er anständig war und gut aussah? Oder weil ein Teil von ihr gehofft hatte, ihre Eltern und Fräulein Manierlich zufriedenzustellen?

Traurig kniff sie die Augen zusammen. *Nein, weil ich für einen Moment wirklich gedacht hatte, dass er mich so mag wie ich bin.*

»Möchtest du einen Tee?«, hörte sie Grünspan fragen.

Statt ihm zu antworten, wandte sie sich um und stapfte zurück in Richtung des Schulgebäudes. Auf ein weiteres aufwühlendes Gespräch mit ihm konnte sie getrost verzichten. Ihre Gefühle waren schon genug in Aufruhr.

Felias Gemüt war nicht das einzige, das derzeit köchelnd vor sich hin schmorte. Auch Akazia von Hällenkiesel hegte und pflegte einen immer größeren Groll. Nur hatte ihrer ein wesentlich klareres Ziel.

Missmutig starrte sie zu der Bauerngöre hinüber, die auf ihrem Platz ganz links am Fenster im Klassenraum hockte und den Blick nach draußen statt zur Tafel richtete. Sie hatte bereits die letzte Stunde geschwänzt und die jetzige schien sie auch nur körperlich anwesend zu sein. Ein schwacher Geist, wie der aller Farmer.

Die Tatsache, dass die anderen Mitschüler sie plötzlich so lechzend umschwirrten wie die Bittsteller ihren Vater, den Baron von Hällenkiesel, schlug Akazia schwerer auf den Magen als Nahrung aus geldbeutelschonender Produktion. Dieses Verhalten war unnatürlich.

Zum Glück schien das auch Fräulein Manierlich so zu sehen, die an einem mit stilvollem Geschirr bedeckten Lehrerpult die Etikette der djarnesischen Esskultur erläuterte.

»Felia!«, keifte sie und das Mädchen drehte schreckhaft den Kopf. »Anstatt zu träumen, solltest du meinem Unterricht lieber mehr Aufmerksamkeit widmen. Wie soll denn etwas aus dir werden, wenn du die einfachsten Dinge nicht beherrscht? Stell dir vor, du wirst zu einer djarnesischen Feier eingeladen und weißt nicht, wie du dich zu benehmen hast. Mit so einer Frau will sich kein ehrbarer Mann zeigen! Am Ende der Stunde wirst du allen in der Klasse vormachen, wie man sich bei einem djarnesischen Bankett verhält. Und wehe, ich sehe dann auch nur einen Fehler!«

Zufrieden beobachtete Akazia, wie Felia den Kopf senkte. Sie wusste, dass die Bauerngöre es nicht schaffen würde, da sie den Anfang bereits verpennt haben musste. Diebische Vorfreude erfüllte Akazia bei dem Gedanken an die bevorstehende Blamage. Sie selbst hatte die Abläufe des djarnesischen Banketts bereits im Haus ihres Vaters gelernt, da war sie erst sieben Jahre alt. Dieses Wissen war für Leute wie sie bestimmt. Dass Felia es gelehrt bekam, erfüllte Akazia nach wie vor mit brodelndem Zorn. Wo käme die Gesellschaft hin, wenn alle Bauern plötzlich reich werden wollten? Wer sollte dann die Felder bestellen und die Drecksarbeit machen?

Sie wollte sich wieder auf den Unterricht konzentrieren, als sie bemerkte wie das Mädchen auf dem Platz vor Felia – Luisa, eine hiesige Händlertochter – sich unauffällig nach hinten lehnte und der überraschten Felia einen Zettel zusteckte.

Sofort schoss Akazias Hand in die Höhe.

Fräulein Manierlich unterbrach ihre Erklärung. »Was gibt es, Akazia?«, fragte sie sanft.

»Luisa hat Felia einen Zettel zugeschoben!«, rief sie empört.

Der Blick der Internatsleiterin schwang bedrohlich zu dem ertappten Mädchen. »Luisa, teilst du uns bitte mit, was für eine Nachricht du an Felia geschrieben hast?«

Luisa antwortete nicht, sondern starrte die Lehrerin nur aus schreckgeweiteten Augen an.

»Justus, bring den Zettel nach vorne.«

Der Junge, der am Tisch neben Felia saß, erhob sich von seinem Platz. Schüchtern ging er zu Felia und hielt die Hand auf. Sie zögerte kurz, gab ihm den Zettel aber schließlich. Dann schritt er zwischen den Tischen nach vorne.

»Gut gemacht«, lobte die Lehrerin und nahm das Papier entgegen. »Jetzt setz dich wieder.«

Kurz überflog sie die Nachricht, bevor ihr stechender Blick sich erneut auf Luisa richtete. »So, so, kleine Hinweise über die djarnesische Esskultur. Was habe ich euch über Hilfe im Unterricht erzählt?«

»Felia hat keine Chance, alles am Ende richtig zu machen«, platzte es aus Luisa heraus, »sie hört alles sicherlich zum ersten Mal und ...«

»Es ist ihre eigene Schuld, nicht von Anfang an aufgepasst zu haben!«, donnerte Fräulein Manierlich erbost. »Wenn du ihr die Antworten vorsagst, wie soll ich dann ihre Leistung beurteilen? Wie soll ich prüfen können, ob sie zu einer ehrbaren Frau wird, die ich guten Gewissens auf euren Abschlussball lassen darf?«

»Aber ...«

»Nichts aber!«, unterbrach Fräulein Manierlich den Einwand sofort. »Ihr müsst diese Dinge beherrschen. Wenn Felia das nicht aus eigener Kraft kann, hat sie den gesellschaftlichen Aufstieg nicht verdient. Wenn sie wirklich bei einem djarnesischen Bankett eingeladen ist, kann sie nicht alles unter dem Tisch von einem Zettel ablesen. Das wäre unauthentisch.«

Akazia bemerkte, wie Felia bei diesen Worten zusammenzuckte, als hätte man sie geschlagen. Gut so! Zeit, noch etwas Salz nachzustreuen.

»*Sofern* Felia jemals zu einem solchem Anlass eingeladen wird«, fügte sie hinzu und lächelte breit. Auffordernd blickte sie sich um und bemerkte zufrieden, wie ihre Freundinnen zu kichern begannen.

»Felia war auf dem Schlittenball«, warf ein Junge in den Raum. »Sie war auf der eloquentesten Feier der ganzen Stadt!«

Das Kichern verstummte und alle Blicke richteten sich auf Felia, die sichtlich in ihrem Sitz zu schrumpfen begann.

»Wie bitte?«, fragte Fräulein Manierlich und ließ die Hand mit dem Zettel sinken.

»Ja«, sagte Luisa ermutigt. »Sie hat mit dem Jaguar getanzt. Er war heute Morgen hier, um ihr ein Geschenk zu geben!«

»Das stimmt«, bestätigte ein anderes Mädchen aus der hinteren Reihe. »Auch wenn ich selbst Fahrer wie Den Maskierten oder Le Chevalier Blanc bevorzugen würde ... Sie geht mit einem Rennfahrer aus!«

»Viktor aus der Abschlussklasse hat behauptet, er habe sie mit Jaques le Saque gestern Nacht vor dem Tor gesehen«, fügte ein Junge hinzu.

Akazia hörte, wie ihre Freundin am Tisch vor ihr mit einem begeisterten Quieken die Luft einzog.

»Rennfahrer!«, spie Fräulein Manierlich verächtlich, um wieder Ruhe in die aufgewühlte Klasse zu bekommen. »Rennfahrer sind arme Schlucker, die keine andere Wahl haben, als ihr Leben aufs

Spiel zu setzen. Sie sind kein guter Umgang. Als ob sie euch eine gesicherte Zukunft bieten könnten! Auch der Umstand, dass sie einmal im Jahr zu einem Tanzball eingeladen werden, ändert daran nichts. Ihr mögt es vielleicht jetzt großartig finden – diesen Gedanken, etwas von ihrem Ruhm abzukratzen und euch auf einer Feier mit ihnen ins Rampenlicht zu stellen –, aber eines Tages ... eines Tages geraten sie auf der Strecke in einen Unfall und kommen nie wieder zurück!« Fräulein Manierlichs Hand zitterte.

»Aber es ist *der* Tanzball!«, rief das gleiche Mädchen wie zuvor. »Und Jaques le Saque ist kein armer Schlucker, sondern der Sohn des djarnesischen Exporteurs Fraques le Sa...«

»Genug!«, donnerte die Lehrerin und schlug mit der Faust so stark auf ihr Pult, dass das Porzellan zitternd zurückwich. Mit einem lauten Klirren zerbrach eine der Tassen auf dem Fußboden. »Es reicht! Diese Diskussion ist beendet. Ihr sollt etwas lernen und nicht diese Rennfahrer auf den Altar des Teldun erheben. Und wer noch ein Wort dazu sagt, darf die nächste Woche – ach was sag ich, den nächsten Monat! – das Klosett reinigen!«

Wütend ließ sie ihren Blick über die Klasse schweifen. Die Drohung in Kombination mit der Aura, die von ihr aus durch den Raum drang und jedem Aufständigen eine Klinge aus Furcht an die Kehle zu drücken schien, unterdrückte jedweden Protest. Mut erlosch und Blicke senkten sich.

Ein Klopfen an der Tür ertönte und beendete den Moment.

»Ja, bitte«, erhob die Lehrerin ihre Stimme, ohne jedoch den Blick von ihren Schülern zu wenden.

Die Tür öffnete sich und ein gleißender Lichtstrahl drang von außen in den Klassenraum. Akazias Herz machte einen Hüpfer, als sie ihren Prinzen erkannte, der erhobenen Hauptes eintrat. Auch der Rest der Klasse, einschließlich der Lehrerin, sah gebannt zu der engelsgleichen Gestalt, die leichtfüßig nach vorne schwebte. Vereinzelt hörte Akazia leise das Wort »Elb« durch die Klasse wandern.

»Lord Erendar«, fand Fräulein Manierlich ihre Stimme wieder. »Welch unerwartete Ehre. Meine Bürozeiten sind nachmittags um ...« Sie schluckte kurz, als sie ihre unangebrachten Worte realisierte. »Ich meine, was kann ich für Sie tun?«

Er hat sein Versprechen gehalten und ist schon heute gekommen, schwelgte Akazia in ihren Gedanken. *Er konnte es nicht abwarten, mich wiederzusehen. Die ganze Klasse wird es sehen! Morgen redet niemand mehr über diese Bauernbrut und ihren Renn...*

»Ich möchte zu Felia!«

Augenblicklich lag alle Aufmerksamkeit erneut auf diesem Mädchen. Mit offenen Mündern starrten die Jugendlichen sie an, als hätte der Regent persönlich um ihre Hand angehalten.

»Z-zu mir?«, stotterte sie und zeigte mit dem Finger auf sich.

Vaunír nickte. »Ich möchte Sie bitten, mich auf einen kleinen Spaziergang zu begleiten.«

»Aber das Mädchen hat gerade wichtigen Unterricht«, warf Fräulein Manierlich ein. »Sie können doch nicht jetzt ...«

Der Kopf des Elben drehte sich zu der Lehrerin herum und seine Augen verengten sich zu Schlitzen. »Das war keine Bitte an Sie, sondern an Fräulein Felia.«

Die Leiterin des Internats öffnete den Mund, dann schloss sie ihn wieder, nur um ihn abermals zu öffnen. Sie wirkte wie einer der Fische, die im Aquarium des schwalbenkackschen Kunstmuseums auf der Suche nach Futter umherschwammen.

»Also, was sagen Sie?« Einladend streckte Lord Erendar seine Hand aus.

Felia zögerte kurz, dann sprang sie von ihrem Sitz auf und lief eilig zu ihm.

Akazia wollte protestieren. Wollte sich erheben und ihren Prinzen auf sich aufmerksam machen. Aber der Schock leimte sie fest an die Sitzfläche ihres Stuhls. Das Gefühl der Enttäuschung machte sich in ihr breit. Sie fühlte sich verraten. Verraten, verarscht, vergessen.

Wie um alles in der Welt hatte ein Bauernmädchen ihr den Prinzen wegschnappen können? Wie war so etwas nur möglich?

Machtlos musste sie zusehen, wie Felia Vaunírs Hand ergriff und die beiden ohne ein weiteres Wort nach draußen gingen. Mit einem leisen Klacken schloss sich die Tür hinter ihnen.

Im Klassenraum brach die Hölle los.

Die Warnung, nicht mit Fremden mitzugehen, wurde vermutlich jedem Kind zu einem möglichst frühen Zeitpunkt im Leben mitgegeben. Egal, ob es nun aus einer Handwerkerfamilie oder einem angesehenen Adelsgeschlecht stammte. Auch die Schüler an *Fräulein Dorothea Manierlichs arriviertem und der Bildung dediziertem Elite-Internat für eloquente und distinguierte Heranwachsende aus renommierten Familien mit adäquatem oder kulturträchtigem Hintergrund* bekamen diese Warnung von Zeit zu Zeit in Erinnerung gerufen. Gerade in einer Stadt wie Schwalbenkack kam es immer mal wieder zu Angriffen auf unvorsichtige Kinder – besonders, wenn sich der Täter ein hohes Lösegeld versprach. Laut Vaunírs ausgedehnten Studien der hiesigen Klatschpresse, dem Schwalbenkurier, geschah dies aber höchstens zwei bis dreimal in einer Generation.

Vaunír verwunderte es nicht, dass das Mädchen, das nun an seiner Seite durch die breiten Straßen des Villenviertels schlenderte, dennoch seiner Einladung gefolgt war. Elben galten unter den Menschen als vertrauenswürdig und edel. Sie kannten keine Kriminalität oder bösen Absichten.

Er schnaubte bei diesem Gedanken. Als ob das Volk der Elben so unwissend wäre, derlei Dinge nicht zu kennen.

Das Mädchen namens Felia warf ihm einen unsicheren Seitenblick zu. Seit sie den Klassenraum verlassen hatten, hatten sie kein Wort miteinander gewechselt. Was nicht bedeutete, dass Vaunír nicht bereits fleißig Informationen über sie sammelte.

Durch ihre Haltung und die Art, wie sie mit dem andauernden Schweigen umging, bekam er eine gute Einschätzung ihres Charakters. Allein seine Präsenz reichte aus, um sie wie ein verschrecktes Tier an Ort und Stelle zu halten. Menschen waren alle so jämm...

»Also«, sagte sie zögerlich. »Vielen Dank, dass Sie mich da rausgeholt haben. Sie können sich nicht vorstellen, wie unangenehm das gerade war. Äh, also ich will nicht sagen, dass Sie keine Vorstellungskraft besitzen, ich ...« Ein roter Schimmer trat verräterisch auf ihre Wangen. »Ich frage mich nur ... was wollen Sie von mir? Ich kenne Sie nicht. Und Fräulein Manierlich nannte Sie einen Lord ... undbeiteldunichhabdasknicksenvergessen.« Verschämt brach sie ab.

Oooh?, dachte Vaunír und sein linker Mundwinkel zog sich belustigt in die Höhe. *Sie ist also doch kein gänzlich verschrecktes Tier.*

»Mein Name ist Vaunír Erendar«, stellte er sich vor. »Ich wollte eigentlich nicht zu Ihnen, sondern zu jemanden, den Sie sehr gut kennen. Sein Name ist Livian.« Aufmerksam beobachtete er jede noch so kleine Regung in ihrem Gesicht, als er den Namen des Jungen erwähnte.

»Wenn Ihr Livian sucht«, sagte sie leise und wechselte dabei in die korrekte Anredeform für einen Adeligen, »kann ich Euch nicht weiterhelfen. Ich habe vorhin erfahren, dass er aus dem Dienst des Gärtners entlassen wurde. Ich weiß nicht, wo er sich aufhält. Er ist ohne ein Wort gegangen.« Niedergeschlagen ließ sie den Kopf hängen.

Vaunír zog die Stirn kraus. Das wäre ja auch zu einfach gewesen.

Hufgetrappel holperte über das Pflaster, als eine schwarze Kutsche an ihnen vorbeizog.

»Wie wäre es, wenn wir ihn gemeinsam suchen?«

Sie hob den Blick und Hoffnung strahlte aus ihren Augen. »Das würde ich sehr gern! Aber ...« Das Leuchten erlosch. »Ich werde wohl kaum die Zeit dafür haben.« Abermals veränderte sich ihr Blick. »Was wollt Ihr eigentlich von Livian? Er ist doch nur ein einfacher Gärtnerlehrling.«

Sind das etwa Zweifel? Vaunír kam nicht umhin, sich eine kleine Faszination für diese Menschenfrau einzugestehen. Anders als die Baroness ließ Felia sich nicht von Fassaden aus Glanz und Schönheit blenden, sondern versuchte einen Blick auf die Backsteine dahinter zu werfen.

»Er ist *kein* einfacher Gärtnerlehrling«, betonte Vaunír wahrheitsgemäß, bevor er in eine dreiste Lüge umschwang, »sondern ein Halbelb, der von Zuhause weggelaufen ist. Der Sohn meines Bruders, um genau zu sein.«

»Ein Halbelb?«, rief Felia aus. »Nein, das ist ...«

»... absurd?«, fiel Vaunír ihr ins Wort. »Unmöglich? Lächerlich? Sagen Sie, ist Ihnen der Junge nicht ... etwas merkwürdig vorgekommen? Als passe er nicht hierher? Als hätte er Probleme mit menschlichen Gefühlsregungen – zum Beispiel mit Humor?«

Fragend bohrte er seinen Blick in ihre Augen. Es war durchaus ein Wagnis zu versuchen, den Charakter des Jungen einzuschätzen, aber wenn man bedachte, welche Auswirkung kerdanisches Pergament in Menschenhänden hatte, bestand eine gute Chance, dass er richtig lag. Die Zerrissenheit in ihrer Miene bestätigte seine Vermutung auf der Stelle.

»Junge Elben sind gänzlich frei von Emotionen. Sie treten erst in einem späteren Lebensabschnitt auf. Die menschliche Hälfte braucht diese Emotionen jedoch und so ist das Heranwachsen für Halbelben besonders schwierig. Insbesondere Wut kann zu ... sehr übertriebenen Ausbrüchen führen. Livian ist weggelaufen, um seine menschliche Hälfte besser kennenzulernen – ohne das Geringste über Menschen zu wissen. Ich möchte ihn zurückholen, bevor er ... möglicherweise unbeabsichtigt Verbrechen begeht.«

Vergnüglich beobachtete er das Spiel verschiedener Regungen in dem Gesicht des Menschenmädchens. Er wusste, dass er gewonnen hatte. Mit ihrer Hilfe würde es ein Leichtes sein, den Jungen in der Stadt aufzuspüren.

»Ihr wollt ihn also mitnehmen ...«, murmelte Felia.

Ach ja, ich vergaß die emotionale Bindung, die sie zu ihm hat.

»Es ist zu seinem Besten«, erklärte Vaunír. »Natürlich muss das kein Abschied für Sie sein. Es wäre unklug, ihn von einer liebenden Freundin oder gar Partnerin wegreißen zu wollen.«

Die Röte in ihrem Gesicht war unmissverständlich zu deuten.

»Aber wenn Ihr ein Lord seid und Livian der Sohn Eures Bruders ist, dann ist auch er ...«

»Elben sind *alle* Lords«, betonte Vaunír arrogant. »Klassensysteme wie das Ihre sind unpassend für uns, denn jeder Elb ist voll und ganz *erhaben!* Deswegen spräche auch nichts gegen eine Verbindung mit Ihnen. Livian hat schließlich auch eine menschliche Mutter.«

»I-ihr m-meint ...«, stammelte Felia, brach dann aber ab.

Zufrieden ließ Vaunír den Blick über die Straße schweifen, als sie gemeinsam um die Kurve bogen. Das sollte es gewesen sein. Eine weitere Kutsche näherte sich von vorne. Vaunír hob die Hand. Der Kutscher bemerkte das Signal und fuhr zu ihnen an den Straßenrand. Galant öffnete Vaunír die Tür und trat zur Seite, um Felia den Vortritt zu gewähren.

»Wenn Sie bereit sind, können wir sofort mit der Suche beginnen. Je eher wir Livian finden, desto besser.«

Stocksteif blieb Felia stehen und blickte ins Innere der Kutsche, machte aber keine Anstalten einzusteigen.

»Warum zögern Sie?«, fragte Vaunír mit einem Anflug von Ungeduld in der Stimme.

Felia zitterte. »Was ...was ist, wenn Livian das gar nicht will?«

Verärgert zog Vaunír die Augenbrauen zusammen. Seine Faszination über ihr unplanmäßiges Verhalten kippte langsam aber sicher in Unmut um. Konnte sie sich nicht endlich manipulieren lassen wie andere Menschen auch?

»Wie gesagt, es ist zu seinem Besten«, brachte er knirschend hervor. »Wir sind seine Familie und wir wissen ...«

»Und was wenn nicht?«, rief sie nun aufgebracht. »Was, wenn Ihr das nicht wisst? Selbst wenn Ihr seine Familie seid, selbst wenn Ihr das Beste für ihn wollt ... Könnt Ihr wirklich sicher sein, dass es ihm guttut? Wisst Ihr, wie es ihm damit geht? Wie es für ihn ist, mit der Entscheidung zu leben, die *Ihr* getroffen habt? Weil Ihr dachtet, dass es *gut für ihn* sei?«

Vaunír antwortete nicht. Gegen die menschliche Wut zu argumentieren, hatte noch nie nutzbare Früchte hervorgebracht. Einen Moment lang spielte er mit dem Gedanken, sie geradewegs am Handgelenk zu packen und in die Kutsche zu zerren, verwarf ihn jedoch wieder. Einen Attentäter auf einen Straßenjungen zu hetzen, den niemand vermissen würde, war eine Sache, die Tochter einer womöglich reichen und angesehenen Familie dieser Stadt zu entführen, eine andere. Dabei würde ihm auch der Ruf der Elben nicht weiterhelfen.

»Ich ... ich werde jetzt besser gehen«, sagte Felia und machte einen Schritt zurück. »Danke für den Spaziergang.« Sie knickste einmal kurz, dann wandte sie sich ab und lief den Weg zurück, den sie gekommen waren.

»Wenn ich Livian vor Ihnen finde«, rief er ihr hinterher, »dann sehen Sie ihn nie wieder. Überlegen Sie sich Ihre Antwort also gut.«

Sie stockte.

Vaunír nickte zufrieden. Die gute alte Drohung. Immer noch das beste Mittel um ...

Felia rannte los. Innerhalb weniger Sekunden war sie um die Straßenecke verschwunden und ließ Vaunír allein vor der Kutsche stehen. Perplex starrte er ihr hinterher. Was für ein aufmüpfiges Gör!

»Wollen Sie nun einsteigen oder nicht?«, hörte er die Stimme des Kutschers brummen.

Wortlos schmetterte er die Tür des Gefährts zu und stampfte in die entgegengesetzte Richtung davon, den aufgebrachten Protest des Mannes ignorierend. Ihm blieb wohl nichts anderes übrig, als sich einen hohen Turm zu suchen und die Straßen rund um die Uhr zu beobachten. Irgendwann würde Livian sich zeigen müssen!

Bereits das zweite Mal innerhalb weniger Tage stand Felia vor dem breiten Schreibtisch in Fräulein Manierlichs Büro und erwartete das Schlimmste. Sie hielt es für möglich, direkt zurück in die Küche geschickt zu werden. So sehr sie es der Köchin gönnte, in einem Vorratsschrank gesperrt worden zu sein – dieser Umstand würde sich nur positiv auf ihre Großzügigkeit in Hinblick auf erzieherische Maßnahmen auswirken. Sie wusste mit Sicherheit über Felias Verbindung zu Livian Bescheid und ihre Wut auf den Jungen würde sie bestimmt an ihr auslassen. Daran bestand für Felia kein Zweifel.

Während diese Bilder ihre Gedanken verdunkelten, beobachtete Fräulein Manierlich sie von ihrem Platz vor dem großen Fenster. Im Halbsekundentakt tippten ihre Fingerspitzen aneinander als müsste sie sich noch zwischen all den drakonischen Strafen entscheiden, die ihr zur Auswahl standen.

»Felia, Felia, Felia«, durchbrach sie endlich die drückende Stille. »Meine liebe Felia. Was mache ich nur mit dir?« Sie legte ihre Hände in den Schoß und lehnte sich in ihrem Stuhl zurück. »Seit ich diese Schule leite, ist mir noch kein Kind untergekommen, das die Abläufe so durcheinanderbringt wie du. Du scheinst eine wirklich hohe Meinung von dir zu haben, wenn du glaubst, dich einfach über die geltenden Regeln und deine Strafen hinwegsetzen zu können. Du hast deinen Küchendienst ignoriert, hast das Gelände wider der Anweisung der Köchin verlassen und bist bis spät in die Nacht alleine weggeblieben.«

»Ich war nicht alleine«, unternahm Felia den Versuch der Richtigstellung. »Ich wurde zum Schlittenball eingeladen. Ich war die ganze Zeit über in Begleitung.«

Fräulein Manierlichs Lippen formten einen schmalen Strich. Sie erinnerte Felia mehr und mehr an eine der Unken, die man zuhause in der Nähe des Sees manchmal im Gras finden konnte. »In Begleitung, so, so«, sagte sie. »Mit diesem Rennfahrer. Dem Jaguar, richtig? Und abermals ohne Anstandsdame, habe ich recht?«

»Die Einladung gilt nur für zwei Personen«, rechtfertigte sich Felia. »Es ist unmöglich, eine Anstandsdame mitzunehmen. Außerdem sind auf dem Ball genügend Menschen.«

»Auf dem Ball schon, aber auch auf dem Weg dorthin?«

Felia schwieg. Fräulein Manierlich und ihre Anstandsdame. Angeblich sollte sie die Sicherheit der Mädchen im Internat sicherstellen und Unsittlichkeiten zwischen Mann und Frau verhindern. So wie Fräulein Manierlich sich aufführte, traten Unsittlichkeiten ohne Anstandsdame so sicher ein wie Kariesbefall ohne Zähneputzen. Was ein Blödsinn. Zuhause in Goldfeld war Felia auch alleine mit ihren Freunden durch die Wiesen gestreift und es war nie etwas passiert. In Wirklichkeit wollte Fräulein Manierlich nur jemanden in ihrer Nähe haben, der sie wieder wegen irgendwas verpfeifen konnte. Es reichte ihr wohl nicht, dass Akazia sie verpetzte, wenn Felia den Hauskater gestreichelt hatte, oder wenn sie vergaß, sich am Eingang die Schuhe abzutreten. Felia schwor sich, Fräulein Manierlich nie zu erzählen, wie oft sie schon Lyell allein in seiner Werkstatt besucht hatte.

»Ich bin nicht mit dem Jaguar zum Ball gegangen«, sagte Felia, um der Frage auszuweichen. »Es war Lyell, der ...«

»*Ly Elliot Krust!?*«, echote Fräulein Manierlich und sprang von ihrem Stuhl auf. »Schon wieder? Ich dachte, du hättest deine Lektion in dieser Sache gelernt, Kind! Er wird dich nicht heiraten. Das wird nie geschehen! Egal wie oft du tust, was er verlangt. Zumal er bereits der entzückenden Fräulein Handlung versprochen ist, wie ich kürzlich hörte.«

Felia stutzte. Gab es diesen Ly Elliot Krust etwa wirklich? Sie dachte, das hätte er sich spontan aus den Fingern gesogen, um ins Internat marschieren und sie sehen zu können. Aber wenn es stimmte, dann ... Lyell war doch nicht etwa ...? Nein, auf keinen Fall! Er musste diesem Krust-Typen nur unglaublich ähnlich sehen. Es war ausgeschlossen, dass Lyell zu einer der adeligen Familien dieser Stadt gehörte.

»Und als ob das alles nicht bereits genug wäre«, schimpfte die Internatsleiterin weiter, »springt deine rebellische Natur jetzt auch noch auf deine lieben Mitschüler über. Dieser ... dieser *Schlittenball* erfreut sich unter jungen Leuten einer größeren Beliebtheit als ihm gebührt. Diese *Rennfahrer* sind ein schlechter Einfluss. Sie haben weder Geld, noch Anstand! Keine gute Partie für Menschen mit Klasse, die deine Mitschüler sind. Und jetzt kommst du mit so einem ... so einem *Vandalen* daher und sie behandeln dich wie eine vornehme Lady.«

Langsam sickerte die Erkenntnis in Felias Bewusstsein. Grünspan hatte Recht gehabt! »Soll aus mir denn keine Lady werden?«, fragte sie leise.

»Aber natürlich soll es das«, eiferte sich Fräulein Manierlich weiter in ihrer Wut, »aber auf die richtige Art und Weise. Ein Rennfahrer als Verehrer macht aus dir keine Lady. Dazu braucht es Bildung, Manieren und den richtigen Ehegatten.«

»Das ist doch gar nicht wahr!«, fauchte Felia am Rand der Tränen.

»Dazu braucht es nur eines, und zwar Abstammung! Ich kann noch so viel über djarnesische Tischmanieren und die Geschichte der

Stadt lernen, am Ende wird man mir trotzdem sagen, ich solle nicht vorgeben, etwas Besseres zu sein. Ich hatte nie eine Chance und das wissen Sie auch, denn ich bin ja nur Ihr *Bauernopfer!* Mein einziger Zweck ist es, die anderen motiviert und von Ihren Doktrinen überzeugt zu halten!«

Fräulein Manierlich verstummte und Felia erschrak über ihre eigenen Worte. *Das habe ich nicht wirklich gesagt, oder? Dafür wird sie mich mindestens einen Monat in der Küche arbeiten lassen.*

»Das ist ein ungeheuerlicher Vorwurf, den du dir herausnimmst, Kind!«, erwiderte Fräulein Manierlich mit einem Tonfall, der eine Meute tollwütiger Pitbulls in die Flucht geschlagen hätte. »Deine Eltern bezahlen eine Menge Geld, damit du Manieren gelehrt bekommst, aber du widersetzt dich mit all deiner Kraft.«

»Meine Eltern bezahlen Sie, damit Sie mir ein besseres Leben ermö...«

»Schweig endlich!« Krachend schlug ihre fleischige Faust auf den Tisch, wodurch das Tintenfass und ein kleiner Bilderrahmen wenige Millimeter in die Luft hüpften. »Ein besseres Leben? Natürlich bekommst du ein besseres Leben. Alles ist besser, als von morgens bis spät in die Nacht hinein auf einen Bauernhof zu schuften und mit dem armseligen Lohn kaum seine Familie ernähren zu können. Du dummes Gör solltest dankbar sein, dass dir dieses Schicksal erspart bleibt. Die meisten Menschen deines Standes würden alles aufgeben, um mit dir tauschen zu dürfen.«

Tränen traten Felia in die Augen, doch diesmal wandte sie den Blick nicht ab, sondern hielt das Kinn erhoben, wie die Helden aus den alten Sagen. Sie hatte immer gewusst, dass die Internatsleiterin so dachte. Die Worte ausgesprochen zu hören, tat dennoch weh. Sie konnte Fräulein Manierlich nicht zufriedenstellen, sie ließ es gar nicht zu! *Es ist völlig egal, was ich tue!*

Aber Fräulein Manierlich war noch nicht fertig. »Doch stattdessen verlässt du ohne eine Gruppe oder Aufsichtsperson das Schulgelände und bleibst lange nach Mitternacht weg, Das ist kein ehrbares Verhalten für eine junge Dame. Diese Regeln existieren aus gutem Grund! Nämlich um dich zu schützen.«

»Mich zu schützen?« Felia ballte die Hände zu Fäusten. »Ich müsste nicht weglaufen, wenn Sie mir nicht die eine Sache verbieten würden, die mir den Aufenthalt hier irgendwie erträglich macht. Das Leben hier ist ein einziger Albtraum für mich! Ich habe keine Freunde. Keiner will was mit mir zu tun haben, weil sie sonst auch zu Akazias Zielscheibe werden. Ich gehöre nicht dazu! Lieber hacken sie auf mir herum – Sie eingeschlossen. Und dafür soll ich Ihnen auch noch dankbar sein!?«

Während sie sprach war Fräulein Manierlichs Kopf dunkelrot angelaufen. »Du solltest dankbar sein, nicht dazuzugehören«, zischten die Worte nur mühsam beherrscht aus der Internatsleiterin hervor. »Hast du es denn noch immer nicht begriffen? Du willst nicht, dass der Adel seine Aufmerksamkeit auf dich richtet. Du siehst doch, was sie in Wirklichkeit sind: Herrische Narzissten, die mit den Menschen umgehen, als seien sie ersetzbare Spielzeuge. Akazia von Hällenkiesel, Lorenz Rettlinger, Ly Elliott Krust …« Kraftlos sackte Fräulein Manierlich auf ihrem Stuhl zusammen wie ein geschmolzener Wackelpudding. »Ja, Krust ist einer der schlimmsten. Du hast es doch erlebt. Er konnte einfach nach dir verlangen, wie es ihm passte. Ich habe auf eine Anstandsdame bestanden. Ich habe versucht, einzugreifen, aber …« Sie brach ab. Ihre vorher noch laute Stimme war zu einem Flüstern verdorrt. Plötzlich wirkte die bullige Frau schwach und erschöpft, als habe sie nächtelang nicht geschlafen.

Für einen Augenblick verschlug es Felia die Sprache. Das war neu. Sonst lobte Fräulein Manierlich die Reichen und Schönen in höchsten Tönen. Sie verstand die Welt nicht mehr. »Wenn Sie das wirklich so sehen, wieso ermutigen Sie mich und die anderen dann, in die adeligen Kreise einzuheiraten?«

Sofort fand Fräulein Manierlich in ihre Haltung und ihre Wut zurück. »Halt endlich die Klappe! Wir alle haben unsere Verpflichtungen. Ich muss mich nicht vor dir rechtfertigen. Wer sich nicht benehmen kann, wird bestraft. So einfach ist das. Das solltest auch du verstehen können!«

»Bestraft«, wiederholte Felia, bemüht, das Zittern in ihrer Stimme zu unterdrücken. »Was wollen Sie jetzt tun? Wollen Sie mich rauswerfen?«

Die Lehrerin gab ein unzufriedenes Brummen von sich. »Am liebsten würde ich das, ja. Aber ich wäre eine schlechte Lehrerin, würde ich so agieren. Deshalb will ich dir noch eine Chance geben.« Sie erhob sich von ihrem Platz und sah auf Felia hinab. »Du wirst deine Mitschüler morgen über alles aufklären. Du wirst ihnen sagen, dass Lord Erendar dich zwecks einer Befragung aufgesucht hat, weil du mit diesem Gärtnerjungen, diesem kriminellen Subjekt, befreundet bist. Auch wirst du ihnen sagen, dass du nie wirklich beim Schlittenball warst und dir irgendeinen Vorwand suchen, wie du diesen Rennfahrer dazu gebracht hast, dich an der Schule zu besuchen, um damit dein Ansehen fälschlich aufzubessern. Wenn du das machst, dann sehe ich von jeglicher Strafe ab. Das ist doch großzügig, findest du nicht?« Ihre Lippen formten ein gönnerhaftes Lächeln, bei dem Felia die Galle hochkam.

»Ich soll *lügen?*«, fragte sie ehrlich überrascht. »Ich *war* auf dem Schlittenball! Darüber hinaus wollte ich weder, dass der Jaguar, noch dieser Lord Erendar, den ich nie zuvor im Leben gesehen habe, hierherkommen. Das ...«

»Du *wirst* das tun!«, versauerte jede Süße in Fräulein Manierlichs Stimme. »Glaub mir, das ist das Beste für dich!«"

Felia spürte, wie sich ihre Hände zu Fäusten ballten. *Das Beste für mich!*, echoten ihr die Worte durch den Kopf. *Als ob du wüsstest, was das Beste für mich ist! Als ob* irgendjemand *das wüsste!* Sie hatte dieses Internat so satt. Diese Mitschüler, die alle nur auf den Status sahen und ihre Flagge in den Wind hielten. Fräulein Manierlichs Doppelmoral, die einerseits Lügen als tugendloses Verhalten deklarierte, es andererseits hinter geschlossenen Türen von ihr verlangte, um die Ordnung in ihrer Schule wiederherzustellen.

Felia fletschte die Zähne. »Das werde ich nicht tun.«

Ungläubig starrte die Internatsleiterin zurück. »Wie war das?«, fragte sie. »Hast du immer noch nicht begriffen, welch einmalige Chance du hast!? All den Mädchen und Jungen deines Standes, die diese Schule besucht haben, geht es heute ausgezeichnet! Frau Garzart hat sogar eine leitende Stelle in …«

»Frau Garzart geht es nicht ausgezeichnet«, fiel Felia der Lehrerin ins Wort. »Sie ist ein herzloses Miststück, das ihren Frust an Schwächeren auslässt; das Miststück, zu dem Sie sie erzogen haben! Also versuchen Sie mir nicht, ihre Bildung als Geschenk zu verkaufen. Sie haben weder ihr noch mir irgendetwas Gutes getan. Sie sind nur zu feige und rückratslos, um der Tochter irgendeines Reichen Barons zu sagen, dass sie eine herrische Narzisstin ist.«

Fräulein Manierlich fiel die Kinnlade nach unten. »Das ist … was für eine unerhörte Frechheit! Willst du, dass ich dich rauswerfe?«

»Das brauchen Sie nicht.« Felia reckte das Kinn noch ein wenig höher. »Ich gehe freiwillig! Und wenn *Sie* auch nur über einen Bruchteil des Anstands verfügen, den Sie im Klassenraum immer so hochhalten, dann senden Sie meinen Eltern jeden einzelnen Guani zurück, den Sie von ihnen genommen haben!«

Ohne auf eine Antwort zu warten, machte Felia auf dem Absatz kehrt.

»Halt!«, schrie Fräulein Manierlich hinter ihr, aber Felia dachte nicht daran, sich nochmal umzudrehen. Mit aller Kraft stieß sie die Tür auf und rannte auf den Flur hinaus. Sie sah ein paar Mitschüler aus ihrer Klasse erschrocken zurückweichen, die vermutlich unauffällig gelauscht hatten.

Sie kümmerte sich nicht darum, sondern hielt auf schnellstem Wege auf den Schlafsaal zu, um ihre wenigen Sachen zu holen und sich dann für immer aus dem Staub zu machen.

Sie wollte dieses Internat mit all seinen Bewohnern nie wieder sehen!

In jeder Schenke gab es diesen einen Gast, der den ganzen Abend einsam am Tresen hockte, ein Bier nach dem anderen bestellte und sich so lange volllaufen ließ, bis er seine Sorgen wenigstens für diesen einen Tag vergaß. Nullschenk war sehr stolz darauf, dass seine Gaststätte *Des Wanderers Rastplatz* diesen Standard erfüllen konnte. Weniger stolz machte ihn die Tatsache, dass dieser spezielle Gast heute aus einem Knaben bestand, der kaum als Mann durchgehen konnte.

Seiner Erfahrung nach gab es nur Probleme, wenn man Jugendliche mit Alkohol bewirtete. Normalerweise hätte er die Bedienung verweigert und den Jungen hinausgeworfen, doch ein Funkeln in den Augen des Burschen hatte es ihn sich anders überlegen lassen.

Misstrauisch beäugte er den Gast und versuchte sich einzureden, dass es keine Angst war, die ihn dazu anhielt, dem Knaben weiterhin auszuschenken. Schließlich war Nullschenk einer der kräftigsten Männer der Stadt und in der Lage, Streithähne eigenständig und ohne die Hilfe einer Waffe auf die Schwelle seines Gasthauses zu verbannen. Er konnte also unmöglich von einem halben Kind eingeschüchtert sein, dessen Oberarme eher auf die Beschäftigung eines Archivars oder Sekretärs hindeuteten.

Entschlossen schob Nullschenk sein Kinn nach vorne und die Schultern zurück und trat an den Jungen heran. Entspannt wollte er sich mit einem Arm auf die Theke lehnen, doch seine Muskeln blieben vollkommen steif.

Der Junge drehte den Kopf und maß Nullschenk mit einem derart finsteren Blick, dass sich dem Wirt die Nackenhaare aufstellten.

Ganz ruhig, das ist nur ein halbes Kind, dachte Nullschenk. *Sorg einfach dafür, dass er glücklich ist. Das ist deine Aufgabe als Wirt. Die Gäste bedienen und sie glücklich machen. Und wenn sie nicht glücklich sind, fragst du sie nach ihren Sorgen und gibst ihnen einen gut gemeinten Rat oder lässt sie sich betrinken, bis sie umkippen. Da habt ihr beide etwas von. Sei einfach freundlich und frag, was ihn belastet.*

Nullschenk öffnete den Mund: »Was hast du verbrochen?« Er fletschte die Zähne. Eigentlich hatte es ein Lächeln werden sollen.

»Ich habe eine Regel missachtet, von der ich nichts wusste und dadurch meine Lehrstelle verloren.«

Der Wirt nickte verstehend. Ja, das war schlimm. Eigentlich kam jetzt der Teil, in dem er Verständnis zeigte und den Gast aufmerksam zuhörte, bis er seine ganze Lebensgeschichte geschildert hatte. Nullschenk hielt es allerdings für angebracht, dem Jungen diesen Teil zu ersparen und sofort zum letzten Schritt zu springen. »Wenn ich dir einen weisen Rat geben darf«, Nullschenks Muskeln kamen der Aufforderung nicht nach, sich verschwörerisch nach vorne zu beugen, »verlass die Stadt. Für einen jungen Mann wie dich, gibt es hier keine Zukunft. Das Leben wird immer schwerer. Letztes Jahr die Abschaffung des Sonderkleckses, gestern während des Rennens eine klammheimliche Erhöhung der Steuern. Der alte Zirkus will uns melken wie eine Milchkuh! Und macht er im Gegenzug die Stadt sicher? Nein! Erst vorgestern wurde mein Kumpel Brandon auf offener Straße überfallen. Und zwar hier, im Stadtkern! Das Gesocks aus Möwenschiss wird immer dreister, aber die Wache tut nichts dagegen. Brandon hat's auch so schwer genug. Er musste sein Weingut an Lord Rettlinger verkaufen, weil er es wegen der Keltersteuer nicht mehr halten konnte. Das heißt, ab sofort keine neuen Flaschen der ›Schwalbentraube‹ mehr in meinem Regal. Dieses Aufkaufen der kleinen Betriebe zerstört die Vielfalt auf dem Markt. Ich habe erst neulich gehört, dass Arwenius Habkies jetzt auch ins Gastronomiegeschäft einsteigen will. Das sind schlechte Neuigkeiten. Wenn er es genauso angeht wie Rettlinger – und da verwette ich drei Bier drauf – dann heißt hier bald jede Schenke ›Habkies und Saufviel‹. Und in jeder wird es nur noch Bier, Whisky und Rum geben. Keinen Wein. Das käme ja Rettlinger zugute und Rettlinger und Habkies hassen einander wie Ponwon und Katz, das weiß jeder. Mit der Stadt geht's bergab, ich sag's dir!« Nullschenk stoppte. Er wurde das Gefühl nicht los, dass hier irgendetwas verkehrt lief. Er räusperte sich. »Also tu dir selbst einen Gefallen und verlass Schwalbenkack am besten gleich morgen früh. Nachts ist es hier ungemütlich. Es gibt immer mehr Unruhen. Erst letzte Woche mussten sie eine Gruppe Leute einsperren, die die Villa von Lord Greifenstein mit faulen Tomaten beworfen und hetzerische Parolen gegen die Oberschicht gerufen haben. In der Stadt brodelt es wie in einem Hexenkessel.«

Der Junge blinzelte. »Kann ich noch eines davon haben?« Er deutete auf seine leere Flasche.

»Ein Vorderwalder Weizen, kommt sofort.« Gezielt griff Nullschenk unter die Theke und platzierte die Flasche vor seinem Gast auf dem Tresen. Zufrieden trat er von dem Jungen zurück. Das war doch sehr gut gelaufen. Wäre ja lächerlich, wenn er Angst vor einem ganz normalen und überhaupt nicht gruseligen Jungen hätte. Den brauchte er nicht rausschmeißen. Besonders nicht, wenn er nur karlheimsches Bier trank. Davon konnte man kaum besoffen werden. Auch nicht, wenn man einen so mickrigen Körper hatte. Und nein, das waren keine Ausreden sondern wohl überlegte Gründe.

Nullschenks Gedanken wurden jäh unterbrochen, als ein neuer Gast die Schenke betrat. Verwundert hob der Wirt die Augenbrauen, als der Zwerg sich seinen Weg nach vorne zum Tresen bahnte. Nicht, dass er etwas gegen Zwerge hätte. Das fleißige Volk vom fernen Geröllbrock galt in Schwalbenkack als akzeptiert, machten sie doch bestimmt ein gutes Zwanzigstel der Stadtbevölkerung aus. Nein, seine Überraschung galt der Tatsache, dass die kleinen Goldliebhaber normalerweise unter sich blieben und Zwergentavernen aufsuchten. Aus naheliegenden Gründen.

»Ähm ... soll ich Euch auf Euren Stuhl helfen?«, fragte Nullschenk unsicher, als der kleine Mann vor dem Tresen und den davor aufgestellten Hochstühlen stehen blieb. Er wirkte völlig deplatziert.

»Nicht nötig«, erwiderte sein Gast, ohne beleidigt zu klingen. »Ich werde mich an einen der Tische setzen und auf meinen werten Freund warten.« Er deutete auf einen freien Platz im hinteren Teil des Schankraumes.

Nullschenk musterte den Zwerg eingehend. Er bot einen recht seltsamen Anblick so ganz ohne Helm und Metall am Körper. Und der

Bart ... der war viel zu kurz! »Ihr seid neu in dieser Stadt«, stellte er fest.

Der Zwerg legte den Kopf schief. »Richtig erkannt. Wie habe ich mich verraten?«

»Nun ja.« Nullschenk räusperte sich. »In unseren Schenken kommt man nicht zuerst an den Tresen, sondern setzt sich einfach. Ich komme dann vorbei und nehme eine Bestellung auf, die ich dann zum Tisch bringe.«

»Ah«, machte der Zwerg und rückte die übergroßen Schutzgläser auf seiner Stirn zurecht. »Das muss diese berühmte Gastfreundlichkeit der Menschen sein. Fein, fein, ich werde es mir merken. Aber für heute bin ich in der Lage, meine Bestellung selbst mit an den Tisch zu nehmen, so wie es bei uns am Geröllbrock Brauch ist.«

»Wie Ihr wünscht«, erwiderte Nullschenk, froh, keinen diplomatischen Zwischenfall ausgelöst zu haben. »Was darf ich Euch bringen?«

»Zwei Gläser feinsten Elfentaus.«

»Elfentau!?« Einmal mehr wurde Nullschenk an diesem Abend überrascht. »Das ist nicht, was ich erwartet habe.« Schnell hielt er sich die Hand vor den Mund, als ihm bewusst wurde, dass er ein Vorurteil geäußert hatte. Zwerge reagierten sehr empfindlich, wenn man sie auf Eigenschaften reduzierte, die allen Zwergen gemein war, wie zum Beispiel ihre geringe Körpergröße.

Sein Gast jedoch lächelte milde. »Ich bin sicher, mein werter Freund wird dieses Getränk zu schätzen wissen.« In seinen Augen blitzte es hell und sein Mund verzog sich zu einem wissenden Lächeln, soweit Nullschenk das aus seinem erhöhten Blickwinkel beurteilen konnte.

»Verstehe«, brummte der Wirt und stellte zwei Gläser auf den Tresen, bevor er die Flasche mit dem Elfentau hervorholte.

Während Nullschenk die Gläser füllte, fiel der Blick seines Gastes auf den Jungen am Ende des Tresens, den der Wirt aus seinen Gedanken hatte ausblenden können.

»Ist dies der spezielle Gast, der in dieser Region zum natürlichen Ambiente gehört?«, fragte der Zwerg.

Abermals hob Nullschenk überrascht die Brauen. »Ähm, ja«, erwiderte er verunsichert. »Ihr kennt Euch aus, wie ich sehe.«

»Er ist ziemlich jung«, stellte der Zwerg fest. »Und dünn. Und ihm fehlt die gerötete Nase.«

»Er fängt gerade erst an.«

»Sie haben ihn extra eingestellt?«

Vehement schüttelte der Wirt den Kopf. »Nein, eine Schenke wie meine stellt keine Gäste ein. Auch nicht für das Ambiente! Das wäre nicht natürlich. Eine Schenke, die etwas auf sich hält, zieht diese Art Gast allein durch ihren Ruf an!« Er reichte dem Zwerg die Gläser. Nicht ohne Mühe, da er sich weiter als gewohnt über den Tresen beugen musste.

»Verstehe«, erwiderte der Zwerg und nahm die Gläser mit der goldenen Flüssigkeit an sich. »Verzeihen Sie meine Unwissenheit. Ich wollte Sie nicht beleidigen.«

Nullschenk nickte nur.

Der Zwerg wollte sich schon abwenden, als ihm eine Idee zu kommen schien. »Ich bin noch etwas früh«, murmelte er an den Wirt gewandt. »Geben Sie dem Jungen bitte das zweite Glas mit dem Elfentau und laden Sie ihn ein, mir Gesellschaft zu leisten.«

»Seid Ihr sicher, dass ...?«

»Ja«, insistierte der Zwerg. »Ich bin hier, um Ihre Kultur kennenzulernen. Ich lasse mir also nicht die Gelegenheit entgehen, mit einem Gast zu sprechen, der speziell dem Ambiente dient. Ich muss das erforschen.«

»Na wenn Ihr darauf besteht ...«, sagte Nullschenk und beugte sich abermals über den Tresen, um das zweite Glas zurückzunehmen.

»Seien Sie dann aber so gütig, ein drittes Glas Elfentau an den Tisch zu bringen, sobald mein werter Freund eintrifft«, fügte der Zwerg hinzu. »Damit sollte dann auch Ihrem Brauch der Gastfreundschaft genüge getan sein.«

»Sehr wohl«, bestätigte Nullschenk, woraufhin sich der Zwerg von der Theke entfernte. Verwirrt sah er dem kleinen Mann hinterher, der fröhlich pfeifend in den hinteren Teil der Schenke dackelte. Schulterzuckend schüttelte Nullschenk den Kopf. Es waren die Tage des Rennens. Natürlich verirrten sich die seltsamsten Gestalten in seine Schenke. Das war völlig normal.

Livian hob den Kopf, als der Wirt sich ihm näherte und ein Glas mit einer goldenen Flüssigkeit auf den Tresen stellte.

»Der Gentleman dort hinten hat dich eingeladen«, sagte er. »Leiste ihm doch etwas Gesellschaft.«

Livian folgte dem Fingerzeig des Wirts und erspähte einen kleinen bärtigen Mann, der ihm von einem Tisch im hinteren Bereich der Schenke aus fröhlich zuwinkte. Eigentlich wollte er niemandem Gesellschaft leisten. Doch der Wirt hatte ihm gerade eine Anweisung gegeben, also erhob er sich von seinem Platz. Er schwankte und musste sich am Tresen festhalten. Irgendwie funktionierte sein Körper nicht mehr so gut wie sonst. Ob das ein Nebeneffekt des Bieres war? Vermutlich.

Wortlos nahm er das Glas des Wirtes an und bahnte sich einen Weg durch den Schankraum. Er bemerkte nicht, wie sein Platz augenblicklich von einem dicken Mann mit roter Säufernase besetzt wurde, der lautstark nach Wein verlangte.

»Setz dich«, forderte sein Gastgeber ihn auf, als Livian planlos vor dem ihm gewiesenen Tisch stehen blieb. Stumm folgte er der Einladung und musterte sein Gegenüber. Bei genauerer Betrachtung sah er, dass es sich um einen Zwerg handelte. Darauf deuteten die breiten Schultern und die dicken Haare hin. Es anhand der Größe festzumachen, fiel Livian erst danach ein.

»Ich heiße Darak-Udûr«, stellte der Zwerg sich vor, »aber du kannst mich Dak nennen.«

»Dak«, wiederholte Livian.

»Genau«, sagte der Zwerg. »Ich sehe, du bist noch nüchtern genug, um dir einfache Informationen merken zu können. Wie lautet dein Name?«

»Livian.«

»Den weißt du ja auch noch«, quiekte sein Gastgeber erfreut. »Ich sehe, Menschenbier unterscheidet sich wirklich um einiges von unserem Zwergenbier!«

Livian wusste nicht, worauf der Zwerg hinauswollte, also fragte er. »Was wollen Sie von mir?«

»Nun«, erwiderte Dak und rieb die Fingerspitzen aneinander. »Ich habe gerade entschieden, dich zu meinem neuen Studienobjekt zu machen.« Er grinste breit und zeigte Zähne, von denen zwei golden aufblitzten. »Rein um des kulturellen Austausches Willen, versteht sich. Ich möchte beweisen, dass Zwerge und Menschen eigentlich denselben Schöpfer haben und sich nur in ihrem Aussehen sowie ihrer Kultur unterscheiden. Du wirst mir dabei helfen.«

Livian verstand kein Wort. »Was wollen Sie von mir?«, wiederholte er seine Frage.

Dak lehnte sich nach vorne und stützte die Ellenbogen auf der Tischplatte ab. »Gerade ich als Zwerg erkenne, wenn sich jemand unter den Tisch zu trinken versucht. In meiner Heimat ist Alkoholismus ein ernst zu nehmendes Problem. Da ich die These zu beweisen versuche, dass Menschen und Zwerge aus derselben Schöpfung entstammen, schließe ich daraus, dass ihr es ebenso mit dem Alkohol halten werdet. Deswegen – und bevor du dich unglücklich machst – was machst du hier?«

Livian überlegte kurz. »Ich habe mal gehört, dass dies die übliche Vorgehensweise ist, wenn man verzweifelt ist«, antwortete er schließlich. »Aber es erscheint mir ineffektiv. Das bringt mich der Erfüllung meiner Aufgabe nicht näher.«

»Welcher Aufgabe?«

Livian antwortete nicht. Stattdessen holte er ein vergilbtes Stück Pergament hervor, das er dem Zwerg in die Hand drückte.

Dak schob sich die dicken Gläser auf seiner Stirn vor die Augen und las laut: »Gib das Pergament dem Jungen zurück!« Er rollte es zusammen und reichte es an Livian. »Ich glaube, ich verstehe nicht ganz.«

Livian verstand auch nicht. Konnte der Zwerg nicht lesen? Das musste es sein, schließlich hatte er mal gehört, dass Zwerge andere Buchstaben als die Menschen benutzten.

»Ich muss die Liebe einer Frau gewinnen.«

Dak lehnte sich zurück und brummte verstehend, während er nach dem Glas mit dem Elfentau griff. Gedankenversunken nahm er einen Schluck, bevor er sich wieder Livian zuwandte. »Ja, ja, die Frauen«, murmelte er. »Magst du mir mehr darüber erzählen? Vielleicht hat der alte Dak einen Ratschlag für dich.«

Livians Herz machte einen Hüpfer. Ein Rat wäre mehr, als er zu hoffen wagte.

»Na ja, es heißt, um die Liebe einer Frau zu gewinnen, müsste man Geld und eine feste Anstellung besitzen. Mit festem Einkommen natürlich. Das letzte hatte ich bereits. Doch dann musste mein Meister mich rauswerfen.«

»Verstehe«, sagte der Zwerg. »Deshalb hat dich deine Angebetete verlassen. Hat dir keine Zeit gegeben, dir eine neue Stelle zu suchen.«

Fragend legte Livian den Kopf schief. »Nein, das nicht. Ich bin davon ausgegangen, dass sie es tun würde. Das hat die davor auch gemacht.«

Dak brummte und schüttelte den Kopf. »Junge, die Frauen sind doch nicht alle gleich. Was eine tut, muss auf die andere nicht zutreffen. Natürlich ist es ungünstig, dass du deine Stelle verloren hast, aber du findest auch wieder eine neue Beschäftigung ... sofern du aufhörst, dein Geld zu versaufen. Beeindrucke deine Angebetete lieber, um über den Verlust der Arbeit hinwegzutäuschen. Frauen wollen immer beeindruckt werden.«

»Beeindrucken?« Dieser Herangehensweise war Livian neu. Sowieso bekam er das Gefühl, dass niemand in dieser Stadt so genau wusste, wie man die Liebe einer Frau erlangte. Jeder erzählte ihm etwas anderes.

»Ja«, sagte Dak und nickte bekräftigend. »In unserer Heimat schmieden wir meist eine Axt oder einen Ring, oder wir erlegen einen Felswyrm. Ich weiß, dass die Elben ihren Frauen Lieder vorsäuseln. Du kannst nicht zufällig Singen oder Schmieden?«

Livian schüttelte den Kopf.

»Macht nichts«, sagte Dak aufmunternd. »Wir finden sicher etwas anderes. Was kannst du denn gut?«

»Ich kann gut Menschen umbringen.«

Die Gäste in der Schenke drehten die Köpfe zu ihnen herum, als der Zwerg in schallendes Gelächter ausbrach. »Ich nehme es zurück, der Alkohol zeigt doch bereits seine Wirkung bei dir. Oh je, das erinnert mich an die alten Tage, wo Zwerge die Väter ihrer Auserwählten töteten, wenn sie einer Verbindung nicht zustimmen wollten.«

»Ich soll ihren Vater töten?«, fragte Livian zweifelnd.

»Bei Ûrins Barte, bloß nicht!«, polterte Dak mit den Händen durch die Luft wedelnd. »Das wäre höchst töricht, das steht nicht im Einklang mit den hiesigen Gesetzen.« Nachdenklich kratze er sich am Kinn. »Wir müssen etwas anderes finden. Vielleicht lässt sich das mit eurem Fest verbinden. Man hat mir gesagt, dass es üblich sei, dass Männer am Rennen teilnehmen, um eine Frau zu beeindrucken. Mag deine Angebetete das Schlittenrennen?«

Livian lächelte bei der Erinnerung. »Ja, sehr.«

»Dann ist klar, womit du sie beeindrucken kannst.« Dak grinste und entblößte einmal mehr sein teils vergoldetes Gebiss.

Der Junge beachtete den Zwerg nicht. Zu sehr vereinnahmte ihn ein Schwall neuer Hoffnung, der den Alkohol wie eine Flutwelle aus seinem Körper zu spülen versuchte. Er stemmte sich in die Höhe, wobei er in seiner Trunkenheit den Stuhl umwarf, auf dem er gesessen hatte. Er wollte bereits in Richtung Ausgang torkeln, als ihm ein Detail aus seinem Gespräch mit Felia vom Vortag einfiel. Lächelnd wandte er sich dem Zwerg zu. »Vielen Dank für den Rat. Sie haben mir sehr geholfen.«

»Warte ...!« Dak wollte noch etwas sagen, aber die Gelegenheit sollte er nicht mehr bekommen. Livian hatte sich bereits umgedreht und die Schenke verlassen.

»... ich weiß nicht, ob man überhaupt noch teilnehmen kann«, brummelte Lord Darak-Udûr das Ende des begonnenen Satzes in seinen Bart hinein. Schließlich hatte er das Regelwerk nicht studiert. Zwar war es seine Aufgabe, sein Volk bei dieser Festivität zu vertreten und sich mit der hiesigen Kultur auseinanderzusetzen, aber was Feste und Zeremonien betraf, lernte er lieber durch hautnahes Erleben als durch profanes Lesen. In diesem Sinne war er ganz und gar Zwerg.

Der Zwergenlord seufzte. Hoffentlich hatte er dem Jungen keine Kieselsteine in die Gedanken gesetzt. Immerhin hatte er mit dem Trinken aufgehört und das war in diesem Augenblick, was zählte. Darak-Udûr hasste es, wenn Zwerge und Menschen sich betranken. Daraus entbrannte immer Streit und Sucht. Man zerstörte sich das ganze Leben damit. Wehmütig griff er in die Brusttasche seiner Weste und zog einen goldenen Ring hervor, in den ein echter Rubin eingearbeitet war. Ja, der Alkohol zerstörte alles.

Gedankenverloren nahm er einen weiteren Schluck von seinem Elfentau. Der Junge hatte sein Glas kaum angerührt. Es hätte ihm sicher gutgetan. Im Gegensatz zu anderen Getränken in dieser Schenke wirkte Elfentau ernüchternd.

Dennoch konnte Darak-Udûr das Verlangen nach Zwergenbier nicht ganz abschütteln. Wenn es stimmte, was Lord Rettlinger ihm auf dem Schlittenball erzählt hatte, dann standen dem Volk der Zwerge weit härtere Zeiten bevor, als sie aktuell durchlebten.

Die Tür öffnete sich ein weiteres Mal und gab den Blick auf eine hochgewachsene Gestalt preis. Als würde der Neuankömmling in jeder Ecke den Schimmel von den Wänden tropfen sehen, blickte er sich um, bis seine Augen den Zwerg erspähten. Sich der Blicke der anderen Gäste bewusst, schwebte er förmlich auf den Zwergenlord zu.

»Lord Darak-Udûr.«

»Lord Erendar.«

Damit war der Höflichkeit genüge getan.

»Ihr wolltet mich sprechen?«, sagte der Elb in einem Tonfall, der deutlich machte, dass er diesem Wunsch nicht gänzlich aus freiem Willen nachgekommen war.

»Das will ich«, bestätigte der Zwerg und deutete auf den freien Platz ihm gegenüber. »Bitte nehmt Platz.«

Lord Erendar kam der Aufforderung nach. Er hatte sich kaum gesetzt, als der Wirt an den Tisch trat und ein Glas Elfentau vor dem Elbenlord absetzte.

»Bitte sehr, werter ...« Er unterbrach sich und ein Ausdruck von Panik huschte über seine grobschlächtigen Züge, als er dem Elben ins Gesicht blickte. Ohne den Satz zu Ende zu sprechen, floh er eilig zurück zum Tresen.

Vaunír nahm es kommentarlos hin, während der Zwergenlord sich eine gedankliche Notiz machte.

»Erwartet Ihr noch jemanden?«, fragte der Elb, dem das dritte Glas am Tisch nicht entgangen war.

Darak-Udûr winkte ab. »Nein, nein. Ich habe es vorher einem jungen Menschen spendiert.«

»Ihr habt mit dem hiesigen Pöbel getrunken?«, knatschte der Elb mit aufeinander gepressten Zähnen. »Das passt zu Euch.«

»Im Gegensatz zu Euch, finde ich Menschen interessant. Egal, welcher Rasse wir angehören, die Probleme in der Liebe, teilen wir doch alle.«

Der Elb räusperte sich vernehmlich.

»Bis auf die Elben natürlich, die keine Liebe kennen«, fügte der Zwerg hinzu.

»Bei denen die Liebe perfekt ist«, korrigierte Vaunír ihn erhobenen Hauptes.

Eine spitze Bemerkung lag dem Zwerg auf der Zunge. Er schluckte sie herunter und fokussierte sich auf das eigentliche Thema. So sehr es ihm auch Vergnügen bereitete, Vaunír aus der Reserve zu locken, sie hatten Wichtigeres zu besprechen.

Lord Erendar machte eine wegwerfende Handbewegung. »Ihr habt mich aber sicher nicht zu Euch bestellt, um mit mir über Liebe ...« Er unterbrach sich und in seiner Mimik ging eine deutliche Veränderung vor. »Wartet. Ihr sagtet, der Junge hatte Probleme in der Liebe? Was war das für ein Junge?«

»Na, kein richtig ausgewachsener. Mit kurzen, dunklen Haaren, sehr schmächtig gebaut. Ach, und er hatte ein lustiges Stück Pergament dabei, dessen Buchstaben sich bewegen.«

Die Gesichtsfarbe des Elben veränderte sich wie von Bleichmittel gewaschen. Alle Erhabenheit vergessend sprang er auf und packte den Zwerg mit beiden Händen an der Weste. »Wo ist der Junge jetzt? Wann ist er gegangen?«, schrie er dem Zwerg förmlich ins Gesicht.

Die Reaktion des Elben verwirrte Dak so sehr, dass er nicht daran dachte, sich vom Griff des anderen zu befreien. »Ihr vergesst Eure Contenance, Lord Erendar.«

»Beantwortet meine Frage!« Inzwischen verzerrte blanker Zorn die makellosen Züge des Elben und machte aus dem so reinen Gesicht eine dämonische Fratze.

Verwirrt runzelte der Zwerg die Stirn. Wenn Lord Erendar seine Erhabenheit verlor und sie noch nicht einmal dann wiederfand, wenn man sie ihm direkt ins Gesicht klatschte, dann musste der Grund dafür äußerst wichtig sein.

»Bitte beherrscht Euch. Ich muss mit Euch reden.« Er senkte die Stimme. »Es wird Krieg geben.«

»Ach, was Ihr nicht sagt?«, zischte der Elb sarkastisch. »Wenn Euch das aufgefallen ist, wieso habt Ihr den Jungen dann gehen lassen?«

Dem Zwerg verschlug es vor Verwirrung die Sprache.

»Jetzt sagt mir endlich, wohin der Junge gegangen ist, oder ich vergesse mich!«

»Wollt Ihr etwa dem hiesigen Pöbel hinterherrennen, anstatt Euch erhaben mit mir hinzusetzen und über unser weiteres Vorgehen zu debattieren?«, provozierte Darak-Udûr, um den Fokus seines Gesprächspartners zurückzuerhalten.

»Ja«, schnauzte der Elb. »Ja, das will ich. Seid Ihr nun zufrieden? Jetzt antwortet endlich. Es ist wichtig!«

Sanft aber bestimmt schob der Zwerg die Hände des Elben beiseite. Einerseits war die Vorstellung von einem hektisch durch die Straßen rennenden Elben witzig, andererseits hatte er für diesen Unfug ausnahmsweise keine Zeit. Da Vaunír in diesem Zustand aber kaum zu einem ernsten Gespräch in der Lage schien, gab Darak-Udûr nach.

»Ist keine fünf Minuten her, dass er gegangen ist. Was er vorhat ... keine Ahnung. Möglich, dass er zum Anmeldebüro des Rennens unterwegs ist.«

Als hätten die Worte den Elben in seinen Allerwertesten gestochen, rannte er ohne ein Wort des Dankes auf den Lippen aus der Schenke. Dak folgte ihm, um gerade noch beobachten zu können, wie er im

Weg stehende Passanten aus seiner Bahn rempelte, bevor er um die nächste Straßenecke verschwand.

Der Zwerg seufzte. So lustig dieser Anblick war, ein bisschen tat es ihm leid, dem Elben gesagt zu haben, wohin der Junge verschwunden war. Wenn Lord Erendar etwas von einem gewöhnlichen Menschen wollte, konnte es nichts Gutes bedeuten. Na ja, der Elb würde ihn schon nicht verletzen oder gar umbringen, um keinen diplomatischen Zwischenfall zu riskieren. Besonders nicht, wenn Schwalbenkack ein kriegerisches Bündnis mit Teatown und den geröllischen Zwergen anstrebte. Die politischen Beziehungen zwischen Menschen und Elben hielten sich ohnehin nur noch wie ein Anfänger im Hochseiltanz aufrecht.

Missmutig watschelte Darak-Udûr an seinen Platz zurück und ließ sich auf den Stuhl plumpsen. Dass fast die gesamte Aufmerksamkeit auf ihm lag, interessierte ihn wenig. Er leerte seinen Elfentau in einem Zug. Nur um festzustellen, dass es nicht den gewünschten Effekt hatte. Statt der betäubenden Wirkung, spürte er seine Sorgen umso mehr.

Es half nichts. Er würde später mit dem Elb reden müssen.

Mit angezogenen Knien hockte Felia in einer kleinen Seitengasse, irgendwo in der Nähe des Stadtkerns. Der Triumph, den sie verspürt hatte, als sie Fräulein Manierlich ihre Meinung gegeigt und anschließend hoch erhobenen Hauptes das Internat verlassen hatte, hatte sie weit weg vom Internat geführt. Es war ein großartiges Gefühl gewesen, endlich die Ketten abzuwerfen und zu tun, was sie schon lange hatte tun wollen. Sie spürte eine nie gekannte innere Stärke, die ihren gesamten Körper erfüllt hatte und war stolz auf sich, endlich etwas richtig gemacht zu haben. Diese Emotionen verfestigten sich zu der Gewissheit, nun alles tun zu können, nachdem sie sich dieser Angst gestellt hatte.

All diese Gefühle waren jedoch verflogen, als sie sich plötzlich ratlos mitten auf der Straße wiedergefunden hatte. Zwar hatte sie sich von dem gelöst, was sie nicht wollte, musste aber feststellen, dass sie den Gedanken nicht bis zum Schluss geführt hatte.

Jetzt saß sie hier und wusste nicht, wie es weitergehen sollte. Ihr Magen knurrte laut und Felia schlang die Arme um den Bauch. Sie hatte kein Geld, um sich etwas zu essen zu kaufen, geschweige denn, für eine Unterkunft zu bezahlen. Das bisschen, was Lyell ihr für das Gassigehen mit seinen Huskys gegeben hatte, war an Oberwachtmeister Piepenköhl und Fräulein Manierlich gegangen.

Wut flammte in ihr auf. Diese diebische Elster nahm sich, was sie wollte. Nicht nur Felias Geld, nein, auch das Geld ihrer Eltern! Vermutlich hatte der Gärtner recht und sie bezahlten wesentlich weniger als zum Beispiel Akazias Vater, der Baron von Hällenkiesel. Unter dieser Prämisse war es verständlich, dass Felia weniger für dieses Geld bekam. Aber wenn es ihr *Job* war, die *anderen Mitschüler* motiviert zu halten, dann wäre es angebracht, wenn Fräulein Manierlich *sie* bezahlt hätte!

Der Funke des Zorns erlosch augenblicklich, als das feuchte Geschenk einer Schwalbe auf ihr Hosenbein klatschte. Felia seufzte bedröppelt. Was machte sie sich eigentlich vor? Die Internatsleiterin hatte die Macht und ihr Wort war Gesetz. Dagegen konnte Felia nicht angehen. Das hatte sie inzwischen mehr als begriffen. Ihr Geld bekam sie nicht zurück. Sie sollte lieber so bald wie möglich ihren

Eltern einen Brief zukommen lassen und ihnen mitteilen, dass sie die Rechnungen des Internats nicht mehr bezahlen brauchten, oder besser noch, sie sollte direkt mit der nächsten Postkutsche zurück nach Goldfeld fahren.

Sie schluckte, als neue Angst unter der Pflege des aktuellen Gedankens aufblühte. Was würden ihre Eltern denken, wenn sie wieder zuhause vor der Tür stand? Würden sie sich freuen, ihre Tochter zu sehen?

Felia dachte an all die enttäuschten Blicke, wann immer ihr ein Missgeschick im Hause passiert war. Zitternd ließ sie die Schultern hängen. Nein, sie wollte nicht erneut eine Last für ihre Familie sein. Nach Hause zurückkehren war keine Option.

Sie schreckte auf, als weiter hinten eine Mülltonne scheppernd zu Boden fiel. Panisch drehte sie den Kopf, beruhigte sich allerdings sofort wieder, als sie sah, dass es nur ein paar Ponwons waren, die sich mit wildem Geschnatter auf den Inhalt stürzten und ihn mit ihren kleinen Pfoten quer über die Straße verteilten.

Konfrontiert mit diesem ausgelassenen Gewusel lächelte Felia matt. Ponwons waren wirklich possierliche Geschöpfe. Aufgrund ihrer Angewohnheit, Mülltonnen umzuwerfen und Chaos zu stiften, hielten sie viele Menschen für eine Plage. Mehr als einmal hatte Felia beobachten können, wie ein wütender Bürger eine Schar Ponwons durch die Straßen gejagt hatte, nur um die Verfolgung nach wenigen Metern abbrechen zu müssen, da die kleinen Räuber direkt in irgendwelchen Hausritzen und Nischen verschwunden waren.

Einer der Ponwons schien in der Tonne etwas Brauchbares gefunden zu haben. Wild fiepend entfernte er sich von dem Raufgelage und lief hopsend die Straße entlang, direkt in Felias Richtung. Als das Wesen Felia bemerkte, wurde es langsamer. Vorsichtig näherte es sich, vermutlich um einzuschätzen, ob das Mädchen eine Gefahr darstellte.

Felia beobachtete das kleine Wesen genau. Es war gänzlich weiß, oder wäre weiß gewesen, wenn sein Fell nicht an einigen Stellen verdreckt wäre. Sein Körper war, wie der aller Ponwons, eine perfekte Kugel. Zwei kleine krallenlose Pfötchen lugten unter dem weißen Flausch hervor. Sein buschiger, zur Mitte breiter werdender und schließlich spitz zulaufender Schweif zuckte hin und her. In seinem Maul hielt es ein Stück Brot.

Fasziniert erwiderte Felia den Blick des sonst so scheuen Geschöpfes. Erstmals fragte sie sich, wie ein so kleines Tier eine prall gefüllte Mülltonne umwerfen konnte. Selbst wenn sich mehrere von ihnen gegen den Metallbehälter warfen, sollten sie doch nie genug Kraft aufwenden können, um ihn zu Fall zu bringen. Die Tonne war mit Sicherheit fünf bis zehnmal so hoch wie das Wesen selbst!

»Purr?«, machte der Ponwon und legte den Kopf schief, als er Felias Blick bemerkte.

Auch Felia realisierte, dass ihre Augen an dem Stück Brot hängen geblieben waren. Ihr Magen knurrte erneut, wodurch der Schweif des Ponwons mehrmals hin und her zuckte.

»Keine Sorge, ich werde dir deine Mahlzeit nicht wegnehmen«, sagte sie müde. »Ich meine mich zu erinnern, dass Menschen auch mehrere Tage ohne Essen überleben können.«

Mehrere Tage, echoten ihr die eigenen Worte durch den Kopf. *Das ist mein Limit. So lange habe ich Zeit, mir irgendwas einfallen zu lassen.* Denn ins Internat wollte Felia auf keinen Fall zurückkehren. Genau wie die Reise nach Goldfeld war dies keine Option. Diese Genugtuung würde sie der fetten Unke nicht geben!

Sie zuckte überrascht zusammen, als der Ponwon unverhofft auf ihren Oberschenkel sprang. Einen Moment lang sah er ihr in die

Augen, dann öffnete er das Maul und ließ das Stück Brotkruste in ihren Schoß fallen.

»Du gibst mir das?«

Der Ponwon gab ein quirliges Schnattern von sich und hüpfte zweimal auf und ab. Es war, als würde ein Watteballen gegen ihre Hose drücken, so leicht war dieses Wesen.

»Vielen Dank«, sagte sie und nahm das alte Backwerk in ihre Hand. Einen Moment zögerte sie noch, schließlich hatte es in einer Mülltonne gelegen. Dann öffnete sie den Mund und nahm das harte Stück zwischen ihren Zähnen in die Mangel. Alles war besser, als zurückzukehren. Alles.

»Oh sieh an, wen haben wir denn da?«

Der Ponwon gab ein erschrockenes Fiepen von sich und verschwand hastig in Richtung der Mülltonne. Felia lenkte den Blick in Richtung der Stimme. Vor dem Eingang der Gasse hob sich die leicht gebeugte und verdrehte Gestalt eines Mannes ab. Seine Klamotten waren zerschlissen und verdreckt, genauso wie sein bärtiges Gesicht. Ein zerrissener Zylinder thronte auf seinem Haupt.

»Oh, was kaust du da, was kaust du da? Ist es lecker? Ist es gut? Gibt es mehr davon?« Mit schräg gelegtem Kopf hopste er näher. »Los, gib es mir!«, verlangte er herrisch und streckte die Hand aus. »Der Krähenkönig hat Hunger, der Krähenkönig befiehlt es!«

Ängstlich kroch Felia auf Händen und Füßen vor dem seltsamen Mann zurück.

»Ich habe nichts zu essen«, sagte Felia schnell. »Das war nur ein Stück Brotrinde. Mehr habe ich nicht, ehrlich!«

Ihre Worte hielten den Mann namens Krähenkönig nicht zurück. Mit zwei weiteren Hopsern schloss er zu ihr auf. »Nicht schlimm, nicht schlimm. Du hast auch Kleidung. Gute Kleidung. Den Krähenkönig sehnt es nach Wärme. Los, zieh sie aus, zieh sie aus!«

Felias Nackenhaare stellten sich auf. Gefahr. Alle ihre Sinne signalisierten es ihr. Sie holte tief Luft.

»HIIL...«

Mit einem lauten *Patch* landete die schmutzige Pranke des Krähenkönigs in ihrem Gesicht und drückte ihren Mund zu. Felia hob die Hand, um sich zur Wehr zu setzen, doch der Mann hatte sie bereits fest mit seinem Körpergewicht gegen die Hauswand gedrückt.

»Nein, nicht schreien. Schreie tun weh. Schreie holen die Wache. Das will der Krähenkönig nicht, will er nicht. Er will deine Kleidung. Er will deine Wärme. Er will *alles!*«

Der Gestank nach Fäkalien und Schmutz drang in ihre Nase. Sie würgte und ihr Blickfeld begann sich zu drehen. Selbst ein Dutzend Kuhställe rochen besser als dieser Mann. Sie hätte nie geglaubt, dass ein solch abartiger Duft existieren konnte. Sie spannte die Muskeln an und versuchte sich loszureißen, doch der Griff des Krähenkönigs blieb gnadenlos.

»Zappel nicht so, wehr dich nicht, dann geht alles ganz schnell. Ja, ganz schnell wird es gehen.«

Felias Blick färbte sich schwarz und ihre Kraft schwand. Sie hatte sich getäuscht. Sein Mundgeruch war noch um ein Vielfaches schlimmer. Sie wollte husten, doch ihre Muskeln begannen bereits zu erschlaffen.

Gerade als sie dachte, vornüber kippen zu müssen, verflüchtigte sich der Gestank. Sofort klarten ihre Gedanken auf und die Umrisse ihrer Umgebung fanden in eine feste Form zurück. Der Krähenkönig hockte zwei Schritte entfernt von ihr und sah sie aus Schreck geweiteten Augen an. Verwirrt erwiderte Felia seinen Blick.

Ein lautes Brüllen ließ sie erahnen, dass die Aufmerksamkeit ihres Angreifers in Wirklichkeit nicht mehr auf ihr lag.

Von dem Geräusch aufgeschreckt drehte sie den Kopf und sah einen Ponwon. Nur war dieser wesentlich größer als das Exemplar, das eben noch auf ihrem Oberschenkel gehockt hatte, ja mindestens so groß wie einer von Lyells Huskys. Das bunt-gescheckte Fell stand wie elektrisiert von seinem Körper ab und seine gebleckten Zähne schimmerten bedrohlich.

Anstatt sich mit dem für Ponwons typischen Gehopse fortzubewegen, gruben sich die Pfoten dieses Exemplars in die Fugen zwischen den Pflastersteinen – dann sauste es los. Auch der Krähenkönig hielt sich nicht länger mit seiner Überraschung auf, sondern rannte als sei der Dämonenkönig persönlich hinter ihm her.

Er verschwand aus der Gasse und der Ponwon hielt in seiner Verfolgung inne. Sein Fell legte sich und nahm wieder die gewohnt kugelige Form an. Zufrieden wandte er sich um und tapste zu Felia zurück.

»Fiep!«, machte er und ließ seine Zunge aus dem Mund hängen.

Neugierig streckte Felia die Hand aus und strich vorsichtig durch den Flausch. »Danke«, sagte sie und der Ponwon quittierte es mit einem freudigen Geschnatter. Das war gerade nochmal gut gegangen. Sie sollte dringend einen sicheren Rückzugsort finden. Nur wo?

»Beeindruckend«, erklang eine Stimme aus dem Schatten. Felia schreckte auf und bemerkte die schlanke Gestalt einer hochgewachsenen Frau, die aufrecht vor ihr aus einer Seitengasse heraustrat. Licht blitzte auf, als es von den Klingen der Dolche in ihren Händen reflektiert wurde. »Ich habe noch nie gesehen, dass ein Ponwon so etwas für eine andere Person tut.« Sie schob die Dolche zurück in die Halter an ihren Oberschenkeln und trat näher heran.

Verängstigt kam Felia auf die Beine. Der Ponwon hingegen blieb ruhig. Er schien in der fremden Frau keine Gefahr zu sehen.

»Was wollen Sie von mir?«, fragte Felia alarmiert. Sie hatte das Gefühl, diese Frau schon einmal gesehen zu haben, konnte sich aber nicht erinnern wann und wo.

»Wollen? Von dir?« Die Brünette schnaubte verächtlich. »Ich gehöre nicht zu diesem Straßenpack, das kleine Mädchen überfällt. Ich habe gerade ein paar Besorgungen gemacht und kam zufällig vorbei. Solche Widerlinge wie den kann ich nicht ausstehen, also wollte ich eingreifen. Aber anscheinend kamen mir deine kleinen Freunde zuvor.«

»Freunde?«, fragte Felia. Irritiert richtete sie den Blick nach unten. Fünf Ponwons hopsten verspielt um ihre Beine. Auch der weiße befand sich unter ihnen. Von dem großen Ponwon fehlte jede Spur. »Sie wollen doch nicht sagen, dass diese Ponwons ... nein, das ist unmöglich!«

»Sie machen es auch nicht für jeden«, erwiderte die Frau und griff nach einer Tasche, die sie am Eingang der Seitengasse auf dem Boden zurückgelassen hatte. Schwungvoll schulterte sie die Last. »Du musst einen besonders guten Draht zu Tieren haben. Wie gesagt, ich habe noch nie gesehen oder gehört, dass sie den Trick mit dem *Verschmelzen* für jemand anderen getan hätten.«

Neugierig geworden schloss Felia zu ihr auf. »Trick? Davon habe ich nie gehört. Das ist doch etwas, das man über Ponwons wissen sollte! Ich meine, die ganze Stadt hat auch Wuschel gesehen!«

»Die ganze Stadt hält Wuschel für eine groß gewachsene Art. Und jetzt entschuldige mich, ich habe noch einen Haufen Arbeit vor mir.« Sie schritt in die Richtung, in die auch der Krähenkönig die Gasse verlassen hatte.

Hastig griff auch Felia nach ihrer Habe, die sie in einem winzigen Bündel verstaut bei sich trug und lief der Fremden eilig hinterher. Stimmt, Rostbart selbst hatte ihr erzählt, dass er Wuschel auf einer

Insel in der Ostsee aufgegabelt hatte, auf der einfach alles zu einem Vielfachen der eigentlichen Größe anwuchs. War das etwa gelogen gewesen? Wenn sie genauer darüber nachdachte – er hatte erwähnt, dass sein erster Maat äußerst tierlieb sei ...

»Aber irgendjemand muss doch mal gesehen haben, wie Ponwons ... miteinander verschmelzen!«

Gemeinsam traten sie auf die Hauptstraße hinaus. Es war schon spät und die Menschen bereits zuhause oder in den Tavernen.

»Hast *du* es denn gesehen?«, fragte die Frau provokant und Felia verneinte. »Na also.«

»Trotzdem müssen die Menschen Ponwons in verschiedenen Größen gesehen haben. So wie dieser verlumpte Mann eben. Das spricht sich doch herum!«

»Tut es nicht. Der Krähenkönig hat mit Sicherheit schon vergessen, wer ihn da aus der Gasse gejagt hat.«

»Vergessen?«

Die Frau nickte. »Ja. Auch Wuschel werden die Menschen nach dem Rennen schnell vergessen haben. Da ist mit Sicherheit irgendeine Form von Magie im Spiel. Sie macht was mit den Köpfen der Menschen. Wie du schon sagtest, zwei Lebewesen verschmelzen nicht mal eben miteinander. So was ist Sache der Zauberer. Viel Glück dabei, einen zu finden, der seine Studien in einen Mülltonnen umwerfenden Straßenflauschball stecken möchte, solange es magische Rätsel wie den großen Monolithen von Zett zu lösen gibt.«

Felia hatte noch nie von diesem komischen Monolithen gehört, konnte sich aber nicht vorstellen, wie dieser spannender als ein überdimensionaler Flauschball sein sollte. »Heißt das ... auch ich werde Wuschel und den Ponwon von eben vergessen?«

Die Frau hielt inne und beinahe wäre Felia in sie hineingerannt. »Hör zu, ich habe keine Zeit, deine nervigen Fragen zu beantworten. Auf mich wartet wichtige Arbeit.«

»Werde ich sie vergessen?«

Mitleidlos blickte die Fremde auf sie nieder. Sie strahlte eine Stärke aus, die selbst über der der Köchin oder der Internatsleiterin stand. In gewisser Weise erinnerte sie Felia an die Schankmaid in der alten Dorftaverne von Goldfeld. Wenn sich Gäste nicht benehmen konnten, hatte ein Blick ausgereicht, um Streithähne in scheue Küken zu verwandeln.

Stur hielt Felia ihrem Blick stand.

Die Frau seufzte und ließ die Schultern hängen. »Nein, wirst du nicht«, antwortete sie nun sanfter. »Wie ich schon sagte, du hast einen besonderen Draht zu Tieren. Jetzt versprich mir, dich so spät abends nicht mehr allein in irgendwelchen dunklen Gassen zu verkriechen. Die Straßen sind nicht sicher. Also geh nach Hause und lass mich arbeiten.« Sie runzelte die Stirn, als sie Felias Blick bemerkte. »Du hast doch ein Zuhause, oder?«

Felia schüttelte den Kopf.

»Keine Eltern oder Verwandten?«

»Doch ... in Goldfeld. In Karlheim.« Diesen Moment nutzte Felias Magen, um abermals mit einem lauten Rumpeln seinen Unmut an die Allgemeinheit mitzuteilen.

»Und vermutlich hast du kein Geld für eine Mahlzeit und eine Unterkunft?«

Abermals schüttelte Felia den Kopf und spürte, wie Verzweiflung und Ratlosigkeit ihre kalten Gichtgriffel nach ihr ausstreckten.

Die Fremde seufzte erneut. »In Ordnung, du kannst mich begleiten. Ich kenne da einen Platz für die Nacht für dich, aber er ist nicht bequem. Vielleicht ist der Inhaber auch bereit, ein paar Kleckse locker zu machen, wenn du dich um seine Tiere kümmerst.«

Sofort hellte sich Felias Miene auf. »Darf ich wirklich?«

»Ja.« Die Fremde brummelte missmutig. »Aber wenn du mich und meinen Partner von der Arbeit abhältst, schmeiß ich dich auf der Stelle raus, verstanden?«

Felia nickte eifrig.

»Gut«, sagte die Frau und nahm ihren Weg wieder auf. »Ich heiße übrigens Tia.«

Veränderung ist etwas, das einige Menschen mehr, andere weniger in ihrem Leben begrüßen. Denn eine Veränderung bedeutet immer, dass etwas Neues und Unbekanntes vor der Tür steht – und nicht immer will man dann freudig die Klinke hinunterdrücken und dem Fremden Einlass gewähren. Es besteht schließlich die Möglichkeit, dass er einem einen Staubsauger andrehen will.

Veränderung bedeutet meist auch Unsicherheit. Was man nicht kennt, muss man erst kennenlernen. Und wer weiß, ob es einem am Ende auch gefällt. Das ist oftmals unmöglich vorher zu wissen und deshalb bleibt man am besten beim Altbekannten. Dies gilt für alle Aspekte des Lebens – aber ganz besonders für die eigene Arbeit.

Wer kennt nicht das Gefühl, neu in einem Job zu sein? Alles ist unbekannt. Die Kollegen, das Umfeld, die Tätigkeit. Man weiß noch nicht, wie die Arbeitsabläufe strukturiert sind, auf welche Qualitäten der Chef achtet oder – ganz banal – wo man seine Arbeitsmaterialien findet. Je nachdem, wie gut man eingewiesen wird, macht man mehr oder weniger Fehler.

Mit der Zeit entwickelt man jedoch eine gewisse Routine – ein Wort, das sich auch mit »Wegerfahrung« übersetzen lässt. Irgendwann weiß man, wie der eigene Arbeitstag vonstattengeht, welche Kollegen die Teamspieler sind und welche Witze dem Chef am besten gefallen. Diese Erfahrung sorgt für eine gewisse Sicherheit. Die Sicherheit, genau zu wissen, was man gerade zu tun hat.

Jedenfalls scheint es so.

Denn das Einzige, was im Leben wirklich mit Sicherheit feststeht, ist, dass nichts sicher ist.

So predigte es zumindest die Bruderschaft des scheinbar unmöglichen Zufalls, eine Glaubensgemeinschaft, deren Kernwerte jeden Monat neu ausgewürfelt wurden. Manchmal auch jede Woche. Oder schon am nächsten Tag. Das wusste niemand so genau, denn Beständigkeit galt als Frevel. Jeder musste darauf vorbereitet sein, dass sich das eigene Leben von heute auf morgen komplett auf den Kopf stellen konnte.

Wäre Arthur Fuhrwerk Teil dieser Glaubensgemeinschaft gewesen, es hätte ihm unter Umständen dabei geholfen, den großen Schlenker in den Spurrinnen seiner Arbeitsroutine mit Bravour zu meistern.

Seit Jahrzehnten organisierte Arthur den Ablauf des Schwalbenkackschen Schlittenrennens. Er nahm die Anmeldungen entgegen, empfahl angemessene Nicknamen, mietete die Bühne zur Vorstellung, überwachte die Verkaufsabteilung mit ihrem Sortiment, stellte die Kommunikation zwischen den Teilnehmern und dem Management sicher, überprüfte die Einhaltung des Regelwerks durch die Kontrolle der Fahrer, ihrer Schlitten und ihrer Tiere, kümmerte sich gemeinsam mit der Stadt um den Aufbau und die Abriegelung der Rennstrecke, und, und, und. Arthur war der Dreh- und Angelpunkt der Organisation des Schlittenrennens und als solcher die jährlich gleichen Abläufe und möglichen Komplikationen dieses Events gewohnt. Er wusste, was es zu tun galt, wenn Fahrer ihre Anmeldung nicht ernst nahmen und nicht zum Rennen erschienen, oder aber wenn ein Lieferant ausfiel und plötzlich hunderte Schwalbenfiguren im Verkauf fehlten. All dies kam mit seiner Erfahrung.

Aber in all den Jahren, in denen er dachte, sich auf alle Eventualitäten vorbereitet zu haben, hatte es noch eine Rennwiederholung gegeben. Normalerweise gewann bei Fahruntauglichkeit aller Fahrer derjenige, der es am weitesten geschafft hatte. Das besagten zumindest die Referenzfälle. Aber nein, der Regent wollte ja unbedingt eine Wiederholung haben. Und Herr Habkies war natürlich überaus bestrebt, ihm eine solche zu liefern. Demzufolge sollte Arthur jetzt die ganze Planung, die Monate an Vorlauf benötigte, innerhalb einer Woche direkt noch einmal durchführen.

Als Folge dessen, befand er sich im Stress, gab es doch genügend ungeklärte Situationen, die einer sofortige Klärung bedurften. Eine davon befand sich just in diesem Moment in seinem Büro vor seinem Schreibtisch und sah ihn aufmerksam aus dunklen Augen an.

»Eine Anmeldung zum Schlittenrennen?«, fragte Arthur und warf dem Jungen, der diese Anfrage stellte, einen prüfenden Blick über den Rand seiner Kostenabrechnungsdokumente zu.

Sein Besucher nickte erfreut. »Genau. Man hat mir gesagt, dass ich mich dafür an Sie wenden soll.«

Generell war die Aussage des Jungen korrekt. Arwenius Habkies mochte das Gesicht des Schlittenrennens sein und Gunther Grölstark seine markante Stimme, aber Arthur war das Blut der Veranstaltung: Wer auch immer an dem Rennen kratzte oder mehr als eine Zuschauerrolle dabei belegen wollte, bekam es früher oder später unweigerlich mit ihm zu tun. Allerdings konnte Arthur nicht an allen Orten gleichzeitig sein und alle Prozesse selbst durchführen. Daher musste er sich unwichtige Aufgaben vom Leibe halten. Zum Beispiel das Beantworten offensichtlicher Fragen. Wer hatte diesen Jungen zu ihm geschickt? Las denn niemand seine Memos?

»Die Anmeldephase endete genau eine Woche vor Beginn des Rennens«, ratterte er deshalb seine gewohnte Struktur herunter. »Es tut mir leid, aber es werden derzeit keine Anmeldungen entgegengenommen. Wenn es nichts Weiteres gibt, bitte ich dich wieder zu gehen.«

Geknickt ließ der Junge den Kopf hängen.

Arthur wollte seine Aufmerksamkeit gerade wieder auf die Kostenkalkulationen werfen, als er die Folgen dieser Entscheidung zu durchdenken begann. »Obwohl ...«, sagte er langsam und bedeutete dem Jungen mit einem Wink, dass er warten solle. Sorgsam legte er die Papiere zur Seite und stützte das Kinn grübelnd auf seinen gefalteten Händen ab. Beim diesjährigen Rennen waren einige Fahrer schwer verletzt worden. Schätzungsweise würde die Hälfte von ihnen nicht in der Lage sein, in sechs Tagen erneut auf der Piste ihr Leben aufs Spiel zu setzen. Zu wenige Teilnehmer zu haben, könnte sich negativ auf die Popularität und das Spektakel an sich auswirken. Arthur stand unter dem enormen Druck, das zweite Rennen zu einem ebenso großen Erfolg zu machen wie das erste. Einen billigen Abklatsch zu präsentieren, käme seiner Entlassung gleich.

Arthur brummte unzufrieden. Die Wetten waren ein weiteres Problem auf seiner schier endlosen Liste der Organisationshölle. Natürlich konnten sie einfach sagen, dass keine Wettgelder ausgezahlt wurden, da niemand gewonnen habe. Im gleichen Zug hatte Arwenius Habkies aber verlauten lassen, dass es kein Rennen ohne einen Gewinner geben könnte, was ihnen ja erst diese Misere eingebrockt hatte. Die Menschen würden Amok laufen und die Wettbüros stürmen. Die Gelder aber wieder zurückzuzahlen und neue Wetten entgegenzunehmen, käme einer ähnlichen Katastrophe gleich. Bisher war unbekannt, welche Rennfahrer erneut teilnahmen und welche nicht. Damit konnten keine Quoten erstellt werden.

Arthur meinte das Klicken förmlich hören zu können, als die Lösung für gleich zwei Probleme sich nahtlos in sein Planungsgerüst einfügte. »Vielleicht sehe ich doch eine Chance für dich, am Rennen teilzunehmen.« Er fokussierte seine Aufmerksamkeit wieder auf den Jungen. »Ich kann dich zwar nicht als Neuanmeldung aufnehmen, allerdings hast du die Möglichkeit für einen anderen Fahrer als ... als Ersatz einzuspringen. Früher war es üblich, dass die Rennfahrer neue Nachwuchstalente ausbildeten, wie der Meister seinen Lehrling. Der Donnernde Blitz fuhr zunächst auch unter dem Namen seines Meisters Perdok Trüffelgut, bevor er sich selbst einen Namen machte.«

Der Junge strahlte hoffnungsvoll. Es war jene Art von Strahlen, die sie alle noch bei ihrer ersten Anmeldung mit in den Raum brachten, bevor die brutale Realität sie einholte. »Das heißt, Sie können mich doch für das Rennen eintragen?«

»Nicht ohne Weiteres«, sagte Arthur und öffnete die oberste Schublade seines Schreibtisches. Geübt ging er mit den Fingern die Unterlagen durch, bis er das richtige Dokument fand. In einer fließenden Bewegung zog er das Papier hervor und legte es vor sich auf den Tisch. »Du brauchst die Genehmigung eines Fahrers, damit ich dich unter seinem Namen eintragen darf. Ich fertige dir dafür eine Kopie der Teilnehmerliste an.« Routiniert fanden seine Finger die Feder, die in einem Tintenfass auf seinem Schreibtisch bereitstand, und begann zu schreiben. »Hier«, sagte er eine knappe Minute später. »Ich habe dir die Namen der Fahrer unterstrichen, die Verletzungen davongetragen haben. Bei ihnen hast du die besten Chancen, als Ersatz einspringen zu dürfen. Wenn dich einer annimmt, sag dem Fahrer, dass er sich in einem der Anmeldebüros melden soll, um die Formalitäten zu klären. Das wäre alles.«

Er reichte dem Jungen die Liste. Dankbar nahm dieser sie entgegen und verließ anschließend das Büro.

Arthur seufzte. Das wäre alles viel einfacher gewesen, wenn wie üblich jemand gewonnen hätte. Dass sein Kommentator Gunther Grölstark beim Rennen gleich zweimal bedroht worden und am Ende gezwungen worden war, ein Unentschieden auszurufen, war ein weiterer Punkt auf Arthurs endloser Liste. Er hatte auf der Wache bereits Anzeige erstattet und eine stärkere Bewachung des Kommentatorturmes angefordert, aber mehr als einen zusätzlichen Wächter hatte Oberwachtmeister Piepenköhl ihm nicht zugestanden.

Entschlossen straffte Arthur seinen Körper und erhob sich von seinem Platz. Er musste sofort einen Botenjungen mit den neuesten Änderungen zum Schwalbenkurier schicken. Seine Entscheidung musste morgen in der Frühausgabe publik gemacht werden. Vielleicht konnte er dadurch für eine ausreichende Teilnehmerzahl sorgen, ohne die Wetten zu gefährden.

Dieses Rennen musste ein Erfolg werden!

Schweigend tapste Felia ihrer neuen Bekanntschaft hinterher. Das lag vor allem daran, dass sie befürchtete, ihre personifizierte Rettung könnte sich umdrehen und sie wegschicken, wenn sie ihr noch länger mit ihrer Fragerei auf die Nerven ging. Stattdessen bemühte Felia sich darum, mit der jungen Frau Schritt zu halten, denn sie legte ein energisches Tempo vor. Sie hatte schließlich mehr als einmal erwähnt, dass sie Arbeit zu erledigen hatte.

Felia lag die Frage auf der Zunge, um was für eine Art von Arbeit es sich handelte, wo sich doch die meisten Leute schon fürs Schlafengehen fertig machten, schluckte die Worte aber schnell wieder herunter. Es schien auf alle Fälle sehr wichtig zu sein, wenn sie es so eilig hatte, weitermachen zu können.

Überrascht stellte Felia fest, dass ihr Weg sie eine ihr bekannte Route entlangführte. Wirklich gut kannte sie sich in der Stadt nämlich nicht aus. Sie wusste, wie sie zum Stadtkern gelangte und wie es in der dortigen Umgebung aussah. Außerdem kannte sie das angrenzende Handwerkerviertel, weil Lyell dort in dem Altmetallladen arbeitete. Und auf jenes hielten sie direkt zu.

Das flaue Gefühl in ihrem Magen kehrte zurück, als sie an den jungen Bastler dachte. Ob sie sich doch an die Wache wenden sollte? Der Jaguar hatte gedroht, dass er sie im Auge behalten würde ... aber konnte er dies auch jetzt, wo sie nicht mehr ans Internat gefesselt war?

Sie hob den Kopf und sah den Laden bereits an der rechten Straßenseite auftauchen. Erinnerungen kamen hoch, wie sie oft nach der Schule diesen Weg entlang gerast und anschließend über die niedrige Mauer gesprungen war. An die Vorfreude, die sie bei dem Gedanken erfüllte, Lyell bei seiner Bastelei zuzuschauen und ihn mit nervigen Fragen in den Wahnsinn zu treiben, nur damit er ihr erlaubte, mit seinen Huskys Gassi zu gehen.

Unvermittelt blieb Tia stehen.

»Da wären wir«, sagte sie.

Felia hob den Kopf und las das vergilbte Schild über der Ladentür: *Krust – Altmetall.*

»Du arbeitest hier?«, fragte sie und konnte nicht verhindern, dass sich Bitterkeit in ihre Stimme mischte. »Du nimmst Lyells Stelle als Verkäuferin ein?«

Tia zog skeptisch die Augenbrauen zusammen. »Nein«, sagte sie gedehnt. »Du kennst Ly bereits? Ein ganz schöner Kotzbrocken, oder? Kaum zu glauben, dass sich ein Snob wie er die Hände schmutzig macht.« Sie schritt die zwei Stufen zum Eingang empor und wollte die Tür bereits aufdrücken, als sie unvermittelt in ihrer Bewegung innehielt. Langsam ließ sie das Bündel von ihrer Schulter rutschen und beugte sich zu Felia hinunter, die Hände in die Hüften gestemmt. »Warte einen Moment ... Woher kennt Ly *dich?* Ein kleines heimatloses Straßenmädchen. Der würde sich doch nie mit dir abgeben!«

Ihr Blick war derart bohrend, dass Felia unvermittelt einen Schritt zurücktaumelte. »Ich ... Also ich habe ihn mal auf der Straße übergerannt. Also so aus Versehen. Ich renne öfter Leute über den Haufen ... jedenfalls habe ich ihm dann geholfen, den Schrott wieder einzusammeln und in seinen Laden zu tragen, um ihn zu beruhigen, weil er so geschrien hat. Irgendwie bin ich geblieben und wir haben uns unterhalten und dann kam ich öfter vorbei.« Sie verstummte, als sie merkte, wie kopflos und zahlreich ihr die Worte aus dem Mund purzelten. »Ich habe ihn sehr gern«, fügte sie hinzu.

Die letzten Worte bereute sie sofort, als sie in der nachfolgenden Stille die Gelegenheit dazu bekam, über das nachzudenken, was Tia vor ihrer Frage erwähnt hatte. *Ein Snob wie er ...* Sie dachte an Fräulein Manierlichs seltsames Verhalten Lyell gegenüber. Erneut sah sie zu dem Schild hinauf, auf dem nach wie vor das Wort *Krust* gut lesbar den Namen des Besitzers verkündete.

Ihre Augen weiteten sich, als sie der Erkenntnis nicht länger aus dem Weg gehen konnte. »Lautet dein Familienname zufällig

Handlung?«, fragte sie und spürte, wie ihr Herz schneller zu schlagen begann.

Verräterisch schoss eine ihrer feinen Augenbrauen in die Höhe.

»Ja«, sagte Tia langsam. »Woher weißt du das?«

Felia ignorierte die Frage. »Du bist Lyells Braut!«, stieß sie hervor. Jetzt wusste sie auch wieder, wo sie diese Frau gesehen hatte. Es war auf dem Schlittenball gewesen. Sie war die Frau, die mit Lyell getanzt hatte, während Felia versucht hatte, Jaques nicht auf die Füße zu treten.

»Oha«, sagte Tia und richtete sich wieder zu ihrer vollen Größe auf. »Selbst ein Straßenmädchen weiß mehr über seine Hochzeit als er selbst.«

Es ist wirklich wahr!, dachte Felia. *Lyell ist tatsächlich der Erbe des Krustimperiums. Bei Teldun, wieso hat er mir das nie gesagt?* Sie blickte in Tias Gesicht, in dem eine empörte Resignation stand.

»Du bist nicht sehr glücklich darüber«, erkannte Felia.

»Ts!«, erwiderte Tia und drehte beleidigt den Kopf zur Seite. »Er ist ein unsensibler Kotzbrocken. Niemand würde den freiwillig heiraten wollen, besäße seine Familie nicht Geld und Status.«

Während sie sprach, bemerkte Felia das schwache Licht einer Kerze, das hinter dem Schaufenster durch den Laden wanderte. Mit einem energischen Ruck wurde die Tür aufgerissen und Tia zuckte zusammen, als die Glocke laut bimmelte.

Es war Lyell, der auf der Schwelle erschien. »Was stehst du hier so planlos rum wie das Aktmodell eines Straßenkritzlers?«, rief er erbost. »Ich warte schon eine halbe Ewigkeit. Falls du es vergessen hast, wir haben einen Haufen Arbeit vor uns!« Sein Blick fiel auf Felia. »Oh, hallo Felia«, sagte er etwas gemäßigter. »Lässt du dich auch mal wieder blicken. Die Hunde vermissen dich schon.« Er trat zurück in den Laden, um den Weg freizugeben. »Jetzt kommt endlich rein, alle beide!«

Tias Hände ballten sich zu Fäusten, Felia konnte ihre zusammengebissenen Zähne zwischen ihren verzogenen Lippen sehen.

»Genau das meine ich«, presste sie mühsam beherrscht hervor und hob das Bündel wieder auf. »Ein Kotzbrocken.«

Felia ignorierte sie und stürmte an ihr vorbei in den Laden. Achtlos ließ sie ihre Sachen zu Boden fallen. »Lyell!«, rief sie laut und Tränen traten ihr in die Augen.

Überrascht wandte sich der Bastler um, der gerade die Kerze von der Schaufensterbank wieder an sich hatte nehmen wollen, als Felia in einer hechtsprungartigen Umarmung in ihn hineinkrachte. »Dir geht es gut! Oh, Teldun sei Dank, es geht dir gut!« Schluchzend drückte sie ihr Gesicht in den Stoff seiner fleckigen Jacke. Sie roch nach Feuer und Asche.

»Au, au, Felia, lass das!«, sagte er und versuchte sie von sich wegzudrücken. »Meine Schulter ist geprellt und mein Arm gebrochen, das tut weh. Jiautsch!« Der letzte Ausruf erfolgte darauf, dass Felia durch seine Gegenwehr nur stärker zudrückte. Tränen der Erleichterung flossen, als ein großer Teil ihrer angestauten Sorgen wie ein Gletscher bei Tauwetter wegbrach und die darunter liegenden Emotionen freilegte.

»Du Idiot!«, schrie sie nun und schlug mit der rechten Faust auf seine Schulter ein. »Du verdammter Idiot! Ich habe mir solche Sorgen um dich gemacht, als du einfach aus der Kutsche gesprungen bist! Der Jaguar hatte es doch auf dich abgesehen.« Ihre Schläge wurden schwächer, als auch die plötzliche Wut wieder verschwand. »Als er dann zur Schule kam und mir sagte ... ich dachte du wärst ...« Ein letztes Mal schlug ihre Faust gegen seinen Oberkörper, bevor sie dort zitternd verharrte.

Lyell antwortete nicht. Stattdessen fühlte Felia seine Hand, die sich zaghaft auf ihren Rücken legte. Schluchzend stand sie da und benetzte seine Kleidung mit ihren Tränen, ließ all die angestauten Emotionen frei, die sie so lange in sich gehalten hatte. Auch Lyells Hunde waren inzwischen in den Laden gestürmt. Freudig wuselten sie um sie herum. Felia nahm es gar nicht wirklich wahr.

Das Bimmeln der Glocke durchbrach die Stille. Leise schloss sich die Tür zum Laden und holte Felia in die Gegenwart zurück.

Erschrocken löste sie sich von Lyell und sah zu Tia hinüber. »Es ... es tut mir leid«, begann sie zitternd. »Das war nicht angebracht. Schließlich seid ihr beiden verlo...«

»Nur ein weiterer Klecks auf der Straße«, beruhigte Tia sie mit dem schwalbenkackschen Ausdruck, der so viel wie *vergiss es einfach* bedeutete. »Ich habe nicht vor, diesen Pfosten zu heiraten. Allerdings«, sie legte ihr Bündel auf dem Boden hinter dem Schaufenster ab und schritt mit durchgedrücktem Rücken auf sie zu, »wirst du jetzt zur Abwechslung *mir* ein paar Fragen beantworten. Du hast den Jaguar erwähnt. Ich will alles hören. Die ganze Geschichte!«

Tia hörte aufmerksam zu, während Felia erzählte. Sie saßen zu dritt in einem Kreis auf dem Boden des Ladens. Je ein Husky füllte die einzelnen Lücken; nur zwischen Felia und Tia hockten zwei. Lyell hatte die Rollläden runtergezogen, um Passanten den Blick ins Innere zu verwehren und die Kerze durch eine Petroleumlampe ausgetauscht, die ruhig ihren hellen Schein vom Zentrum des Zirkels auf ihre Gesichter warf. Es fehlte nur noch ein blutiges Oktogramm in ihrer Mitte und sie hätten als Kultisten des großen Oktopussers durchgehen können.

Das Mädchen machte eine Pause, um einen Bissen von dem Brot zu nehmen, das Lyell als Snack für Zwischendurch in der Werkstatt liegen hatte.

»Das hat der Jaguar wirklich gesagt?«, bohrte Tia nach. »Dass er der rechtmäßige Herrscher Schwalbenkacks ist und nun den gesamten Adel auslöschen will?«

Felia nickte und schluckte hastig. »Ja, er meinte, Gaius Zirkus würde es noch bereuen, ihm den Thron geraubt zu haben.«

»Den Thron«, frotzelte Lyell. »Es ist ja nicht so, dass Zirkus ein König wäre. Könige regieren ganze Länder, so wie King Richard von Teatown. Zirkus hat nur eine Stadt.«

»Das habe ich anders gelernt«, wunderte sich Felia. »Hat Gran Canalia nicht auch einen König?«

»Ja, schon«, antwortete Lyell. »Aber da gehört auch das umliegende Land zum Königreich dazu.«

»Meer«, verbesserte Tia sofort.

»Meer«, wiederholte Lyell. »Der König herrscht also nicht nur über die Stadt, sondern auch über ... das Meer und über ... die Fische ... und so ...« Er brach ab, als er merkte, dass er Unsinn erzählte.

Tia schnaubte spöttisch. »Gran Canalia herrschte vor einigen hundert Jahren fast über die gesamte damals bekannte Welt, bevor das Reich in seine Einzelteile zerfiel. Schwalbenkack wurde damals als erste canalische Siedlung auf dieser Seite der Meerenge gegründet, nachdem die ersten Hochburgen der Kriegsherren beim Eroberungsfeldzug gefallen waren und der Krieg als gewonnen galt. Aus dieser Zeit stammt der Titel des canalischen Königs. Nach der Loslösung von Gran Canalia, ließ sich der Statthalter in Schwalbenkack selbst zum König ausrufen. Die Königslinie wurde von Zirkus unterbrochen und der Titel des Regenten eingeführt. Hast du etwa alles vergessen, was du damals bei Fräulein Manierlich gelernt hast?«

Lyell brummte nur missmutig.

»Jedenfalls …« Tia hob die Stimme, um die aufkeimende Frage zu ersticken, die Felias bereits geöffneten Mund verlassen wollte, »… sind wir uns alle einig, dass niemandem ein Jaguar auf dem Thron gefallen würde – egal wie rechtmäßig er da auch hingehört. Er sagte, er müsse das Rennen für seinen Plan gewinnen?«

»Ja«, bestätigte Felia. »Sein Partner meinte, er habe genügend Palastwachen auf ihre Seite gezogen. Ich glaube, er hat sie gekauft.«

»Weißt du, wer dieser Partner ist?«

Felia schüttelte den Kopf.

»Hmm.« Tia rieb sich das Kinn. »Wenn er die Wache kaufen kann, muss er einen Haufen Geld zur Verfügung haben. Das schränkt die Auswahl ein.«

»Was ist mit dem Besitzer der Villa?«, fragte Felia. »Der hat einen Haufen teures Zeug, wie die Westernfracht von Vico van Grogh.«

»Sternentracht«, verbesserte Lyell.

»Fernenwacht!«, betonte Tia ärgerlich. »Da ist ein Turm in der Ferne darauf, das sieht man doch!«

»Ja, wie auch immer«, sagte Felia schnell. »Was ist mit dem Typen?«

»Arwenius Habkies?« Nachdenklich kraulte Tia dem Husky zu ihrer Rechten den Kopf. »Durchaus möglich. Von einem Putsch würde er sicher profitieren. Weniger Steuerabgaben an den neuen Herrscher, aus dem Geschäft gestoßene und enteignete Adelskonkurrenten – die Möglichkeiten sind vielfältig.« Sie drehte den Kopf zu ihrem Verlobten. »Was ist mit deinem Vater, Ly? Eine Idee, wie er aus dem Sturz des Adels einen Gewinn schlagen könnte?«

»Wie oft noch? Mein Vater geht gerade pleite!«

»Und das wirklich nur, weil du ein paar Zwergen keine Bronze verkaufen wolltest? Das ist arg fadenscheinig in meinen Augen.«

Lyell stutzte.

Tia seufzte. Ihr Zukünftiger schien vom Geschäftswesen genauso viel Ahnung zu haben, wie ihr Vater mit Geldanlagen umzugehen wusste. Er glaubte doch nicht ernsthaft, dass so leicht ein ganzes Handelsimperium zusammenbrach? Diese Ehe musste auf alle Fälle verhindert werden. Sie konnte nicht noch einen Kerl von dieser Sorte in der Familie gebrauchen! »Du wirst das bei dir Zuhause nachprüfen«, trug sie ihm deshalb auf.

»Wir haben Wichtigeres zu tun. Wir müssen den ...«

»Du hast einen gebrochenen Arm und bist wenig hilfreich! Also wirst du das nachprüfen«, verschärfte sie ihre Anweisung und Lyell verstummte. Dann verfielen sie in erneutes Schweigen.

Der rechtmäßige König Schwalbenkacks, dachte Tia. War das überhaupt möglich? Es stimmte, Zirkus hatte seine Position in jungen Jahren dem damaligen König abgenommen. Einige der älteren Bürger erinnerten sich noch an den alten Arius Minibus, den man heute oftmals den *umnachteten König* nannte. Minibus zeichnete sich durch seinen ungeheuren Einfallsreichtum aus – vermutlich bedingt durch das skepthomosische Blut seiner Mutter. Tia erinnerte sich noch gut an die Schulaufgabe, in der sie drei seiner Schnapsideen recherchieren und vor der Klasse vorstellten sollten. Sie wusste noch, was sie damals herausgesucht hatte.

Zum einen wollte er die Einführung einer öffentlichen Kutsche forcieren, die Bürger zu festgelegten Zeiten auf festgelegten Routen durch die Stadt brachte. Die Erfindung scheiterte daran, dass die Minibus-Kutsche aufgrund ihrer Länge in nahezu jeder Kurve stecken blieb.

Eine andere revolutionäre Idee war der Goldene Kackhaufen. Ein von Minibus selbst in die Welt gerufenes Ministerium, dass es Bürgern ermöglichen sollte, sich in der Not Geld zu leihen. Das Konzept sah vor, dass Bürger ihre überschüssigen Guani dem Goldenen Kackhaufen anvertrauen sollten. Dieser konnte dann einem Bürger in Nöten aushelfen unter der Prämisse, dass besagter Bürger später einen etwas größeren Betrag zurückzahlen musste, sobald sich seine Finanzsituation stabilisiert hatte. Auch diese Neuerung scheiterte. Allen voran, weil der durchschnittliche schwalbenkacksche Bürger das System der Zinsen nicht verstand und es deshalb ablehnte. In Schwalbenkack war man seit jeher der Meinung, dass jegliche Mathematik, die nicht mit der Hilfe eines einfachen Abakus' zu bewältigen sei, als nicht vertrauenswürdig eingestuft werden sollte.

Seine absonderlichste Idee jedoch besiegelte Minibus' Untergang. An einem gewissen Punkt in seinem Leben war Minibus sehr frustriert von der Tatsache, für diplomatische Gespräche einen Dolmetscher zu benötigen. Da seine Gäste oftmals verärgert oder ungehalten auf seine Vorschläge und Ideen reagierten, reifte in Minibus die Überzeugung, dass seine Dolmetscher ihn allesamt falsch übersetzten und den Staatsoberhäuptern der anderen Länder in seinem Namen Beleidigungen an den Kopf warfen. Um dieses Problem aus der Welt zu schaffen, strebte Minibus eine einheitliche Sprache für den gesamten Kontinent an. Und um das durchzusetzen, plante er, die Weltherrschaft an sich zu reißen, welche mit der Eroberung Teatowns beginnen sollte.

Es war Zirkus gewesen, der Minibus schlussendlich aus seinem Zimmerfenster gestoßen und somit einen ungewinnbaren Krieg verhindert hatte. Als die Nachricht vom Tod des Regenten im Palast die Runde machte, floh Minibus' Frau zusammen mit ihrer dreijährigen Tochter aus der Stadt, um dem blutigen Gemetzel zu entgehen, welches mit Umstürzen bekanntermaßen einhergeht. Ein solches hatte allerdings nie stattgefunden. Man hatte Zirkus nur mehrfach auf die Schulter geklopft und anschließend auf den Thron gesetzt. Man sprach in diesem Zusammenhang auch von dem friedlichsten Putsch in der Geschichte der Stadt, dem Putsch, bei dem wirklich nur der eine Übeltäter zu Schaden gekommen war.

Tia brummte missmutig. Der Jaguar war tatsächlich alt genug, um Minibus' Enkel zu sein. Je nachdem, was die Frau des umnachteten Regenten ihrer Tochter erzählt und was diese wiederum dem Jaguar berichtet hatte, konnten seine Information ähnlich verzerrt sein, wie es bei dem Spiel *Stille Post* oft vorkam. Auf Informationen, die man mündlich weiterreiche, war absolut kein Verlass.

»Wir müssen die Wache informieren«, sprach Felia schließlich in die Stille hinein.

»Negativ«, antwortete Tia. »Wenn die Wache bestochen wurde, dann kann es passieren, dass wir uns sehr schnell in einer Gefängniszelle wiederfinden. Nein, besser ist es, wenn wir seine Pläne direkt vereiteln.«

Felia legte den Kopf schief. »Und wie machen wir das?«

»Indem wir ihn beim Rennen schlagen.« Lyell erhob sich von seinem Platz und die Huskys horchten auf. »Na überlegt doch mal, wieso sonst sollte der Jaguar beim Rennen mitfahren? Zirkus persönlich lädt den Gewinner des Schlittenrennens in seinen Palast ein. Eine bessere Gelegenheit, ihn unauffällig aus dem Weg zu räumen, gibt es nicht. Anderweitig bekommt man als Normalsterblicher Zirkus niemals außerhalb seines Palastes zu Gesicht.«

»Er war auf dem Schlittenball«, warf Felia ein. »Wir haben mit ihm gesprochen. Er hat deine Hand geschüttelt wie einen überreifen Olivenbaum.«

»Es hat mich auch gewundert, dass er dort war«, sagte Tia. »Zirkus verlässt so gut wie nie seinen Palast. Es wundert mich auch nicht, er ist mit Sicherheit der meistgehasste Mann in dieser Stadt. Die Abschaffung des Sonderkleckses hat viele Bürger aus den ärmeren Schichten hart getroffen.«

»Sonderklecks?«, fragte Felia.

»Als Bürger dieser Stadt hattest du noch letztes Jahr ein Anrecht auf dreihundert Kleckse pro Monat. Während das für die meisten Adeligen ein sprichwörtlicher Kleckerbetrag ist, half er vielen Menschen über die Runden. Die Abschaffung dieser Leistung hat viele Familien hart getroffen. Raubüberfälle wie den, den du selbst in der Gasse erlebt hast, sieht man seitdem selbst im Stadtkern immer häufiger.«

»Das klingt wirklich schlimm.« Felia hob die Augenbrauen. »Wieso sollte Zirkus das tun? Auf mich wirkte er wirklich sehr nett …«

»Zurück zum Jaguar«, lenkte Tia den Gesprächsfluss wieder in die richtige Bahn, bevor sie der Göre auch noch Finanzpolitik erklären musste. »Wenn er einen Umsturz plant, wäre es sehr blöd, sich nur auf seinen Sieg im Rennen zu verlassen.«

Lyell schnaufte. »Machen wir denn etwas anderes?«

Missmutig knirschte Tia mit den Zähnen. Sie wollte ihm entgegenschleudern, dass ihre Hochzeit sich kaum mit einer Revolte vergleichen ließ und sie selbst auch lieber einen besseren Plan hätte, als dafür zu sorgen, dass ein verwahrloster Piratenkapitän das Schlittenrennen gewann, verkniff es sich jedoch. »Das lässt sich kaum vergleichen. Nein, wir müssen genau wissen, was der Jaguar plant. Nur so können wir eine Gegenstrategie entwickeln.«

»Toll«, erwiderte Lyell, »und wie stellen wir das an?«

Tia sah zu Felia hinüber.

Das Mädchen blickte irritiert zwischen ihnen beiden hin und her. »Was seht ihr mich so an?«

»Der Jaguar wollte dich für seinen Plan einspannen. Du gehst zu ihm, gewinnst sein Vertrauen und sagst uns dann, was er vorhat.«

Erschrocken streckte Felia ihr die Handflächen entgegen. »Nein, das ist Wahnsinn. Ich bin tot, wenn ich das mache.«

»Wenn er dich töten wollte, hätte er längst die Gelegenheit dazu gehabt«, erklärte Tia ruhig. »Hast du nicht gesagt, dass er sich als Held sieht? Helden töten keine kleinen Mädchen. Wenn jemand an ihn rankommt, dann du.«

Felia haderte. Tia konnte sehen, wie sie mit sich kämpfte; wie sich ihre Muskeln anspannten und wie sie auf ihrer Unterlippe herumbiss. Sie dachte darüber nach. Sie wollte es tun, sie brauchte nur einen Stups. Natürlich war es Tias Verlobter, der wieder in die falsche Richtung schubsen musste.

»Nein, das kommt nicht infrage«, ging Lyell dazwischen. »Abgesehen davon: Weißt du überhaupt, wo der Jaguar wohnt? Oder wie er sich mit angeblich richtigen Namen nennt? Er wird in der Stadt wohl kaum unter *Arius Minibus II* bekannt sein.«

Tia schwieg. Daran hatte sie nicht gedacht.

In der folgenden Stille begannen Nautilus und Argus zu maulen. Vermutlich erzählten sie sich gegenseitig, wie langweilig sie diesen Sitzkreis fanden, und dass sie lieber draußen spazieren gehen würden.

»Wie wäre es denn«, setzte Felia zögerlich an. »Wie wäre es denn den Jaguar einfach gewähren zu lassen? Wenn Zirkus wirklich ein so schlechter Regent ist, dann …«

»Hallo?«, unterbrach Tia sie. »Wenn der Jaguar gewinnt, muss ich diesen Vollidioten da neben mir heiraten. Dann bin ich *Lady* Krust und stehe damit auf seiner Abschussliste!«

Betreten wandte Felia das Gesicht ab.

»Wie wäre es damit:«, sagte Lyell. »Wenn wir nicht zur Wache gehen können, dann muss jemand von uns selbst Teil der Wache werden. Die Wache rekrutiert aktuell. Eine bessere Chance auf Informationen haben wir nicht.«

Tia drehte den Kopf und maß ihn mit einem zufriedenen Blick. Das war doch schon mal ein Anfang.

»Sieh nicht mich an«, setzte Lyell hinterher. »Mich werden die nicht nehmen.« Demonstrativ hob er seinen verletzten Arm.

»Ja«, sagte Felia. »Tia ist eine bessere Wahl. Sie kann kämpfen.«

»Sei nicht albern«, unterbrach Lyell Felia. »Tia muss hierbleiben und den Dampfkessel mit mir bauen.«

Felia stockte kurz. »Du meinst, ich soll das machen?«

»Siehst du hier noch ein heimatloses Mädchen, das dringend eine Arbeit gebrauchen könnte?«, fragte Tia schnippisch.

Alle Augenpaare richteten sich auf Felia, inklusive die der Hunde.

Abermals biss das Mädchen auf ihre Unterlippe, bevor sie einen tiefen Atemzug nahm. »In Ordnung. Ich mach's.«

»Perfekt«, sagte Tia und erhob sich von ihrem Platz, woraufhin auch Nautilus aufsprang und ihr neugierig um die Beine wuselte. »Du gehst am besten direkt morgen früh zum Wachhaus Marmorallee und bewirbst dich. Weißt du, wo das ist?«

Felia nickte vorsichtig.

»Sehr gut.« Ihr Blick fiel auf Lyell. »Bereit, mit der Arbeit fortzufahren?«

Ungelenk kam Lyell auf die Beine. »So bereit ich mit einem kaputten Arm sein kann.«

»Aber«, begann Felia hastig, »reicht das auch? Was ist, wenn der Jaguar gewinnt? Oder wenn er etwas ganz anderes plant und ich nicht herausfinden kann, was es ist?«

»Was sollen wir denn noch tun?«, widersprach Lyell ungehalten.

»Schau uns an. Wir sind Ingenieure. Und wir machen das, was Ingenieure am besten können. Wir bauen etwas Großartiges!«

»Aber ...«

»Nichts aber«, fuhr Lyell dazwischen. »Das Thema Jaguar bekommen wir heute Abend nicht mehr gelöst. Es ist dunkel, alle Läden haben geschlossen und wir haben zu tun. Wieso also nicht das machen, was wir machen können und den Dampfkessel bauen? Und am besten arbeiten wir, wenn wir ungestört sind. Also sei so lieb und geh ein wenig mit den Hunden spazieren, die brauchen dringend Auslauf. Springt auch das Übliche für dich dabei raus.«

Felia wirkte nicht überzeugt.

»Keine Sorge«, fügte Tia hinzu. »Es ist unwahrscheinlich, dass dich nochmal jemand angreift, wenn du vier Hunde dabeihast und auf den Hauptstraßen bleibst.« Sie lächelte aufmunternd. Schließlich juckte es auch sie in den Fingern, mit der Arbeit fortzufahren. So ungern sie es zugab, Ly wusste, was er tat. Sich mit jemandem über die eigene Arbeit austauschen zu können, der nicht gleich abwertend mit *»Geh lieber wieder zurück in die Küche!«* antwortete, fühlte sich ungemein erfrischend an. Und für einen ordentlichen Austausch konnte sie gerade keine Heranwachsende gebrauchen, die mit nervigen Fragen dazwischenfunkte.

Felia nickte. »In Ordnung«, sagte sie, obwohl ihr Tonfall das Gegenteil vermuten ließ. Sie wandte sich an die Hunde, die ihre Belagerung inzwischen auf Felia ausgeweitet hatten. »Na kommt, ich geh ein paar Schritte mit euch.« Gemeinsam gingen sie zur Ladentür und Tia öffnete die Rollläden, damit Felia nach draußen konnte.

»Lass dir Zeit«, rief Tia ihr noch hinterher, bevor sie wieder im Laden verschwand. Aus der Werkstatt hörte sie schon Lys ungeduldige Rufe, sie sollte endlich ihren Hintern an die Arbeit schwingen.

Zufrieden krempelte sie sich die Ärmel hoch. Nichts lieber als das!

Der erste Tag nach dem Rennen ging zu Ende. Ruhe kehrte in die Straßen ein und die Lichter erloschen nach und nach. Nur in einem Zimmer im Palast des Regenten brannte noch eine einzelne Lampe.

Vaunír saß aufrecht auf seinem Bett und meditierte. Als erhabene Wesen hatte sein Volk so etwas Primitives wie den Schlaf längst abgeschüttelt. Ein paar Stunden bei klarem Geiste in Ruhe und Stille reichten vollkommen, um Vaunírs Energiereserven vollständig wiederherzustellen.

Diesmal jedoch fiel ihm die Meditation äußerst schwer. Gedanken sprangen von einem Neuron zum nächsten und spannen langsam aber sicher einen schützenden Kokon, der anschließend behutsam in der hintersten und dunkelsten Ecke seines Geistes verstaut wurde. Seine Erhabenheit durfte nicht den geringsten Kratzer erhalten. Dafür sorgten seine gedanklichen Strukturen, die er sein Leben lang in der Meditation kultiviert hatte. Ein jeder Elb tat dies, um nicht verrückt zu werden.

Ein normaler Mensch an seiner Stelle hätte sich vielleicht kurz geärgert, dass er nicht gewusst hatte, dass es in der Stadt *mehrere* Anmeldebüros gab und er deswegen seine beste Chance auf ein Treffen mit dem Jungen vertan hatte. Für Vaunír kam so etwas wie Unwissen jedoch nicht infrage, weshalb sich seine automatisierten Gedanken-strukturen darum kümmerten, die Realität so zu verzerren, dass Vaunírs Erhabenheit intakt blieb. Ein Mensch hätte diesen Vorfall einfach vergessen. Eine Lösung des Problems, die den Elben viel zu banal gewesen wäre. Das machten nur unzivilisierte Völker.

Vaunírs geistiger Automatismus vollendete seine Arbeit und der Elb schlug die Augen auf. Dieser dämliche Junge! Wieso war er nicht in das Anmeldebüro in der Geraden Straße gegangen? Dieses lag der Taverne *Des Wanderers Rastplatz* am nächsten! Vermutlich hatte er es nicht gewusst! Selbst mit einem kerdanischen Pergament war er schließlich immer noch ein dummer und ungebildeter Mensch!

Angespannt begann Vaunír sich die Schläfen zu massieren. Jetzt war nicht die Zeit, sich über einen Fehlschlag zu ärgern, für den er natürlich *absolut überhaupt gar nichts* konnte. Viel wichtiger war nun, sein weiteres Handeln zu planen.

Die Fakten sagten ihm, dass noch genügend Zeit blieb, um einen neuen Plan zu entwerfen. Von dem Zwerg hatte er erfahren, dass der Junge Probleme mit der Liebe hatte. Er hatte ihm deshalb geraten, seine Angebetete beim Rennen zu beeindrucken. Vaunír wusste also, wo sich der Junge in sechs Tagen definitiv befinden würde. Dadurch war es nicht mehr schlimm, dass diese Felia ihm ihre Hilfe verweigert hatte.

Dazu kam, dass es beim Rennen als ein normaler Umstand galt, wenn Teilnehmer einige wichtige Dinge verloren. Zum Beispiel ihren Stolz. Oder ihre Gliedmaßen. Manchmal sogar ihr Leben. Das war ein normales Berufsrisiko. Niemand würde ihm also in die Quere kommen, wenn er versuchte, einen kleinen Unfall für den Jungen zu inszenieren. Und die beste Möglichkeit, dies zu erreichen, bestand darin ...

Vaunírs seltener Anflug von guter Laune starb an akutem Nährstoffmangel. In einer gleichmäßigen Bewegung legte er sich zurück aufs Bett und löschte die Kerze, die ihm bis dahin Licht gespendet hatte. Er brauchte jetzt eine besonders tiefe Meditation. Ganz, ganz, dringend!

Ein neuer Tag brach an. Die Sonne war kaum gänzlich über den Horizont geklettert, da waren bereits die ersten Personen auf den Straßen Schwalbenkacks unterwegs. Eine von ihnen war Felia, die sich gähnend, und mit Lyells Huskys im Schlepptau, über den Hämmersbald-Weg schleppte – eine der Hauptstraßen des Handwerksviertels. Ihr tat alles weh. Das lag vor allem daran, dass eine Schmiede kein Gasthaus und ein Stapel Abdeckplanen kein Bett war. Wie von Tia versprochen, hatte Lyell ihr Unterschlupf gewährt. Außer den Planen hatte sich leider nichts dazu geeignet, eine Schlafstätte herzurichten. Zum Glück hatte er Filius und seine Brüder bei ihr gelassen. Die vier Huskys waren die beste behelfsmäßige Decke, die Felia bisher in ihrem Leben verwendet hatte.

Erneut zwang ein Gähnen sie dazu, ihren Mund aufzureißen. Immerhin hatte Lyell versprochen, heute eine vernünftige Decke zu besorgen. Sofern sie Tia und ihn nicht störte.

»Wieso müssen die bloß so früh anfangen?«, murmelte sie verschlafen und ließ ihren Blick über die Straßen wandern. Es war noch nicht viel los. Vereinzelt zogen Karren über die Straße. Genau wie die Schwingengasse handelte es sich bei dem Hämmersbald-Weg um eine der geradlinigeren und breiteren Straßen Schwalbenkacks, weshalb ein Teil von ihm zur Rennstrecke gehört hatte. Aus diesem Grund war der Straßenbelag hier auch dicker als anderswo – sehr zum Leid der Männer und der Pferde, die die Straßenkarren zogen.

Auch Felia kämpfte mit dem Untergrund. Durch den gestrigen Regen hatte sich der Straßenbelag in eine glitschige Masse verwandelt, auf der sie nur mit Mühe laufen konnte. Ihre Stiefel sahen schlimmer aus, als hätte sie eine ganze Woche bei Regen daheim auf dem Feld gearbeitet. Dennoch schätzte sich Felia glücklich. Lyell war in Sicherheit. Alles, was der Jaguar ihr erzählt hatte, war bloß heiße Luft gewesen. Felia fragte sich nur, wie er an Lyells Maske gekommen war. Am Vorabend hatte der Bastler sie schließlich noch getragen. Kopfschüttelnd verwarf sie den Gedanken. Letztendlich war es ihr egal. Hauptsache, Lyell bekam diese Fuchsmaske nie wieder in die Finger. Sie war froh, den Bastler zurückgewonnen zu haben. Genauso wie er sein sollte.

Noch immer konnte sie nicht glauben, dass er in Wahrheit eigentlich Ly Elliot hieß und der Erbe einer der einflussreichsten Familien war. Er benahm sich einfach nicht so. Nicht wie Akazia oder ihre Freundinnen, die ebenfalls aus adeligen Familien der Stadt stammten.

Felia fand das Schild mit der Aufschrift »Marmorallee«. Sie gab den Hunden ein Signal und gemeinsam bogen sie ab. Erleichtert atmete Felia auf, da sie wieder Steine unter dem Straßenbelag erkennen konnte.

Sie fand das Wachhaus innerhalb der nächsten Minuten. Das kleine, zweistöckige Gebäude stand gut sichtbar in der Nähe der Kreuzung zwischen einem Fachhandel für Schwerter und einem Posthäuschen. Zögerlich trat sie näher heran. Zwei breite Stufen führten zum Eingang, über dem in gut lesbaren Messinglettern »WACHHAUS

MARMORALLEE« geschrieben stand. Daneben prangte das Wappen der Stadt: Eine schwarze Schwalbe auf weißem Grund.

Felia zögerte. Was, wenn die Wache sie ablehnte? Schließlich konnte sie mit einem Speer oder einem Schwert noch weniger umgehen als mit einer Gartenhacke.

Sie nahm einen tiefen Atemzug und besann sich auf die Tipps, die Tia ihr vorhin noch gegeben hatte. Einer davon lautete: »Sei selbstbewusst. Handle, bevor dein Kopf dich mit Zweifeln und Ängsten lahmlegt. Der Rest ergibt sich von selbst.« Felia nickte. Genau. Sie würde da jetzt selbstbewusst reingehen.

Aber was, wenn die Wache sie annahm? Schließlich konnte sie mit einem Speer oder einem Schwert noch weniger umgehen als mit einer Gartenhacke. Wenn man sie damit beauftragte, Verbrecher einzufangen, konnte das sehr gefährlich für sie werden.

Filius' Bellen riss sie aus ihren Gedanken. Hechelnd saß der Husky vor ihr und sah sie erwartungsvoll an.

»Du hast recht«, sagte Felia leise. »Einfach handeln.« Selbstsicher schritt sie die Stufe zum Eingang hoch, öffnete die Tür und trat ein. Die Hunde folgten ihr.

Drinnen empfing sie ein schlichter Raum mit drei weiteren Türen. Zwei befanden sich je an einer Seite und eine weitere an der Wand geradeaus rechts zwischen beinahe raumhohen Schränken mit beeindruckend vielen Schubladen. Symmetrisch dazu führte links eine Treppe ins obere Geschoss. Davor stand ein Schreibtisch, hinter dem eine Gestalt zusammengesunken auf der Tischplatte döste. Sie trug die rote Uniform der Stadtwache sowie einen glänzenden Helm.

Unsicher näherte Felia sich dem Schreibtisch und betrachtete die schlafende Gestalt. Sollte sie besser später wiederkommen? Es war bestimmt unhöflich, einen Wächter zu wecken. Sie würde einfach den Spaziergang beenden, und …

Filius bellte und die Gestalt schreckte hoch.

Es war eine junge Frau mit kurzen roten Haaren. »Guten Morgen und willkommen bei der ...«, sie gähnte ausgiebig, »... Stadtwache. Mein Name ist Elvie Tablespoon. Wie kann ich Ihnen ...« Sie unterbrach sich und riss die Augen auf. »Oh, hallo! Wen haben wir denn da?« Ihre Stimme klang auf einem Schlag wesentlich energetisierter.

Felia versuchte zu lächeln. Die Situation gestaltete sich anders als angenommen. »Guten Morgen. Mein Name ist Felia.«

»Felia«, wiederholte die Elvie Tablespoon und grinste breit. »Sind das deine Hunde? Die sind sowas von cute!« Mit einem Bocksprung aus dem Stand überquerte sie den Schreibtisch und landete in der Hocke zwischen den Huskys, die sie sofort neugierig beschnupperten. Die Wächterin erwiderte die Geste, indem sie ihnen mit Sätzen wie »Who is a good boy?« die Köpfe tätschelte. Dies ging einige Sekunden, bevor die Wächterin ihre Aufmerksamkeit wieder auf Felia richtete. »Genug der Ablenkung. Wie kann ich dir helfen?« Sie kam wieder in die Aufrechte.

Felia stutzte kurz. »Ich bin hier, um mich für einen Posten als Palastwächterin zu bewerben.«

Elvies Augenbrauen schnellten in die Höhe. »Die Palastwache? Impressive! Dann beantworte mir doch ein paar Fragen: Möchtest du dich gerne für mehr Gerechtigkeit in der Stadt einsetzen?«

»Äh.« Felia stockte verunsichert.

Selbstbewusstsein, hörte sie Tias Stimme in ihrem Kopf flüstern. *Sei einfach selbstbewusst.*

Straff richtete Felia sich auf und sah der Wächterin direkt in die Augen. »Klar möchte ich das!«

Elvie grinste. »Bist du gern an der frischen Luft!«

»Ja!«

»Liebst du spannende Ermittlungsarbeit?«

»Ja!«

»Hast du Bock, den Bösen eins auf den Deckel zu geben?«

»Ja!«

»Bist du bereit, auch mal ein Risiko einzugehen und Eigeninitiative zu zeigen?«

»Ja!«

»Dann ist die Palastwache nichts für dich. Da stehst du nur blöd rum und siehst gut aus.«

Felias Lächeln gefror. *Verdammt. So war das nicht geplant gewesen.*

»Nein, ich weiß etwas Besseres. Du kommst zu uns, zur Stadtwache. Und weißt du was?« Elvies Grinsen wuchs in die Breite. »Du bist sowas von eingestellt!« Sie griff nach Felias Hand und schüttelte sie energisch. »Wir machen das direkt offiziell.« Sie ließ Felia los und legte die Hand stattdessen wie einen halben Trichter an ihre Wange. »Ernst!«, schrie sie in Richtung der Tür zu ihrer rechten. »Ernst, schwing deinen karlheimschen Arsch hierher. Ich brauche dich für Papierkram!« Sie schritt rüber, öffnete die Tür und beugte sich mit dem Oberkörper hindurch, wobei sie auf einem Bein balancierte. »Ernst! Bist du überhaupt da?«

Klappernde Schritte auf der Treppe kündigten einen weiteren Wächter an. Eine sehnige Gestalt trat in ihr Blickfeld. Felia zuckte zusammen, als sie Oberwachtmeister Piepenköhl erkannte.

»Was ist hier los, ichhabsgehört!« Sein Blick fiel für einen Augenblick auf Felia, dann auf die Hunde und schließlich zu Elvie, die sich inzwischen auch umgedreht hatte. »Rekrut Teybelspuhn?«

Elvie salutierte zackig. »Ich suche nach Ernst, Oberwachtmeister.«

»Rekrut Amboss bringt einige Unterlagen ins Wachhaus Schwingengasse zu Hauptmann Knolle.«

»Habe ich nicht mitbekommen. Er fällt nicht auf, wenn er den ganzen Tag nur im Archiv hockt und Akten sortiert.«

Piepenköhls Lippen verhärteten sich zu einem Strich. Ruckartig schnellte sein Kopf in Richtung Felia. »Und weshalb sind Sie hier?« Felia starrte zurück. Sie fühlte sich wie gelähmt. Ihre erste Begegnung mit Oberwachtmeister Piepenköhl, war nicht gerade harmonisch verlaufen. »Also, ich …«

»Sie ist unsere neue Rekrutin«, rief Elvie euphorisch dazwischen und trat an Piepenköhl heran. »Ich habe sie gerade eingestellt.«

Abermals schnellte Piepenköhls Kopf herum. »Sie können keine Rekruten einstellen, Teybelspuhn! Das liegt außerhalb Ihrer Befugnis. Sie sind selber noch eine Rekrutin.«

»Ich dachte, ich zeig etwas Eigeninitiative …«

»Still jetzt!«

Elvie schloss den Mund.

Zufrieden wandte sich Piepenköhl wieder Felia zu. »Also dann«, sagte er etwas ruhiger. »Sie wollen also zur Stadtwache. Felia Schütte, richtig?«

Felia nickte vorsichtig. Zu mehr fühlte sie sich nicht in der Lage. Ihre Kehle fühlte sich mit einem Mal trockener an als die Kreide, mit der Fräulein Manierlich auf ihrer Schiefertafel schrieb. *Verdammt, er erinnert sich an mich. Wenn er sich daran erinnert, dann auch …*

»Sie sind bereits vorbestraft. Ich erinnere mich an Ihre Schwimmstunde im Stadtbrunnen.«

Verdammt! Natürlich erinnert er sich. Ich bin ein kleines Mädchen mit vier großen Hunden. Natürlich erinnert er sich daran.

Prüfend griff Piepenköhl nach ihrer Hand und beäugte ihren gestreckten Arm. »Sie sind kräftiger, als es den Anschein macht. Können Sie mit einem Schwert umgehen?«

Wahrheitsgemäß schüttelte Felia den Kopf.

»Können Sie wenigstens sprechen?«

»Ja«

»Immerhin etwas. Was haben Sie zu ihrer kriminellen Vergangenheit zu sagen?« Er ließ ihre Hand los und Felias Arm schwang schlaff zurück nach unten.

»Also …« Felia überlegte, was sie sagen sollte. Kriminelle Vergangenheit klang, als hätte sie jemanden bestohlen. Der Vorwurf war ungerecht, aber wenn sie widersprach, würde er nur wieder Bußgelder aufschreiben, genau wie letztes Mal.

»Ja?«, fragte Piepenköhl.

»Ich bin jetzt ein anderer Mensch.«

»Aha?« Piepenköhl beugte sich nach vorne und inspizierte sie genauer. Dabei drehte er leicht den Kopf und ein Auge trat leicht aus der zugehörigen Höhle hervor. »Das war letzte Woche. Menschen ändern sich nicht innerhalb einer Woche. Sie sind abgelehnt.«

»Aber, Sir«, widersprach Elvie. »Sie ist …«

»Nicht qualifiziert, ichhabsgesagt. Und jetzt entschuldigen Sie mich, es ist Zeit für meine Morgenpatrouille.« Mit diesen Worten stapfte er an Felia vorbei nach draußen.

Elvie hob die Schultern und streckte ihre Unterarme aus. »Tut mir leid, Love. Der Griesgram hat leider das letzte Wort.«

Ein lautes Pochen an der Tür zu seiner Kajüte, riss Rostbart aus seinem mehr oder weniger wohl verdienten Schlaf. Kurz darauf ertönte die Stimme seines ersten Maats.

»Entschuldige die frühe Störung, Käpt'n, aber wir brauchen dich an Deck. Da ist jemand, der dich unbedingt sprechen will.«

Verschlafen wälzte Rostbart sich auf seinem Bett herum. Verfluchte Städter mit ihren unmöglichen Wachzeiten. »Wer immer es ist, soll später wiederkommen.«

»Er sagt, es geht um das Rennen.«

Rostbart brummte genervt. »Wenn das wieder jemand ist, der diesen verfilzten Ponwon streicheln will, dann ...«

»Dann hätte ich ihn weggeschickt.«

Eine Weile herrschte Stille, in der Rostbart mit sich haderte, ob er nun aufstehen sollte oder nicht. Er fasste einen Entschluss. »Na schön, ich bin auf dem Weg.« Missmutig schwang er seine Füße aus dem Bett und zog sich an. Kurze Zeit später öffnete er die Tür zur Kajüte und trat aufs Deck. Er erblickte Argei, der abwartend und mit ernstem Blick zu ihm hinübersah. Neben ihm stand ein Junge an der Schwelle zum Mannesalter. Seine dunklen Haare und der blau gestreifte Schal stachen am meisten hervor. In der Hand hielt er ein ausgerolltes Stück Papier. Rostbart meinte nicht, ihn schon einmal gesehen zu haben.

»Sind Sie Rostbart die Rumkanone?«, fragte er und sah von seiner Liste auf.

»Aye«, bestätigte der Kapitän der Breiten Bertha. »Der bin ich. Wer bist du und was willst du? Mein erster Maat sagte mir, dass es ums Schlittenrennen geht.«

»Mein Name ist Livian«, sagte der Junge und rollte das Stück Papier zusammen. »Ich möchte beim Rennen als Ersatz für Sie einspringen.«

Rostbart hob die Augenbrauen. Er kam knapp und präzise zum Punkt. Das gefiel ihm. »Ah«, machte er und näherte sich seinem Besucher. »Und wie komme ich zu der Ehre?«

»Sie stehen ganz oben auf meiner Liste«, antwortete der Junge gerade heraus.

»Was ist das für eine Liste?« Prüfend begann er den Jungen zu umrunden und ihn genauer in den Augenschein zu nehmen. Seine schäbige Robe und die Hose wirkten, als hätte er sie bereits seit längerer Zeit in Gebrauch. Der Schal sah hingegen beinahe neu aus. Körperbau und sonstige Habe des Jungen blieben verborgen.

»Auf dieser Liste stehen alle Rennfahrer, die beim Rennen verwundet wurden und bei denen die Möglichkeit besteht, dass ich für sie einspringen kann.«

»Ah.« Rostbart beendete seine Inspektion und kam vor dem Jungen zum Stehen. »Du arbeitest also die Liste von oben nach unten ab.«

»Genau«, bestätigte der Junge erfreut.

Rostbart kniff die Augen zu Schlitzen zusammen. Das bedeutete, dass es ihm egal war, für welchen Rennfahrer er einsprang. Vermutlich besaß er keine eigenen Tiere – geschweige denn einen Schlitten –, um selbst teilzunehmen.

Rostbart sah aus den Augenwinkeln zu Wuschel. Der Ponwon lag wie gewohnt auf seinem Platz neben der Kapitänskajüte und beobachtete das Geschehen aufmerksam. Er hätte bedrohlich wie ein Wachhund wirken können, hätte er nicht beschlossen, seine große Zunge aus dem Mundwinkel heraushängen zu lassen.

Rostbarts Augen wanderten zurück zu dem Jungen. »Also bist du hier, weil du dir erhoffst, dass wir am Ende das Preisgeld mit dir teilen, stimmt's?«

Livian schüttelte den Kopf. »Nein, das ist mir egal. Ich möchte am Rennen teilnehmen, um eine Frau zu beeindrucken und so ihre Liebe zu gewinnen.«

Rostbart bemerkte, wie Argei angewidert mit den Augen rollte. »Oh, wie überaus herzergreifend und romantisch.« Seine Stimme troff vor zuckersüßem Sarkasmus. »Hat sie dir ihre Hand versprochen, wenn du als Erster durchs Ziel fährst?«

Livian runzelte die Stirn. »Nein«, erwiderte er verwirrt. »Ihre Hand brauche ich nicht. Ihre Liebe reicht schon. Man sagte mir, die Frau zu beeindrucken hilft da.«

»Mit genügend Heuer ist ein Besuch der Kabeljaugasse effektiver«, mischte sich Argei überraschenderweise ins Gespräch ein. »Wenn du einfach nur Spaß haben willst, reicht das vollkommen aus. Wenn du das Geld dafür hast, versteht sich.«

Die Furchen in der Stirn des Jungen gewannen an Tiefe. »Spaß ist nebensächlich. Es geht mir nur um Liebe.«

Rostbart wechselte einen schnellen Blick mit Argei. Doch sein erster Maat schien von dem Verhalten des Jungen genauso verwirrt zu sein wie er.

»Es ist meine Reifeprüfung«, fügte Livian hilfsbereit hinzu.

»Aah«, sagte Rostbart und verzog das Gesicht zu einem breiten Grinsen. »Deine Jungferntaufe! Und die möchtest du gerne mit einer ganz speziellen Frau erleben. Das ergibt Sinn. Um bei ihr überhaupt anzukommen, musst du ihre Aufmerksamkeit gewinnen. Ein Sieg beim hiesigen Rennen und du hast vermutlich die freie Auswahl.«

»Ich ... muss gewinnen?«

»Gar-har-har, aber natürlich! Niemand steht auf Verlierer.« Freundschaftlich klopfte Rostbart ihm auf die Schulter, bevor er wieder einen ernsteren Ton anschlug. »Kannst du denn einen Schlitten fahren? Hast du Übung darin?«

Livian schüttelte den Kopf.

»Und wieso«, fragte Rostbart nun drohend, »kommst du dann auf die Idee, dass ich dich *meinen* Schlitten fahren lassen würde? Aus reiner Herzensgüte? Wenn du denkst, dass du mir nur eine schmalzige Geschichte über deine große Liebe auftischen musst, dann hast du dich gewaltig geschnitten. Für uns zählt nur der Schatz! Wenn du uns den nicht liefern kannst, bist du wertlos für uns.«

Normalerweise hätte das ausgereicht, um eine verweichlichte Landratte von seinem Schiff zu jagen. Statt aber den Kopf zwischen die Schultern zu ziehen, blieb der Junge völlig unbeeindruckt an Ort und Stelle.

»Ich bin nicht wertlos«, sagte er mit fester Stimme.

»Oh?«, erwiderte Rostbart und verschränkte die Arme vor der Brust. »Was kannst du denn besonders gut, dass du denkst, beim Rennen gewinnen zu können?«

Livian lächelte. »Ich kann gut Menschen umbringen.«

Kribbelnd stellten sich die Härchen an Rostbarts Armen auf. Die Unbeschwertheit, mit der der Junge diese Worte sprach, wirkten einschüchternder als jede Drohung. Abermals wanderte sein Blick zu Argei, dessen unverletzte Hand bereits auf dem Griff seiner Pistole ruhte – auf das kleinste Augenzwinkern von ihm wartend. Auch er musste bemerkt haben, dass der Junge keinesfalls versuchte sie einzuschüchtern. Nein, dieser Junge gehörte zu einer speziellen Sorte Mensch. Er war ein ungeschliffener Diamant – genau wie Jim!

»Vielleicht können wir doch ins Geschäft kommen«, bereitete Rostbart seinen Köder vor. »Weißt du, ich kann nicht einfach den erstbesten Jungen von der Straße meinen Schlitten für mich fahren lassen. Wenn du aber Teil meiner Crew wärst, sähe die Sache ganz anders aus.«

Livian legte den Kopf schief. »Wie werde ich Teil Ihrer Crew?«

Rostbart grinste siegessicher. »JIM, DU RANZIGE KANALRATTE! BEWEG DEINEN TRÄGEN HINTERN SOFORT HIERHER. DER KÄPITÄN HAT ARBEIT FÜR DICH!«

Ein lautes Poltern unter Deck kündigte die Wirkung seiner Worte an. Ein Scheppern erklang zusammen mit einem unverständlichen Seemannsfluch. Hastige Schritte polterten die Treppe hoch und kurze Zeit später schlug die Bodenklappe auf und sein Smutje stieg aufs Deck. In der Hand hielt er eine Bratpfanne, an deren Boden noch die Reste einer nicht mehr zu identifizierenden Masse vor sich hin schmorten. Ein bissiger Geruch lag in der Luft.

»Äh ...«, stammelte er bei dem verlegenen Versuch, Haltung anzunehmen. »Smutje Jim meldet sich wie befohlen, Kapt'n.«

»Sehr gut, Jim, sehr gut.« Rostbart lächelte zufrieden. »Siehst du den Jungen da? Das ist Livian. Er will bei uns anheuern.«

Jim reckte den Hals und holte das Monokel aus seiner Tasche hervor. Mit erhobener Nase musterte er den Jungen von oben herab.

»Anheuern?«, fragte er überheblich. »Sir, halten Sie es in Anbetracht der derzeitigen Schiffsfinanzen für eine gute Idee jemanden an...«

»Aye«, unterbrach Rostbart die Einwände seines Navigators. »Ich habe dich nicht hierhergeholt, um dich nach deiner Meinung zu fragen, denn ich habe bereits entschieden.« Seine Mundwinkel wuchsen vor Vorfreude in die Breite. »Nein, du bist hier, weil du ihn auf seine Tauglichkeit prüfen sollst.«

»I-ich, Kapt'n?« Vor Überraschung fiel Jim das Monokel aus dem Gesicht.

»Er?«, mischte sich auch Argei ein. Unverständnis beherrschte seine Mimik.

»Ja, er«, bestätigte Rostbart genervt. »Reißt eure Glubscher auf, dann wirst du es schon sehen.«

»Du willst doch nicht etwa ...?«

»Schnauze jetzt, Argei. Ich weiß, was ich tue.« Grinsend wandte er sich Livian zu, der nach wie vor ruhig und geduldig wartete. »So, Junge, bist du bereit für einen kleinen Test?«

»Bin ich«, antwortete er. »Was soll ich tun?«

»Mir zeigen, dass da hinter deinen Worten auch was steht. Du wirst gegen Jim antreten.«

»Wa-wa-was?«, stotterte Jim und ließ die Bratpfanne fallen. »A-aber Kapt'n, ich dachte I-ihr mögt meine Fischsuppe. Ein Kochduell ist ...«

»KANN MICH HIER JETZT ENDLICH MAL EINER AUSREDEN LASSEN!?«, brüllte Rostbart verärgert, woraufhin Jim erschrocken einen Satz nach hinten machte. Zufrieden wandte der Kapitän sich wieder an Livian. »Du wirst gegen Jim antreten«, nahm er den Faden wieder auf. »Allerdings sollst du ihn nicht töten, sondern mir nur zeigen, dass du dazu in der Lage wärst. Wenn du es schaffst, ihm dein Messer an den Hals zu setzen, heiße ich dich in unserer lustigen Seemannscrew willkommen! Wenn du ihn tötest oder er dich, verlierst du. Sind wir im Geschäft?«

Livian blinzelte verwirrt. »Woher wissen Sie, dass ich ein Messer habe?«

»Gar-har-har«, lachte Rostbart. »Der Kapitän weiß alles!« In Wirklichkeit wusste Rostbart nur, dass Leute, die sich damit brüsteten, gute Attentäter zu sein, *immer* ein Messer bei sich trugen. Das brauchte der Knirps aber nicht zu wissen. Je mehr Einfluss er auf ihn nehmen konnte, umso besser! »Also, was ist? Traust du dir das zu, oder fährst du die Segel ein?«

Livian antwortete nicht. Stattdessen löste er seine Robe und reckte die Arme, wodurch das Kleidungsstück hinter ihm zu Boden fiel. Darunter kam ein schmaler Oberkörper zum Vorschein, der in einem ärmellosen Hemd steckte. Ein helles Sirren ertönte, als seine Hand einen Griff an seinem Gürtel fand und eine schartige Klinge zutage förderte. Rostbart erinnerte die Waffe eher an einen zeremoniellen Opferdolch als an die geschmeidige Klinge eines Assassinen.

Livian ließ die Arme sinken. Einen Moment lang blieb er reglos an Ort und Stelle stehen. Nur sein Schal flatterte in der frischen Morgenbrise. Dann hob er den Kopf und straffte seinen Körper.

Rostbart erschrak, als er den Ausdruck in Livians Gesicht erblickte. Von der kindlichen Naivität war keine Spur mehr zu sehen. Stattdessen zierte ein schiefes Lächeln sein Gesicht und Rostbart glaubte, blaues Feuer in seinem linken Auge auflodern zu sehen.

Im nächsten Augenblick sprintete der Junge auf den völlig schockierten Jim zu. Hastig machte Rostbart ein paar Schritte zurück, um nicht in das sich anbahnende Chaos hineingezogen zu werden.

Auch Jim startete ein Ausweichmanöver. Ängstlich, schmiss er sich auf den Boden und entging dem Angriff des Jungen um Haaresbreite.

Livian reagierte augenblicklich und stürzte sich wie ein Falke auf seine Beute. Ein metallenes Kratzen erklang, als die Klinge von der Bratpfanne in Jims Hand abgelenkt wurde und sich stattdessen in die Planken bohrte.

Wie in dem Jungen, ging auch in Jim eine Veränderung vor. Er hob die Beine und mit dem Schwung seines Körpers landete er in der Hocke auf seinen Füßen. In einer fließenden Bewegung schwang er dabei die Pfanne herum und ein *Boioioioioiiiiing* ertönte, als er das Bein des Jungen erwischte.

»Uh«, entfuhr es Rostbart, als ihm der Phantomschmerz bei der Erinnerung an eigene Erfahrungen in diesem Bereich ereilte.

Der Junge ließ sich nicht irritieren. Hastig zog er seinen Dolch aus dem Holz und sprang mit einem Satz aus Jims Reichweite. Angespannt standen sie einander gegenüber und musterten sich aufmerksam.

»Wie lautet der Name meines unehrenvollen Feindes?«, fragte Jim und richtete die Pfanne auf Livian.

Der Junge antwortete nicht. Das Lächeln war verschwunden, doch seine Augen waren weiterhin weit aufgerissen. Eine knisternde Spannung lag in der Luft und die Breite Bertha knarzte atmosphärisch im Wind.

Es hätte eine legendäre Szene sein können, die in jedem Künstler den Drang befeuert hätte, sie augenblicklich mit Öl in einem mannshohen Gemälde festhalten zu wollen, wäre da nicht Argei gewesen, der im Hintergrund wie eine Balletttänzerin auf Zehenspitzen vorbei trippelte, um den Kampf sicher zu umrunden.

»Wie du meinst.« Jim verzog das Gesicht. »Dann nimm deinen Namen mit ins Grab. Ich werde mich nicht an dich erinnern.« Ohne zu zögern, ging er zum Angriff über.

Funken sprühten durch die Luft, als Metall in einem schnellen Schlagabtausch aufeinanderschlug. Sie griffen an, parierten, tänzelten im Ausweichschritt zur Seite. Rostbarts Augen konnten den Bewegungen kaum folgen. Es war auch für ihn das erste Mal, dass er Jimu mit einer Bratpfanne derart agil kämpfen sah. Normalerweise bevorzugte der soyanische Shinobi diese fremdländische Waffe, deren Namen er ständig vergaß. Es war irgendwas mit Kühen.

»Das ist verrückt«, raunte Argei, der ihn inzwischen sicher erreicht hatte. »Nicht einmal ich könnte Jimu in Schach halten, wenn er Ernst macht. Dieser Junge ist mordsgefährlich!«

Rostbart nickte. »Das ist Jim auch. Trotzdem ist er Teil unserer Crew.«

»Jim ist größtenteils umgänglich.«

»Das ist dieser Junge auch.« Rostbart gackerte vergnügt. »Ihn anzuleiten, ist die Aufgabe des Kapitäns. Du wirst schon sehen. Mit dieser Entschlossenheit kann er mit Sicherheit das Rennen gewinnen.«

»Wenn er nicht genauso instabil ist wie Jim.« Zweifelnd betrachtete Argei die Kämpfenden. »Er hält sich gut. Zu gut. Was, wenn er Jimu an seine Grenzen bringt? Was wenn ...?«

Jim landete einen Stoß vor den Brustkorb des Jungen und brachte ihn ins Taumeln. Der Augenblick genügte dem Seemann. Wie einen

Schläger holte er mit der Pfanne aus und schlug dem schwächelnden Livian die Waffe aus der Hand. Im hohen Bogen flog der Dolch übers Deck.

»Ha!«, lachte Rostbart in Anbetracht seines aufgegangenen Plans. »Was machst du dir in die Hosen, Argei? Er ist eben doch noch ein halbes Ki...«

Er unterbrach sich, als die Luft zu flackern begann. Im nächsten Moment tauchte Livian wenige Schritte entfernt auf und fing die Waffe.

Irritiert wirbelte Jim herum, doch Livian war bereits wieder verschwunden. Nur das geisterhafte Feuer, das Rostbart in diesem Moment in seinem Auge lodern gesehen hatte, verweilte wie ein Nachbild in der Luft, bevor es wie flüchtiger Nebel verschwamm.

»Aufgabe erfüllt«, sagte Livian fröhlich und drückte Jim von hinten die Klinge an die Kehle. Er befand sich dort, wo der Shinobi ihn eine Sekunde zuvor noch entwaffnet hatte. Als wäre er nie woanders gewesen. Der blaue Glanz in seinen Augen war erloschen. Er wirkte völlig unbeschwert.

Jim hingegen stand der Schweiß auf der Stirn. Wie hypnotisiert starrte er auf die Klinge an seinem Hals, unter der seine Hauptader energisch gegen das Metall pochte.

Rostbart wusste, dass er eingreifen musste. »GENUG!«, donnerte er und schritt energisch auf die beiden zu. »Sofort aufhören! Geht auseinander!«

Livian ließ die Waffe sinken. Fluchtartig wich Jim von ihm zurück. Noch immer hielt er die Bratpfanne fest mit beiden Händen umschlossen. Sein ganzer Körper zitterte vor Anspannung.

»Ist alles in Ordnung mit dir, Jim?«, fragte Rostbart, als dieser hinter Argei in Deckung ging, der mit drei schnellen senkrechten Handschlägen Okeanas Dreizack vor der Brust formte.

Der Matrose nickte, antwortete jedoch nicht.

Genug Reaktion, um Rostbart kurz aufatmen zu lassen.

Livian steckte den Dolch zurück in seinen Gürtel. »Habe ich bestanden?«, fragte er, als hätte sein Test nur ein paar simple Rechenaufgaben beinhaltet. »Bin ich jetzt Teil der Crew und kann für Sie als Ersatz beim Rennen einspringen?«

Rostbarts Zähne knirschten. »Hol dich der Riesenkrake!«, spie er und spuckte aufs Deck. »Verschwinde sofort von meinem Schiff!«

Livian legte den Kopf schief. »Wieso das? Ich habe gemacht, was Sie gesagt haben.«

»Da wussten wir noch nicht, dass du vom Fluch des Gehängten betroffen bist!« Zitternd streckte Argei den Finger aus. Der Schal des Jungen hatte sich während des Kampfes gelöst, sodass die frischen Würgemale an seinem Hals nun deutlich zu sehen waren.

»Oder in weniger abergläubischen Worten«, fügte Rostbart drohend hinzu. »Du bist ein verdammter Hexer! Magie kommt mir nicht noch einmal aufs Schiff, nicht noch einmal! Also verschwinde jetzt, solange du noch kannst!«

Der Junge antwortete nicht. Stattdessen griff er in seine Hosentasche und holte ein vergilbtes Pergament hervor.

Verflucht!, dachte Rostbart und zog seinen Säbel. Auch Argei hatte nach seiner Pistole gegriffen und sie auf den Kopf des Jungen gerichtet. Die Frage war, wie viel ihnen das gegen einen echten Zauberspruch bringen würde.

»In Ordnung«, sagte der Junge und steckte das Papier wieder ein. »Ich verschwinde.« Seelenruhig schritt er übers Deck und sammelte zuerst seinen Schal und dann seine Robe auf. Ohne ein weiteres Wort wandte er sich ab und schritt über die breite Planke zurück auf das Festland zu.

»Ich könnte ihm einfach in den Rücken schießen«, knurrte Argei. »Ich *hasse* Hexer! Und ich weiß, dass du das genauso siehst.«

Als Antwort legte Rostbart seine Hand auf den Lauf und drückte die Waffe nach unten. »Sei lieber froh, dass er geht. Du weißt doch, was man über das Töten eines verfluchten Seemannes sagt.«

»Aye.« Resigniert steckte Argei die Pistole weg. »Dass der Fluch dann zum Mörder wandert.«

»Aye«, bestätigte Rostbart und sah dem Jungen hinterher. »Nur die salzige See kann ihn wieder reinwaschen. Wenn überhaupt ...«

Niedergeschlagen trottete Felia den Weg zurück über den Hämmersbald-Weg, umwuselt von vier aufmunternd maulenden Huskys. Dieses Bewerbungsgespräch hätte ja kaum schlimmer können. Das es ausgerechnet Oberwachtmeister Piepenköhl führen musste, war wirklich außerordentliches Pech.

Gegen ihren Willen, fühlte sich Felia erleichtert. Der Gedanke, bei der Wache anzufangen und in der Stadt für Ordnung zu sorgen, hatte ihr Angst gemacht. Auf der anderen Seite hatte sie die Möglichkeit verspielt, mehr über die Pläne des Jaguars herauszufinden. Lyell und Tia würden sicher enttäuscht sein.

Sie seufzte und ließ den Kopf hängen. Da hatte sie endlich die Gelegenheit gehabt, etwas Sinnvolles zu tun und einmal kein Klotz am Bein zu sein und sie hatte es direkt vermasselt. Darüber hinaus war dies auch die Gelegenheit, auf einen eigenen Verdienst gewesen. Sie konnte schließlich nicht ewig auf dem Boden in diesem Laden schlafen und nur von dem leben, was Lyell ihr fürs Gassigehen bezahlte. Sie musste sich eine Arbeit suchen.

Zweifelnd betrachtete sie ihre Hände, die sich zu kaum mehr eigneten, als alles fallen zu lassen. Wenn wenigstens Livian hier wäre. Schließlich hatte auch er seine Anstellung verloren – sofern man von »auch« sprechen konnte. Gemeinsam wäre es sicher einfacher, etwas Passendes für sie beide zu finden. Im Gegensatz zu ihr schien Livian nämlich immer genau zu wissen, was er tun musste, obwohl er keine Ahnung hatte, was er eigentlich wollte. Felia schmunzelte. Bei ihr verhielt es sich genau umgekehrt.

Was er wohl gerade tat? Sie überlegte, ob Lyells Huskys in der Lage waren, Livian anhand seines Geruchs zu orten. Leider besaß sie nichts von ihm, um es auszuprobieren.

»Mami, Mami, schau mal die Hunde da! Schau mal, wie niedlich die sind!«

Felia hob den Kopf und sah ein kleines Mädchen, vielleicht sechs oder sieben Jahre alt, welches aufgeregt auf die Huskys zeigte. Bevor ihre Mutter reagieren konnte, ließ die Kleine ihre Hand los und rannte zu Felia. Obwohl Lyells Hunde nicht gerade klein waren, zeigte das Kind keine Angst.

»Oh, die sind so niedlich«, rief das Mädchen und sah mit leuchtenden Augen zu Felia empor. »Darf ich sie streicheln? Bitte, bitte!«

Felia lächelte, fühlte sie sich doch ein wenig an sich selbst erinnert. »Klar«, sagte sie. »Sie sind ganz lieb. Nur zu.«

Voller Freude begann das Mädchen die Hunde zu streicheln. Felia konnte beobachten, wie es ihr schwerfiel, nur mit zwei Händen auszukommen, schien es doch, als wollte sie alle vier Hundeköpfe gleichzeitig tätscheln.

»Entschuldigung«, sagte ihre Mutter, die nun zu ihnen aufgeschlossen war. »Sie ist zuweilen recht stürmisch.«

»Alles gut, ist doch in Ordnung«, erwiderte Felia immer noch lächelnd das Mädchen betrachtend. Ja, so lachend und unbeschwert wollte sie auch wieder durch die Gegend rennen können ...

»Können die Hunde Kunststücke?«, fragte die Kleine aufgeregt, woraufhin ihre Mutter sie rügte, doch nicht so aufdringlich zu sein.

»Klar«, ignorierte Felia die Frau, in dem Bestreben, dem Mädchen eine Freude zu machen. »Filius, Argus, Nautilus, Hochgenuss! Sitz!«

Sofort reihten sich die Hunde in der Reihenfolge auf, wie Felia ihre Namen genannt hatte und setzen sich aufmerksam hechelnd vor ihnen auf den Boden. Außer Hochgenuss. Er hielt es für angenehmer, sich auf dem Boden zu legen und seine Unlust in maulendem Jaulen zu vokalisieren.

»Rollt euch nach links.« Die Huskys gehorchten. Nach einer erneuten Aufforderung sogar Hochgenuss. »Und nach rechts.« Sie erreichten ihre Ausgangsposition. »Nautilus, gib dem Mädchen die Pfote.« Der dritte Hund kam der Aufforderung nach.

»Nein, fass ihn doch nicht an, die Pfote ist voller ...«, sagte die Mutter, aber das Mädchen hatte den Handschlag mit Nautilus bereits ausgetauscht.

»Das ist so abgefahren!«, rief sie begeistert. »Wie in den Vorstellungen der Straßenkünstler! Kannst du sowas unserem Bruno auch beibringen? Der liegt sonst immer nur in der Ecke rum.«

»Äh, ja, das könnte ich wohl«, sagte Felia, verunsichert von der Frage.

»Au super!«

»Emma-Charlotte, es ist gut jetzt!«, sagte die Mutter mit strenger Stimme und griff nach der Hand des Mädchens, um sie mit einem Tuch sauber zu wischen. »Bruno soll unser Haus bewachen und keine albernen Kunststücke lernen!« Verlegen wandte sie sich zu Felia um. »Nichts gegen Sie. Ich habe selten so gehorsame Hunde wie die Ihren gesehen. Sie haben sie ausgezeichnet abgerichtet.« An ihre Tochter gewandt, sagte sie: »Komm jetzt. Wir haben der jungen Dame schon genug ihrer Zeit gestohlen.«

Das Mädchen jammerte, aber die Frau zog sie gnadenlos weg.

Nachdenklich starrte Felia den beiden hinterher. Dann sah sie zu den Hunden, die sie immer noch erwartungsvoll ansahen. »Gut gemacht«, lobte sie und gab jedem von ihnen einen der Hundesticks, die ihr Lyell für solche Fälle mitgegeben hatte.

Während die Hunde genüsslich die Leckerlies verspeisten und sich anschließend mit jaulenden Lauten über diese Erfahrung austauschten, dachte Felia über das Gehörte nach. Das Mädchen hatte von Straßenkünstlern gesprochen. Felia hatte das bunte und wandernde Volk schon oft gesehen. Meist bei ihren Familienbesuchen auf dem Markt in der nahe gelegenen Kleinstadt Knorzheide, daheim in Karlheim. Die Männer und Frauen hatten mit Bällen jongliert, auf Seilen getanzt und Feuer gespuckt und dafür Applaus und einen Kupferregen aus Münzen geerntet.

»*Die vier sind wesentlich umgänglicher geworden, seit du dich um sie kümmerst!*«, erinnerte sie sich an Lyells Worte. »*Du musst einen besonders guten Draht zu Tieren haben*«, stimmte nun auch Tias Stimme in ihrem Kopf mit ein.

Ungläubig betrachtete Felia ihre Hände.

»Ich habe ein Talent! Ein Talent mit dem ich Geld verdienen kann!«

Gespannt hockten Tia und Lyell vor dem Modell, das sie in den letzten Stunden im Akkord zusammengebaut hatten, um ihre Idee zu testen. Es war wesentlich kleiner, aber zur Veranschaulichung und Offenlegung eventueller Schwachstellen völlig ausreichend.

Jede Sekunde musste das Wasser in dem metallenen Teekessel zu kochen beginnen. Tia merkte nicht, dass sie an ihren Fingernägeln zu kauen begann. Gleich sollte sich zeigen, ob die Idee mit dem Dampfwagen taugte, oder wie die unzähligen, geplanten Modernisierungen des alten Regenten Minibus in der Praxis gänzlich versagte.

Ihr Herz machte einen Hüpfer, als der Zylinder sich langsam hob. An dem Zylinder befand sich ein metallener Stab, der an der Außenseite eines kleinen Rädchens angebracht war, das sich langsam in Bewegung setzte.

»Es funktioniert«, hauchte Lyell andächtig. »Das Rad wird vom Dampf angetrieben. Es funktioniert tatsächlich.«

Auch Tia spürte, wie die Aufregung sie nach und nach vereinnahmte, als das Rad immer mehr an Tempo gewann. »Wir haben es geschafft«, sagte sie. »Damit gewinnen wir!«

Lyell drehte den Kopf und sie erwiderte seinen Blick. Erstmals sah sie ihn lächeln. Wirklich lächeln. Normalerweise verzog er höchstens spöttisch die Mundwinkel, doch diesmal zog sich die Freude von seinem Mund bis in die Augen empor. »Deine Idee mit dem Kolben und dem Zylinder ist genial! Sie war das fehlende Puzzlestück!«

Tia grinste breit. »Es war deine Idee, Dampf überhaupt zu nutzen. Ich wäre nie darauf gekommen, hättest du mich nicht mit diesem verrückten Kessel direkt darauf gestoßen.«

»Wir sind genial!«

»Da sagst du was!«

»Damit gewinnen wir das Rennen und verhindern diese Hochzeit. Und dann werden sich unsere Wege nie wieder kreuzen müssen!«

Tias Lächeln verschwand. »Ja«, sagte sie gedehnt. »Ehrlich gesagt, hätte ich nichts dagegen, nach dem Rennen weiter mit dir an anderen Dampferfindungen zu arbeiten ...«

Skeptisch verzog Lyell das Gesicht.

»Ich meine, der Dampf birgt unglaubliches Potential und wir beginnen gerade erst an der Oberfläche zu kratzen. Stell dir mal vor, wie das das Handwerk revolutionieren könnte. Spinnräder, Sägen, Hämmer ... Was man damit alles antreiben könnte!«

Lyells Augen leuchteten. »Endlich mal jemand, der über den Tellerrand hinausblickt und die Möglichkeiten sieht«, sagte er leise. »Ich dachte immer, ich bin der einzige ...«

Tia lächelte. Langsam bekam sie das Gefühl, dass Ly doch nicht nur der gefühllose Eisklotz war, der er in der Schule immer vorgegeben hatte zu sein.

»Es ist erfrischend, mit jemandem zu arbeiten, der nicht vollkommen unfähig ist.«

Ihr Lächeln verschwand. Oder auch nicht. »Damit befassen wir uns, nachdem Rostbart gewonnen hat und du dich von deinem alten Herrn freikaufen konntest«, brummte sie. »Sag mal, findest du nicht auch, dass der Kessel ziemlich merkwürdige Geräusche von sich gibt?«

Lyells Augen verengten sich. »Jetzt wo du es sagst ...«

Gemeinsam blickten sie zurück zu ihrem Modell, das rötlich zu glühen begonnen hatte. Tia konnte Lyell gerade noch an seinem Hemd packen und unter die Werkbank ziehen, bevor der Kessel mit einem Knall in die Luft flog. Glas zersprang, Holz splitterte und Werkzeuge wurden von der Bank gefegt. Scheppernd fielen sie wie metallener Hagel um Tia und Lyell herum zu Boden.

Vorsichtig kamen die beiden wieder auf die Beine. Die Werkbank existierte noch. Allerdings zierte nun ein schwarzer Brandfleck die Arbeitsfläche. Anders sah es mit dem Fenster zur Straße aus.

»Zum Glück hat da niemand gestanden«, kommentierte Tia mit Blick auf die verteilten Glassplitter.

»Der Kesseldruck war zu hoch«, erkannte Lyell. »Wir sollten ein Ventil zur Regulierung anbauen. Und eine Anzeige für den Wasserstand. Außerdem benötigen wir eine Art Dampfmesser, um zu sehen, wann der Kessel bricht und wann man das Ventil benutzen muss. Oder besser noch, wir bauen ein Ventil, das sich automatisch öffnet, sobald der Druck zu hoch wird.«

»Gute Idee«, stimmte Tia zu. »Allerdings glaube ich nicht, dass das ausreichen wird. Der Kessel wurde ziemlich heiß.«

Lyell brummte zustimmend und lehnte sich mit dem Hintern an die Werkbank.

Tia tat es ihm nach. »Ich muss nachdenken.« Aus reiner Gewohnheit zog sie die Pfeife hervor und steckte sie in den Mund. Sie wollte bereits nach dem Tabak greifen, als sie sich erinnerte, dass sie immer noch nur den von Ingenieur-Jim gespendeten bei sich trug. »Verdammter Mist«, brummte sie.

»Hier, nimm den«, sagte Lyell und kramte ein Päckchen aus seiner Hosentasche hervor. Unwirsch hielt er es ihr unter die Nase.

Tias Kopf zuckte zurück. Dann nahm sie das Päckchen in die Hand und betrachtete es genauer. »Das ist Paffgut Burley Pfeifentabak aus garantiert geldbeutelschonender Produktion!« Überrascht sah sie zu

Lyell hinüber, der gedankenverloren in die Werkstatt stierte. »Wie ungewohnt aufmerksam von dir.«

»Du meintest, du denkst besser nach, wenn du diesen Kram hast. Also denk jetzt.«

»Gerade als ich dachte, dass du umgänglicher wirst ...«, frotzelte Tia zurück und öffnete das Paket. Sorgfältig begann sie, die Pfeife mit dem Tabak zu stopfen. »Hast du eigentlich eine Lieblingszahl?«

Lyell drehte den Kopf herum. »Wolltest du nicht denken?«, fragte er nüchtern.

»Es dauert eine Weile, eine Pfeife zu stopfen«, erwiderte sie. »Komm schon, ich bin neugierig. Die Lieblingszahl sagt eine ganze Menge über eine Person aus.«

»Aha?« Lyell warf ihr einen skeptischen Blick zu. »Na wenn es dich glücklich macht: Die Eins.«

Liebevoll nahm sie etwas mehr Tabak als gewohnt aus der Verpackung. »Interessant«, sagte sie. »Wieso die Eins?«

»Weil alles mit der Eins beginnt. Außerdem zeigt sie das Ganze. Die Eins ist somit vollkommen.«

»Eine spannende Sichtweise.«

»Aha?«, meinte Lyell und stierte in die Werkstatt. »Was ist denn deine Lieblingszahl?«

»Pi.«

»Pi«, wiederholte er mürrisch. »Eine wichtige Zahl, aber so schrecklich unvollkommen.«

»Findest du? Irgendwie ist das typisch für dich.« Sie lachte. »Weißt du, wieso ich die Zahl trotzdem mag? Weil sie bis zur Unendlichkeit der Perfektion entgegenstrebt! Unermüdlich, immer weiter, mit jedem Schritt genauer werdend. Genauso bin ich auch. Es ist die perfekte Zahl! Rate mal, bis zur wievielten Stelle ich Pi auswendig kenne.«

Lyell antwortete nicht, sondern starrte grübelnd ins Leere.

Tia seufzte. Ein normales und unverfängliches Gesprächsthema mit ihm zu finden, gestaltete sich als schwerer als angenommen. Sie dachte, ihn mit Zahlen begeistern zu können. »Das Straßenmädchen ist schon ziemlich lange unterwegs, findest du nicht?«, warf sie in die Stille hinein.

»Ist doch gut so«, erwiderte Lyell. »Sie nervt nur und lenkt uns von der Arbeit ab.«

»Stimmt schon. Trotzdem schmeißt du sie nicht raus, sondern lässt sie zusehen. Wieso?«

Der Schrotthändler schwieg.

»Sie scheint dich sehr zu mögen«, forschte Tia weiter und steckte den Pfeifenstopfer zurück in ihre Tasche, um ihn mit der Zunderbüchse zu tauschen. »So wie sie dich gestern umarmt und geweint hat. Ich muss doch nicht eifersüchtig werden?«

»Pah. Worauf denn eifersüchtig?« Lyell löste sich von der Bank und fing an, die verstreuten Werkzeuge auf dem Boden einzusammeln.

Tia seufzte und steckte den Tabak in Brand. Genüsslich nahm sie einen Zug und spürte sofort, wie die Anspannung von ihren Muskeln fiel. »Ja, das frage ich mich auch«, sagte sie. »Eigentlich will ich nur herausfinden, wie viel Kotzbrocken du wirklich bist und wie viel du nur vorspielst. Diese Felia scheint dich ja völlig anders zu kennen als ich.«

Brummend sammelte Lyell einen Hammer auf. »Und inwiefern ist das wichtig?«

Besorgt zog Tia den Rauch ein, schmeckte das herbe Aroma, bevor sie ihn wie ein Teekessel in einem Strahl durch das zerstörte Fenster nach draußen blies. »Nur für den Fall, dass wir das Problem mit der Kühlung nicht rechtzeitig in den Griff kriegen und ich dich wirklich heiraten muss ...«

Klirrend ließ Lyell die Werkzeuge fallen. Mit wutverzerrtem Gesicht trat er auf sie zu und packte sie mit der linken Hand am Kragen ihrer Weste. »Zweifel nie wieder an unserem Erfolg! Hörst du? Nie wieder!« Schnaubend ließ er sie los und trat einen Schritt zurück.

Auch Tias linke Hand, die unbewusst nach dem einen der zwei Dolche an ihrem Oberschenkel gegriffen hatte, lockerte sich wieder.

»Du hast gesagt, du seist wie Pi, richtig? Immer der Perfektion entgegenstrebend. Dann fang nicht an, auf halbem Weg Primzahlen zu berechnen, für den Fall, dass du es nicht schaffen könntest. Das gilt auch für deinen Traum vom eigenen Unternehmen. Wenn du willst, dass es wahr wird, dann bleib dran und hör auf, deine Energie mit Eventualitäten zu verschwenden! Hast du das verstanden?«

Noch immer überrascht von dem Ausbruch, nickte sie. Seine Worte stießen etwas in ihr an, dass sie schon lange vergessen hatte. Wann hatte sie eigentlich das letzte Mal etwas dafür getan, ihren Traum zu erreichen? Wenn sie ehrlich darüber nachdachte, hatte sie vor langer Zeit bereits aufgegeben. Entmutigt von ausbleibenden Erfolgen hatte sie ihre Energie ins Kampftraining gesteckt, um sich abzulenken und ihren Frust abzulassen. Sie hatte nur noch versucht, die negativen Folgen der Gesellschaft auf sich selbst möglichst gering zu halten, sich in ihr Zimmer zurückgezogen und mit Ölfarben herumgepanscht. Das war nicht der Weg, den sie gehen wollte. Das war nur ein verzweifeltes Mitschwimmen in der Flut.

Entschlossen ballte sie die rechte Hand zur Faust und lächelte grimmig. Lyell hatte recht. Wenn sie Erfolg haben wollten, dann durfte sie nicht die ganze Zeit über Alternativpläne nachdenken. Es war an der Zeit, alles auf eine Karte zu setzen!

»Diesen Ausdruck will ich in deinem Gesicht sehen«, grollte Lyell zufrieden. »Wir bauen diesen Dampfwagen und Rostbart gewinnt das Rennen, wie wir es geplant haben! Und dann wird *er* mich ansehen müssen. *Er* wird es einfach müssen.« Ohne eine Antwort abzuwarten, wandte er sich ab und fuhr grimmig damit fort, die Werkzeuge einzusammeln. »Um auf deine Frage zurückzukommen: Felia ist meine beste Freundin. Zufrieden?«

Tia überlegte gerade noch, wie sie auf diese Antwort reagieren sollte, als eine weitere Stimme von draußen durchs Fenster schallte.

»Grundgütiger! Was ist denn hier passiert?« Sie drehte den Kopf und bemerkte den Butler Clemens, der von der Straße eilig auf das zerstörte Fenster zugelaufen kam und dann seinen Kopf durch den Rahmen steckte. Er wirkte gehetzt. Schweiß glänzte wie Morgentau auf seiner blanken Stirn.

»Nichts Dramatisches«, beruhigte Tia ihn gelassen. »Der *Erfolg* unseres Modells war nur *einschlagender* als wir erwartet hatten.«

Entgeistert starrte Clemens zurück. »Mylord!«, rief er an ihr vorbei in die Werkstatt. »Seid Ihr in Ordnung?«

Ein missmutiges »Ja«, beruhigte den Diener. Eilig rannte er um den Laden herum und betrat die Werkstatt durch die Hintertür. Sie waren sich einig gewesen, die Rollläden im vorderen Teil lieber geschlossen zu halten, damit keine Kunden auf die Idee kämen, der Laden könne geöffnet sein.

»Mylord«, sagte Clemens aufgeregt, als er schwer atmend zum Stillstand kam. »Mylord, ich muss Euch bitten, sofort mit mir zu kommen. Euer Vater sucht Euch!«

»So? Tut er das? Dann lass ihn ruhig weitersuchen.«

»Mylord, bitte. Es ist äußerst wichtig. Wenn Ihr Vater mitbekommt, dass Ihr Euch fortschleicht ...«

»Ja, ich habe ja schon verstanden«, erwiderte Lyell und legte die Werkzeuge neben Tia auf die Werkbank. »Kommst du eine Weile ohne meine Hilfe aus?«

Tia nickte stumm.

»Dann hilf mir bitte beim Umziehen, Clemens.«

Er hat schon wieder das Wort »bitte« *benutzt,* stellte Tia verwundert fest. *Und das seinem Diener gegenüber.* Still beobachtete sie, wie Clemens dem Bastler aus seiner Jacke und anschließend bei seiner Hose half. Es überraschte sie, dass der Butler sie nicht gebeten hatte, dem Anstand zuliebe den Raum zu verlassen. Es musste also wirklich dringend sein. Sie schmunzelte amüsiert, als ihr Blick auf den muskulösen Körper fiel. *Schicke Oberarme hat er ja, das muss ich ihm lassen.* Ein Husten entfuhr ihrer Kehle, als sie der Rauch im Rachen kitzelte. Das hatte sie doch nicht ernsthaft gedacht, oder? *Na und wenn schon!,* beruhigte sie sich. *Das sind Oberflächlichkeiten. Solange er diesen hässlichen Charakter besitzt, hilft ihm das auch nicht.*

Wobei ... seit sie mit Lyell zusammenarbeitete, bekam sie mehr und mehr das Gefühl, dass er sich geändert hatte. Zwar hatte die harte Arbeit in der Schmiede seine schroffe Art nicht glatt feilen können, aber er lobte regelmäßig ihre Ideen und ihre Arbeit. Auch von Beleidigungen sah er ab. Vielleicht war er ja wirklich ...

»Autsch! Pass doch auf du hirnloser Trampel. Mein Arm ist gebrochen. Sei gefälligst vorsichtig!«

Abermals verschluckte Tia sich an dem Rauch ihrer Pfeife. Aus ihrer Sicht hatte der Diener seinen Arm überhaupt nicht berührt, während er Lyell in den Ärmel seiner lavendelfarbenen Jacke geholfen hatte.

»Ich bitte vielmals um Verzeihung, Mylord. Das kommt nie wieder vor.«

»Das will ich stark für dich hoffen.« Etwas besänftigt rückte Lyell das Revers zurecht. »Wer passt auf die Kutsche auf?«

»Äh, niemand«, sagte Clemens. »Ihr Vater will Euch wirklich dringend sehen, und die Kutsche fertig zu machen, hätte ...«

»Willst du mir etwa sagen, dass ich zu Fuß gehen soll wie ein Bauer?«

»Es geht am schnellsten und ...«

»Was nimmst du dir heraus!«

»Stopp!«, rief Tia dazwischen, die kaum fassen konnte, was sich gerade vor ihren Augen abspielte. »Lyell, was ist denn in dich gefahren? Ich habe mitbekommen, dass du deinen Vater nicht sonderlich leiden kannst und ihn vermutlich gerade nicht sehen möchtest, aber das ist kein Grund, um ...«

Wütend wirbelte der junge Mann herum und blickte hochnäsig auf sie herab.

Tia verstummte augenblicklich, als sie die Kälte in seinen Augen spürte. Sie war eisig und unnachgiebig wie Stahl.

»Erstens, sag mir nicht, was ich tun und lassen soll. Zweitens hast du mich bis zur Hochzeit korrekterweise in der Öffentlichkeit mit *Lord Krust Junior* anzusprechen!« Ohne ihr die Gelegenheit für eine Antwort zu geben, wandte er sich um. »Komm Clemens, wir gehen.« Schnellen Schrittes ging er nach nebenan in den Laden. »Mach diese verdammten Rollläden hoch! Ich werde nicht wie ein Dienstbote durch den Hintereingang gehen!«

Klackend fiel Tia die Pfeife aus dem Mund. »Einen Moment, *Ly Elliott Krust*«, rief sie ihm hinterher. Sanft aber bestimmt drängte sie Clemens zur Seite und folgte ihrem Zukünftigen in den Nebenraum.

Empört wirbelte Lyell zu ihr herum. »Habe ich dir ni...«

»Es ist mir egal, was du willst«, fiel sie ihm ins Wort. »So gehst du weder mit mir, noch mit deinem Diener um. Das ist ja abartig!«

Einen Moment dachte sie, Lyell würde ausrasten, doch dann schloss er den Mund und wich betreten ihren Blick aus.

»Es ist alles in Ordnung, Mylady«, mischte sich Clemens ein, der inzwischen zu ihr aufgeschlossen hatte. »Im Stress kann das schon einmal passieren. Wir dürfen Lord Krust nicht warten lassen.« Eilig stiefelte er durch den Laden und begann damit, die Rollläden hochzuziehen.

»Lord Krust kann von mir aus warten, bis er in Schwalbenkot versinkt«, fauchte Tia ungehalten. »Das hier geht zu weit. Wenn dein alter Herr dich aufregt, weil er dich herumkommandiert, dann trag das zu ihm, aber lass es nicht an Clemens und mir aus.« Sie nahm einen tiefen Atemzug, um ihre Wut ein wenig zu zügeln. »Also, was ist los?«

»Mylady«, erwiderte Clemens, der schnaufend seine Arbeit an den Rollläden beendete, »bei allem Respekt, das ist nicht die richtige Zeit und der richtige Ort. Mein Herr hat es wirklich eilig.« Er wollte die Tür öffnen, doch Tia hatte bereits damit gerechnet und sich ihm in den Weg gestellt.

»Nein, jetzt ist genau richtig.« Sie sah zu Ly, der seinen Blick nach wie zur Seite gerichtet hielt. »Sag mir bitte, was los ist. Ich kann verstehen, wenn …«

»Nein, das kannst du nicht!« Wütend sah er auf und stieß sie mit seinem unverletzten Arm von sich. »Niemand kann das verstehen. Also mach dich wieder an die Arbeit!« Energisch wandte er sich ab.

»Stopp! Bleib hier. Wir klären das jet…«

»Du sollst nicht meckern, sondern arbeiten!« In derselben Bewegung öffnete Ly die Tür und trat nach draußen. Krachend fiel die Pforte hinter ihm ins Schloss.

Ungläubig sah Tia zu Clemens, der sich entschuldigend vor ihr verbeugte, bevor auch er die Tür öffnete und seinem Herren eilig hinterher rannte.

Tia folgte ihm über die Schwelle. »Dann hau doch ab! Mach deinen Dreck alleine! Mich siehst du hier nicht wieder!«

Lyell zuckte kurz zusammen, schritt dann aber unbeirrt fort.

Grollend trat Tia zurück in den Laden und riss mit aller Kraft an der Türklinke. Mit einem lauten vom schrillen Klang der Türglocke untermalten *Wumms*, fiel die Tür hinter ihr zu. Schwer atmend blieb sie auf dem Fußabtreter stehen. Ein Schmerz in ihrem Handballen ließ sie die Faust öffnen. Dankbar kehrte das Blut in ihre weiß angelaufenen Finger zurück. Wieder einmal war ein Mann ignorant über ihre Bedürfnisse getrampelt. Wieder einmal war ihre Wut mit ihr durchgegangen. Immer dieselbe Geschichte ...

»Habe ich wirklich kurz geglaubt, er hätte sich geändert? Er ist derselbe arrogante Snob wie früher!« Voller Zorn stapfte sie nach nebenan in die Werkstatt. Ihre Hand fand einen Hammer auf der Werkbank. Sie griff nach dem Werkzeug und schleuderte es vor Zorn schreiend in den hinteren Teil des Raumes. Mit einem heftigen Scheppern prallte es gegen die Wand und der Kopf löste sich berstend vom Stiel. *Gerade als ich dachte, einen Menschen gefunden zu haben, der nicht nur die Tochter des reichen Holzhändlers in mir sieht. ›Geh zurück an die Arbeit!‹ Was bin ich für dich? Eine kostenlose Arbeitskraft?* Sie griff nach einer Feile und warf sie dem Hammer hinterher. Danach folgte ein Schraubenzieher in das Verderben. *Nein*, dachte Tia grimmig. *Ly hat sich nicht geändert. Er war schon vorher brummig. Ich wollte es nur nicht sehen. Kaum verschlechtert sich seine Laune, behandelt er alle wieder wie Dreck!*

Ein weiteres Werkzeug flog durch den Raum und prallte laut gegen den Schirm der Schmiedeesse. Weitere Gegenstände folgten, ob es sich dabei um Werkzeuge oder Metallreste handelte, war Tia völlig gleich. Eins nach dem anderen warf sie durch den Raum, bis sie keuchend und erschöpft innehielt.

»Warum rege ich mich eigentlich so auf?«, murmelte sie. »Es ist nicht so, dass ich *gerne* mit ihm arbeite. Schließlich setzen wir alles daran, nicht mehr die Hackfresse des anderen sehen zu müssen. Es ist nicht so, dass ich mich gefreut habe, dass mich endlich mal jemand für voll genommen hat. Mich, das *kleine impulsive* Mädchen, das sich für Jungenhobbies interessiert ...« Erschöpft ließ sie sich auf den Schemel neben der Werkbank fallen. »Was mache ich mir eigentlich vor ...«

Müde vergrub sie das Gesicht in den Händen. Sie konnte die Stimme ihres Vaters hören. Wie er ihr sagte, dass sie ihre Emotionen besser kontrollieren solle. Dass sie so unmöglich mit Kunden umgehen und ein Geschäft führen könne …

Das Geräusch der Hintertür holte sie aus ihren Gedanken. In einem wilden Hundegewusel sah sie Felia in die Werkstatt huschen.

»Keine Sorge, ich störe nicht lange«, sagte das Mädchen beiläufig und verschwand im Laden. Wildes Klappern untermalt von einem »Ups nein, das wollte ich nicht«, komplettierte das akustische Bild. Tia scherte sich nicht darum. Es war ja nicht ihr Laden, den Felia verwüstete.

Ein Jaulen ertönte und sie bemerkte den Husky, der vor ihr auf dem Boden hockte und sie sachte mit dem Kopf anstupste.

»Nautilus, nicht wahr?« Sie erkannte ihn an den schwarzen Mustern im Fell. »Der Titan der Tiefe. Kannst du etwa bis auf den Boden der Seele schauen?«

Nautilus antwortete nicht, sondern begann freudig zu hecheln. Sanft tätschelte Tia seinen Kopf. »Hör nicht auf meinen Blödsinn. Ihr Tiere habt ein besseres Gespür für unsere Gefühle als wir selbst. Das war schon immer so.« Sie bückte sich und hob die Pfeife vom Boden auf, in der nach wie vor der Tabak glomm.

Ein freudiger Ausruf aus dem Laden zeigte, dass Felia gefunden hatte, was sie suchte. Tias Annahme bestätigend, kam das Mädchen mit einem verzinkten Fassreifen in der erhobenen Hand zurück, der bereits teilweise angelaufen war. »Darf ich den mitnehmen?«, fragte sie. Erst jetzt fiel ihr das Chaos auf, welches die Werkstatt in ihrer Abwesenheit heimgesucht hatte. Ihr Blick glitt über die verstreuten Werkzeuge, bis hin zur verkohlten Werkbank und dem zerstörten Fenster. »Bei Teldun, was ist denn hier geschehen?«, fragte sie befangen und ließ den Arm mit dem Reif sinken.

»Unser Modell ist explodiert«, brummte Tia.

»Großer Teldun im Himmel!«, entfuhr es Felia. »Wo ist Lyell? Geht es ihm gut?«

»Ja«, brummte Tia einsilbig, immer noch Nautilus hinter den Ohren kraulend.

Vorsichtig näherte sich Felia ihr. »Und dir? Geht es auch dir gut?«

»Ja, alles bestens!«, fauchte sie.

Das Mädchen schreckte zurück und Nautilus legte die Ohren an. Normalerweise hätte Tias Tonfall ausgereicht, um deutlich zu machen, dass sie in Ruhe gelassen werden wollte. Doch entweder konnte Felia nicht zwischen den Zeilen lesen, oder sie ignorierte es einfach. »Sicher?«, fragte sie. »Das sieht mir nicht danach ...«

»Ly ist ein verdammter Riesenarsch!«, schrie sie und sprang von ihrem Stuhl auf, woraufhin sich Nautilus erschrocken mit dem Rest seiner Brüder zwischen die beiden stellte. »Ich verstehe nicht, wie du mit ihm befreundet sein, dich um ihn sorgen, ihn sogar *in die Arme schließen* kannst! Ich hasse ihn! Es ist so abartig, wie er andere Menschen behandelt, sobald ihm irgendwas über die Leber läuft. Er ist gefühllos, kalt und unsensibel! Mir kommt die Galle hoch, wenn ich daran denke, ihn heiraten zu müssen. Ich will das nicht! Wie kannst du es mit dem Kerl aushalten? Wie hast du es geschafft, dass er dich eine *Freundin* nennt? Sowas wie Freundschaft kennt der doch gar nicht!« Mit beiden Händen zog sie die Dolche aus ihren Scheiden und rammte sie mit der Spitze voran in die Werkbank. Keuchend ließ Tia die Griffe los und wandte sich wieder an Felia, die sie kreidebleich anstarrte. »Entschuldige«, murmelte Tia. »Ich wollte dich nicht erschrecken. Ich bin nur so ... so unendlich wütend!«

Vorsichtig, als könnte der Boden unter ihren Füßen wegbrechen, machte Felia einen Schritt auf sie zu. »Das verstehe ich sehr gut«, sagte sie fest. »Auch ich bin erst kürzlich richtig sauer auf ihn gewesen. Er war richtig gemein zu mir und ich war mir nicht sicher, ob ich ihm das verzeihen kann. Aber irgendwie habe ich das wohl ...« Unsicher drehte sie den Reif in ihren Händen. »Ich weiß auch nicht. Ich hatte nicht das Gefühl, dass eine Absicht, oder eine Gemeinheit dahintersteckte. Sowieso ...« Sie brach ab.

»Sowieso was?«, hakte Tia nach.

Felia stoppte den Fassring. »Versprichst du mir, mich nicht auszulachen?«, fragte sie leise.

»Wenn du mich jetzt mit irgendwas zum Lachen bringen kannst, lade ich dich zum Essen ein. Also heraus damit.«

Das Mädchen zögerte noch. Dann gab sie sich einen Ruck. »Ich habe das Gefühl, dass Lyell manchmal jemand völlig anderes ist. Als ich ihm diese Maske aufsetzte und ihm sagte, er sei jetzt Der Maskierte, da änderte sich seine ganze Haltung. Er sprach mit diesem Akzent und so ausgelassen, so galant ... das war richtig unheimlich. Als ich ihn in der Schule sah und er diese feine Kleidung trug ... auch da verhielt er sich wie ausgewechselt. Richtig arrogant und ... und ...«

»... wie ein versnobter Kotzbrocken«, beendete Tia den Satz für sie und Felia nickte eilig.

»Ich weiß, das klingt verrückt, aber ich habe das Gefühl, dass er nicht immer er selbst ist. Als wäre da ... noch jemand anderes.«

»Jemand anderes?« Tia hörte schon gar nicht mehr richtig zu. In ihrem Kopf zog sich bereits die Querverbindung zu einem ganz bestimmten Leichtmatrosen, der sie mit einer ähnlichen Eigenart bereits aus dem Konzept gebracht hatte. Doch anders als bei ihm, hatte Ly sich erst danebenbenommen, als Clemens ihm beim Umziehen geholfen hatte, während Jim erst später sein Aussehen anpasste. Wenn Ly eine ähnliche Macke hatte, dann brauchte sie kaum auf seine Unterstützung bauen. Nach dem Streit von vorhin, war sie sich auch gar nicht mehr sicher, ob sie seine Hilfe überhaupt noch wollte.

Ihr Blick fand den von Felia. »Wie lief dein Bewerbungsgespräch bei der Wache?«

Sie brauchte nicht antworten. Ihr Zusammenzucken und die angespannte Körperhaltung verrieten Tia alles.

»Du wurdest abgelehnt.«

Felia nickte.

Mit einem Ruck zog Tia die Dolche aus der Tischplatte heraus und ließ sie wieder in die Scheiden gleiten. »Ich muss was erledigen«, sagte sie kurz angebunden. »Danke für deine Aufrichtigkeit.«

Verwirrt wandte sich Felia zu ihr um, als sie an ihr vorbeischritt. »Warte«, sagte sie. »Was hast du vor?«

»Na, was wohl? Den Jaguar aufhalten. Jemand muss es ja tun.«

Klirrend ließ Felia den Reif fallen und lief ihr hinterher. »Ich komme mit!«

Ruckartig wirbelte Tia herum und maß Felia mit einem strengen Blick. »Nein, das wirst du nicht.«

»Wieso nicht?«

»Weil ich dich dort, wo ich hingehe, nicht gebrauchen kann, deshalb. Auch die Hunde ziehen bei Weitem zu viel Aufmerksamkeit auf sich.«

Felia öffnete den Mund.

»Keine Diskussion«, mahnte Tia und wandte sich ab. Eilig schritt sie durch den Durchgang zum Laden. »Wenn du dich nützlich machen willst, darfst du gerne das Chaos in der Werkstatt aufräumen«, rief sie, ohne sich umzudrehen. »Feg auch einmal durch, wenn du schon dabei bist. Ich bringe später etwas zu essen mit.«

Ohne auf die Bestätigung zu warten, verließ sie den Werkstattladen. Nur einmal, nur ein einziges Mal, wollte sie mit Profis zusammenarbeiten. Weder Ly noch dieses Mädchen waren ihr irgendeine Hilfe. Bevor sie auch nur einen Handgriff mehr in diesen Dampfwagen investierte, musste sie die Pläne des Jaguars aufdecken. Vielleicht gab es einen besseren Weg, seine Pläne zu vereiteln, ohne ihn im Rennen zu schlagen. Wenn sie herausfand, wo er seinen Schlitten untergebracht hatte, konnte sie ihn womöglich sabotieren. Wie sie dann der Hochzeit mit ihrem hochnäsigen Verlobten entkam, war ein Problem für später.

Konzentriert glich Livian die Adresse auf seiner Liste mit der Hausnummer an dem Gebäude ab. Sie passte eindeutig. Erleichtert atmete er auf. Das Finden der Fahrer gestaltete sich bisher als äußerst schwierig. Zunächst dauerte es ewig, bis er einen Passanten gefunden hatte, der die Straße kannte, die er suchte. Manchmal existierte die besagte Hausnummer nicht. Und wenn wirklich alles stimmte, kam es vor, dass die Leute nicht zuhause waren und die Tür vor seiner Nase verschlossen blieb.

Umso erleichterter war er nun, vor einer Schmiede mit angrenzendem Laden zu stehen, an dessen Tür ein Schild mit der Aufschrift »Geöffnet« hing. Der rhythmische Klang von Hämmern, die Eisen verprügelten, ertönte deutlich von nebenan. Rauch stieg aus einem Schornstein in den Himmel.

Livian steckte die Liste zurück in die Innentasche seiner Robe und trat in den Laden. Eine Türglocke kündigte mit einem hellen Läuten sein Eintreten an.

»Guten Tag, junger Mann«, grüßte ihn die Verkäuferin, die hinter dem Tresen einige Münzen in ihre Kasse sortierte. »Was kann ich für dich tun?«

»Ich suche nach Veit Donnerkufe«, sagte Livian. »Kann ich ihn sprechen?«

Die Frau verschränkte ihre fleischigen Arme vor der Brust. »Bist du ein Fan?«

»Äh«, versuchte Livian die Bedeutung dieses Wortes zu entschlüsseln. »Nein, ich denke nicht.«

»Hast du einen Schmiedeauftrag?«

»Auch nicht.«

»Schuldet er dir Geld?«

Livian schüttelte den Kopf. »Nein, eigentlich wollte ich ihm zu mehr Geld verhelfen.«

Der Ausdruck in ihrem Gesicht blieb skeptisch. »Warte hier, ich hole ihn.«

Polternden Schrittes verschwand sie durch eine Tür in einen Hinterraum.

Livian wartete geduldig. Neugierig ließ er seinen Blick durch den Laden wandern. Über dem Tresen prangte ein großes Schild mit der gewinnenden Aufschrift *Jeder trägt die Ketten, die er sich selbst auferlegt hat. Kauf dir jetzt eine Eisensäge!* Daneben hingen verschiedene Schmiedewerke. Er sah Waffen wie Schwerter und Pfeilspitzen, Nutzgegenstände wie Brechstangen und Gartenhacken, aber auch alltägliche Sachen wie Kerzenhalter oder Kleiderhaken.

An einer Wand bemerkte er ein Set Bratpfannen. Ein unangenehmer Schmerz schoss ihm durchs linke Schienbein und sofort wandte er den Blick ab.

Im nächsten Moment ging die Tür zum Hinterraum auf. Ein kräftiger Mann mit einem genauso kräftigen Vollbart kam zum Vorschein. Über seine Stirn zogen sich frische Schrammen, doch die größere Verletzung betraf sein Bein, das er mit Hilfe eines Stockes entlastete.

»Guten Tag«, dröhnte er mit einer feurigen Klangfülle. »Ich hoffe, es gibt einen wichtigen Grund, wieso du mich aus meinem Lieblingssessel und weg von meiner wohlverdienten Ruhe geholt hast. Wer bist du und was willst du von mir? Ich würde mich erinnern, hätte ich dich schon einmal gesehen.«

Misstrauisch lehnte er seinen Stock gegen den Tresen und musterte Livian mit einem prüfenden Blick.

»Ich heiße Livian und möchte gerne für Sie das zweite Rennen fahren.«

Veit verzog keine Miene. »Kommst direkt zum Punkt, was?«

Livian zuckte mit den Schultern. »Es ist mir wichtig.«

»Natürlich. Das Preisgeld ist astronomisch. Als Gegenleistung willst du sicher einen Teil abhaben, hmm?«

»Ich verlange keine Gegenleistung.«

»Für die Ehre also?«

»Um eine Frau zu beeindrucken.«

Der Schmied öffnete den Mund und seine Lippen formten ein verstehendes »O«.

»Wenn das so ist, dann gebe ich dir einen kleinen Hinweis.« Auffordernd hob er die Hand und winkte ihn mit zwei Fingern zu sich heran.

Folgsam trat Livian näher an den Tresen und beugte sich zu dem Schmied hinüber, der verschwörerisch die Stimme senkte.

»Wenn du ein Rennen fahren willst, dann gibt es nur eine wichtige Regel. Also pass gut auf, ich wiederhole mich nicht gern.«

Livian nickte.

»Du meldest dich gefälligst selbst beim Rennen an! Den Namen und den Ruf eines anderen benutzen zu wollen ist ganz – und ich betone *ganz* – unterste Schublade! Ich werde meinen Ruf nicht von einem liebestollen Jungspund durch den Dreck ziehen lassen. Klar soweit?« Er lehnte sich wieder zurück und maß ihn mit einem unfreundlichen Blick. »Wenn das dann alles wäre ...«

»Ich darf mich aber nicht eigenständig beim Rennen anmelden«, erläuterte Livian. »Der Mann meinte, ich müsse einen anderen Fahrer bitten, zum Anmeldebüro zu kommen und mich als Ersatz einzutragen, damit ich teilnehmen darf.«

»Das ist nicht mein Problem.« Die Stimme des Schmieds gewann an Dunkelrot hinzu. »Melde dich beim nächsten Mal von Anfang an selbst an, anstatt erst später wie ein Feigling dazukommen zu wollen, wenn die Hälfte der Konkurrenten durch ihre Verletzungen ausgeschaltet ist!«

Es schien Livian, als wollte der Schmied noch etwas hinzufügen, doch das Läuten der Türglocke unterbrach sein Vorhaben. Stattdessen richtete er seinen Fokus auf die Neuankömmlinge. Auch Livian genehmigte sich einen Blick über die Schulter und bemerkte fünf kräftige Männer, die in den Laden traten und direkt auf den Tresen zuhielten.

»Hey, Donnerkufe«, grüßte der Mann an der Spitze und zog Livian mit einem einzigen Ruck an seinem Ärmel aus dem Weg, als wäre er nur eine weitere Tür, die man öffnen müsste. »Uns ist zu Ohren gekommen, dass du beim zweiten Rennen nicht teilnehmen wirst.

Stimmt das?« Mit verschränkten Armen stellte er sich vor den Tresen, während seine Freunde im Kreis hinter ihm Position bezogen.

Livian betrachtete den Mann genauer. Als erstes fielen ihm die dunklen Tattoos auf seinem rechten Oberarm auf. Sie zeigten einen senkrecht von einem Dolch durchbohrten Schädel, der von einem Flügel umrahmt wurde. Federn und Dornenranken vollendeten die Verzierung.

Der Schmied griff nach seinem Stock und richtete sich zu seiner vollen Größe auf. »Das ist richtig. Mit einem gebrochenen Bein fährt es sich nicht so gut.«

»Das ist überaus bedauerlich.« Schädelarm stützte sich mit einer Hand auf den Tresen und beugte sich drohend zu Donnerkufe vor. »Ich hoffe, du hast dich schon um einen entsprechenden Ersatz gekümmert.«

»Genau«, fügte einer der anderen Besucher hinzu, der Livian vom Körperbau eher an eine beulige Kartoffel erinnerte. Zwischen den Fingern ließ er ein kurzes aber scharfes Messer um die Längsachse rotieren. »Wir und einige unserer Freunde haben dieses Jahr einen großen Batzen Geld auf dich gesetzt. Im Wettbüro sagte man uns ...«

»... dass keine neuen Wetten gemacht werden. Die ersten gelten weiterhin«, beendete einer seiner Freunde den Satz. »Wenn du also nicht teilnimmst, wirst du disqualifiziert und wir verlieren unseren Einsatz. Das wollen wir nicht.«

Gemeinsam traten sie näher heran und zogen den Kreis um den Schmied langsam zu. Veit wollte zurückweichen, doch einer der Männer hatte sich bereits um den Tresen bewegt und sich mit verschränkten Armen vor der Tür postiert.

Livian blieb indes an Ort und Stelle. Er kannte diese drückende Spannung, die von den Männern ausging. Es war jenes unangenehme Flimmern, das in der Luft lag, sobald jemand beschloss, einem anderen Menschen den Schädel einzuschlagen. Er hatte es erst kürzlich verspürt, als er von den Wegelagerern im Neuen Eichenwald gefangen genommen worden war und sie dem Donnernden Blitz gedroht hatten.

Auch der Schmied schien die Gefahr zu spüren, denn seine Muskeln spannten sich gut sichtbar unter dem straff gespannten Stoff seines Wamses an.

Unauffällig griff Livian in seine Tasche und holte das Pergament hervor.

* *Du bist nicht in unmittelbarer Gefahr.*
* *Sei wachsam und bleib wo du bist.*

»Wir sind keine Unmenschen«, nahm der Mann am Tresen derweil den Faden wieder auf. »Wir verlangen von dir nicht, das Rennen zu gewinnen. Das wäre nicht gerecht. Wir wollen nur, dass du mitmachst und uns die Chance gibst, einen Gewinn aus unserer *wohlüberlegten* Investition zu machen. Es wäre doch schlecht, wenn dein Laden nicht mehr den Schutz unserer Organisation genießen würde. Was da alles Schlimmes passieren könnte ... Nicht nur deinen Waren, sondern deiner Frau, oder deinem Lehrling, der in Zeiten deiner Unpässlichkeit die Schmiede am Laufen hält ...«

Livian wusste nicht genau, was der Mann meinte. Aber seine Worte schienen zu seinem Vorteil zu sein.

»Da habt ihr wirklich großes Glück«, antwortete Veit. Von dem Rot in seiner Stimme war nichts geblieben. Nur ein bleiches Gelb war noch übrig. »Denn mein Ersatz ist gerade anwesend. Der Junge hier wird für mich beim zweiten Rennen als mein Lehrling teilnehmen!«

Synchron wandten sich die fünf Riesen zu ihm um.

Livian schielte abermals auf sein Pergament, auf dem die zweite Zeile zu einem dünnen Strich verlief, der sich über ein Wort in der ersten legte:

* Du bist nicht in ~~unmittelbarer~~ Gefahr.

Zufrieden steckte Livian das Pergament ein und musterte die Männer der Reihe nach. Ihre Blicke waren ernst und die Spannung in der Luft blieb bestehen.

»Ist das wahr?«, fragte der Anführer der Gruppe und sah geringschätzig zu ihm herab.

Livian strahlte. »Ja«, erwiderte er zuversichtlich. »Ich werde dieses Rennen für Veit Donnerkufe gewinnen. Denn niemand steht auf Verlierer.«

»Oho?« Der Mann löste sich vom Tresen und kam langsam auf ihn zu.

Livian legte den Kopf in den Nacken, um seinem Blick begegnen zu können.

»Ganz schön große Töne, für einen so schmächtigen Burschen wie dich. Na, zum Glück kommt es weniger auf deine Kraft als auf Donnerkufes Pferde an.« Abfällig tätschelte er ihm den Kopf. »Wir zählen auf dich, Kleiner.« Sein Blick wanderte zurück zum Schmied. »Und darauf, dass Donnerkufe dich gut ausgebildet hat.«

Wie auf ein geheimes Zeichen hin, zogen sich die restlichen Mitglieder der Gruppe zurück und verließen einer nach dem anderen den Laden. Der Anführer ging als letztes. Auf der Schwelle drehte er sich noch ein letztes Mal um. »Genießt die Zeit bis zum Rennen.«

Mit dem Läuten der Glocke fiel die Tür ins Schloss.

Stille kehrte in dem Laden ein. Stille, in der Livian und der Schmied sich gegenseitig musterten. Das Hämmern nebenan war verklungen. Leise öffnete sich eine Tür, die vermutlich zur Schmiede führte und ein junger Mann lugte vorsichtig hinein. Fragend sah er zu Veit hinüber, der ihn nur mit einer energischen Bewegung seiner Hand zurückscheuchte.

Auch die Tür hinter ihm öffnete sich und die kurvige Verkäuferin kam wieder zum Vorschein. Ihr Gesicht hatte an Farbe verloren.

»Liebling ...«, durchbrach sie zaghaft die Stille. »War das etwa ...«

»Ja, es war die Organisation«, brummte Donnerkufe und stützte sich mit beiden Fäusten auf den Tresen. »Scheint so, als hätten die nicht wie erwartet ihr Geld beim Jaguar gelassen.«

»Die Organisation? Was machen wir denn jetzt?« Zaghaft legte sie ihre Hand auf seine Schulter.

»Ich bekomme das schon hin.« Unwirsch schob er ihre Hand beiseite und humpelte mithilfe des Stocks um den Tresen herum, bis er vor Livian zum Stehen kam.

»Weißt du, wie man einen Schlitten fährt?«, fragte er ernst.

Wahrheitsgemäß schüttelte Livian den Kopf.

»Hast du denn wenigstens schon einmal ein Rennen gesehen?«

»Ich habe vorgestern den Anfang beobachten können, ja.«

Der Mann seufzte vernehmlich und ließ die Schultern hängen. »Na gut«, sagte er schließlich. »Das ist besser als nichts. Komm mit, ich werde dir die Grundlagen zeigen.« An seine Frau gewandt fügte er hinzu: »Warte nicht mit dem Essen auf mich. Wir werden ein paar Tage weg sein.«

Es war noch nicht Mittag, als Tia das Hafenviertel erreichte. Ein kalter Wind zog vom Meer aufs Land und ließ die Masten der vor Anker liegenden Schiffe knarzen. Anders als im Zentrum der Stadt, ging es hier bereits sehr geschäftig zu. Ungefähr zwei Dutzend

Matrosen eilten über die Stege und entluden ein großes Frachtschiff, das frisch aus Teatown eingetroffen war. Fischer legten ihre Netze zurecht und machten ihre Boote klar, während ein Unternehmer lautstark eine Rundfahrt mit seinem Kahn anpries.

Anders sah es aus, als sie sich der Überfluteten Zone näherte, in der Rostbarts Schiff vor Anker lag. Wenig verwunderlich, konnte man die Geschäfte, die an diesem Ort getätigt wurden, doch kaum als rechtschaffen bezeichnen. Die Leute, die hier lebten, schliefen am Tag. Erst im Schutze der Dunkelheit wurden sie aktiv. Das geschäftige Treiben, welches eben noch die Akustik dominiert hatte, war dem leisen Rauschen des Meeres gewichen. Ein paar Möwen hockten auf den aus Holzplanken gezimmerten Stegen, auf denen die morschen Baracken des Viertels erbaut waren, und stritten sich lautstark um ein deformiertes und schleimiges Etwas, das sie aus dem Meer gefischt hatten. Keine Menschenseele weit und breit, sah man von dem bärtigen Typen ab, der vor einer Spelunke namens *Zum Fröhlichen Kapitän* zwischen einigen Fässern lag und lautstark seinen Rausch ausschlief.

Tia verzog das Gesicht. Wahrlich eine Augenweide, wie eh und je.

Endlich kam die Breite Bertha zwischen zwei stillgelegten Fischkuttern in Sicht. Tia blickte sich aufmerksam um, doch von vermeintlichen Straßen- oder besser gesagt Steggaunern fehlte jede Spur. Um diese Zeit lohnte sich das Geschäft noch nicht. Trotzdem konnte sie ein mulmiges Gefühl nicht abschütteln.

Ob das so eine gute Idee ist, jetzt schon herzukommen?, fragte sie sich. *Hier ist es wohl üblich, den Tag erst nachmittags zu beginnen ...*

Entgegen ihrer Erwartung lag die hölzerne Planke bereits aus, die Rostbarts Schiff mit dem Festland verband. Die Truppe war entweder schon auf den Beinen, oder hatte das Brett am Vorabend nicht eingeholt. Letzteres hielt Tia für grob fahrlässig, aber schließlich ging es hier um Rostbart. Sie war sich nie sicher, wann der Kapitän aus echter Dummheit den Mund aufmachte, und wann er es nur vorgab, um sein Gegenüber zu täuschen. Gerade das machte ihn äußerst gefährlich.

Selbstsicher überquerte sie die hölzerne Brücke zum Schiff. Wenn man von Rostbarts offensichtlicher Neigung zur Kriminalität einmal absah, war er ein Glückstreffer. Er besaß keinen Schlitten, was ihr die Möglichkeit gegeben hatte, das beste Gefährt für ihn zu bauen. Andere Fahrer wie Veit Donnerkufe hätten sich von ihr nicht sagen lassen, welchen Schlitten sie fahren sollten.

Aufmerksam sah sie sich an Deck des Schiffes um. Niemand zu sehen. Nur aus einem Bullauge stieg leichter Rauch auf. Perfekt!

Vorsichtig schlich sie voran. Sie wollte nicht dabei erwischt werden, wie sie sich heimlich auf dem Schiff herumtrieb. Besonders, nachdem Argei sie eindringlich vor dem gewarnt hatte, was sie nun im Begriff war zu tun.

Unter leisem Knarzen stieg sie die Treppe unter Deck hinab. Zwischen den Balken sah sie zwei Hängematten, beide leer. *Sowohl Jim als auch Argei sind also wach. Mist!* Sie hatte gehofft, den ersten Maat schlafend vorzufinden. Sie musste also darauf hoffen, dass Argei gerade außerhalb etwas erledigte.

Darauf bedacht, nicht über herumliegende Seile oder Netze zu stolpern, durchquerte sie den großen Frachtraum, bis sie eine Tür erreichte, an der ein Schild mit der Aufschrift *Kombüse* hing. Stimmen erklangen aus dem Inneren.

Neugierig presste Tia ein Ohr an das Holz, um den Sprecher besser verstehen können. Überrascht stellte sie fest, dass er sang. Es klang ungefähr so:

In den Kessel mischen wir
Wasser, Salz und Elixier,
Darauf etwas Pflaumenwein,
das bringt jeden Mann zum Schrei'n.
(Äh, Grog ist vielleicht besser ...)

Ein zwei Tropfen Apfelsaft,
Lauch und Zwiebeln massenhaft,
ein gegartes Straußenbein,
UnD dAnN mUsS dA SäURe reIn!
(Nein! – daNn eBen nIcHT)

Tia schauderte, als die zweite Stimme in den Gesang einstimmte. Sie klang definitiv wie Jim, doch haftete ihr eine Intonation an, die nicht den Weg über die Ohren, sondern durch die Knochen nahm und dort eine geisterhafte Kälte zurückließ.

Wenn der Misch am Kochen ist,
Gibt Gewürz den richt'gen Twist,
Dazu ein Bund Suppengrün
Das lässt Freude übersprüh'n
(Oder mochte die Mannschaft doch lieber Fleisch ...?)

Mit dem Mix schmeckt richtig toll,
Hinternspeck vom Höhlentroll,
Das gibt einen leck'ren Sud,
nEin eS fEHlT dEs KäpT'Ns blUt!
(Nein! – wARuM nIcHT?)

Tia zweifelte mehr und mehr an ihrem Vorhaben. Wer auch immer der andere Jim war, sie hielt ihn für weitaus gefährlicher als seine Shinobi-Persönlichkeit oder den Jaguar. Sie sollte verschwinden, solange sie noch konnte.

Jetzt gut rühren – ungehetzt,
dass die Suppe nicht ansetzt,
Hitze drosseln – aufgepasst,
Dann erfreut sie auch den Gast.
(Also eher die Mannschaft, aber das reimt sich dann ja nicht ...)

Und jetzt zugefügt zum Schluss,
Etwas Rum mit kräftig Schuss,
Das wär alles, denk ich wohl,
NeIn eS fEhLT nOCh BluMeNkOhl!
(Nein! – Oder doch?)
(aLso! iCh wEiß DocH wOvoN mAn BaUcHSchMeRzen bE-
komMt!)

Diese Suppe mit Fruchtsaft,
schenkt der Mannschaft Mut und Kraft,
Wen lobt später souverän,
Der Piratenkapitän?

Smuuuuuuutjeeeeee Jiiiiiiiiim!

Labeldibeldadeldu, wow!
sChöÖÖöÖöÖÖön

Tia nahm sich vor, niemals etwas zu essen, was Jim zubereitet hatte. Zwar schien der Smutje zu wissen, was er tat, aber wenn er sich im falschen Moment zurückzog und einer anderen Persönlichkeit das Steuer überließ, konnte das üble Magenbeschwerden, wenn nicht sogar den Tod zur Folge haben.

Sie überlegte gerade, wie sie weiter verfahren sollte, als die Tür zur Kombüse unvermittelt von innen aufgerissen wurde.

Erschrocken machte Tia einen Satz nach hinten und auch Jim sprang mit einem spitzen Schrei in die Luft.

»G-gute G-güte, F-f-fräulein Handlung«, stammelte er, nachdem er sich vom ersten Schreck erholt hatte. »Ich habe Sie gar nicht gesehen. H-hätte ich gewusst, dass Sie an Bord sind, hätte ich m-mehr Suppe zubereitet!«

»Alles gut, ich bin nicht hungrig«, erwiderte sie, erleichtert den Mann mit den tränenden Augen vorzufinden und nicht ... jemand anderen. Diszipliniert straffte sie ihren Körper, um ihr Selbstbewusstsein zurückzugewinnen. Sie hatte auch schon vorher mit Jim Geschäfte gemacht. Wenn Rostbart mit Jim umgehen konnte, dann sie wohl erst recht! »Jim, kannst du mir einen Gefallen tun?«, fragte sie mit überzuckerter Stimme.

»Äh, ja. Ja, das lässt sich sicher einrichten.«

»Fabelhaft«, freute sie sich und klatschte in die Hände. »Würdest du bitte dem Dieb Bescheid sagen, dass ich ihn sprechen möchte?«

»Ahm.« Nervös rieb er sich die Hände. »Das wird, äh, schwierig. Der Dieb ist gerade in der Stadt unterwegs.«

Fassungslos sah Tia ihn an. »In der Stadt unterwegs? Wie soll das gehen?«

Jims Augen huschten unruhig hin und her. »Also, das ist ganz einfach. Der Dieb verlässt das Schiff über die Planke, folgt dem Steg bis zum Hafen und biegt dann die Hauptstraße Richtung Stadt rein.

Ungefähr so:« Er hob die Hand und schritt mit Zeige- und Mittelfinger seinen linken Arm ab.

»Ich weiß, wie man in die Stadt geht«, fauchte Tia ungehalten. »Ich meinte, wie er das ohne seinen Körper machen will. Du bist doch hier!«

Jim blinzelte. »Tut mir leid, ich verstehe nicht, was das mit mir zu tun hat.«

»Na, einfach alles!«

Jim antwortete nicht, sondern wich einen Schritt vor Tia zurück, die ihn mit aufgerissenen Augen und zu Krallen verkrampften Fingern anstarrte.

Tia atmete durch und ließ die Hände sinken. So kam sie nicht weiter. Jim wusste nicht, dass er sich mit den anderen einen Körper teilte. Für ihn war der Dieb irgendwo in der Stadt. Das musste bedeuten, dass Rostbart ihm irgendeinen Auftrag gegeben hatte.

Ein mulmiges Gefühl machte sich in ihrer Brust breit. Rostbart hatte doch nicht etwa das Schweigegeld überboten, das sie Groschengrab-Jim versprochen hatte? »Weißt du, was der Dieb in der Stadt macht?«

»Äh, nein, ich …«

»Weißt du, wer es wissen könnte?«

Jim schüttelte den Kopf.

Tia nahm einen weiteren Atemzug. Der Smutje war ein hoffnungsloser Fall. Sie brauchte einen Jim, der weniger trottelig durch die Gegend lief.

»Kannst du dann den Musiker herholen?«

Jims Miene hellte sich auf. »A-aye, wenn Sie mich kurz durchlassen ... danke.« Er wollte schon davoneilen, als ihm noch etwas einzufallen schien. »Könnten Sie währenddessen kurz die S-suppe im

Auge behalten? Nur kurz den Deckel anheben, falls sie ü-überko-chen sollte. Mehr braucht es nicht.«

Tia lächelte. »Natürlich, Jim.«

»D-d-danke.« Eilig hastete er davon. Tia trat in die Kombüse und schloss die Tür hinter sich. Entgegen ihrer Erwartung präsentierte sich ihr ein sauberer Raum, der überdies noch aufgeräumt war. Töpfe und Pfannen befanden sich nach Größe sortiert in fixen Halterungen, die sie auch bei starkem Seegang festzuhalten wussten. Über dem schmalen Herd, auf dem ein großer Suppentopf blubbernd vor sich hin köchelte, standen verschiedene Gewürzbehälter, ebenfalls aus-reichend in ihrer Position fixiert. Mehrere Fässer in der Ecke trugen fein säuberlich beschriftete Kennzeichnungen über ihren Inhalt. Da standen Wasser und Rum, aber auch Pökelfleisch und eingelegte Gurken.

Im nächsten Moment ging die Tür auf und Jim trat herein.

»Fräulein Tia!«, sagte er und strahlte sie an. »Welch wunderschöne Überraschung!«

»Die Freude ist ganz meinerseits, Jim Dezime«, erwiderte sie den Gruß gezwungen. Es fühlte sich merkwürdig an, eine Person zu be-grüßen, die genauso aussah wie die, mit der man gerade gesprochen hatte. Dennoch bekam sie langsam Übung darin, die Jims auseinan-der zu halten. Allein das offene Auftreten des Musikers stand im Ge-gensatz zu dem schüchternen Gestammel, das der Smutje an den Tag legte. Dazu kamen seine aufrechte Haltung und eine Ausstrahlung, die durch den ganzen Raum zu wandern und jedem freundlich die Hand zu schütteln schien.

»Was führt Sie zu mir? Sie sehnen sich doch nicht etwa nach einer kleiner Privatvorstellung?« Er zwinkerte gewinnend.

»So verlockend Ihr kleiner Seemannschor auch ist, nein. Ich habe ein anderes Anliegen.«

»Ah! Dann lassen Sie uns aber auf Deck gehen. Hier drinnen ist es so ... beengt. Da können sich gute Gespräche nicht richtig entfalten.«

»In Ordnung. Nur ... was ist mit der Suppe?« Tia deutete auf den fröhlich brodelnden Pott.

»Machen Sie sich keine Sorgen darum. Das ist die Aufgabe des Smutjes. Der hat alles im Griff. Jetzt kommen Sie. Ich fühle mich hier nicht wohl.«

Klaustrophobie, erkannte Tia das Stimmungsbild. Ein Klassenkamerad hatte auch mit dieser Angst zu kämpfen gehabt, nachdem er von ein paar Jungen in eine Kiste gesperrt worden war. Aus Spaß, wie sie es damals begründeten.

Sie sind wirklich alle eigenständige Persönlichkeiten, dachte sie, während sie dem Musiker zurück durch den Lagerraum auf das Deck folgte. *Wie sonst könnte Jim diese Angst plötzlich ablegen, um in der Kombüse Suppe zu kochen?*

Gemeinsam stiegen sie die Treppe empor und Jim atmete auf, als die Luft ihnen frisch ins Gesicht schlug.

»Ja, das ist schon viel besser!«, sagte er und nahm einen tiefen Atemzug, der seine dürre Brust wie die eines balzenden Truthahns anschwellen ließ. Aufmerksam drehte er sich zu ihr herum. »Also dann. Wie kann ich Ihnen weiterhelfen?«

»Ich muss wissen, wo ich den Dieb finde, oder welchen Auftrag er derzeit ausführt.«

Überrascht hob Jim Dezime die Augenbrauen. »Fräulein Tia, die Aufträge sind streng geheim.«

»Es reicht sein Aufenthaltsort. Ich muss wirklich dringend mit ihm sprechen. Ich brauche seine Hilfe, bei dem Auftrag, den Rostbart mir gegeben hat.«

»Ach, wenn das so ist«, sagte Jim, »dann können Sie auch mich oder den Smutje bitten. Für kleinere Besorgungen in der Stadt, haben wir immer Zeit. Was brauchen Sie? Werkzeug? Tabak?«

»Informationen.« Langsam wurde Tia ungeduldig. »Ich muss wissen, was der Jaguar plant. Er ist eine ernste Bedrohung für Rostbarts Sieg beim Schlittenrennen. Es reicht auch, wenn ich weiß, wo er wohnt. Dann kann ich seinen Schlitten sabotieren und …«

Sie wurde unterbrochen, als Jim geräuschvoll die Luft einzog. »Fräulein Tia«, rief er empört. »Das ist im höchsten Maße ehrlos und gegen den Geist eines fairen und sportlichen Wettkampfes.«

Tia blinzelte. »Bitte was?«, fragte sie gänzlich aus dem Konzept gebracht.

»Ich will Ihnen dringend anraten, von diesen boshaften Plänen abzulassen. Wir sind eine ehrbare Mannschaft und halten uns an die Regeln.«

»Ehrbar?« Tia glaubte sich verhört zu haben. »Ihr habt einen Dieb!«

»Das ist doch nur ein Spitzname, weil er alles beschaffen kann«, erwiderte Jim Dezime aufgebracht. »Wenn er etwas nicht findet, dann tauscht er es gegen einen verblüffenden Zaubertrick ein, den er den Leuten zeigt.«

»Geht es bei dem Trick darum, etwas verschwinden zu lassen?«

»Ja. Woher wissen Sie das?«

Tia widerstand dem Drang, sich mit der flachen Hand ins Gesicht zu schlagen. Der Musiker war ja noch naiver als dieses Straßenmädchen! »Hör zu: Sie sind Mitglied einer Piratenbande. Stehlen und Betrügen ist das, womit Ihr Kapitän …«

Jims ausgestreckter Zeigefinger, der ihr beinahe ins rechte Auge piekte, unterbrach ihre Ausführung.

»Stopp! Nehmen Sie das sofort zurück. Kapitän Rostbart ist ein ehrenwerter Mann. Sollten Sie ihn beleidigen, wird unser Shinobi sehr ungehalten reagieren.«

Langsam wich Tia einen Schritt zurück. Hinter ihr leckte schmatzend eine Welle am hölzernen Steg des Pieres. »Schon gut, schon gut.« Beruhigend hob sie die Hände. Sie hatte Jims Shinobi Persönlichkeit beim Rennen gesehen. Auch wenn sie sich sicher im Umgang mit ihren Dolchen fühlte, wollte sie eine solche Konfrontation vermeiden. Von allen Jims hatte sie den Musiker für normal gehalten. Jetzt merkte sie, wie falsch sie dabei lag. Jim Dezime unterlag dem völligen Irrglauben, einer ehrbaren Mannschaft anzugehören. Er war der Inbegriff des Ausspruchs »Ich sehe nur das, was ich sehen will.« Dabei sang er sogar Piratenlieder übers Morden und Plündern.

»In Ordnung«, sagte Tia vorsichtig, wobei sie eine Hand unauffällig zum Griff eines ihrer Dolche wandern ließ. »Was ich gesagt habe, war falsch. Ich werde den Jaguar nicht sabotieren, um den guten Ruf Ihres Kapitäns zu wahren.«

Augenblicklich entspannte sich Jim wieder. »Oh, das ist wirklich freundlich von Ihnen, Fräulein Tia. Ich wusste doch, dass sie eine gute Seele haben.«

Tia atmete auf. Das war gerade noch einmal gut gegangen. Sie hatte gedacht, Jim Dezime wäre umgänglich, doch in Wahrheit war ein Gespräch mit ihm wie ein Spaziergang in einem Wald voller Fallgruben: Ein falscher Schritt und es ging abwärts.

»Nein, ich bin wirklich froh«, lachte Jim. »Noch so eine unehrenhafte Person hätten wir auf unserem Schiff nicht gebrauchen können.«

Tia horchte auf. »Noch so eine unehrenhafte Person?«, fragte sie durch Jims Lächeln ermuntert. »Ich dachte, Sie hätten mir alle Mitglieder der Mannschaft genannt?«

»Sie ist auch kein Mitglied der Mannschaft, sondern unser blinder Passagier. Wir haben sie schon an mehreren Häfen von Bord geworfen, aber irgendwie schafft sie es immer wieder, sich hier einzunisten. Argei ist schon auf hundertachtzig deswegen.«

Tia grinste. *Sieh mal einer an. Rostbart hat seine Persönlichkeiten also nur teilweise angeheuert. Jim, du überraschst mich immer wieder!*

»Sie wissen nicht zufällig, wo ich diesen blinden Passagier finden kann, oder?«

»Selbst wenn ich es wüsste«, erwiderte Jim angefressen, »wieso sollte ich Ihnen das sagen? Das ist kein Umgang für eine ehrenvolle Dame wie Sie es sind!«

»Ganz einfach:«, wagte Tia sich vor. »Wenn dieser blinde Passagier so viele Probleme macht, dann habe ich vielleicht einen Job für ihn. Wenn er in Schwalbenkack eine anständige Arbeit bekommt und sich ein Leben aufbaut, sollte er Ihre Mannschaft nicht mehr belästigen können. Vielleicht wird aus ihm sogar noch eine ehrbare Person.«

Der Musiker dachte darüber nach. »Das wäre in der Tat ein Segen«, sagte er schließlich. »Also schön, ich arrangiere ein Treffen. Versprechen Sie mir nur, diese Person von unserem Schiff zu holen!«

Verschwörerisch legte Tia die Hand auf ihr Herz. »Ich verspreche es.«

Jim nickte. Dann ging eine Veränderung in ihm vor. Wie in Trance nahm er das bepunktete Kopftuch und legte es um seinen Hals. Geradezu graziös zog er mit Daumen und Zeigefinger den Knoten zu und drehte ihn stilvoll zur Seite. Seine Haltung verlagerte sich in den Kontrapost und die rechte Hand wanderte mit der Außenseite in die Mulde seiner Hüfte.

»Also dann, Schätzchen«, schnurrte er und klimperte mit den Wimpern. »Wie kann Tante Jil dir weiterhelfen?«

Missmutig hockte Ly im Vorraum zu seines Vaters Salon und ließ die Fingerkuppen in einer wellenartigen Bewegung immer wieder auf die Lehne des Ledersessels niedergehen. Das sah seinem Vater ähnlich. Ihn erst zur Eile antreiben und dann warten lassen.

Ein grimmiges Grinsen stahl sich in sein Gesicht. *Du wirst dich noch wundern, Vater. Sobald ich mich von meiner Schuld freigekauft habe und du im Ruin untergegangen bist, wirst du niemandem mehr die Zeit stehlen. Vor allem nicht mir! Dann kann ich in meiner Werkstatt wieder an meinen Erfindungen arbeiten. Zusammen mit Tia wird ...*

Seine Mundwinkel erschlafften. »Nein, so wird es nicht sein, Ly. Die blöde Furie ist ja wieder völlig grundlos ausgerastet. Erst bricht sie dir den Arm und lässt dich dann sitzen.« Er trat nach der Vitrine neben der Tür, in dem sein Vater kunstvolle Miniaturfiguren aus Stahl ausstellte, welche die Fähigkeiten ihrer Metallverarbeitung unter Beweis stellen sollten. Ein schmerzender Fuß war seine Belohnung.

Fluchend sprang Ly auf einem Bein zurück, bis er den Fuß wieder vorsichtig aufsetzen konnte. *Nein, ich brauche Tia nicht. Ich kann das alleine. Ich habe es immer alleine geschafft. Ich werde einen anderen Weg finden. Ich werde ...*

Die Tür zum Salon öffnete sich und ein Bediensteter trat durch den Spalt.

»Euer Vater ist nun bereit, Euch zu empfangen, Sir Krust«, sagte er.

»Wurde auch Zeit«, schnaubte Ly und trat in den Salon.

Wie immer hing stickiger Zigarrenrauch in der Luft und verschleierte die Sicht. Die Ursache dafür befand sich in den Mündern der beiden Männer, die einander gegenüber in den gemütlichen Ohrensesseln saßen. Der Blick auf den Fremden blieb Ly beim Eintreten verborgen. Er sah nur seinen Vater, der dem Gast eine bernsteinfarbene Flüssigkeit in sein Glas einschenkte.

»Ah, Ly«, sagte er mit ungewohnter Freundlichkeit in der Stimme. »Komm doch herüber und leiste uns Gesellschaft.«

Misstrauisch kam Ly der Aufforderung nach und umrundete die Sesselgruppe, sodass er nun auch den Fremden zu Gesicht bekam. Der Mann gehörte eindeutig zu der korpulenteren Sorte. Sein Haar ergraute bereits, doch zeigten Lachfalten um seine Augen, dass dies seine Lebensfreude nicht im Geringsten trübte. Sein Gesicht war glattrasiert. Er trug eine einfache Weste, in deren Tasche die goldene Kette einer Uhr verschwand und einen Hinweis auf sein Vermögen gab.

Lord Krust erhob sich aus seinem Sessel. »Herr Handlung, darf ich Ihnen meinen Sohn Ly Elliot vorstellen? Ly, dir gegenüber sitzt Jobst Handlung, dein zukünftiger Schwiegervater.«

Herr Handlung stemmte sich zur Begrüßung mit beiden Händen aus dem Sessel, wodurch das Leder erleichtert knarzte. »Es ist mir eine Freude, den zukünftigen Gatten meiner Tochter kennenzulernen. Ich habe schon viel Gutes über Euch gehört.« Er streckte die Hand aus.

»Die Freude ist ganz meinerseits«, erwiderte Ly förmlich. »Verzeihen Sie, wenn ich Ihnen nicht die Hand gebe. Meine Rechte ist derzeit etwas unpässlich.« Er deutete auf den in einer Schlinge liegenden Arm.

»Oh, das hat meine Tochter gar nicht erwähnt. Geht es Euch gut?«

»Natürlich, es geht mir gut«, erwiderte Ly sarkastisch. »Ein gebrochener Arm ist ja keineswegs schmerzvoll und einschränkend.« Ungelenk ließ er sich in einem Sessel in der Runde nieder.

Sofort stellte der Diener ein weiteres Glas auf dem Tisch ab und füllte es mit dem Whisky aus der Flasche auf dem Tisch.

»Verwunderlich finde ich nur«, knüpfte Ly an Herrn Handlungs Aussage an. »Dass Tia nichts erwähnt hat. Schließlich war es ja …«

»Möchtest du eine Zigarre, Ly?«

Überraschung ließ Ly kurzzeitig innehalten. Skeptisch sah er auf die teure El Fumador, die sein Vater anbietend in seine Richtung hielt. Er fing sich schnell. »Danke, ich passe.«

Selbst bei den langweiligen Verhandlungsgesprächen, über deren Inhalt Clemens ihn immer in der letzten Minute unterrichtet hatte, hatte ihm sein Vater nie etwas von den teuren Luxusgütern angeboten, die er den Gästen servierte. Auch sein freundliches Lächeln war neu.

Ly bleckte die Zähne. *Spielen wir nun glückliche Familie oder was wird das, Vater?*

»Herr Handlung und ich haben gerade den Termin für die Hochzeit festlegen können«, sagte Lord Krust und legte die Zigarre zurück in das zugehörige Etui, bevor dieses wieder in seiner Westentasche verschwand. »Da die Stadt durch diese unerwartete Wiederholung des Rennens noch eine Woche in Aufruhr sein wird, hielten wir es für besser, die Hochzeit danach stattfinden zu lassen. Wir haben uns daher auf den letzten Tag des Monats geeinigt.«

Angespannt versuchte Ly sich seine Erleichterung nicht anmerken zu lassen. Eine Sorge weniger. So blieb ihm hoffentlich noch genug Zeit, einen Alternativplan zu entwerfen, wie er seinem Vater entkommen konnte.

»Herr Handlung äußerte den Wunsch, dich vor der Hochzeit persönlich kennenlernen zu dürfen.«

»In der Tat«, bestätigte Herr Handlung schmunzelnd. »Ich möchte mich vergewissern, dass ich meine Tochter in fürsorgliche Hände gebe.«

»Ly hat die besten Hände, die Sie kriegen können«, warf Lord Krust ein und in seinen Augen blitzte es hell. »Die Liste der Interessenten für Ihre Tochter ist doch recht kurz – anders als die für meinen Sohn.« Er lächelte raubtierhaft.

Ah, jetzt zeigst du also dein wahres Gesicht, Vater.

Sichtlich unwohl sog Herr Handlung an seiner Zigarre. »Tia ist eine besondere junge Dame. Es gibt nicht viele Männer, die dem gewachsen sind.«

»Auch das hörte ich«, sagte Lord Krust. »Stimmt es, dass sie den Kampf mit zwei Messern trainiert? Lord Rettlinger war nicht erfreut, dass sie seinem Sohn eine unschöne Narbe im Gesicht verpasste.« Seine Aufmerksamkeit wanderte zu Ly hinüber und seine Mundwinkel zogen sich noch weiter auseinander. »Du solltest aufpassen, in der Hochzeitsnacht nicht wie eine männliche Gottesanbeterin direkt gefressen zu werden, mein Sohn.«

Ly hielt seinem Blick stand. *Dieses Spiel willst du also spielen.*

Herr Handlung schwieg auf die Bemerkung über seine Tochter. Vermutlich wusste er, dass ihm eine Rechtfertigung nicht zustand und kein Gehör finden würde.

»Ich finde, dass die Narbe dem jungen August Rettlinger sehr gut steht«, erwiderte Ly ernst. »Sie unterstreicht seinen schroffen Charakter.«

Lord Krust, unter dessen rechtem Auge ebenfalls eine schmale Narbe zu sehen war, stellte das Lächeln ein.

»Ly«, versuchte Herr Handlung das Gespräch in eine andere Richtung zu lenken, »erzählt mir doch bitte etwas über Euch. Euer Vater ist leider kein Anhänger des Schlittenrennens. Wie sieht es bei Euch aus? Habt Ihr einen Favoriten?«

Überrascht wandte er sich zu dem Händler um. Zwar war das Rennen auch in adeligen Kreisen oftmals ein beliebtes Thema, doch hatte ihn bisher nie jemand nach seinem Favoriten gefragt. Die Adeligen wetteten nicht *für* jemanden, sondern *gegen* ihn. Nichts war amüsanter als sich über die armen Tölpel auszulassen, die auf der Fahrbahn einen Unfall erlitten.

»In der Tat, das habe ich«, antwortete er und setzte das Glas kurz an seine Lippen, ohne jedoch etwas von der Flüssigkeit zu trinken. »Ich hoffe, dass die Rumkanone den Sieg für Schwalbenkack nach Hause trägt.«

Herr Handlung sprang beinahe vor Freude aus seinem Sessel heraus. »Nicht wahr?«, rief er euphorisch. »Das ist ein echter Teufelskerl! Hat noch vom alten Perdok gelernt. Das hat man direkt gesehen. Euer Sohn ist ein echter Mann von Kultur, Lord Krust!«

Sein Vater nahm einen letzten Zug von seiner Zigarre, dann drückte er den Stumpf im Aschenbecher aus. »Dieses Volksfest ist eine lächerliche Verschwendung guter Ressourcen«, knurrte er. »Ich hoffe, der nächste Regent nach Zirkus wird mit diesem Theater ein für alle Mal Schluss machen.«

»Das wäre ein sehr ungeschickter Schachzug«, wagte sich Herr Handlung vor. »Einerseits hält es die Bevölkerung bei Laune, andererseits steigert es auch die Bekanntheit und den Ruhm der Stadt. Schwalbenkack hat nur so viele internationale Handelsbeziehungen aufbauen können, weil die Leute aus aller Welt zum Rennen angereist kommen. Handelsbeziehungen, durch die ich mir meinen guten Stand und finanzielle Stabilität sichern konnte.«

»Dennoch«, erwiderte Lord Krust eisig, »ist es nicht genug, als dass Ihre Familie ohne eine Heirat in die adeligen Kreise aufsteigen könnte.«

Ly knirschte mit den Zähnen. Sein Vater brauchte die Klappe gar nicht so aufreißen, schließlich war *er* es, der es auf Herrn Handlungs finanzielle Stabilität abgesehen hatte. Dennoch verhielt er sich so, als ob er den Holzwarenhändler in der Hand hätte.

Ly spielte mit dem Gedanken, eine Bemerkung über die finanzielle Stabilität seiner eigenen Familie fallen zu lassen. Das würde seinen Vater sicherlich von seinem hohen Ross stoßen. Er grinste. Ja, das würde seine Laune sicherlich aufhellen. Genüsslich lehnte Ly sich in seinem Sessel zurück. »Ihr nehmt den Mund ziemlich voll, Vater.«

Der Blick des Stahlfürsten schwang herum. Seine Mundwinkel zuckten leicht und Ly hielt irritiert inne. Es lag keine Warnung in seinen Augen. Nein, es war jene kühle Selbstsicherheit, die ihm erst diesen Spitznamen eingebracht hatte.

»Schließlich habt auch Ihr Euch nicht den Titel eines Lords verdient, sondern mein hoher Großvater«, änderte Ly die geplanten Worte.

Der Triumph im Gesicht seines Vaters war unübersehbar. »Und ich habe ihn nicht verloren, so wie andere Neuadelige.«

Mist, fluchte Ly innerlich. Natürlich konnte er seinen Vater nicht mit Finanzgeheimnissen denunzieren. Erstens würde er alles abstreiten und zweitens war Herr Handlung in erster Linie auf einen Ehemann für seine Tochter aus und nicht auf Geld. Schließlich hatte sie bereits alle Kandidaten vergrault, wenn sie nicht übertrieben hatte.

Du kannst immer noch Herrn Handlungs Wette ansprechen, wisperte es in ihm. *Wenn Vater erfährt, dass er sein Geld beim Rennen verwettet hat, platzt die Hochzeit.*

Ly regte sich nicht. In diesem Fall würde sein Vater Herrn Handlung geradewegs vor die Tür setzen und jemand anderen einladen, um eine Braut für ihn auszuhandeln. Nein, das würde nichts bringen.

Dir vielleicht nicht, aber Tia schon. Los, sag es. Tu es für sie!

Mürrisch lehnte Ly sich zurück. Wieso sollte er so etwas tun? Diesem aufbrausenden Miststück auch noch einen Gefallen tun, nachdem sie ihn links liegen gelassen hatte. Nein, sie sollte selbst sehen, wie sie sich aus dieser Affäre herausziehen würde. Sie würde ihn noch anflehen, wieder an dem Dampfschlitten arbeiten zu dürfen.

Du bist ein Arsch, Ly!

Er ignorierte die innere Stimme, so wie er es immer tat. Schließlich gehörte es sich nicht, Stimmen zu hören.

»Wenn das alles wäre, möchte ich Ihre Zeit nicht länger beanspruchen, Herr Handlung«, ließ Lord Krust verlauten und erhob sich aus seinem Sessel. Ein unmissverständliches Zeichen dafür, dass das Gespräch beendet war.

Auch der Holzwarenhändler und Ly standen nun auf.

»Die Zeit habe ich mir gerne genommen. Es hat mich sehr gefreut, Euren Sohn kennenlernen zu dürfen. Ich komme wegen der letzten Details zum Ablauf der Zeremonie auf Euch zurück.«

»Tun Sie das.«

Herr Handlung neigte noch einmal respektvoll das Haupt, dann verließ er vom Diener geleitet den Salon. Die Tür schloss sich. Vater und Sohn blieben alleine zurück.

Lord Krust wandte ihm den Rücken zu und sah aus den hohen Fenstern nach draußen. »Wolltest du deiner Verlobten gerade die Schuld für deinen tollpatschigen Sturz von der Treppe zuschieben, um ein Schmerzensgeld zu kassieren, Ly? Sehr klug, ich sehe, du verstehst langsam, wie das Spiel läuft. Vermutlich wäre es dir gelungen.«

»Der *tollpatschige Sturz von der Treppe* war ein Vorwand gewesen, um zu verschleiern, dass wir uns inoffiziell bereits getroffen haben. Sie hat mir wirklich den Arm gebrochen und dafür darf sie bezahlen!«

»Wenn sie dich so stört, dann bring sie um, nachdem ihr Kinder gemacht habt. Niemand würde Fragen stellen. Sie ist innerhalb des Adels nicht gerne gesehen. Nur ihr Tölpel von Vater liebt sie abgöttisch«, Lord Krust warf ihm einen warnenden Blick über die Schulter zu, »dessen Geld mir gehört! Er ist so verzweifelt, seine Mitgift ist tausendmal mehr wert, als seine Tochter. Zwanzigtausend Guani und fünfundzwanzig Prozent Unternehmensanteil an Handlungs Holzhandlung. So viel Dummheit gehört ausgenutzt.«

Ly verschlug es die Sprache. Einerseits mit welcher Unbekümmertheit sein Vater über Mord sprach, andererseits wie er Herrn Handlung sah. Dieser Mann hatte den Weg auf sich genommen, nur um sich zu vergewissern, dass seine Tochter einen guten Ehemann heiratete …

»Dein Blick zeigt mir, dass du das genauso siehst.« Lord Krust drehte sich herum und baute sich vor Ly auf. »Das Schmerzensgeld hättest du wirklich gern gehabt, ich sehe es dir an. Glaub nicht, ich wüsste nicht, dass du planst dich von deiner Erbschuld freizukaufen.«

Ly zuckte zusammen.

Lord Krust hob in gespielter Überraschung die Augenbrauen. »Hast du wirklich gedacht, ich wüsste das nicht? Dein langes Wegbleiben von Zuhause? Deine Arbeit in der Werkstatt? Es ist offensichtlich. Fleißig warst du, das gebe ich zu. Schade nur, dass nichts Bedeutenderes entstanden ist, als ein Schuppen voll minderwertiger Rennschlitten.«

Wütend biss Ly die Zähne zusammen. »Sie sind nicht unbedeutend.«

»Ach, nein? Wie viele Guani konntest du denn bisher erwirtschaften?«

Ly schwieg.

Lord Krust zeigte ein mildes Lächeln. »Dachte ich mir. Dein Bruder hätte es gekonnt. Aber nicht du. Du bist schon immer ein Versager gewesen. Zuerst wollte ich dich von deinen Eskapaden abhalten. Aber es ist viel unterhaltsamer, dich im verzweifelten Aufbegehren gegen das Unvermeidliche straucheln zu sehen. Dein Scheitern wird dich Vernunft lehren. Und deinem Biest von einer Verlobten Demut, A-he, a-he, a-he.« Sein Lachen klang stockend und eingerostet, als müsse er zunächst herausfinden, wie dieser Laut erzeugt wurde.

Ly begann zu schwitzen. Nicht vor Angst, sondern vor Wut. Unbeholfen schälte er sich aus seiner Samtjacke.

Lord Krust runzelte die Stirn. »Was soll das werden? Willst du dich schlagen? Mit einem gebrochenen Arm?«

Lyell ließ die Jacke auf den Boden fallen. »Nenn Tia nie wieder ein Biest.«

»Sie *ist* ein Biest.« Arrogant hob Lord Krust das Kinn. »Und dumm und einfältig noch dazu. Deswegen passt ihr so gut zueinander.«

»Der einzige, der hier einfältig ist, bist du. Weil du nicht erkennst, wie brillant sie ist.«

»Dann sollte es ja kein Problem für dich sein, sie zu heiraten«, erwiderte Lord Krust abfällig. »Jetzt geh zurück in deine Werkstatt und fechte weiter deinen zum Scheitern verurteilten Kampf. Ich habe noch wichtige Geschäfte zu erledigen.« Abermals wandte er ihm den Rücken zu, um zu verdeutlichen, dass er seinen Spaß gehabt hatte und das Gespräch nun beendet war.

Lyell machte keine Anstalten, sich vom Fleck zu rühren. Dem Impuls nachzugeben und sich auf seinen Vater zu stürzen, würde ihn auch nicht weiterbringen. Selbst ohne den gebrochenen Arm war Lord Krust ein großer und kräftiger Mann, der sich durchaus zur Wehr setzen konnte. Ihm in diesem Konflikt den Rücken zuzudrehen, machte seine Überlegenheit nur mehr als deutlich.

Wieso lasse ich mich eigentlich so von ihm provozieren?, dachte Lyell. *Ich weiß doch, was er von meinen Vorschlägen und meinen Ideen hält.* Seine Gedanken wanderten zu Tia und das Brennen in seiner Brust wurde stärker.

Lyell öffnete den Mund. Nein, dieser Kampf war noch nicht ausgefochten. Zeit für einen Gegenangriff. Er war wütend auf Tia, ja, und dennoch hatte er sie brillant genannt. Womöglich war nicht nur ihr Verstand herausragend, sondern auch ihre Intuition. »Haben diese Geschäfte mit der Regentschaft der Stadt zu tun?«, fragte er ernst.

Stirnrunzelnd wandte Lord Krust sich um. »Sie haben damit zu tun, den von dir angerichteten Schaden auszubügeln.«

»So, haben sie das?« Provokant ging er auf seinen Vater zu, bis sie nur noch einen Schritt voneinander entfernt waren. »Selbst wenn ich die Zwerge verärgert haben sollte ... dies wäre niemals genug, um das von dir und Großvater aufgebaute Handelsimperium von einem Tag auf den anderen untergehen zu lassen!«

Die Miene des Stahlfürsten blieb eisern. »Ach? Bist du etwa über Nacht zum Handelsexperten geworden, Ly? Du hast keine Ahnung, wie viel die Verträge dieser Zwerge wiegen.«

»Ein paar Gramm, wie jedes andere Stück Papier auch.« Lyell zwang die Mundwinkel nach oben, doch konnte er das knirschende Mahlen seiner Kiefer nicht unterdrücken. »Wer wäre denn deiner Meinung nach ein besserer Regent als Gaius Augustus Zirkus? Du etwa? Oder der lang verschollene Erbe des umnachteten Königs Minibus?«

Immer noch keine Regung. »Ich habe keine Ahnung, wovon du sprichst. Wenn du fertig bist, dann ...«

»Das Rennen abzuschaffen, wird ihn auch nicht wieder zurückbringen!«

Ly Krust Senior hielt überrascht inne. Endlich eine Reaktion!

»Wer verschwendet sinnlos Ressourcen? Zirkus, oder du?«

»Halt die Klappe, Ly!« Der Ton seiner Stimme war leise, doch brachte dies den anschwellenden Zorn darin nur noch besser zur Geltung.

»Oh, habe ich einen wunden Punkt getroffen?« Lyell grinste triumphierend. »Es liegt nicht an mir, dass unser Geschäft langsam auseinanderbricht, nicht wahr? Es war nur eine Gelegenheit für dich, mir für alles die Schuld in die Schuhe zu schieben, so wie du es immer ...«

Der Schlag traf ihn völlig unvorbereitet. Sein Sichtfeld verschwamm und Lyell taumelte zur Seite. Er konnte sich gerade noch an dem nächsten Sessel festhalten, bevor er zu Boden gegangen wäre. Vorsichtig fuhr er mit der Hand zu seiner Wange, aus der der Schmerz in jeden Winkel seines Kopfs schoss.

»Du *hast* Schuld!«, brüllte Lord Krust so laut, dass der gläserne Kronleuchter an der Decke des Salons klirrte. »Du und dieses bescheuerte Schlittenrennen! Ich habe es euch eindringlich verboten, aber du musstest dich immer und immer wieder über mein Wort hinwegsetzen! Tiw Godric hätte das nie getan, hättest du ihn nicht mit deinem Ungehorsam angestachelt! Ihn verspottet, ihn provoziert, ihn herausgefordert, so wie es in deiner Natur liegt.« Bebend hoben und senkten sich seine Schultern, während seine Handfläche wie ein gekochter Hummer rot anlief.

»Ja, Tiw war schon immer dein Lieblingskind gewesen«, grollte Lyell. »Vielleicht könnte ich das Handelsimperium übernehmen, wenn du auch mir etwas beigebracht hättest.«

Lord Krust knirschte mit den Zähnen. »Tiw war der Ältere. Nicht du!«

»Ja und der talentiertere, der aufmerksamere, der ruhigere«, fügte Lyell seinerseits wütend hinzu. »Ich hatte gar keine Chance, in wenigstens einem Bereich mit ihm gleichziehen zu können.«

»Schweig endlich!«, schrie sein Vater und beglückte den Teppich mit seinem feuchten Speichel. »Wenn du unbedingt ein guter Sohn sein willst, dann hör endlich auf, mir Probleme zu machen und heirate die Frau, die ich dir ausgesucht habe! Viel mehr Erwartungen habe ich nicht an dich!« Stampfend schritt er zum Fenster und lenkte den Blick nach draußen in den Garten.

»Und genau dort liegt das Problem«, sagte Lyell, der inzwischen wieder ohne die Stütze des Ohrensessels auf eigenen Beinen stehen konnte. Froh, das letzte Wort zu haben, hob er seine Samtjacke vom Boden auf, wandte sich ab und stürmte in Richtung des Ausgangs.

»Ly«, hörte er die Stimme seines Vaters, als er die Tür beinahe erreicht hatte, »ich wünsche mir, eure Plätze wären vertauscht.«

Lyell schlug die Tür hinter sich zu.

Fassungslos starrte Tia den Leichtmatrosen an, aus dessen Augen ihr der Schalk entgegenblitzte. Ein weiteres Mal war sie erstaunt, wie viel die Körperhaltung und die Ausstrahlung eines Menschen zu seiner Persönlichkeit beitrugen. Dies wurde ihr erst richtig bewusst, seitdem sie verschiedene Personen an demselben Menschen beobachten konnte. Natürlich hatte sie auch schon Schauspieler im Theater gesehen, aber da wusste sie, dass andere Personen verkörpert wurden. Bei Jim jedoch war alles echt!

»Ta-tante Jil?«, sagte sie stockend.

»Ja, Schätzchen. Die Cousine zehnten Grades von Jim. Aber alle nennen mich nur Tante Jil, das ist einfacher. Also, was ist das für ein Jobangebot, das du für mich hast?«

Allmählich erholte sich Tia von der ersten Überraschung. »Gar keines«, sagte sie schulterzuckend. »Ich wollte nur den Musiker überreden, dich mit mir bekannt zu machen. Ich hatte gehofft, dass du mir bei einer Sache weiterhelfen kannst.«

»Ooooooo-ho-ho-ho-ho-ho! Wie gewieft«, freute sich Jil. »Na dann lass uns doch lieber ein gemütliches Plätzchen unter Deck suchen. Hier ist es viel zu kalt.«

Ohne eine Antwort abzuwarten, stakste Jil voran, als würde sie anstelle ihrer Schnallenschuhe Stilettos tragen. Mühsam presste Tia die Lippen zusammen, um ein erheitertes Prusten zu unterdrücken. Der Hüftschwung, den diese Person im Körper eines dürren Mannes an den Tag legte, war stark genug, um ihr in einer Menschenmenge einen gebührenden Sicherheitsabstand zu gewähren. Ein Anblick, den Tia so schnell nicht vergessen würde.

Um Zurückhaltung bemüht, folgte sie Jil unter Deck. »Sollten wir uns nicht lieber woanders einen Platz zum Reden suchen?«, fragte sie ernst. »Immerhin sind Sie ein blinder Passagier. Wenn Rostbart Sie findet ...«

»Ach, da grab dir mal keine Sorgenringe unter deine hübschen Äuglein, Schätzchen.« Jil machte eine wegwerfende Handbewegung. »Der alte Rostrüpel hat sich wieder – faul wie er ist – zurück in sein

Bett verzogen, nachdem dieser Junge hier aufgekreuzt ist. Unheimlicher Typ dieser Bengel, kann ich dir sagen. Ein Hexer, wollte für Rostbart den Ersatzfahrer beim Rennen mimen. Zum Glück hat Rosti ihn vom Schiff gejagt; der hat mir nämlich ganz schön Angst gemacht. Hat mal eben den Shinobi im Kampf besiegt. Also keine Sorge, Rosti bemerkt nichts, der pennt wieder. Und dieser Griesgram von einem ersten Maat ist nach dieser Begegnung zum Meerestempel der Okeana gestiefelt. Der abergläubische Kauz wird eine Zeit damit beschäftigt sein, sich von irgendeinem Fluch mit Salzwasser reinzuwaschen. Also haben wir freies Feld.«

Während sie sprach, schob sie einige Fässer zurecht, sodass sie einen improvisierten Tisch und zwei Stühle ergaben. Aus einer Truhe holte sie zwei Kissen hervor, die sie ordentlich auf den Fässern platzierte.

Allein dieser kurze Einschub wirkte wie ein Aperitif auf Tias Neugierde. Ein Hexer wollte für Rostbart fahren? Und dann auch noch ein Kind? Das schien ihr ziemlich unglaubwürdig zu sein. Schließlich gab es kaum Zauberer außerhalb von Donnerspitze. Sie erinnerte sich an die Kaffeerunden, die ihre Mutter früher besucht hatte, als sie noch ein Kind gewesen war. Langweilige Gespräche über langweilige Menschen mit viel abfälliger Lästerei, bei denen Tia sich immer fragte, wie viel davon die Frauen selbst erfanden, um sich zu profilieren. Sie hatte es gehasst.

Dennoch wollte sie Jil nicht sofort als Lügnerin abstempeln.

»In Ordnung«, sagte Tia und setzte sich auf Jils Einladung hin auf eines der Fässer. »Die beiden sind also nicht da ... aber was ist mit dem Rest der Mannschaft?«

Jil lachte erheitert. »Oooooo-ho-ho-ho-ho-ho! Fragst du das gerade wirklich, Schätzchen? Die sind doch alle hier!« Sie tippte sich mit dem Zeigefinger an die Schläfe und lächelte wissend. »Alle hier, in diesem Körper. Mich eingeschlossen. Und ich lasse das Ruder nicht mehr los, jetzt wo ich endlich mal wieder zum Zuge komme! Vertrau mir, die merken nichts.«

»Du weißt über die ganzen Jims in dir Bescheid?«, platzte es aus Tia heraus. Erschrocken hielt sie sich eine Hand vor den Mund, als könnte sie die gesprochenen Worte so zurücknehmen.

»Natürlich weiß ich Bescheid«, sagte Jil und verzog pikiert die Lippen, auf denen plötzlich blutroter Lippenstift prangte. »Ich bin eine Frau, ich merke so etwas. Im Gegensatz zu den neun anderen Holzköpfen mit ihren beschränkten Männergehirnen. Die erleben die Welt eingeengt wie durch einen Tunnel und sehen nicht, was sich an den Seiten alles befindet.« Jil steckte den Lippenstift zurück in die Handtasche, die sie augenscheinlich aus der Truhe genommen hatte und nun über der Schulter trug. »Und weil ich das weiß, werde ich eben in die Küche verschwinden und nach der Suppe sehen, bevor der alte Rostrüpel den armen Smutje wieder zur Schnecke macht. Bei der Gelegenheit bringe ich auch einen Tee mit, also mach es dir schon mal gemütlich. Tüdelü.«

Tia konnte ihr Glück kaum fassen. Jil wusste nicht nur, dass andere Jims neben ihr existierten, sie wusste auch, was sie gerade taten oder tun sollten. Damit war sie ein besserer Informant als Groschengrab-Jim. *Ich sollte vorsichtig sein. Jil gehört nicht zu Rostbarts Mannschaft und der Musiker bezeichnete sie als ehrlos. Womöglich lässt sie sich nicht so wie die anderen Jims durch ein paar Lügen einlullen.*

Unruhig begann Tia mit dem rechten Knie zu wippen, während Jil in der Kombüse herumwerkelte.

Nur wenig später kam Jil mit zwei dampfenden Tassen in den Händen zurück. »Bitte sehr, Schätzchen«, sagte sie und reichte eine an Tia, bevor sie sich zu ihr setzte. »Pass auf, der ist noch heiß.«

Dankend nahm Tia die Tasse entgegen und kostete einen Atemzug des aufsteigenden Aromas. »Oh, würzig«, sagte sie erfreut. »Keiner dieser modernen und abartig gesüßten Früchtearomatees, die man auf Teepartys zu sehen bekommt. Woher wussten Sie, dass ich den mag?«

»Weibliche Intuition.« Jil zwinkerte verschmitzt. »Nein, Spaß. Wer Paffgut Burley Pfeifentabak über Djarnesische Nächte stellt, scheint mir nicht der Zuckertyp zu sein.«

»Sie haben das mitbekommen?«, fragte Tia überrascht.

»Natürlich habe ich das mitbekommen! Ich bin der blinde Passagier, ich bekomme *alles* mit, auch wenn man mich nicht sieht, Schätzchen. Und jetzt schmink dir endlich dieses alberne *Sie* ab, wir sind hier doch unter uns.« Abermals ließ sie ihre opernhafte Kunstlache erklingen, bei der Tia sich fragte, ob sie echt oder einstudiert war. »Aber genug der Späße.« Ihre Miene wurde ernst. Mit in die Hüften gestemmten Armen beugte sie sich weiter zu Tia vor. »Du bist nicht wirklich hier, weil du Informationen über den Jaguar brauchst, um ihn zu sabotieren. Nein, deine Motivation ist eine andere. Stimmt's oder habe ich recht?«

Skeptisch runzelte Tia die Stirn. »Wie kommst du darauf?«

»Oh, das ist ganz einfach.« Jil lehnte sich zurück in eine aufrechte Position und schlürfte an ihrem Tee. »Dass der Jaguar eine Bedrohung ist, wusstest du von Anfang an. Schließlich fuhr er auch schon im Vorjahr beim Schlittenrennen mit und wurde nur ganz knapp zweiter. Nein, du bist so unendlich überzeugt von dir selbst und deiner Arbeit; du denkst, es reicht zum Sieg, wenn du Rosti einen Schlitten baust. Du willst den Jaguar nicht sabotieren. Es sei denn, irgendetwas hat sich geändert.«

Tia erwiderte den Blick über den Rand ihrer Tasse hinweg. Es fiel ihr schwer, Jil ernst zu nehmen, während ihre Augen einen kränklichen und schmächtigen Mann in seinen Mittdreißigern sahen, dem rosaroter Lippenstift im Gesicht klebte. Womöglich war sich Jil dessen mehr als bewusst. »Du sagst, du weißt über Jims Zustand Bescheid«, versuchte Tia es mit einem Themenwechsel. »Also dass ihr ... wie soll ich es ausdrücken?« Vorsichtig schlürfte sie an ihrem Tee. Er schmeckte köstlich.

»Zu zehnt denselben Körper bewohnen?«, half Jil ihr auf die Sprünge.

Zustimmend richtete Tia ihren Zeigefinger auf. »Genau das«, sagte sie und entfernte die Tasse wieder von ihren Lippen. »Wie ist das passiert? Du warst nicht immer so, habe ich recht?«

In den darauffolgenden Sekunden war nur das Rauschen der Wellen zu hören. Selbst die Breite Bertha stellte das Knarzen ihres Rumpfes ein, ganz als ob sie selbst gebannt auf die nächsten Worte von Jil lauschte.

»Du weichst mir aus«, erwiderte Jil weniger enthusiastisch als noch wenige Momente zuvor. »Du bist dir nicht sicher, ob du mir trauen kannst.« Klackend stellte sie ihren Tee an die Seite. »Aus dem leichten Anflug von Aufregung in deiner Stimme im Gespräch mit Jim Dezime schließlich ich, dass du befürchtest, Rostbart hätte Groschengrab-Jim mehr geboten als du. Die schnelle Antwort ist: hat er nicht. Rostbart weiß nach wie vor nicht, dass die Tochter des angesehenen und reichen Händlers Jobst Handlung auf seinem Schiff ein und aus geht. Der Dieb besorgt Rostbart lediglich neuen Rum damit er«, sie bewegte Mittel- und Zeigefinger auf und ab, »*nachdenken* kann. Also, was ist jetzt mit dem Jaguar?«

Tia entschied sich für die halbe Wahrheit. »Der Jaguar plant, gegen seine gefährlichsten Widersacher vorzugehen: Den Maskierten und Rostbart.«

Jil schnalzte mit der Zunge. »Wie praktisch, dass du Den Maskierten dann bereits unschädlich gemacht hast.«

»Glaub mir, ich hätte mich auf den Jaguar fokussiert, hätte ich von seinen Plänen vorher gewusst.«

»Und wie genau, will der Jaguar gegen Rostbart vorgehen?«

»Genau das versuche ich ja herauszufinden.«

»Verstehe.« Jil griff nach ihrer Tasse. Genüsslich nippte sie an dem Tee. »Ich sehe dein Dilemma. Du willst den Schlitten bauen und gleichzeitig den Jaguar von Rostbart fernhalten. Denn Rosti muss gewinnen, weil dein Vater eine dicke Summe auf ihn gesetzt hat. Wie viel war das doch gleich? Fünfzehntausend Guani?«

Vor Schreck verschüttete Tia ihren Tee.

»Oooooo-ho-ho-ho-ho-ho, entspann dich, Schätzchen. Als ob dein Vater nach einer solchen Wette noch Zaster für ein Lösegeld für dich übrig hätte. Zumal Rosti nichts von Entführungen hält; er hat damit schlechte Erfahrungen gemacht. Nein, er muss vorsichtig sein, gerade hier in Schwalbenkack. Rosti ist ein zahnloser Köter, der nur noch bellen kann. Mit den fünftausend Guani Preisgeld wird er mehr als zufrieden sein.« Jil stellte den Tee ab. »Lass uns also einen Deal machen. Du baust uns einen Rennschlitten und ich kümmere mich um den Jaguar. Was sagst du dazu, Schätzchen?« Sie streckte die Hand aus.

Tia zögerte. Sie konnte Jil nicht einschätzen. Auf der anderen Seite … welche Wahl blieb ihr? Selbst Nachforschungen über den Jaguar anstellen? Nein, Jil war perfekt. Sie hatte alle Fähigkeiten ihrer Jims zu ihrer freien Verfügung. Und wie gut sie Informationen über jemanden sammeln konnte, hatte sie gerade bewiesen. Entschlossen schlug Tia in die angebotene Hand ein. »Abgemacht.«

»Großartig«, freute sich Jil. »Also dann. Auf geht's. Unser Schlitten baut sich nicht von selbst. Ab mit dir, Schätzchen.« Sie hielt inne.

»Es sei denn, du hast ein weiteres Problem, bei dem du meine Hilfe gebrauchen könntest. Ist es nicht so?«

Regungslos erwiderte Tia den Blick. Ihr gefiel nicht, dass Jil in ihr lesen konnte, wie in einem aufgeschlagenen Buch. Sie hatte noch nie gerne über sich oder ihre Probleme geplaudert. Zu oft war sie durch die Reaktionen ihrer Mitmenschen enttäuscht worden, die nicht ernst nehmen konnten, was sich in ihr abspielte. In Jils Augen jedoch lag etwas Ruhiges, das sie nicht zu beschreiben wusste. Eine Art von Verständnis, das nur jemand aufbringen konnte, der bereits einen Einblick in so manch inneren Abgrund bekommen und selbst an dessen Grunde noch einen Schatz gefunden hatte. Bei zehn irren Persönlichkeiten wenig verwunderlich.

Seufzend ließ die Ingenieurin sowohl ihre Schultern als auch ihre innere Mauer fallen. »Ein Freund von mir ... ein alter Bekannter, mit dem ich gezwungenermaßen zusammen an dem Schlitten arbeite, scheint etwas Ähnliches wie Sie ... wie du zu haben. In einem Moment habe ich das Gefühl, dass er mich so akzeptiert wie ich wirklich bin, nur um im nächsten Moment wieder unausstehlich und verletzend zu werden. Das passiert immer, wenn er die Kleidung wechselt.«

»Das ist doch ein recht umgänglicher Fall«, sagte Jil und nippte an ihrem Tee, wobei sie den kleinen Finger abspreizte. »Du musst nur darauf achten, welche Kleidung dein Bekannter, *dein Freund*, gerade in diesen Moment trägt. Seine Untermieter scheinen sich daran ja zu halten. Anders als bei mir. Meine Untermieter machen was sie wollen. Du weißt ja nicht, wie rücksichtslos Zehn-Zentimeter-Jim auf die anderen einprügeln kann, wenn der Blick dieses Körpers auf dein Dekolleté fällt.«

Tia stockte. »Zehn-Zentimeter-Jim?«, fragte sie.

»Der Rabauke, der dir den falschen Tabak andrehen wollte«, erklärte Jil und Tia hob verstehend die Brauen.

»Ach der«, brummte sie resigniert. »Den nennt ihr Zehn-Zentimeter-Jim? Ein sehr ... unvorteilhafter Name.«

Tante Jil kicherte. »Nicht wahr? Aber der Name bezieht sich darauf, dass er ohne Maßwerkzeug arbeitet, da er zehn Zentimeter allein an seinen Fingern abschätzen und so alle anderen Maße berechnen kann.«

»Ich würde mich als Mann dennoch nicht Zehn-Zentimeter-Jim nennen.«

»Macht er auch nicht.«

Tia schmunzelte und genehmigte sich einen weiteren Schluck Tee. »Zurück zum Thema«, entschied sie. »Ich arbeite mit meinem Bekannten an einem Schlitten für euren Kapitän und wenn diese Zusammenarbeit erfolgreich sein soll, muss ich mit diesem miesepetrigen Arsch klarkommen!«

»Sollte es dazu nicht reichen, auf seine Kleidung zu achten, wenn seine Untermieter so geordnet sind, wie du es sagst?«

»Schon, aber es ist lästig.«

In Jils Augen blitzte es hell. »Das scheint mir über eine einfache Zusammenarbeit hinauszugehen. Du magst ihn, nicht wahr, Schätzchen?«

Tia brummte und verschränkte die Arme. »Mag ich gar nicht. Ich will nur besser mit ihm auskommen.«

»Mit diesem *miesepetrigen Arsch?*«, bohrte Jil nach. »Erzähl mir mehr, Schätzchen. Tante Jil täuschst du nicht. Wer ist dieser Bekannte wirklich?«

Genervt kniff Tia die Augen zusammen. »Mein zukünftiger Ehemann.«

Sie hörte, wie Jil euphorisch in die Hände klatschte und einen entzückten Schrei ausstieß. »Ooooh, jetzt wird die ganze Sache langsam spannend! Dein Zukünftiger also. Erzähl mir mehr! Sieht er gut aus? Wie viele Untermieter hat er? Ist einer von Ihnen ...«, ihre Stimme verwandelte sich in ein Schnurren, »... ein echter Charmeur?«

»Er ist ein ungehobelter Riesenarsch!«

»Oooooo-ho-ho-ho-ho-ho, das wird ja immer besser!«

»Sag mir einfach, wie er so geworden ist und wie ich das rückgängig machen und die ganzen Personen entfernen kann«, brummte Tia mit leisem Ärger in der Stimme. »Mehr will ich gar nicht.«

Tante Jil verstummte auf der Stelle. Klirrend fand das Porzellan die Untertasse, als sie mit ungewohntem Ernst den Tee abstellte. »Untermieter. Nicht Personen. Das ist ein feiner aber wichtiger Unterschied. Personen sind irgendetwas Wirres, von dem ich keine Ahnung habe. Untermieter sind Geister, die man sich eingeladen hat. Ist es richtig, Gäste einfach so vor die Tür zu setzen?«

Tia wollte die Frage bejahen, hielt sich jedoch zurück, da ihr der Unterton in Jils Stimme nicht entgangen war. »Tut mir leid«, sagte sie stattdessen. »Es ist schwer zu verstehen. Deswegen bitte ich dich ja um Hilfe. Ich möchte einfach nur den angenehmen Teil von Lyell zurück.«

»Und woher«, erwiderte Jil mit schneidender Stimme, »willst du wissen, ob nicht genau dieser Teil von ihm ein Untermieter ist? Oder ob er überhaupt Untermieter hat? Kennst du ihn gut genug, um zu wissen, wie er wirklich ist?«

Tia stockte. Ja, woher überhaupt? Wegen Felias Hinweis mit seiner Kleidung? Ly war bereits als Heranwachsender in der Schule ein Kotzbrocken gewesen. Gut möglich also, dass dies sein wahres Selbst widerspiegelte. Allerdings hatte er im Internat eine

Schuluniform tragen müssen, so wie alle anderen auch. Grübelnd begann sie, eine Haarsträhne zwischen Daumen und Zeigefinger zu zwirbeln.

»Du hast keine Ahnung, oder Schätzchen?« Wissend schlug Jil die Beine übereinander und stützte ihren Ellenbogen aufs Knie. »Hier geht es weder um deinen Göttergatten noch um mich und meine Untermieter. Hier geht es nur darum, dass du verstehen willst, wie dein Zukünftiger tickt. Du weißt, dass es einen einfachen Weg gibt, das herauszufinden, oder?«

Tia holte ihren Blick von einem unbedeutenden Punkt an der Schiffswand zurück ins Geschehen, nur um zu sehen, wie Schlüpfrigkeit und diebische Freude einen ausgelassenen Tango in Jils Augen hinlegten.

»Einen einfachen Weg?«, fragte Tia verwirrt.

Jils Grinsen wurde breiter. »Bei einem Mann, dessen Untermieter sich gänzlich an seine Kleiderordnung halten ...«

Tia verstand den Hinweis. »Nein!«, sagte sie fest. »Nein, das mache ich nicht.«

Jil zwinkerte. »Oh doch, das wirst du, Schätzchen. Das wirst du.«

Abrupt stand Tia von ihrem Platz auf. »Ich kenne einen noch einfacheren Weg«, sagte sie. »Ich verhindere die Hochzeit und muss ihn nie wieder sehen. Problem gelöst.« Sie wandte sich zum Gehen. »Vielen Dank für das Gespräch. Es war sehr aufschlussreich. Ich wünsche noch einen schönen Tag.«

Genüsslich schlürfte Jil an ihrem Tee. »Läufst du wieder weg, Schätzchen?«

Ärgerlich wirbelte Tia herum. »Nein, ich laufe nicht weg! Ich bin diesem Irrsinn überdrüssig. Lyell ist, was er trägt. Ich muss nur darauf achten, dass er immer seine Arbeitskleidung anhat und alles ist gut. Schließlich arbeiten wir zusammen, um getrennte Wege gehen zu können. Ich habe hier schon viel zu viel Zeit verschwendet.«

Jil zwinkerte. »Du warst diejenige, die eben noch sagte, dass du ihn besser verstehen wolltest.«

»Das schon. Aber ich werde ihn definitiv nicht ausziehen!«, widersprach Tia heftig. »Das kommt überhaupt nicht infrage!«

»Sieht er etwa nicht gut aus?« Jils Augen verengten sich. »Oder ... sieht er vielleicht sogar ... *zu gut* aus?«

Ärgerlich verschränkte Tia die Arme vor der Brust. »Das hat damit überhaupt nichts zu tun. Das ist unschicklich und gehört sich nicht!«

»Die Dolche an deinem Gürtel sehen nicht so aus, als sei Schicklichkeit eine deiner Tugenden, Schätzchen.« Seelenruhig schlürfte sie an ihrem Tee. »Ich glaube, du läufst vor etwas davon.«

»Ts«, machte Tia. »Woher willst du das bitteschön wissen?«

»Schätzchen, ich muss mich um neun verrückte Jungs kümmern. Ich bin ziemlich gut darin geworden, in die Herzen anderer zu schauen. Und – verzeih mir meine Direktheit – dein Problem mit Männern ist mehr als offensichtlich.«

»Ach?«

»Ja, Schätzchen. Für eine Frau deines wohlgeformten Kalibers sollte es ein Leichtes sein, jeden Mann aus seiner Kleidung zu zaubern. Aber anstatt deine Talente voll auszuschöpfen, gehst du lieber auf Kriegsfuß mit deiner eigenen Weiblichkeit und gibst dafür der Stadt und den Menschen, die in ihr wohnen, die Schuld. Ich mache dir keinen Vorwurf. Das ist schließlich einfach und bequem. Also geh wieder zurück in deine Werkstatt und klopp ein paar Nägelchen in irgendwelche Hölzer hinein. Geh zurück zu der Ruhe und der Einsamkeit, die dich davor schützen, dich mit irgendjemanden auseinanderzusetzen zu müssen.«

Der Dolch, der sich zitternd neben Jil in die Stützstrebe bohrte, unterbrach sie in ihrer Ausführung.

»Schätzchen«, sagte sie, als hätte Tia sie in Wirklichkeit mit einem Wattebausch bedroht. »Zwei meiner Jungs könnten dir schneller das Licht ausblasen, als du Tüdelischnippschnapp sagen kannst.«

»Hör mal gut zu, du Tratschtante«, erwiderte Tia ebenso unbeeindruckt. »Sag mir nicht, was ich kann und was nicht. Denn ich kann alles erreichen, was ich möchte. Alles, hörst du? Ich kann diese Heirat verhindern und ich kann auch ohne Ehe und Kinder glücklich werden. Erst recht kann ich mein eigenes Geschäft gründen und erfolgreich machen! Also halte dich nur an den Deal, den wir haben: Du kümmerst dich um den Jaguar und ich baue euch den besten Schlitten, den ihr euch wünschen könnt. Meinen Ehegatten lässt du mein Problem sein.«

Jil verzog zweifelnd ihr Gesicht. »Feingefühl ist wirklich nicht deine Stärke, was?« Sie seufzte vernehmlich. »Also gut, Ich habe eine andere Idee, die dir helfen könnte. Sie ist nur weit weniger unterhaltsam.« Sie grinste breit. »Was hältst du davon, wenn wir zwei Hübschen mal einkaufen gehen?«

Mit einem hellen *Pling* landete ein weiterer Klecks in der Zinnschale. Der ehemalige Besitzer des Geldstücks trat wieder zurück und reihte sich in die kleine Gruppe Schaulustiger ein, die sich inzwischen am Rande der Straße gebildet hatte.

Hastig wandte Felia die Aufmerksamkeit wieder den vier Huskys zu, die abwartend vor ihr auf dem Boden hockten. Sie durfte sich jetzt nicht ablenken lassen. Einfacher gedacht als getan, spürte sie doch ihr Herz bis zum Halse klopfen und die Aufregung ihre Muskeln unter Spannung setzen.

Bei Teldun, sind das viele Menschen, schoss es ihr durch den Kopf. *Sie sehen mich direkt an. Und sie werfen tatsächlich Geld in die Mütze.*

Filius bellte und rettete sie vor einer sich anbahnenden Panikattacke. Als wären es in Wirklichkeit die Hunde, die sie trainierten, hob Felia wie aufs Kommando den Zinkreifen in ihrer Hand auf Brusthöhe. Warum machte sie sich eigentlich Gedanken? Sie hatte das gerade mit den Hunden noch geprobt. Darüber hinaus musste sie nichts tun. Filius und seine Brüder übernahmen das für sie.

»Auf geht's«, sagte sie und Filius sprang. Ohne Schwierigkeiten fädelte er seinen Körper direkt durch den Reifen wie ein Faden durchs Nadelöhr. Nautilus folgte ihm ebenso zielsicher. Intuitiv senkte Felia den Reifen für Hochgenuss, der sie zunächst maulend ignorierte, aber dann doch folgte, nachdem Argus mit einem kleinen Hopser voransprang.

Die Zuschauer applaudierten anerkennend und Felia fühlte neue Zuversicht in sich aufsteigen. Abermals hörte sie das Klimpern der Guani und lächelte breit. Die Leute gaben wirklich Geld für sowas aus. Wie für Straßenmusiker! Sie musste sich nachher unbedingt neue Kunststücke für die Hunde überlegen.

»Was ist hier los? Ichhabsgesehn!«, schlug eine Stimme einen Keil durch die Zuschauer.

Augenblicklich hielt Felia inne. Verschüchtert drehte sie sich um und sah Wachtmeister Piepenköhl, der sich energisch an den

Schaulustigen vorbeidrängte. Er kam vor ihr zum Stehen und nahm sie kritisch ins Visier.

»Sie schon wieder«, erkannte er Felia und musterte sie eindringlich. »Haben Sie eine städtische Platzgenehmigung für Ihre kleine Vorstellung?«

»Eine ... eine was?«, fragte Felia verunsichert.

»Also nicht, ichhabsgeahnt.« Geübt holte er einen kleinen Block hervor und machte sich mit einem Stift Notizen. »Felia Schütte war der Name, richtig?«

Felia schluckte schwer und nickte, während der Wachtmeister schrieb. Hinter ihm löste sich die kleine Gruppe an Zuschauern bereits auf. Sie schienen zu ahnen, dass die Vorstellung beendet war.

Taubendreck aber auch!, fluchte Felia innerlich. *Eine städtische Platzgenehmigung? Klar, Papa braucht auf dem Markt auch eine, aber ich dachte nicht, dass das für Straßenkünstler auch gilt. Schließlich habe ich doch keinen Markstand!*

Wachtmeister Piepenköhl beendete unterdessen sein Gekritzel. »Ich muss Sie bitten, mich zum Wachhaus Marmorallee zu begleiten.« Sein Tonfall machte deutlich, dass der sehnige Mann nie um etwas bat. Er befahl einfach.

Felia merkte, wie ihr der kalte Angstschweiß ausbrach. Wenn das Fallen in einen Stadtbrunnen zu Geldbußen führte, dann war ihr Gesetzesbruch bestimmt wesentlich schlimmer. Furchtsam erwiderte sie Piepenköhls Blick.

»Sie ... wollen mich einsperren?«

Der Wachtmeister runzelte die Stirn. »Nein, dafür ist dank Wachtmeister Kargstein kein Platz in den Zellen. Die Stadt hat nach karlheimschem Vorbild beschlossen, Hunde für den aktiven Dienst zu trainieren, um Schmuggelware ausfindig zu machen. So gut trainierte Hunde wie die Ihren sind mir bisher nicht untergekommen.«

Felia blinzelte verwirrt. »Äh, danke sehr.«

Piepenköhl deutete ein schnelles Nicken an. »Sie wollten doch Wächterin werden. Herzlichen Glückwunsch! Ich werde Sie einstellen.«

Gedankenverloren schritt Ly Elliot Krust in seinen Gemächern auf und ab. Er grübelte schon einige Stunden darüber, wie er es seinem Vater am besten heimzahlen konnte. Auf Tias Hilfe konnte er nicht mehr bauen und mit einem verletzten Arm, brauchte er gar nicht versuchen, einen neuen Schlitten in den Wettkampf um das Preisgeld ins Rennen zu führen. Der Plan, sich von seinem Vater freizukaufen, war damit vom Tisch.

Ly konnte nicht sagen wieso, aber irgendetwas hatte sich im Salon an ihrem lebenslangen Streit geändert. Er war es gewohnt, dass sein Vater ihn verhöhnte und über seine Ideen herzog. Was es auch war, ihr Streit fühlte sich persönlicher an denn je. Nein, er würde sich nicht freikaufen. Er würde seinen Vater in den Abgrund reißen. Jeder Adelige hatte Dreck am Stecken, jeder! Unmöglich, dass sein Vater eine blütenweiße Weste trug. Ly würde den Dreck schon finden und ihn zu seinem Vorteil nutzen, koste es was es wolle!

Ly grunzte missmutig. Inzwischen war er überzeugt, dass nicht er, sondern sein Vater den schleichenden Untergang des Krustimperiums zu verantworten hatte. Die Heirat diente als letzter Rettungsstrohhalm. Doch blieb Ly nach wie vor unklar, weswegen Lord Krust ihn dafür als Sündenbock brauchte.

Seine beste Theorie dahingehend war, dass sein Vater Misstrauen vermeiden wollte. Schließlich war Heirat nie zuvor ein Thema gewesen. Dieses von einem Tag auf den anderen hervorzuholen, hätte ihn zu Recht skeptisch gemacht.

Ly hatte den Nachmittag für einen Besuch im Stahlwerk genutzt. Einerseits, um sich von seiner Wut abzulenken, andererseits, um in Erfahrung zu bringen, ob in der Woche vor dem Rennen wirklich ein Mangel an Bronze bestanden hatte. So wie sein Vater sich verhielt, hatte er immer gewusst, dass Ly sich keineswegs um die wichtigen Geschäfte, sondern nur um seinen eigenen Kram in Großvaters altem Laden kümmerte. Ihm die Zwerge absichtlich vorbeizuschicken, sollte also nicht das Problem gewesen sein. Ly hatte seine Vermutung allerdings nicht bestätigen können. Die Mitarbeiter im Stahlwerk hatten Anweisung, ihm keine relevanten Informationen mehr zukommen zu lassen.

Er schnaufte wütend und begann die beinahe tausendste Runde an der Kante seines ovalförmigen Teppichs entlangzuschreiten. Die angespannte finanzielle Situation schien das Einzige zu sein, was in diesem Haus derzeit der Wahrheit entsprach. Alles andere blieb für ihn im Dunkeln. *Aber wieso diese Scharade? Wieso all der Aufwand? Denk nach, Ly, denk nach! Wieso noch extra Verluste durch die Verträge mit den Zwergen riskieren? Das ergibt keinen Sinn!*

Es mochte stimmen, dass er nicht das Finanzgenie seines Vaters und Großvaters geerbt hatte, doch selbst er verstand, dass das Handeln seines Vaters nicht wirtschaftlich war. Wenn sein Vater ihn ablenken wollte – als ob Ly sich jemals für das Familiengeschäft interessiert hätte –, auf welche Weise sollte er seinem Vater gefährlich werden können, dass es die Verträge mit den Zwergen wert war?

»Ich an seiner Stelle hätte mich einfach rausgeworfen«, brummte er, während seine Worte mit jeder weiteren Runde über den Teppich an Schärfe gewannen. »Damit rechne ich schon seit Jahren. Das hätte mich nie misstrauisch gemacht.«

Er spürte, wie er durch die Bewegung ins Schwitzen geriet. Ärgerlich und nicht ohne Mühe knöpfte er seine purpurne Jacke auf und schmiss sie in Richtung seines Bettes.

»Ly, du bist so ein Einfaltspinsel! Er kann dich nicht rauswerfen! Er braucht doch das Geld des alten Herrn Handlung. Dass er es nicht bekommen wird, sollte eigentlich schon Rache genug sein! Zwanzigtausend Guani wird Handlung nie und nimmer in der Tasche haben. Er setzt genauso auf die Wette, wie seine verfluchte Tochter es tut. Und die fünfundzwanzig Prozent Anteil an seinem Geschäft … wie viel können die ohne bestehendes Kapital noch wert sein?«

Erschöpft ließ Lyell sich in seinen Sessel fallen und starrte die Decke an. Er empfand diese ganze Finanzthematik als derart dröge, dass es ihn Energie kostete, darüber nachzudenken. Er schloss die Augen und ließ den Atem aus seinen Lungen entweichen. Vielleicht sollte er einfach ins Bett gehen. Der Tag war aufregend genug gewesen. Und jetzt hatte er endlich einen positiven Gedanken gefunden, mit dem es sich einschlafen ließe. Besser würde es heute nicht mehr werden.

Er verzog das Gesicht, als ihn ein kalter Windzug am Ohr kitzelte. Dabei war er sich sicher, die Fenster vorhin alle geschlossen zu haben.

Verärgert öffnete er die Augen und erhob sich aus seinem Sessel, um das Fenster zu schließen. Seine Bewegung endete in einer überraschten Starre. So hätte vermutlich jeder reagiert, der gerade unverhofft eine dunkel gekleidete Gestalt in sein Zimmer klettern sah.

Sein Blick fand das Kurzschwert, welches in einer verzierten Scheide an der Wand hing und eher dekorative Zwecke erfüllte. Als Kind und Jugendlicher hatte er damit trainieren müssen, weil

Schwertkampf scheinbar zur Grundausbildung eines Adeligen gehörte. Sein Vater hatte allerdings nie besonders viel Wert darauf gelegt, weswegen es ihm reichte, dass Klein-Ly es sicher in der Hand halten und etwas herumfuchteln konnte, ohne sich dabei selbst zu verletzen. Vielleicht mochte das genügen, um den Eindringling in Schach zu halten. Einen Sieg im Kampf rechnete er sich jedoch nicht aus, musste er das Schwert schließlich mit der Linken halten.

Das wird reichen müssen!

Entschlossen sprang er vor und ergriff das Schwert. Er wirbelte herum, um die Waffe gegen den Einbrecher zu führen.

Der Schwarzgekleidete hatte unterdessen seinen Einstieg beendet.

Lyell holte aus. Stahl blitzte im Schein der Lampe und es klirrte, als seine Waffe von der Klinge des Einbrechers abgelenkt wurde und plump in den Boden schnitt. Bevor er die Waffe wieder heben konnte, hatte sein Gegner ihm einen Tritt gegen den Brustkorb verpasst. Keuchend taumelte Lyell nach hinten. Er bekam keine Gelegenheit, sich von dem Stoß zu erholen.

Im nächsten Moment war der Einbrecher hinter ihn getreten und Lyell fühlte eine kalte Klinge an seinem Hals.

In Erwartung seines Ablebens kniff Lyell die Augen zusammen.

Seinem Gegner schien jedoch mehr nach Reden zumute zu sein. Er begann die Unterhaltung mit folgenden Worten: »Hallo, Liebling!«

»Tia!?«, erkannte Lyell sie an ihrer Stimme.

»Ja«, erwiderte sie und entfernte den Dolch von seinem Hals. Mit der anderen Hand zog sie sich die Stoffmaske vom Kopf und befreite ihre brünette Mähne darunter.

Fassungslos starrte Lyell sie an, während er schnell atmend nach Luft schnappte. »Bist du vollkommen übergeschnappt!? Bei der Kotkruste auf meinem Dach! Was sollte …«

»Shshshshhh«, versuchte Tia ihn zur Ruhe zu ermahnen. »Sei still, bevor du noch das ganze Haus aufweckst. *Du* hast nach dem Schwert gegriffen, schon vergessen?«

»Ja, weil eine vermummte Gestalt durch das Fenster in meine Gemächer geklettert kam«, erwiderte er nach wie vor aufgebracht. »Wieso hast du nicht geklopft? Nein, warte, wieso hast du nicht ganz normal den Weg durch den Vordereingang genommen?«

»Weil ich unter vier Augen mit dir sprechen und keinen Diener, keine Anstandsdame und schon gar nicht deinen Vater dabeihaben wollte. Also schrei nicht so herum. Es wäre für uns beide nicht gut, wenn man uns so zusammen sieht.«

»Das ist trotzdem kein Grund, in meine Gemächer einzubrechen.«

»Doch«, hielt Tia dagegen, während sie sich die Haare zurückstrich, um sie behelfsmäßig mit einem Band in Form zu bringen. »Ich habe den ganzen Nachmittag in deiner Werkstatt auf dich gewartet, aber du bist nicht zurückgekommen.«

»Ja, weil eine gewisse launische Furie mich angeschrien hat, dass sie mich nie wiedersehen will und ich meinen Kram alleine regeln soll. Und genau das versuche ich gerade zu tun!«

»Und wie weit bist du damit gekommen?«

Lyell öffnete den Mund, schloss ihn aber sofort wieder.

»Habe ich mir gedacht.«

Lyell schnaufte unwirsch. »Bist du nur hergekommen, um mir das unter die Nase zu reiben? Wunderbar, hast du toll gemacht. Jetzt verschwinde wieder.« Brummend wandte er sich ab und schritt auf das Schwert zu, das neben einer kleinen Kerbe im Holzfußboden lag.

»Nein«, sagte Tia, die jede seiner Bewegungen mit Argusaugen verfolgte. »Ich bin hergekommen, um mich zu entschuldigen.«

»Ach?« Lyell warf ihr einen gespielt überraschten Blick zu, während er sich nach dem Schwert bückte. »Und ich dachte, du wolltest mir unter die Nase reiben, welche Fortschritte du an dem Dampfkessel gemacht hast und mich dann auslachen.« Mit dem Schwert in der Hand kam er in die Aufrechte.

»Was?«, fragte Tia und löste die Arme aus ihrer Verschränkung. »Nein. Wieso sollte ich das tun?« Sie ließ die Hände sinken, um sie unauffällig auf die Dolchgriffe an ihrem Gürtel zu legen.

»Um mir heimzuzahlen, dass ich dich in der Schule ausgelacht habe.«

»Oh, natürlich, deswegen«, kam Tia der Sarkasmus über die Lippen. »Erstens habe ich dir dafür bereits den Arm gebrochen, zweitens würde ich niemanden für seine Träume und Leidenschaften auslachen, weil ich durch dich genau weiß, wie scheiße sich das anfühlt, und drittens habe ich rein gar keinen Fortschritt an dem Dampfwagen gemacht.« Sie nahm einen tiefen Atemzug. Ruhiger fuhr sie fort: »Tut mir leid, dass ich heute Morgen so ausgerastet bin. Bitte komm wieder zurück in die Werkstatt. Wenn dieser Dampfwagen funktionieren soll, dann müssen wir beide zusammenarbeiten.«

Lyell musterte sie mit ernstem Blick, erwiderte jedoch nichts. Nach wie vor hielt er das Schwert in der Hand und seine Muskeln waren angespannt.

»Was sagst du dazu?«, hakte Tia nach, da ihr die Stille unangenehm wurde.

Ly ließ das Schwert sinken. »Ich will nicht mit einer Person zusammenarbeiten, die mich aus heiterem Himmel anschreit. Ich akzeptiere deine Entschuldigung nicht. Jetzt verlass meines Vaters Haus.« Er wandte sich ab.

Tia, die eigentlich damit gerechnet hatte, dass auch er Einsicht zeigen würde, wenn sie mit gutem Beispiel voranging, klappte der Mund auf. »Dafür habe ich mich gerade entschuldigt«, sagte sie, ihre aufkommende Wut beherrschend. »Meine Worte jedoch waren mehr als angebracht. Du bist es gewesen, der den armen Clemens misshandelt hat. Du warst so wütend, ich dachte du schlägst ihn, wenn ich nicht dazwischengehe.«

Lyell blieb stehen und drehte den Kopf über die Schulter. »Eine angemessene Reaktion für den Fehltritt meines Dieners.«

»Nein, überhaupt nicht!«, erwiderte Tia nun energischer. »Wir haben auch eine Haushälterin zuhause. Wenn sie einen Fehler macht, weisen meine Eltern sie darauf hin und dann passiert es ihr meist nie wieder. Clemens hat aber noch nicht einmal einen Fehler gemacht! Er hat dir nur eine Nachricht von deinem Vater überbracht, genau das, was er tun sollte. Nur hat sie dir nicht gepasst! Also hast du ihn einfach angepampt. Das war nicht richtig!« Zufrieden sah sie, wie Lyell den Blick zur Seite wandte.

»Ich musste meinen Standpunkt deutlich machen. Durchsetzungskraft erzeugt Respekt.«

»Indem du nur laut genug schreist?« Tia legte den Kopf schief. »Macht dein Vater das etwa so? Du hast eben selbst gesagt, du willst nicht mit mir zusammenarbeiten, wenn ich dich anschreie. Das ist richtig, so behandelt man keine Menschen. Dafür habe ich mich entschuldigt.«

»So?« Herausfordernd sah Ly ihr in die Augen. »Wie behandelt man Menschen denn? Indem man ihnen das Gesicht mit einem Dolch verunstaltet oder ihnen die Arme bricht?«

»Erstens habe ich nie behauptet, dass ich eine Heilige bin«, erwiderte Tia so gefasst wie möglich. »Auch ich habe Schwierigkeiten mit meiner Wut. Gerade jetzt würde ich dir am liebsten die ein oder andere Beleidigung um die Ohren hauen, aber ich tue es nicht. Zweitens war das mit dem Gesicht verdient! Ja, ich habe August Rettlinger mit einem Dolch angegriffen. Nur vergisst jeder beim Erzählen dieser Geschichte zu erwähnen, dass der liebe August es nach mehrmaligen Warnungen nicht unterlassen konnte, mein Gesäß auf unangemessene Weise zu begrabschen. Niemand hat mir geholfen, also bin ich selbst für mich eingesprungen. Meine Familie bezahlt heute noch den Preis dafür, indem fünf Prozent unserer Gewinne an die Familie Rettlinger gehen.«

Lyell blieb regungslos. »Das wusste ich nicht.«

Im schwachen Schein des Mondlichts fiel es Tia schwer, Lyells Gesichtsausdruck zu lesen, aber sie meinte, Bestürzung in seiner Stimme zu hören. »Deswegen sage ich es dir.«

Für einen Augenblick herrschte Stille zwischen ihnen beiden. Es war Lyell, der schließlich das Schweigen brach.

»Also schön, ich akzeptiere deine Entschuldigung. Tut mir leid, wenn mein Verhalten dich wütend gemacht hat. Erweise mir trotzdem den Gefallen und geh jetzt.«

Tia nickte. »In Ordnung«, sagte sie sanft. »Sehen wir uns morgen wieder zur gewohnten Zeit in der Werkstatt?«

»Nein.«

Tia stockte. »Wie, nein?«

»Nein, im Sinne von, wir treffen uns morgen nicht in der Werkstatt. Lassen wir das Projekt fallen.«

Tia traute ihren Ohren nicht. »Fallenlassen? Was ist mit der Hochzeit?«

Lyell zuckte mit den Schultern. »Ich sage meinem Vater, dass dein Vater sein Geld verwettet hat, dann bist du fein raus.« Er wandte sich ab und ging auf die Wand mit der Schwertscheide zu.

»Du weißt genau, dass ich das nicht tun kann.« Schnellen Schrittes holte Tia zu ihm auf und legte ihm die Hand auf die Schulter, um ihn zurückzuhalten. »Mein Vater wird eine Menge Geld verlieren, wenn Rostbart dieses Rennen nicht gewinnt. Geld, mit dem du dich freikaufen kannst.«

Lyell wirbelte herum. »Und was dann!?«, fauchte er. »Was mache ich, wenn ich meine Erbschuld beglichen habe?«

Überrascht wich Tia einen Schritt zurück. »Dann verlässt du den Käfig, den du einst dein Zuhause genannt hast. So wie du es wolltest.«

»Und was dann?« Fragend hob Lyell die Augenbrauen. »Dann stehe ich mittellos ohne jeden Guani auf der Straße.«

Tia verstand das Argument nicht. »Na und? Lyell, bei deinen Fähigkeiten gibt dir jede gute Werkstatt in Schwalbenkack Arbeit.«

»Wodurch ich nur einen Käfig gegen einen anderen tausche. Dann ist mir der Käfig lieber, den ich kenne. Seien wir ehrlich, das war alles naive Träumerei von mir. Frei sein? Pah! Ein Dampfkessel? Verrückt! Das Einzige, was das Ding getan hat, ist uns beinahe in die Luft zu sprengen. Nein, es ist Zeit für mich, aufzuwachen. Ich boxe dich aus der Angelegenheit mit der Hochzeit raus, dann können wir getrennte Wege gehen, fertig.«

»Es geht nicht nur um uns, Lyell«, erwiderte Tia. »Was ist mit dem Jaguar? Felia hat mir vorhin erzählt …«

»Der Jaguar«, fiel Lyell ihr ins Wort. »Sag nicht, du glaubst Felia das? Das Schlittenrennen gewinnen, um den Regenten zu stürzen. Das ist wirklich weit hergeholt.«

»Darum geht es nicht«, schlug Tia einen sanfteren Tonfall an. »Sie ist deine Freundin, Lyell. Ihre Angst ist echt. Du solltest ihr vertrauen. Wenn in dieser Geschichte nur ein Körnchen Wahrheit steckt, dann …«

»Felia ist nicht meine Freundin«, unterbrach Lyell sie erneut. »Sie ist nur ein nerviges Kind, das immer wieder in meine Werkstatt kommt, egal wie oft ich ihr sage, dass ich alleine sein möchte. Jetzt wo sie nicht mehr genügend Aufmerksamkeit bekommt, denkt sie sich irgendetwas aus. Das geht wieder weg, wenn du nicht mehr da bist.«

Abermals verschlug es Tia die Sprache. Wie vor den Kopf geschlagen, taumelte sie einen Schritt zurück. »Wow. Das ist … Lyell, sie vertraut dir.«

»Geh jetzt einfach«, sagte er nun lauter. »Ich will nicht mit dir über meine Handlungen, Entscheidungen und Ansichten diskutieren. Ich will nur alleine sein. Also verlass jetzt endlich meine Gemächer.«

Tia schloss ihren Mund. Es hatte keinen Sinn. Lyell war wirklich ein unausstehlicher Kotzbrocken. Was auch immer sie gedacht hatte, in den letzten Tagen in ihm zu sehen, es musste Einbildung gewesen sein. Es war ein Fehler gewesen, herzukommen. Die Zeit hätte sie besser investieren können. »Fein«, sagte sie reserviert. »In Ordnung. Ich gehe.«

»Na, endlich.« Desinteressiert wandte er sich von ihr ab und hob das Schwert, um es in die Scheide an der Wand zu stecken.

»Ja, ich gehe und helfe deiner Freundin gegen den Jaguar. Bleib du hier in deinen goldenen Käfig und lass dich von deinem Vater anschreien und zurechtstutzen, bis du ein genauso gefühlskalter Stahlfürst geworden bist wie er.«

Abermals schnellte Lyells Kopf zu ihr herum. »Wie war das?«

»Ich sagte«, wiederholte Tia, der gerade genau der Sinn nach einem Streit stand, »du bist ein …«

»Ich bin nicht wie mein Vater!« Voller Zorn stürzte er sich Tia entgegen, das Schwert in seiner linken Hand schwer und ungelenk. Der Hieb, den er gegen sie führte, war unerwartet kraftvoll, aber viel zu langsam, um sie zu treffen.

Mühelos wich Tia zur Seite und zog ihre Dolche. »Ach, bist du nicht?«, triezte sie, während er durch den verfehlten Schlag das Gleichgewicht verlor und nur taumelnd auf den Beinen blieb. »Unsere Haushälterin hat mir erzählt, dass sie froh ist, bei uns arbeiten zu dürfen und nicht bei euch. Sie habe gehört, Lord Krust hätte einmal einen Diener bei einem öffentlichen Anlass aus dem Saal geprügelt, weil er dem falschen Gast die teuren Käsehäppchen angeboten habe. Erinnert mich an dich und Clemens.«

Lyell brüllte vor Wut und abermals schwang er das Schwert herum.

Geschickt wich Tia zurück, doch Lyell nutze den Schwung seines Schwertstreichs, um einen weiteren Hieb von oben folgen zu lassen.

Mit einer schnellen Bewegung drückte sie einen ihre Dolche gegen die flache Seite der Klinge und lenkte sie sicher von sich weg. Lyell taumelte nach vorne an ihr vorbei und Tia drehte sich um die eigene Achse, um ihm den Griff ihres anderen Dolches unter die Achsel in die Rippen zu rammen.

Lyell keuchte und stolperte nach hinten. Dabei schlitze Tia ihm zielsicher den Ärmel seines weißen Seidenhemdes auf.

»Du bist ein miserabler Schwertkämpfer, Ly. Selbst mit deiner schwachen Hand solltest du zu mehr in der Lage sein. Übrigens sagt man das über deinen Vater auch. Er hat sich noch nie mit jemandem duelliert. Wie ähnlich ihr euch doch seid.«

Erschöpft richtete er sich wieder auf. »Ich heiße nicht Ly, sondern Lyell!« Ein plumper Streich verfehlte Tia um Längen. »Und ich bin nicht wie mein Vater!« Er wirbelte herum und Stahl sang, als Tia die Klinge abermals mit ihren Dolchen ablenkte.

»Ach, ja?«, fragte sie provokant. Spielerisch verpasste sie seinem Hemd einen weiteren Schnitt unterhalb der Achsel, um ihre Überlegenheit zu demonstrieren. »Ich verstehe, wieso deine Mutter von hier abgehauen ist. Manche munkeln, das würde gar nicht stimmen, der alte Krust habe sie im Zorn erschlagen. Wir sind zwar nicht verheiratet und ich bezweifle, dass du mir mit diesen jämmerlichen Angriffen etwas antun kannst, aber es ist ja der Wille dahinter, der zählt.«

»Was weißt du denn schon!?« Abermals ließ er das Schwert senkrecht auf sie niedergehen.

Tia kreuzte ihre Dolche und fing den Hieb ab. Der Schlag war kräftiger als gedacht und ihre Muskeln protestierten im Schmerz, doch es reichte, um seinen Angriff zu blocken. Durch verkeilte Klingen sahen sie einander grimmig an.

»Ich weiß nur«, sagte Tia unter der Anstrengung, seiner Kraft standzuhalten, »dass ein rebellischer und genialer Mann plötzlich seinen Traum aufgibt, um zu seines Vaters Schoßhündchen zu werden.«

»Dann bist du wirklich dümmer als du aussiehst.« Ly verstärkte den Druck auf seine Waffe.

Geschickt gab Tia nach und lenkte die Klinge an ihr vorbei in den Boden.

Ly erholte sich schnell. Sofort sauste der nächste Hieb heran. »Ich werde«, noch ein Hieb, »diesen Dampfkessel«, herumdrehen, zustechen, »bauen.« Ly holte Luft und schwang die Klinge herum. Stoff riss an seinem Rücken. »Und dann wird er«, klirrend parierte Tia, »mich ansehen«, ein weiterer Hieb, »müssen!« Krachend schlug das Schwert in den Boden. Schwer atmend stützte Lyell sich auf dem Griff ab. Schweiß glänzte auf seiner Stirn und sein Hemd hing in zerschlissenen Fetzen an ihm herab.

»Dann erzähl mir nicht so einen Blödsinn«, fauchte Tia und baute sich kampfbereit vor ihm auf. »Aufwachen? Ts! Du willst diese Erfindung vollenden und den besten Schlitten bauen, den Schwalbenkack je gesehen hat. Du willst es mit jeder Faser deiner Seele. Trotzdem erzählst du mir so einen Mist. Wir hatten einen Streit, na und? Ich habe mich entschuldigt und du dich auf deine verschrobene lyellhafte Art ebenfalls. Also, was hat sich geändert? Wieso willst du nicht weitermachen?«

Erschöpft ließ Lyell sich auf seinen Hintern plumpsen.

Tia knirschte mit den Zähnen. »Wieso nicht!? Sag es mir!«

Mit leidvoll zusammengezogenen Brauen sah er zu ihr empor. »Weil ich begonnen habe, dich zu mögen.«

Tia blinzelte. »Bitte, was?«

Schnaufend kniff Lyell die Augen zusammen und legte das Gesicht in seine Hand. »Ich sagte, dass ich mich gerade damit abgefunden habe, deine Gegenwart zu ertragen.«

»Nein, nein«, erwiderte Tia schnell und steckte ihre Dolche weg. »Ich habe es genau gehört. Du magst mich.«

Als Antwort gab Lyell nur ein missmutiges Brummen von sich.

»Aber wenn du mich magst, wieso solltest du dann das Projekt fallen lassen wollen?«, fuhr Tia fort, ihre Gedanken auszusprechen. »Ich meine, wenn wir gut miteinander zusammenarbeiten, dann … Oh!« Überrascht zog sie die Luft zwischen ihren Lippen ein. »Du willst nicht weitermachen, weil du die Hochzeit nicht mehr verhindern willst. Du hast vor, mich zu heiraten!«

»Was? Nein, Stopp!« Lyells Hand umfasste den Schwertgriff. Mit einem energischen Ruck zog er sich wieder in die Aufrechte. »Du magst zwar im technischen Bereich mit einer gewissen Brillanz gesegnet sein, aber diese Theorie ist jetzt mehr als nur falsch. Nur, weil du jemand bist, der eigenständig mitdenken und hilfreiche Gedanken äußern kann und darüber hinaus etwas von Handwerk versteht, heißt das nicht, dass ich mein Leben mit dir verbringen und so etwas Abscheuliches wie Kinder haben möchte. Ich meine, du bist aggressiv«, er streckte den Zeigefinger aus und begann damit, an seiner anderen Hand, die Finger abzuzählen, »besserwisserisch, nervtötend, gewalttätig …«

»Du kannst aufhören, ich hab's verstanden.«

Lyell ballte die Hand wieder zur Faust, um die Finger ein weiteres Mal abzählen zu können. »… autoritär, teilweise schwer von Begriff …«,

»Ist gut jetzt.«

»… und in einigen Dingen besser als ich, was ich überhaupt nicht leiden kann.« Lyell erreichte den kleinen Finger. »Und zu guter Letzt habe ich vorhin gesagt, dass ich deinen spielsüchtigen Vater bei meinem Vater anschwärzen werde und dich so vor einer Hochzeit mit mir bewahre. Du siehst, ich kann dich unmöglich heiraten wollen.«

Tia schenkte ihm einen resignierten Blick und trommelte mit den Fingern ihrer rechten Hand auf dem Griff ihres Dolches herum. »Bist du fertig?«

»Ja.«

»Gut. Ich verzichte mal darauf, dir im Gegenzug alle *deine* schwachen Charakterzüge aufzuzählen und beschränke mich auf einen: Du bist selbstsüchtig. Dieser Schlitten ist deine beste Chance, dich von deinem Vater freizukaufen. Ich bleibe bei meinem Wort. Wenn Rostbart gewinnt, bekommst du die fünftausend Guani Schmerzensgeld von mir. Abgesehen davon, stehen wir beide kurz davor, etwas Weltveränderndes zu erfinden. Ein bisschen *Sympathie* zwischen uns, ist doch nur förderlich.«

Lyells Miene verfinsterte sich. »Nein, ist sie nicht.« Mürrisch riss er das Schwert aus der Bodendiele. Er wankte zurück zur Wand und steckte es dort in die Scheide. »Sie ist überhaupt nicht förderlich.«

»In Ordnung«, sagte Tia provokant und verschränkte die Arme vor der Brust. »Wenn du nicht möchtest, dass ich wieder eine dumme Theorie dazu äußere, dann erklärst du mir das besser.«

Lyell drehte sich um und kam energischen Schrittes auf sie zu. »Na, weil … Weil ich …« Energisch rang er mit seiner linken Hand und sein Gesicht hatte sich zu einer zuckenden Grimasse verzerrt. »Ich …«

»Ja?«, half Tia, die spürte, wie er die Überwindung gerade aufzubringen versuchte.

»Ich …« Lyell brach ab und ließ die Schultern nach unten sacken. »Ich brauche etwas Vernünftiges zum Anziehen.« Sein Blick fand die purpurne Jacke auf dem Bett.

»Oh, nein. Warte!« Tia erkannte ihre Gelegenheit und hielt ihn an seinem gesunden Arm zurück. »Da habe ich genau das Richtige für dich.«

»So?« Lyell blieb stehen und musterte sie mit einem kritischen Blick.

»Ja«, bestätigte Tia und holte das kleine Stoffbündel hervor, das sie unter ihrem schwarzen Oberteil verstaut hatte. »Ich wollte dir dieses Geschenk schon früher geben, aber irgendwie ist unser Gespräch ... in eine andere Richtung abgedriftet.«

»Das ist doch viel zu klein für ein Hemd«, kommentierte Lyell und beugte sich nach vorne.

»Nein, das ist genau richtig«, hielt Tia dagegen und durchtrennte die Schnur, die das Bündel zusammenhielt. »Ich weiß zwar nicht, was du für einen Tick mit deiner Kleidung hast, aber ...« Das Päckchen öffnete sich und geschickt legte Tia Lyell den Inhalt um den Hals. »Wann immer du diesen Schal trägst, hast du die freie Entscheidung, wer du sein willst. Du darfst dich so zeigen, wie es sich gerade richtig für dich anfühlt.«

»Ich darf ...« Lyell vollendete seine Satz nicht. Fasziniert, ja fast andächtig sah er auf den Schal um seinen Hals. Er hob die Hand und nahm den Stoff zwischen die Finger, fühlte ihn, knautschte ihn; ganz vorsichtig, als hielte er ein empfindliches Messinstrument in seiner Hand.

Sachte trat Tia einen Schritt zurück, um ihm mehr Raum zu geben. Ihre Mundwinkel zuckten, als Lyell die Augen schloss und an dem Schal zu riechen begann. *Es klappt,* dachte sie. *Was auch immer gerade passiert, es klappt!*

Mit einem Seufzer öffnete Lyell die Augen. »Der Schal ist wundervoll«, sagte er leise. »So etwas Schönes hat mir noch niemand geschenkt.«

»Sieh es als Zeichen, dass auch ich ... deine Gegenwart allmählich zu akzeptieren beginne.«

Lyell prustete.

War das ein Lachen gewesen? Zumindest schmunzelt er jetzt.

Mit einer stilvollen Bewegung warf Lyell sich ein Ende des Schals um den Hals. »Danke«, sagte er leise.

»Gerne«, erwiderte Tia und lächelte. »Siehst du? Ist doch viel angenehmer, wenn zwei Arbeitskollegen miteinander auskommen.«

Lyells Schmunzeln verschwand.

»Oder nicht?« Fragend legte sie den Kopf schief.

»Es ist …« Lyell zögerte. Nervös drehte er das Ende seines Schals um den Zeigefinger. »Ich habe Angst.«

Tia näherte sich ihm, bis sie nur noch eine Handbreit voneinander trennte. »Das ist in Ordnung. Die habe ich auch. Sehr oft sogar.« Vorsichtig nahm sie seine Hand in die ihren. »Wovor hast du Angst?«

Lyell hob den Blick. Seine Lippen zitterten. »Davor, dich noch mehr zu mögen, nur um dann von dir verlassen zu werden.«

Tia spürte, wie sich eine ungewohnte Hitze in ihrer Brust ausbreitete. Dieses Gefühl beruhte doch nicht etwa auf Gegenseitigkeit? *Nein, ich will keinen Mann. Das sind alles solche Proleten. ›Oh schau hier, meine prachtvolle Kutsche und habe ich dir schon gezeigt, wie elegant ich ein Schwert führen kann? Nein, es interessiert mich nicht, was du kannst, du sollst nur schön an meiner Seite aussehen und zeigen, was für eine prachtvolle Frau ich ergattern konnte.‹* Tia unterbrach den Gedanken. *Und doch … wann hat ein Mann mir denn je seine Ängste anvertraut? Oder mich so gesehen, wie ich wirklich bin?*

»Wieso sollte ich das tun?«, fragte sie.

»Weil es alle tun.« Lyell schniefte. »Alle Menschen, die ich gern hatte, haben mich am Ende verlassen. Jeder einzelne.« Eine Träne befreite sich aus seinem Auge und kullerte, eine dicke Spur zurücklassend, über seine Wange. »Sie sind alle weg. Das möchte ich nie wieder erleben.«

Tia löste ihre Hände und schloss ihn in den Arm. »Nicht alle sind weg«, flüsterte sie ihm ins Ohr. »Ich bin doch hier.«

»Aber heute Morgen …«

»… haben wir gestritten, na und? Ich streite mich andauernd mit meinen Eltern, oder mit meinen Lehrern. Besonders oft mit meinem Vater, wann immer er wieder eine dumme Entscheidung trifft, wie zum Beispiel, sein Geld auf einen elendigen Piraten zu verwetten, oder mich verheiraten zu wollen. Ich habe ihn dennoch nicht weniger lieb. Niemals würde ich von Zuhause weglaufen und ihn nie wiedersehen wollen. Verstehst du? Das gehört alles dazu.«

Lyell schluchzte und sein Körper begann zu zittern.

»Ist schon in Ordnung«, sagte Tia und streichelte ihn über den Rücken. »Lass es raus. Das darfst du, es ist in Ordnung. Lass den Schmerz los. Und dann trockne deine Tränen, steh wieder auf und vollende dein Meisterwerk.«

Lyell schniefte. »Versprich mir«, brachte er zwischen zwei Weinkrämpfen hervor. »Versprich mir, dass wir es zusammen vollenden. Versprich mir, dass du morgen wieder in die Werkstatt kommst und dass du nicht von einem Tag auf den anderen, einfach verschwunden bist.«

Sanft drückte sie ihn an sich. »Ich verspreche es.«

Lyell hörte auf zu zittern und langsam löste er sich aus der Umarmung. Aus verweinten Augen sah er sie an. »Kann ich dir vertrauen?«

»Ja, das kannst du. Ich laufe nicht weg.« Sie schmunzelte. »Und wenn doch, dann nicht für lange. Siehst du doch.«

Lyell nickte und wischte sich die Tränen mit dem Handrücken aus den Augen.

»Versprich du mir auch etwas«, sagte Tia. »Versprich mir, dass du nie wieder deine Träume fallen lässt. Nie wieder, hörst du? Auch wenn du Angst hast. Die Reue ist stärker.«

Lyell senkte die Hand. Langsam hob er den Kopf. Von der Trauer war nichts mehr zu sehen. Stattdessen zeigte er ihr sein grimmig entschlossenes Grinsen. »Worauf du dich verlassen kannst!«

Es war bereits dunkel, als Felia den Werkstattladen erreichte. Wie gewohnt sprang sie mit einem Satz über die Mauer in den Hinterhof und stürmte auf den Hintereingang zu.

»Tia! Lyell!«, rief sie, noch bevor sie die morsche Holztür krachend aufstieß. »Ihr werdet es nicht glauben. Ich bin eine Wächterin! Piepenköhl hat mich eingestellt! Ich habe sogar einen Vertrag.« Freudig wedelte sie mit dem Papier in der Hand herum. »Und wisst ihr, was das Beste ist? Ich darf Hunde trainieren. Für die Stadtwache!«

Wie aufs Stichwort rannten Filius, Argus und Nautilus durch die Tür. Hochgenuss würde noch folgen. Er brauchte immer eine Weile, bis er sich motiviert genug fühlte, über die Mauer zu springen.

»Lyell? Tia?«, rief Felia, als eine Reaktion aus der Werkstatt ausblieb. »Habt ihr gehört? Ich bin Wächterin. Also genauer gesagt, zivile Hilfskraft der Schwalbenkackschen Stadtwache. Aber dennoch bei der Wache.« Sie trat in den Durchgang, um in den Laden hineinspähen zu können. Sie hob die Hand mit der Petroleumlampe, die Piepenköhl ihr freundlicherweise geliehen hatte und leuchtete in den

Raum hinein. Die Rollläden waren heruntergelassen. Von ihren beiden Freunden keine Spur. »Lyell, Tia, seid ihr da?«

Keine Antwort.

In ihrer Freude gebremst, ließ Felia den Arm sinken. Die Tür hinter ihr quietschte und hastig wandte sie sich um. Es war nur Hochgenuss, der inzwischen zu seinen Brüdern aufgeschlossen hatte. Wie ein Sack Mehl ließ er sich auf die Plane plumpsen, auf der Felia die letzten Nächte geschlafen hatte.

»Ich schätze, das heißt nein«, murmelte Felia mehr zu sich selbst. Sie ging zur Werkbank und stellte die Lampe ab. Anschließend öffnete sie Lyells Werkzeugschrank, fand die Schublade mit dem Hundefutter und versorgte die Huskys.

Mit freudigem Geheul machten sich die Vierbeiner über das Essen her. Nur Hochgenuss musste sie einen Teller direkt vor die Nase stellen.

Felia beobachtete die Hunde nachdenklich. Piepenköhl hatte ihr angeboten, dass sie im Wachhaus schlafen könnte. Es gab zwei kleine Schlafsäle, die die Rekruten sich teilten. Sie hatte abgelehnt, weil sie Lyell und Tia die gute Nachricht überbringen wollte, doch jetzt – sie starrte auf die dünne Plane, die Hochgenuss in Beschlag nahm – wurde der Wunsch nach einem richtigen Bett sehr präsent. »Ich kann euch nicht für die Nacht alleine lassen, oder?«

Filius hob den Kopf und sah sie beinahe empört an.

Felia verzog das Gesicht. »Dachte ich mir.« Sie nahm die Lampe und näherte sich der Decke. »Rutsch mal ein Stück, Hochgenuss.« Aufdringlich quetschte sie sich neben den Husky, dann löschte sie die Laterne. »Ich habe morgen viel Arbeit vor mir. Morgen beginnt der erste Tag meines neuen Lebens!«

Mit dem Geräusch von knirschendem Kies kam der Wagen vor dem Gasthof zum Stehen. Sofort eilte ein junger Bursche herbei, um die beiden Schimmel und den Wagen in den angrenzenden Stall zu geleiten. Der Fahrer dankte dem Burschen und bedeutete dann seinem Begleiter, ihn zu folgen.

Der Gasthof war nicht gut besucht. Entsprechend groß war die Freude der Wirtin beim Eintreten der beiden Besucher.

»Na endlich, Reisende«, sagte sie. »Ich hatte eher mit Kundschaft gerechnet. Das gute Obst wird mir noch schlecht. Das Schlittenrennen ist längst vorbei, aber Ihr seid der Erste, der nach Hause kehrt. Wartet, ich helfe Euch.«

Der Mann winkte ab und stützte sich auf seine Krücke. »Nicht nötig. Bringt uns lieber zwei Mahlzeiten und bereitet ein Zimmer für uns vor.« Zielstrebig humpelte er auf die Theke zu. »Ihr solltet Euer Obst besser einkochen. Die Reisenden werden noch eine Woche ausbleiben. Das Schlittenrennen wird wiederholt.«

Die Wirtin, die in der Zwischenzeit die Bestellung an ein kleines Mädchen übergeben hatte, das nun eilig in einem Hinterzimmer verschwand, wandte sich wieder ihrem Besucher zu. Ihre Augenbrauen schossen in die Höhe. »Na, wenn das nicht Veit Schmidt ist. Das Rennen wird wiederholt und ausgerechnet du verschwindest aus der Stadt. Die Geschichte möchte ich hören. Wer ist denn deine Begleitung?« Sie deutete auf den Jungen, der sich stillschweigend neben Veit auf einen Barhocker gesetzt hatte.

»Das ist mein Lehrling Livian.«

Mit einem breiten Grinsen lehnte die Frau sich auf die Theke, wodurch ihre rote Lockenpracht auf und ab wallte. »Du und ein Lehrling? Demnächst fangen Schweine noch an zu fliegen. Na los. Erzähl mir alles!«

An diesem Punkt entschied Livian, die Unterhaltung nicht weiter zu verfolgen. Er mochte keine Wiederholungen. Genauso wenig wie diese Pause. Veit hatte gesagt, sie würden ihr Ziel erst morgen erreichen. Er wollte ausgeschlafen sein.

Zum Glück hielt sich sein Meister nicht lange mit der Wirtin auf. Nachdem sie ihr aus Kartoffelpuffern und Apfelmus bestehendes Abendmahl beendet hatten, zogen sie sich auf das gemietete Zimmer zurück.

Im Gegensatz zu Veit legte Livian sich nicht ins Bett. Gedankenverloren setzte er sich auf die Decke und starrte durch das Fenster nach draußen. Seine Pläne wurden durch eine jähe Anweisung unterbrochen.

»Leg dich hin und schlaf«, murrte Veit. »Morgen wird aus dir ein Rennfahrer.«

Livian zog seine Robe und Hose aus und kam der Aufforderung seines Meister nach. Voller Erwartung zog er die Decke bis ans Kinn. »Ja, morgen wird aus mir ein Rennfahrer.« *Und dann werde ich Felias Liebe gewinnen!*

Zur selben Zeit lag auch Lyell in seinem Bett. Allerdings brannte die Kerze auf seinem Nachtschrank noch. Ruhig lag er da und betrachtete den Schal, den Tia ihm geschenkt hatte. Er war rot wie die untergehende Sonne. Weiße Linien formten geöffnete Dreiecke und manchmal ganze Rauten. Das Muster gefiel ihm. Immer wieder strich er über das Kleidungsstück aus weicher Nullbockwolle. Der Kontakt schenkte ihm Ruhe.

Er lächelte zufrieden. Der Streit vom Morgen war beigelegt, die Sticheleien seines Vaters vergessen. Seine Gedanken, die sonst wie der Mond seine Mechanikerwelt umkreisen, standen still. Kein Problem wollte gelöst, keine Erfindung gebaut werden. Er war einfach hier, in seinem Bett, den Blick an die Decke gerichtet, die Finger über den weichen Stoff gleitend. War das Zufriedenheit? War das Glück?

Unwillkürlich musste er grinsen. Das war neu. Neu und spannend. Er sollte das erforschen. Aber erst morgen. Zusammen mit Tia.

»Ja, morgen gibt es dich nicht mehr, Ly Elliot Krust. Niemand braucht dich. Vor allem nicht dein Vater, dem du immer ein perfekter Sohn sein wolltest. Ab morgen gibt es nur noch Lyell. Und Lyell ist es egal, ob sein Vater ihn ansieht. Diesmal wird er nicht alleine sein. Hörst du? Diesmal wird es anders.« Er hob den Kopf und blies die Kerze aus. »Schließlich hat sie es versprochen.«

Wieder einmal umwob Nacht die Häuser der Stadt mit sanften Schatten. Die trüben Wolken hatten sich verzogen und der Mond tauchte die Gebäude in seinen silbrigen Schein.

Pfeifend zog Tia durch die Straßen in Richtung Hafenviertel. Jil und sie hatten sich für diesen Abend außerhalb der Breiten Bertha verabredet, um ungestört über das Thema Jaguar zu reden. Ausgehend von dem, was Jil in Erfahrung gebracht hatte, wollten sie nun die nächsten Schritte planen.

Trotz der Bedrohung, die durch den Jaguar in der Luft lag, beflügelte eine ungewohnte Zufriedenheit Tias Schritte. Sie würde es nie zugeben, aber sie war froh, dass ihr Geschenk Lyell gefallen und geholfen hatte, sich ihr gegenüber zu öffnen. Tia hatte eine solch verletzliche Seite an diesem miesepetrigen Holzklotz nie vermutet. Er kam ihr nun wesentlich plastischer vor. Wie eine Figur, die von einer Skizze in eine dreidimensionale Form übertragen wurde.

Du freust dich darauf, ihn wiederzusehen.

»Ach, Quatsch«, sagte sie lächelnd. »Ich freue mich auf die Arbeit. Der Dampfschlitten wird sprichwörtlich den Dreck dieser Stadt und ihrer Gesellschaft aufwirbeln.« Eine spontane Melodie pfeifend, setzte sie ihren Weg an der Hafenpromenade fort.

Die See lag ruhig unter dem Steg. Mondlicht glitzerte hell auf den Kämmen seichter Wellen.

Tia schmunzelte. *Selbst Möwenschiss ist heute schön.*

Ein beengendes Gefühl ließ sie das Pfeifen einstellen und die Stirn in Falten legen. Unvermittelt blieb sie stehen, als sie die drei Männer vor sich auf dem Steg bemerkte. Ihrer Kleidung nach zu urteilen, waren es einfache Matrosen. Sie standen dicht beisammen und wären Tia nicht weiter aufgefallen, wäre da nicht das fehlende Gespräch und diese abwartende Haltung gewesen. Als sie stehen blieb, wandten sich die drei ihr zu. Langsam bezogen sie Position auf dem schmalen Bretterweg, sodass Tia keinen Bogen um sie machen konnte.

Ts, dachte Tia. *Dafür habe ich keine Zeit!*

Sie drehte sich um und wollte einen anderen Weg zu ihrem Treffpunkt suchen, doch auch hinter ihr näherten sich weitere Gestalten. Unter ihnen ein wahrer Hüne. Einer seiner Begleiter trug ein Fischernetz bei sich, während der andere völlig ruhig dastand. Auf seinem Kopf ruhte eine Kapitänsmütze.

Tia fluchte und griff nun ebenfalls nach ihren Dolchen. Ihre Gegner sollten sehen, dass sie keine wehrlose Frau überfielen und sie sich ihr Vorhaben gründlich überlegen sollten. Normalerweise reichte es zu zeigen, dass man ebenfalls bewaffnet war.

Als ihre Angreifer sich jedoch unbeeindruckt zeigten, wich Tia in die Gasse zwischen den Fischerbaracken zurück. Gut, Zeit für einen Plan B. Sie war eindeutig in der Unterzahl, also musste sie den Willen der Truppe brechen. Am besten, indem sie den Anführer ernsthaft verwundete. Eine Schlange konnte nicht beißen, wenn man ihr den Kopf abschlug. Nur mit diesem zwei Meter Riesen an seiner Seite wollte sie sich nicht anlegen, wenn es sich vermeiden ließ. In einer schmalen Gasse mussten ihrer Angreifer sich ihr wohl oder übel einzeln stellen.

Ohne einen Blick zurück wandte sie sich ab und rannte, nur um sofort wieder abzubremsen, als zwei weitere Männer hinter den

Baracken hervortraten, einer mit einem Paddel, der andere ebenfalls mit einem Messer bewaffnet. Hektisch blickte sie sich um und sah die anderen Verfolger hinter sich in die Gasse treten.

Sie gab sich keinen Illusionen hin. Die Situation sah schlecht für sie aus. Das war kein einfacher Überfall auf einen Passanten. Nein, das hier war geplant! Sie zwang sich zur Ruhe und richtete sich zu ihrer vollen Größe auf.

»Wer seid ihr und was wollt ihr von mir?«

Der Mann mit der Kapitänsmütze trat vor. »Glaubst du wirklich, du bist in der Position, Fragen zu stellen? Ich rate dir, aufzugeben, dann wird niemand verletzt.«

»*Niemand von euch*, wolltest du wohl sagen«, erwiderte Tia. »Ich werde es euch nicht leicht machen.«

Der Mann seufzte vernehmlich. »Ach, ja? Wieso bist du dann so artig in unsere Falle gelaufen?«

Ein Poltern über Tia ließ sie den Blick nach oben wenden. Zu spät, da sich das Netz bereits in seiner vollen Größe über ihr ausgebreitet hatte. Mit aller Kraft warf sie den Dolch in ihrer Rechten in Richtung der Männer.

Ein Schmerzensschrei unterstrich ihren Treffer.

Schwer fiel das Netz auf sie herab und Tia nahm ihren zweiten Dolch, um es zu zerschneiden. Vergeblich. Dünne Stahlfäden waren in das Tau mit eingewebt und verkratzten ihre Klinge.

»Steht da nicht so rum, ihr Hornochsen«, hörte sie den Anführer der Banditen rufen. »Schnappt sie euch!«

Die Männer stürmte heran. Trotz der eingeschränkten Bewegung erwischte Tia den ersten am Bein, den zweiten am Arm. Hinter ihr, Schritte. Sie wollte sich umdrehen, aber die Falle erfüllte ihren Zweck. Das Bootspaddel war das Letzte, was Tia sah, bevor es sie am Kopf traf und ihre Sicht schwarz färbte …

Krachende Kufen – Band 1
Die Ersten werden die Letzten sein

Seit sie von ihren Eltern in ein Internat in der Stadt Schwalbenkack geschickt wurde, um dort mit Bildung aneinanderzugeraten, wünscht sich die junge Felia, einmal beim großen Schlittenrennen dabei zu sein, um ihren besten Freund, den verschrobenen Bastler Lyell anzufeuern. Dieser Wunsch wird ihr auch prompt mit dem Auftauchen des seltsamen Gärtnerlehrlings namens Livian erfüllt, dessen einziger Lebenssinn ein Stück Pergament zu sein scheint. Was die beiden nicht ahnen, ist, dass sie sich kurzerhand ins Fadenkreuz eines erhabenen Elben, einer heruntergekommenen Bande Piraten, diversen Attentätern, einer Meute wütender Rennfahrer und der liebreizenden Miss Handlung – Pardon, Fräulein Handlung – katapultieren. Klingt abgedreht? Ist es auch!

Hendrik Frerking, geboren 1990, hatte schon immer ein Faible für Geschichten. Bevor er überhaupt Lesen konnte, »las« er sich bereits durch die Comicsammlung seines Vaters und begann schon in der Grundschule mit dem Zeichnen seiner eigenen verrückten Comicgeschichten. Bis er im Abitur herausfand, dass auch Schreiben Spaß machen kann, wenn es dabei nicht um Inhaltsangaben und Erörterungen geht.

Neben seinen Buchprojekten unternimmt Hendrik immer wieder Abstecher in andere kreative Gebiete: Er komponiert Musik, erfindet verrückte Kartenspiele, spielt Improvisationstheater und programmiert an seinem eigenen Videogame, welches auf einem seiner Romane basiert.

Inspiration für seine Bücher findet Hendrik auf seinen Abenteuerreisen. Die dort gemachten Erlebnisse teilt er in Form von Onlineblogs unter dem Pseudonym Alopex_Lagopus.

Hendrik lebt derzeit im wunderschönen Braunschweig.

Mehr über Hendrik Frerking und seine aktuellen Projekte gibt es auf Instagram: @hendrikfrerking

HENDRIKFRERKING